basierend auf den Werken, Romanen und Geschichten

von

Sir Arthur Conan Doyle

**M. J. Eden**

Ich bin nicht

SHERLOCK HOLMES

TEIL II

© Eden, M. J.

Herstellung und Verlag:

BoD-Books on Demand, Norderstedt

ISBN: 978-3-7481-3338-4

# INHALTSVERZEICHNIS

# ROSEN

*1N DE23R1F T5 N3RR2EB1XGR 2ED4KFR*
*S2E 1BFE3DD*

Wieder und wieder las sich Detective Inspector William Doyle diese Textzeile durch, obwohl es für ihn nicht mal richtige Worte waren. Je mehr er versuchte, das Geschriebene zu entziffern, umso größer wurde die Verwirrung in seinem Kopf.

„Was zum Teufel soll das bedeuten?", fragte er sich und starrte wie gebannt auf die Zahlen und Buchstaben vor sich, die mit gelber Farbe auf den Asphalt nahe neben dem bisher noch unbekannten weiblichen Opfer gesprüht worden waren.

Officer Tobias Gregson, einer seiner Männer, der zuvor an der Seite des Leichnams gehockt und die ältere Dame genauer betrachtet hatte, stand nun auf und schaute ebenfalls auf die unverständliche Botschaft. Mit Stirnrunzeln blieb er eine ganze Weile schweigend neben seinem Vorgesetzten stehen und schien nicht mal ansatzweise eine Ahnung zu haben, was das eigentlich bedeuten sollte.

„Sind das überhaupt Worte?", fragte er dann.

„Das muss ein Geheimcode oder so etwas sein."

„Der ist ja außerordentlich geheim, wenn er mitten auf eine öffentliche Straße gesprüht worden ist. Somit kann ihn doch jeder sehen."

Doyle sah ihn scharf an. „Und können Sie ihn auch entziffern?"

„Dieses Kauderwelsch?" Gregson schüttelte energisch den Kopf. „Nicht im geringsten, Sir."

„Verdammt", rutschte es dem Detective Inspector heraus.

Gregson holte sein Handy aus seiner Hosentasche heraus und wählte im Weggehen eine Nummer. „Ich informiere DI Lestrade, dass wir hier Hilfe brauchen."

„Halten Sie Lestrade von meinem Tatort fern!", keifte Doyle gereizt. Dabei schrie er so laut, dass sämtliche Beamte, die nahe nebenbei den Tatort abriegelten und auf weitere Spuren untersuchten, ihn entsetzt anstarrten. Obwohl der Mann in letzter Zeit auffallend gereizter war als sonst, war es dennoch keiner gewohnt, dass er so lautstark um sich rief.

„Okay", gab Gregson etwas unsicher von sich und kam langsam wieder zu ihm zurück. „Was schlagen Sie stattdessen vor, das wir tun?"

„Ich rufe Mycroft Holmes an."

„Wieso denn ausgerechnet den? Da wäre mir sein noch viel seltsamerer Bruder weitaus lieber."

„Mir aber nicht", entgegnete Doyle schroff und holte sein Handy heraus. „Gehen Sie zurück an Ihre Arbeit!", befahl er während er die Nummer der Britischen Regierung in Person in das Ziffernfeld auf dem Display eintippte, das Handy dann ans Ohr legte und ungeduldig wartete.

Sherlock Holmes war kein Mann, von dem man behaupten konnte, dass er recht viel von brüderlicher Zuneigung hielt, doch an diesem Tag machte er - zwar mit äußerster Abneigung, aber dennoch irgendwie gerne – eine, wohl einmalige, Ausnahme.

Mr. Wiggins, Mycrofts engster Bediensteter in dem gigantischen, fast schlossähnlichen Anwesen in Southgate, einer ruhigen, ländlichen Gegend nördlich von London, führte den jungen Mann kreuz und quer durch das ganze Gebäude.

Sämtliche Bewegungsmelder und Deckenlampen waren ausgeschaltet und alle Vorhänge komplett zugezogen. Im ganzen Haus herrschte eine erschreckend düstere Stimmung, als wäre es mitten in der Nacht, obwohl es gerade erst kurz zuvor zu Mittag geschlagen hatte.

Als die beiden Männer auf den Salon im hinteren Teil des Anwesens zukamen, hörte Sherlock bereits von weiter Ferne den ihm erschreckend bekannten Klingelton des Handys seines Bruders, gefolgt von einem Stöhnen, einem gereizten Aufschrei und einem lauten Knall.

„Hat er gerade sein Smartphone zerstört?", fragte sich der junge Detektiv verwirrt in Gedanken und verlangsamte beinahe erstarrend seinen Schritt. „Ich bin anscheinend wirklich schon zu spät. Kann ich jetzt vielleicht doch noch umdrehen?" Er sah seinem stillen Führer hinterher, zu welchem sich der Abstand langsam vergrößerte, der ihn aber

keine Sekunde weiter beachtete. „Wohl eher nicht", schlussfolgerte er niedergeschlagen.

Als Mr. Wiggins den unerwarteten – und mit Sicherheit
auch unerwünschten - Gast in den Salon brachte, bot sich ihm
dort ein wahrhaftiges Bild des Grauens. Bücher, Vasen,
Büsten und andere antike und äußerst wertvolle Gegenstände
lagen im ganzen Raum in purem Chaos auf dem Boden
verstreut. Nahe der Tür befand sich Mycrofts Handy mit dem
Display nach oben, welches bereits einige Kratzer aufwies.
Mycroft Holmes selbst kauerte dem Ende nahe tief gebeugt
auf einem Hocker an der mit hellem Marmor verzierten Bar
angelehnt und hielt ein halbleeres Glas Scotch in der einen
Hand und die dazugehörige Flasche in der anderen, die bereits
bis zu zwei Drittel leer und ohne Verschluss war. An seiner
Seite standen mehrere leere Flaschen der Größe nach
aufgereiht und deuteten ohne jeden Zweifel darauf hin, dass
Mycroft Holmes alles andere als nüchtern sein konnte. Der
Mann selbst trug zwar wie immer einen Anzug, allerdings
war dieser mittlerweile stark zerknittert und verschmiert, so,
als hätte er schon seit mehreren Tagen immer denselben an.
Seine Haare standen ihm in einem wilden Durcheinander zu
Berge und rasiert hatte er sich auch schon seit einigen Tagen
nicht mehr.

Sherlock tat sich im ersten Augenblick schwer, seinen
sonst so elegant auftretenden großen Bruder, der stets einen
außerordentlich exquisiten und gepflegten Kleidungsstil
hatte, überhaupt zu erkennen.

„Mr. Holmes." Der Butler räusperte sich eingeschüchtert
und sah seinen Dienstgeber demütig an. „Ihr Bruder ist hier."

„Schicken Sie ihn wieder fort!", rief Mycroft lallend und voller Wut, während er abwesend auf die Verzierungen der Marmorbeschichtung auf der Bar starrte und sich dabei keinen einzigen Zentimeter vom Fleck bewegte. „Sagen Sie ihm, ich bin nicht da!"

„Tja, da gibt es nur ein kleines Problem", sprach Sherlock vorsichtig und wartete, bis sich sein großer Bruder zu ihm umdrehte, nachdem er dessen Stimme augenblicklich erkannt hatte. „Ich bin schon hier und kann somit deutlich sehen, dass du freilich auch hier bist, obwohl, jetzt, wo ich dich so betrachten muss, ich es doch vorgezogen hätte, wenn du tatsächlich nicht anwesend gewesen wärst. Naja, deinem ungewöhnlichen Zustand zufolge ist es ohnehin fragwürdig, wie anwesend du gerade wirklich bist, zumindest was deinen Verstand angeht."

Mycroft verzog sein Gesicht zu einer bitteren Miene, leerte das Glas in seiner Hand mit einem einzigen Schluck, stellte es dann mit einem lauten Knall auf die Bar und umklammerte die fast leere Flasche am Hals.

„Dann verschwinde einfach wieder", murmelte er schwer verständlich. „Du hast hier nichts verloren. Sonst kommst du mich auch nicht besuchen."

„Dieses Mal ist es ja auch etwas Besonderes." Sherlock trat ein paar Schritte auf seinen Bruder zu. „Ich habe wichtige Neuigkeiten, die du erfahren solltest."

„Deine Neuigkeiten interessieren mich nicht. Für mich zählt nur eine einzige Sache: Sie ist fort. Für immer." Daraufhin nahm Mycroft einen kräftigen Schluck direkt aus der Flasche selbst, die er in einem Zug austrank.

„Du irrst dich", sagte Sherlock ruhig und musste mit Mühe zusehen, wie sehr sein Bruder litt und sich selbst zerstörte.

„Nein!", keifte Mycroft ihn gellend an und warf ihm die nun leere Flasche entgegen, die allerdings fast zwei Meter neben dem eigentlich anvisierten Ziel mit einem zerberstenden Geräusch an der Wand abprallte und in tausend Scherben zerbrechend auf dem Boden landete.

„Du bist noch viel schlimmer als damals", sagte der junge Detektiv, der noch immer die Ruhe in Person war, aber gleichzeitig voller Qualen wieder an früher zurückdenken musste, als Margaret Trevor kurz nach dem Verschwinden ihres Bruders plötzlich für tot erklärt worden war.

„Damals war ich ein Kind. Heute darf ich zum Glück Alkohol trinken", entgegnete Mycroft und griff nach einer Flasche Bourbon, die hinter der Bar stand und noch originalverschlossen war, öffnete diese dann und führte sie voller Genugtuung an seine Lippen heran, „und zwar so viel, bis ich tot umkippe."

Bevor er jedoch in den Genuss des edlen Tropfens kommen konnte, der, wie er es sich sehnlichst wünschte, auch noch den letzten Rest seiner Erinnerungen und Gefühle benebeln und zerstören sollte, sprang Sherlock auf ihn zu und riss ihm die Flasche flink aus der Hand.

„Hey!", schrie Mycroft beleidigt. „Die hat mich 380 Pfund gekostet."

Sein kleiner Bruder grinste schelmisch. Für einen kurzen Augenblick überlegte er, ob er die Flasche nicht einfach zu Boden fallen lassen sollte, um Mycroft zu ärgern, aber er entschied sich dagegen, denn schließlich war er hergekommen, um seinen Bruder aufzumuntern und nicht, um ihn noch mehr zu verletzen. Stattdessen reichte er ihm die Zeitung, die er die ganze Zeit über in seiner Hand gehalten hatte, und stellte den Bourbon außer Reichweite des Betrunkenen wieder hinter der Bar ab, wobei er mit allergrößter Vorsicht über die zahlreichen Glasscherben, die den mit teuren Fliesen ausgelegten Boden bedeckten, darüberstieg.

Mycroft taumelte und versuchte das Gleichgewicht zu halten während er das Großgeschriebene auf dem Titelblatt mit zusammengekniffenen Augen in vollster Konzentration zu lesen versuchte. Es dauerte einen Moment, bis sich sein Blick endlich fokussierte und sich nicht mehr in alle Richtungen drehte, ehe er dann augenblicklich zu Eis erstarrte.

„Sie...", stammelte er, legte die Zeitung auf der Bar ab und rieb sich verwirrt die Augen als würde er träumen. „Sie lebt? Margaret ist am Leben?" Er sah seinen Bruder mit Entsetzen an. „Aber wie ...? Wie ist das möglich?"

„Die zahlreichen Obdachlosen in den Großstätten, über die ständig nur geschimpft wird, sind allem Anschein nach wohl doch zu etwas gut", sagte Sherlock schmunzelnd. Dabei musste er sich ein herzhaftes Lachen verkneifen, denn sein großer Bruder sah ihn so zerstreut und seltsam an, dass er aussah, als wäre er gerade als einfältiger Höhlenmensch in die unglaublich erscheinende Zukunft gereist. „An der Stelle, wo Margaret gelandet ist, hatten ein paar von ihnen ihr Lager. Sie haben sich dort ein kleines Heim mit allerlei Decken und Kartons errichtet, was ihr schließlich das Leben gerettet hat, indem die ganzen dämmenden Gegenstände die tödliche Gewalt des Sturzes abgebremst haben", erklärte Sherlock.

Mycroft sprang voller Euphorie vom Barhocker runter, der dadurch beinahe umfiel. „Sie lebt!"

Sein kleiner Bruder nickte, aber gleichzeitig wurde sein Blick ernst.

„Allerdings gibt es da einen Haken." Er zögerte kurz. „Eigentlich sind es sogar zwei." Der Mann atmete tief ein, um sich auf die folgenden Worte vorzubereiten, die ihm sichtlich nicht leichtfielen. „Margaret ist querschnittsgelähmt. Sie wird wahrscheinlich nie mehr wieder gehen können."

„Und was ist das zweite?", wollte Mycroft wissen, nachdem er das gerade Gehörte verarbeitet hatte und sein Bruder nicht weitersprechen wollte. Die Tatsache, dass Margaret wohl für immer an einen Rollstuhl gebunden wäre schien ihm nicht so schlimm zu sein, als dass dies Sherlocks kreidebleichen und gepeinigten Gesichtsausdrück wirklich erklären konnte.

„Sie leidet an Amnesie", antwortete der junge Mann schweren Herzens. „Sie kann sich an nichts mehr erinnern," sagte er und schluckte, „nicht mal mehr an ihren eigenen Namen."

Mit einem mulmigen Gefühl, da er ganz und gar im Ungewissen war, was ihn nun wohl erwarten würde, betrat Mycroft, in einen seiner kostspieligsten Anzüge gehüllt und perfekt gepflegt, das Krankenzimmer im St. Bartholomew's im dritten Stock.

Er hielt einen kleinen Blumenstrauß mit weißen und roten Rosen in der einen Hand und schloss die Tür hinter sich mit der anderen. Als er weiter in den Raum hineinschritt, erblickte er eine abgemagerte blasse Frau, die in einem der Betten kauerte, von deren einstiger Jugend und unnahbaren Schönheit kaum noch viel übriggeblieben war. Die Qualen der vergangenen Wochen und Monate hatten ihr offensichtlich nicht nur ihre Erinnerungen geraubt, sondern auch einen viel zu großen Teil ihres ganzen Lebens.

Sie saß aufrecht, aber leicht gebückt im Bett und starrte mit einem leeren Blick aus dem Fenster. Ihren Besucher nahm sie anfangs gar nicht wahr. Erst als er die Blumen in eine Vase auf einen kleinen Tisch neben dem Bett stellte, wo bereits mehrere Blumensträuße, Pralinenschachteln und sonstige kitschige Präsente beinahe zu gigantischen Türmen aufeinander gestapelt lagen, hörte sie ihn und erschrak im ersten Moment.

„Wer sind Sie?", fragte sie unsicher und blickte den Mann wie ein unschuldiges Kind, welches zum ersten Mal einen entfernten Verwandten traf, mit großen Augen an.

Er lächelte um seinen tiefen Schmerz zu unterdrücken. „Mycroft. Mein Name ist Mycroft Holmes. Wir kennen uns."

„Tut mir leid", entgegnete die Frau mit traurigem Blick und sank den Kopf. „Ich kann mich nicht an Sie erinnern." Sie betrachtete ihn eingehend während er sich einen Stuhl von der Seite holte und diesen ans Bett stellte, wo er sich dann nahe neben ihr hinsetzte. „Aber nehmen Sie es bitte nicht

13

persönlich, ich weiß doch nicht mal mehr meinen eigenen Namen."

„Ist schon gut", entgegnete Mycroft sorgsam. „Die Erinnerungen daran werden sicher bald wieder zurückkehren."

„Und meine Beine?" Die Patientin blickte auf ihre Füße hinunter, die wie zwei leblose Stöcke unter der Decke an ihrem Körper hingen. „Werde ich sie je wieder spüren können? Werde ich eines Tages wieder gehen können?" Mit glasigen Augen sah sie nun wieder zu Mycroft. „Was ist mit mir passiert?"

„Ich bin kein Arzt und kann Ihnen deshalb nicht sagen, ob Sie irgendwann wieder gehen können oder nicht", sprach der Mann und war kaum in der Lage, aufgrund der puren Verzweiflung, die ihr ins Gesicht geschrieben stand, klar denken zu können. „Und was geschehen ist, darf ich Ihnen nicht sagen. Sie müssen sich selbst von ganz alleine daran erinnern."

„Wenn es was Schlimmes ist, dann will ich meine Erinnerung nicht zurückhaben." Sie schaute wehmütig zur Seite.

Mycroft kämpfte gegen ein heftiges Stechen tief in seinem Herzen an. „Nicht alles, was Sie vergessen haben, ist was Schlechtes gewesen. Es waren auch gute Sachen dabei."

Sie schaute den Mann erstaunt an. „Also kennen Sie mich sehr gut", schlussfolgerte die Frau flink aus seiner eindeutigen Reaktion. Ihr einzigartiger Verstand hatte offensichtlich keinerlei Schaden genommen. „Wer sind Sie wirklich?"

„Das sagte ich Ihnen bereits", antwortete Mycroft, der sich mit Mühe davon abhalten musste, ihr nicht einfach alles zu erzählen. Jedoch hatte er den Ärzten versprechen müssen, ihr nichts zu verraten, denn dies würde sonst den Heilungsprozess stören. Trotzdem tat er sich äußerst schwer damit. Vor nicht allzu langer Zeit war er ihr noch so nah gewesen und hatte gedacht, sie würden endlich für immer gemeinsame Wege gehen, doch nun war dies alles so schrecklich fern. Allein ihr eigenartiger Blick, der ihm deutlich zeigte, dass er für sie ein vollkommen Fremder war, brach ihm schier das Herz.

„Mycroft Holmes", sprach sie nachdenklich und schaute dabei durch den Raum, in der Hoffnung, sich zumindest an den Klang seines Namens erinnern zu können.

Aber da war nichts.

Oder doch?

„Holmes", wiederholte sie, wobei ein neugieriges Glitzern in ihren Augen auffunkelte. „Sherlock Holmes", fiel es ihr nach einer Weile ein. Sie sah Mycroft fragend an. „Sind Sie sein Bruder?"

Der Mann erstrahlte voller Zuversicht. „Ja. Erinnern Sie sich an ihn?"

„Wie?" Die Patientin starrte ihn durcheinander an und schüttelte daraufhin den Kopf. „Nein, aber ich habe von ihm in der Zeitung gelesen. Sind Sie auch so wie er? So wahnsinnig intelligent?" Sie starrte ihren Besucher mit weit aufgerissenen und faszinierten Augen an. „Ist es denn überhaupt möglich, dass ein einziger Mensch so unsagbar clever ist wie er?"

Mycroft schmunzelte, schließlich hatte er diese Art von Gespräch bereits mehrmals geführt, doch noch nie zuvor mit dieser Frau. „Das ist in der Tat möglich", antwortete er. „Und ja - ich bin wie er." Dann wurde sein Blick nachdenklich, beinahe traurig. „Es gibt sogar einen Menschen, der noch sehr viel cleverer ist als Sherlock Holmes."

„Lassen Sie mich raten: Das sind Sie", meinte die Frau amüsiert. Obwohl sie diesen Mann im Grunde überhaupt nicht kannte, fühlte sie sich in seiner Nähe auf einmal überraschend wohl, so als wäre er alles andere als ein Fremder für sie.

„Nein." Mycroft lachte etwas verlegen. „Eigentlich ist diese Person eine Frau."

Margaret starrte ihn verdutzt an.

*Eine Frau?*

*Wer ist sie?*

*Wahrscheinlich seine Frau.*

*Immerhin trägt er einen Ring an seinem Finger und ein Mann, der so attraktiv ist wie er, kann einfach kein Junggeselle mehr sein.*

Sie runzelte verwirrt die Stirn.

*Aber was macht er dann hier?*

*Bin ich etwa...?*

Sie blickte flink auf ihre Finger hinab.

Da war nichts. Kein Ring.

*Nein, verheiratet bin ich nicht.*

*Außerdem trägt er den Ring an seiner rechten Hand, was für einen Ehering nicht üblich ist – zumindest nicht hierzulande.*

*Bin ich also seine Affäre?*

Sie sah den Mann nun wieder prüfend an.

*Nein, das kann auch nicht richtig sein.*

16

*Er ist ruhig, amüsant und äußerst liebenswert zu mir.*

*Wäre ich wirklich seine Affäre, dann wäre er eindeutig angespannter und nicht so friedlich.*

*Er ist also offensichtlich nicht verheiratet.*

*Seltsam.*

*Bin ich etwa seine Arbeitskollegin?*

Sie schüttelte in Gedanken ihren Kopf.

*Nein, sicher nicht.*

*Ich weiß zwar so gut wie nichts über mich, aber so etwas wie eine Politikerin bin ich bestimmt nicht.*

*Aber das ist er womöglich auch nicht.*

*Verdammt!*

*Wer zum Teufel bin ich?*

„Woran denken Sie?", fragte Mycroft besorgt, dem aufgefallen war, dass sie sich gerade über so manche Dinge angestrengt ihren Kopf zerbrach.

„Ich versuche herauszufinden, woher ich Sie kennen könnte. Aber mir will einfach nichts einfallen, was logisch erscheint."

„Grämen Sie sich nicht. Ihre Erinnerungen werden bald wieder zurückkehren. Und bis dahin können Sie Ihre ganze Freizeit genießen."

„Genießen?" Margaret sah ihren Besucher stutzig an. „Ein Aufenthalt in einem Krankenhaus ist für mich nicht gerade wie Urlaub, Mr. Holmes."

Mycroft grinste spitzbübisch. „Das habe ich mir schon gedacht. Aus diesem Grund bin ich auch hier. Ich lasse Sie nach Southgate bringen, wo Sie sich in vollen Zügen erholen können."

„Southgate?" Sie runzelte die Stirn. „Was soll das sein? Etwa eine Einrichtung für Krüppel wie mich?"

„Sie sind keineswegs ein Krüppel, Miss Trevor. In Southgate befindet sich eines meiner Anwesen und zurzeit ist es mein liebstes, da es dort abgeschieden und angenehm ruhig ist."

„Wieso tun Sie das?", fragte die Frau unsicher. „Wer oder was bin ich für Sie, dass Sie mich zu Ihnen holen? Sind wir etwa miteinander verwandt?"

*Ernsthaft?*

*Wieso zum Teufel frage ich das?*

*Das ist doch purer Schwachsinn.*

*Natürlich sind wir nicht miteinander verwandt.*

*Er würde sonst niemals so höflich mit mir sprechen. Eine Verwandte spricht man schließlich mit seinem Vornamen an und nicht mit Miss.*

*Und man bringt auf gar keinen Fall solche Blumen als Geschenk mit.*

Margaret schaute auf das Bouquet aus roten und weißen Rosen, das in der Vase nahe neben ihrem Bett stand.

*Rosen?*

*Oh, verdammt!*

„Sie und ich sind keineswegs miteinander verwandt, Miss Trevor", tat Mycroft mit einem sanften Lächeln ab, wobei ihm nur oberflächlich gelang, seinen Schmerz zu verstecken.

„Bin ich Ihre Freundin? Ihre Frau? Oder gar Ihre Affäre?", fragte die Frau wie aus der Pistole geschossen.

Der Mann versteifte augenblicklich und schüttelte dann energisch den Kopf. „Nein. Sie sind nichts von alledem.

Glauben Sie mir, wenn Sie sich erst einmal wieder erinnern können, dann werden Sie das alles verstehen." Er warf einen prüfenden Blick auf seine Armbanduhr um sich von ihrem Antlitz, welches ihm immer heftigere Qualen bereitete, loszureißen. „Jetzt aber wird es Zeit für Sie, in Ihre neue Behausung umzuziehen."

Die Patientin betrachtete den Mann misstrauisch.

*Rosen schenkt man jemandem, den man liebt.*

*Als der Bruder des großen Detektivs Sherlock Holmes sollte er doch wissen, dass das ganz und gar offensichtlich ist.*

*Oder ist es das etwa nicht?*

*Aber ich kann es doch sehen.*

*Hat er zuvor also womöglich von mir gesprochen?*

*Bin ich diejenige, die sogar cleverer als sein berühmter Bruder ist?*

*Ach, Blödsinn.*

*Das kann einfach nicht wahr sein.*

*Wenn ich so überaus intelligent bin, wieso weiß ich dann überhaupt gar nichts mehr?*

*Vielleicht testet er mich einfach nur und die Blumen bedeuten rein gar nichts.*

*Es ist nicht immer alles so, wie es anfangs zu sein scheint.*

## EIN NEUER FALL FÜR
## SHERLOCK HOLMES

Die Tage vergingen schleppend.

Obwohl das märchenschlossähnliche Anwesen in Southgate alle nur erdenklichen Wünsche erfüllen konnte und Margaret Trevor sich wie eine Prinzessin in ihrem eigenen wunderschönen Königreich fühlte, schien dennoch etwas zu fehlen.

Mit einem Silbertablett bedeckt mit unberührtem und mittlerweile kaltgewordenem Essen ging Mr. Wiggins an Mycroft Holmes vorbei und geradewegs auf die Küche zu, wo er die zuvor mühevoll und schließlich umsonst zubereitete Speise schweren Herzens entsorgen musste.

Als der Hausherr dies mit ansah, durchfuhr ihn ein schmerzendes Stechen in der Brust.

„Sie hat schon wieder nichts gegessen", dachte er besorgt. „Die ganze Woche geht es bereits so dahin. Wenn sie so weitermacht, kippt sie noch irgendwann um." Er hatte der jungen Frau zwar so viel Freiraum wie nur irgend möglich gelassen, damit sie ihre Zeit an diesem Ort ohne jeglichen Druck genießen konnte, aber ihm war schnell aufgefallen, dass es ihr dennoch nicht gut ging, obwohl er sich wirklich aufopfernd um sie gekümmert hatte. „Ich muss mit ihr reden", ging es ihm durch den Kopf. Gleichzeitig marschierte er strengen Schrittes ins Wohnzimmer hinein.

Margaret saß in dem eigens für sie entworfenen Rollstuhl, der in Richtung Fenster ausgerichtet war. Über ihre reglosen und unnützen Beine lag eine dunkelbraune Decke, an der sie sich mit ihren beiden Händen festkrallte während sie mit starrem Blick nach draußen schaute. Die Anwesenheit des Mannes hinter ihr war ihr sofort aufgefallen, sogar schon lange bevor er den Raum überhaupt betreten hatte. Dennoch drehte sie sich nicht zu ihm um, sondern schaute weiterhin zum Fenster hinaus.

„Wie lange wollen Sie so weitermachen?", fragte Mycroft in strengem Tonfall.

„Kommt ganz darauf an, wie lange Sie denn noch so weitermachen wollen", konterte die junge Frau trotzig, ohne sich zu ihm umzublicken.

„Wovon sprechen Sie?" Der Mann blieb wie angewurzelt wenige Schritte hinter ihr mitten im Raum stehen.

„Sie kennen mich, Mr. Holmes, besser als jeder andere, und jetzt sogar noch viel besser als ich mich selbst kenne, dennoch sagen Sie mir nicht, was passiert ist. Solange ich nicht die Wahrheit erfahre, werde ich mein Verhalten nicht ändern."

„Sehr lange werden Sie das ohnehin nicht mehr durchhalten können", entgegnete er unbeeindruckt, denn er war nicht der Ansicht, dass sie diese Drohung wirklich ernst meinen würde. Er hoffte es zumindest.

„Falls Sie glauben, ich würde so etwas wie Hunger verspüren, dann irren Sie sich gewaltig. Alles, was ich spüre, ist ein großes schwarzes Loch tief in mir, welches mich langsam von innen heraus verschlingt und das, was danach noch übrigbleibt, in einen bodenlosen Abgrund zieht." Als sie das sagte liefen ihr Tränen über die Wangen herab. Aus diesem Grund drehte sie sich auch weiterhin nicht um und starrte stattdessen wie gebannt nach draußen, damit Mycroft, der nicht weit entfernt von ihr war, nicht erkennen konnte, dass sie nun weinte. „Ich bin ein Krüppel, eine Gefangene in meinem eigenen Körper, ohne irgendwelche Erinnerungen, weder an meine Kindheit, noch an den Tag, an dem das hier mit mir passiert ist." Sie hielt kurz inne und holte dann etwas Luft. „Aber wagen Sie es ja nicht, Mitleid mit mir zu haben!", sagte sie durchbohrend und wischte sich mit den Händen die Tränen aus dem Gesicht. Dass Mycroft durch diese mehr als eindeutige Bewegung klar geworden sein musste, dass sie nun weinte, war ihr in ihrem bitteren Schmerz entgangen. „Das verbiete ich Ihnen! Mitleid ist ein Zeichen von Schwäche - genauso wie jede andere Art von Gefühlsregung. Sie wollen doch nicht schwach sein, oder? Nein, bestimmt nicht. Dafür sind Sie viel zu stolz." Sie seufzte niedergeschlagen. „Bitte sagen Sie mir einfach, was passiert ist", sprach sie weitaus ruhiger. „Vielleicht fällt mir dadurch wieder alles ein."

„Sie müssen sich von alleine daran erinnern", sagte Mycroft mit gequälter Miene. Es schmerzte ihn sehr, dass sie so stark litt und er ihr überhaupt nicht helfen konnte. Er war äußerst froh, dass sie ihm den Rücken zugewandt hatte, denn so konnte sie nicht sehen, wie entsetzlich ihr Leiden auch ihn belastete. „Es bringt rein gar nichts, wenn ich es Ihnen sage."

„Woher wollen Sie das wissen?", fragte Margaret misstrauisch. „Sie sind schließlich kein Arzt."

„Ich habe sozusagen bereits Erfahrung darin", antwortete er mit gebrochener Stimme. „Außerdem habe ich Ihnen doch schon meinen Namen verraten und Sie haben sich auch nicht wieder an mich erinnert."

„Fein, dann verschweigen Sie es mir einfach weiter", sagte sie starrköpfig, „und ich werde ebenso weiterhin nichts essen. Zu Ihrem Glück wird es wahrscheinlich nicht mehr allzu lange dauern, bis ich das Bewusstsein verliere."

„Wollen Sie sich wirklich allen Ernstes zu Tode hungern?" Mycroft starrte sie schockiert an.

„Wieso nicht? Im Grunde setze ich mir damit sozusagen meine eigene Frist. Ich habe also noch exakt drei Tage Zeit um mich wieder zu erinnern, ansonsten ist es sowieso nicht mehr wichtig."

Mycroft rümpfte die Nase. Er hoffte natürlich inständig, sich verhört zu haben, kannte sie jedoch viel zu gut, um zu wissen, dass sie dies mit Sicherheit eiskalt bis zum letzten Atemzug durchziehen würde, wenn sie niemand davon abhalten würde.

„Sie werden etwas essen!", befahl er lauthals und streng und kam näher auf sie zu. „Entweder freiwillig oder unter Gewalteinwirkung, verstanden? Die Entscheidung liegt ganz bei Ihnen." Er starrte sie erzürnt an. „Ich habe ausgesprochen viel auf mich genommen und eine Menge Zeit darin investiert, damit Sie hier sein dürfen. Ist Ihnen das überhaupt bewusst?"

„Ich habe nie um Ihre Hilfe gebeten!", entgegnete sie ebenso schreiend und schaute nun endlich zu ihm zurück. Ihr blasses, gequältes Gesicht verletzte den Mann nur noch mehr. „Im Gegenteil. Sie haben sich ungefragt aufgedrängt und mich ohne Widerspruch zu Ihnen geholt. Was zum Teufel wollen Sie überhaupt von mir? Ich werde mich nie wieder erinnern können und meine verdammten Beine bleiben für immer gelähmt. Soll ich Ihnen also auch noch dafür danken, dass Sie mich am Leben erhalten, nur damit ich meine restlichen Tage als dahinsiechender, vergesslicher Krüppel verbringen kann?" Sie hielt kurz inne und sah den Mann leidend an. Nun flossen ihr erneut Tränen herab, aber dieses Mal kümmerte sie es nicht mehr, dass er es nun sehen konnte. „Ich bin zerbrochen wie eine poröse alte Vase und meine Scherben liegen verstreut auf dem Boden herum, wo andere, ohne darauf Acht zu geben, darüber stolzieren. Nichts wird je wieder so sein, wie es früher einmal war, obwohl ich doch nicht mal weiß, wie es eigentlich gewesen ist." Sie seufzte. „Vielleicht bin ich von einem Gebäude gesprungen, mit der Absicht, mir das Leben zu nehmen. Wie könnte ich Ihnen dann also dankbar sein, wenn ich im Grunde doch eigentlich sterben wollte?" Sie jammerte bitterlich. Der Schmerz in ihrer Brust schwoll entsetzlich an und das Atmen fiel ihr dadurch immens schwer. „Wer bin ich?", klagte sie.

Mycroft kniete sich flink zu ihr herab und schloss sie mitfühlend in seine Arme. Während er ihr sanft mit der Hand über den Rücken strich, hielt er sich voller Qualen ihre Worte vor Augen, denn im Grunde war sie mit ihrer Vermutung gar nicht so falsch gelegen.

„Bitte", flehte er dann nach einer Weile, nachdem sie schließlich ihre Tränen getrocknet hatte, „essen Sie etwas. Zur Belohnung werde ich Ihnen danach etwas zeigen, was Ihre Erinnerungen bestimmt etwas auffrischen wird."

Von purer Langeweile erfüllt lag der junge Detektiv Sherlock Holmes mit dem Rücken auf dem Sofa in seinem Apartment in der Baker Street an der Adresse 221B während er abwesend an die bereits immens malträtierte Decke hochstarrte, von der gerade ein Dartpfeil, den er zuvor präzise nach oben geworfen hatte, wieder zu ihm herunterstürzte. Er ergriff das flinke spitze Geschoss ohne jegliche Gefühls-regung, seufzte niedergeschlagen und holte dann zu einem weiteren Wurf nach oben aus.

Als sein treuer Freund Dr. John H. Watson endlich wieder von einem Auswärtstermin zurückkam, hockte sich der junge Detektiv voller Neugierde auf dem Sofa aufrecht hin, wobei er sein gefährliches Spielzeug, das sich in drohender Position direkt über ihm befand, vollkommen ausblendete. Während John zu ihm ins Wohnzimmer kam und Sherlock den Mann gespannt wie ein kleines Kind an seinem Geburtstag anstarrte, fiel der Dartpfeil von der Decke herab, drehte sich, exakt wie zuvor berechnet, während des Falls in der Mitte mit der spitzen und schwereren Seite nach unten und landete nur wenige Millimeter von dem Detektiv entfernt im Stoff des Sofas.

Wie erstarrt blieb Dr. Watson daraufhin stehen und blickte mit weit aufgerissenen Augen auf den Gegenstand. Er brauchte einen Moment, bis er das gerade Geschehene verarbeitet hatte, obwohl er solche seltsamen Gewohnheiten seines Mitbewohners bereits gewohnt war, ehe er dann ohne Kommentar nach nebenan in die Küche schritt.

Sherlock sprang auf und folgte ihm. Mit weit aufgerissenen Augen beobachtete er fasziniert, wie der Arzt die vorhin getätigten Einkäufe im Kühlschrank und den umliegenden Regalen verstaute.

„Hast du nichts zu tun?", fragte John ihn dann nach einer Weile als ihm die neugierigen Blicke des Mannes aufgefallen waren.

Der junge Detektiv drehte sich blitzartig weg.

„Natürlich." Sherlock stolzierte wie ein Soldat ins Wohnzimmer zurück und zog den Dartpfeil aus dem Stoff des Sofas heraus. „Ich bin sehr beschäftigt", sagte er und beäugte den Gegenstand in seiner Hand mit allergrößter Sorgfalt. „Sieht man das denn nicht?"

„Ach tatsächlich?" Dr. Watson kam zu ihm und starrte mit Entsetzen zur hölzernen Decke hinauf, die mit mindestens eintausend feinen Stichen durchlöchert war.

Sherlock wandte sich dem Mann zu, sah ihn kurz prüfend an und ging dann zum Fenster, von wo aus er auf die viel befahrene Straße hinunterblickte und bekümmert seufzte.

„Ist denn wirklich jeder Kriminelle schon geschnappt? Vielleicht sollte ich in eine andere Stadt umziehen und dort mein Glück versuchen. Es ist entsetzlich", jammerte er. „Meine Finger kribbeln wie wild und mein Verstand sehnt sich nach einer neuen Herausforderung."

John ging durch den Raum bis zum Sofa, wo nahe davor die Zeitung *Daily Mirror* auf dem Boden lag. Er hob die Zeitschrift auf und blätterte darin.

„Hier", sagte er dann nach einigen Sekunden und hielt seinem Mitbewohner das Blatt entgegen. „Was ist damit? Bereits das achte Opfer infolge eines Verkehrsunfalles am

Pemproke Square." Er blickte Sherlock fragend an. „Das kann doch kein Zufall mehr sein."

„Ist es auch nicht", schnaubte der Detektiv gelangweilt und unbeeindruckt, während er den Artikel nicht einmal eines Blickes würdigte. „Es ist nämlich ganz einfach. Nach umfangreichen Straßenarbeiten steht dort eine Ampel, die kaum unübersichtlicher sein könnte. Das ist also definitiv kein Zufall, John, sondern lediglich reine Dummheit bei den Straßenarbeitern. Noch dazu ist es langweilig. Ich brauche etwas Aufregendes, etwas Gefährliches, etwas-"

Er kam nicht mehr weiter mit seinem Vortrag, denn gerade in dieser Sekunde läutete sein Handy, das er auf den Tisch hinter sich gelegt hatte. Voller Euphorie sprang er darauf zu.

„Lestrade", sagte er grinsend als er den Namen auf dem Display las und nahm den Anruf entgegen. „Was haben Sie für mich?" Er lauschte neugierig. Mit jedem gehörten Wort weiteten sich seine Pupillen immer mehr. „Wo?" Dabei sah er John direkt an. „Wir sind gleich da." Dann legte er hastig auf.

„Wir?", fragte Dr. Watson etwas verwirrt und schüttelte den Kopf. „Sherlock, ich habe keine Zeit. In einer halben Stunde muss ich wieder arbeiten."

„Aber ich brauche dich", flehte der junge Mann verzweifelt.

„Tut mir leid", entgegnete John. „Du musst dir für heute wohl jemand anderes suchen, der dir hilft."

„Und wen?"

„Keine Ahnung", antwortete der Doktor und zuckte mit den Schultern. „Was ist mit deinem Bruder?"

27

Sherlock verdrehte entsetzt die Augen. „Auf keinen Fall“, rief er. „Eher springe ich kopfüber in die heiße Lava eines Vulkans, als dass ich ihn mitnehme.“ Dann jedoch verstummte er und schien dabei über eine ganze Reihe von Ideen zu grübeln. Während er auf seinem Smartphone eine Telefonnummer eintippte, grinste er bis über beide Ohren. „Ich wette, ihr ist noch viel langweiliger als mir.“ Danach legte er das Handy ans Ohr und wartete, bis jemand am anderen Ende den Anruf entgegennahm.

„Also, mehr bringe ich wirklich nicht mehr runter“, sagte Margaret und strich sich mit den Händen über ihren vollen Bauch, in der Hoffnung, er würde sich dadurch nicht mehr ganz so aufgebläht anfühlen. „Sind Sie jetzt endlich zufrieden?“, fragte sie den Mann, der ihr am Tisch gegenübersaß und sie die ganze Zeit über argwöhnisch betrachtete.

„Für den Anfang, ja“, antwortete Mycroft. Ein kurzes zufriedenes Lächeln zeichnete sich in seinen Gesichtszügen ab, bis es wieder zu dem altbekannten ernsten Blick wechselte. Er stand auf, ging um den Tisch herum, direkt hinter die junge Frau und schob sie in ihrem Rollstuhl nach draußen. „Und jetzt kommen wir zu meiner kleinen Überraschung.“

Noch während die Beiden auf den Flur hinauskamen, vibrierte Margarets Handy, das sie mit großer Mühe aus ihrer Jackentasche herauszog.

Als Mycroft die Nummer und den Namen des Anrufers - dieser war natürlich noch von früher her eingespeichert - sah, blieb er abrupt stehen und starrte durcheinander auf das Telefon.

Margaret, die den Namen auf dem Display ebenfalls las, erschrak innerlich.

*Ich habe SEINE Nummer eingespeichert?*

*Wir kennen uns also?*

*Natürlich.*

*Das ist doch nur logisch, wenn ich sozusagen bei seinem großen Bruder wohne.*

*Aber wieso ruft er mich an?*

*Was könnte ausgerechnet ER von mir wollen?*

*Ich sollte es wohl am besten schnellstens herausfinden.*

Aufgeregt nahm sie den Anruf entgegen. „Mr. Holmes, was verschafft mir die Ehre?"

„Ich hätte da eine Sache, bei der Ihre Hilfe von außerordentlicher Bedeutung wäre."

„Was? Meine Hilfe? Wie könnte jemand wie ich gerade Ihnen behilflich sein? Ich wäre nur ein unnützer und unwissender Klotz am Bein, wobei ich noch gar nicht mal davon spreche, dass ich im Rollstuhl sitze und meine Beine eher nur als lästige Dekoration anzusehen sind", entgegnete die Frau.

„Sie sind keinesfalls unwissend, Miss Trevor", sagte Sherlock darauf. Er wirkte ungewohnt höflich, sogar richtig freundlich.

*Eigenartig.*

*Ich dachte immer, er wäre eingebildet und unsympathisch.*

„Wie schnell können Sie in die Cornwall Gardens kommen?", fragte er. „Ich würde Ihnen nur allzu gerne das Gegenteil Ihrer Behauptung beweisen."

Margaret wusste nicht, was sie darauf sagen sollte. Sie war vollkommen perplex. Nach einem Moment des Schweigens schaute sie zu Mycroft hoch, der sie voller Unwissenheit anstarrte.

„Könnten Sie mich in die Cornwall Gardens bringen?", bat sie ihn.

Er nickte etwas unbeholfen und wirkte alles andere als erfreut, denn mit Sicherheit schien er zu ahnen, was sein kleiner Bruder vorhatte.

„Wir treffen uns in einer Stunde dort", sagte Sherlock durch das Telefon. „Aber nur Sie allein und nicht mein Bruder, verstanden? Ich brauche nur Sie, Margaret." Dann legte er auf.

Exakt auf die Minute genau eine Stunde später fuhr eine schwarze Limousine mit verdunkelten Scheiben durch die Cornwall Gardens und stoppte kurz vor dem Gebäude mit der Hausnummer 26.

Geheimagent Jack Ryder, einer der wohl persönlichsten und vertrautesten Angestellten von Mycroft Holmes, stieg von der Beifahrerseite aus, öffnete die Tür auf der Rückbank und half der jungen Frau mit ihrem Handicap in den

30

Rollstuhl, den der Fahrer des Wagens zuvor bereitgestellt hatte. Dann drückte Ryder Margaret etwas unsanft eine Visitenkarte in die Hand.

„Rufen Sie an, sobald Sie fertig sind und wir holen Sie hier wieder ab!", befahl er streng. Seine Worte klangen eindeutig nicht wie eine Bitte, sondern eher wie ein ernst zu nehmender Befehl. Auch sein Englisch hatte nicht den üblichen britischen Akzent, obwohl er gleichzeitig auch nicht wirklich amerikanisch wirkte.

*Er muss wohl eine ganze Weile im Ausland gearbeitet haben.*

*Wahrscheinlich hat er schon die halbe Welt bereist und allerhand faszinierende Orte gesehen.*

Danach stiegen Ryder und der Fahrer wieder in die Limousine ein und fuhren davon.

Margaret betrachtete die Umgebung etwas unbeholfen und zuerst nur oberflächlich, um sich zumindest einen kurzen Eindruck davon zu machen, was nun auf sie zukommen würde.

Die gesamte Straße in den Cornwall Gardens war beinahe komplett mit Einsatzfahrzeugen und anderen Autos, die vermutlich den Bewohnern an den nahegelegenen Wohngebäuden gehörten, vorgestellt, sodass vom Straßenrand selbst kaum mehr als ein paar schmale Streifen zu sehen waren, die zumindest den Anschein erweckten, dass dort alles asphaltiert worden war. Auf der gegen-überliegenden Seite der weißen und gräulichen Häuserreihe befand sich ein weiter quadratischer Park mit mehreren Grünflächen und hohen, dichten Bäumen. Dort standen mehrere Beamte im Rasen verteilt, die über eine weitläufig

31

mit rotweißrot-gestreiften Bändern abgesperrte Fläche herumwanderten und die Umgebung fotografierten, kartographierten und anderweitig auf irgendwelche Spuren untersuchten.

Noch bevor sich die junge Frau im Rollstuhl dem Park zuwandte, kam Sherlock Holmes mit einem breiten Grinsen in seinen warmen langen schwarzen Mantel gehüllt auf sie zu geeilt.

„Schön, dass Sie es einrichten konnten", sagte er erfreut, anstatt sie zu begrüßen, wie es normale Menschen für gewöhnlich taten und schob sie sofort in den Park hinein.

„Ich hatte zufällig noch ein kleines Loch in meinem Terminkalender", entgegnete die Frau mit einem leichten Anflug von Sarkasmus.

„Dann kann ich mich wohl glücklich schätzen, oder nicht?", meinte der Mann frohlockend. Ihre Stichelei amüsierte ihn viel mehr, als dass sie ihn damit ärgerte. Es wirkte gar so, als hätte er diese Art von Unterhaltung irgendwie vermisst. Außerdem war er in diesem Augenblick viel zu gut aufgelegt, denn endlich hatte er wieder etwas zu tun bekommen und dieser Fall schien es wirklich in sich zu haben.

Wie besessen schob er seine neue verbrechenslösende Partnerin auf den Tatort zu und war gespannt, was sie wohl davon halten würde. Dass sie all ihre Erinnerungen vergessen hatte, kümmerte ihn herzlich wenig, ebenso wie die strikte Anweisung seines Bruders, ihr nichts von ihrer Vergangenheit zu erzählen; denn nur unter dieser Bedingung hatte er sie überhaupt hierher einladen dürfen.

Als Margaret die entsetzliche Schrecklichkeit vor sich sah, drehte sich ihr unweigerlich der Magen um. Zu ihrer eigenen Überraschung jedoch legten sich das unangenehme Gefühl und der Brechreiz sehr schnell wieder, und als sie dann erneut hinunterschaute, verspürte sie dabei nur noch einen geringen Anteil an Ekel.

*Das ist also nichts Neues für mich?*

*Es wird immer seltsamer.*

*Wer bin ich wirklich?*

Detective Inspector Lestrade kam auf die beiden zu und für einen kurzen Moment blickte er Margaret verwirrt an. Allem Anschein nach hatte er nicht damit gerechnet, dass ausgerechnet sie hier auftauchen würde, wohl letzten Endes deswegen, weil ihm bewusst war, dass sie und Sherlock Holmes sich früher nicht wirklich gut vertragen hatten. Das wusste die junge Frau jedoch nicht.

Sie betrachtete den Mann vom Scotland Yard argwöhnisch. Sein eigenartiger Blick war ihr sofort aufgefallen, und dies bestätigte ihr, dass auch er sie mit Sicherheit kennen musste.

Aus mehreren Zeitungsartikeln hatte sie bereits von dem Inspector gelesen, deshalb wusste sie recht gut, wie er aussah und wie er arbeitete, aber seine auffallend erstaunte Reaktion über ihre Anwesenheit bereitete ihr dennoch Kopfzerbrechen.

*Er wirkt nervös und unsicher.*

*Hat er etwas zu verbergen?*

*Vielleicht etwas, das ich weiß?*

*Aber ich weiß doch nichts mehr.*

*Also ist sein Verhalten keinesfalls nachvollziehbar.*

*Dennoch stimmt etwas nicht mit ihm.*

*Wahrscheinlich liegt es daran, dass ich nicht Dr. Watson bin.*

*Das muss es sein. Ganz bestimmt.*

*Er wird es also nicht gewohnt sein, dass ich Sherlock Holmes begleite.*

*Aber wieso kennt er mich dann?*

*Wäre ich denn dadurch nicht nur eine einfache Passantin?*

*Wie kann es also sein, dass Inspector Lestrade vom Scotland Yard mich kennt, genauso wie Sherlock Holmes und dessen Bruder?*

*Wieso kennen sie mich alle?*

*Was habe ich getan?*

Für eine kurze Sekunde befürchtete sie, dass sie vor ihrem Unfall wohl etwas Schlimmes angestellt haben musste.

*Ach, das kann auch nicht sein.*

*Sonst würde ich jetzt nicht einfach so frei herumlaufen können.*

*Ganz egal, ob ich mich erinnern kann oder nicht, hätte ich eine Straftat begangen, wäre ich verhaftet worden.*

*Aber ich bin frei, was bedeutet, dass ich nichts Verbotenes getan habe.*

„Ihr Name ist Cecile Forester", begann Inspector Lestrade dann. „Sie wurde heute Morgen von Passanten hier gefunden. Eine Fremdeinwirkung von außen ist bisher noch nicht erkennbar. Keine Eintrittswunden, keine Würgemale, nichts. Auch das toxikologische Gutachten ist noch zu keinem

Ergebnis gekommen. Allerdings vermuten wir, dass sie an einem Herzinfarkt gestorben ist."

„Aber bestimmt nicht hier", warf Margaret flink ein. „Sehen Sie sich nur ihre Haare an. Die waren bis vor Kurzem noch nass. Das warme Wetter muss sie schließlich luftgetrocknet haben. Aber es hat seit drei Tagen in ganz London nicht mehr geregnet und auch ihr Mantel ist vollkommen trocken, sowie der Rest ihrer Kleidung. Also muss sie woanders ermordet und dann hierhergebracht worden sein."

„Warum ausgerechnet hier?", fragte Lestrade, der seine Überraschung über ihre schnelle Erkenntnis erst noch verarbeiten musste.

„Dort ist eine viel befahrene Straße", sagte Sherlock und deutete auf die Fahrbahn hinter ihnen, „und auch der Park weist täglich zahlreiche Besucher auf. Demnach wurde Mrs. Forester nicht einfach nur beseitigt, sie wurde hier zur Schau gestellt." Nun zeigte er auf die eigenartige Liegeposition der Leiche. „Ihr Körper wurde exakt nach Norden ausgerichtet, ihre Arme zeigen nach Westen und Osten und ihre Beine nach Süden", sagte er. „Da ich mitnichten davon ausgehe, dass das nur ein einfacher Zufall sein kann, muss es wohl etwas anderes bedeuten."

„Der Täter könnte eine Art Zwangsstörung haben", schlussfolgerte Margaret. Dann sah sie den Inspector fragend an. „Gab es in den letzten Tagen vielleicht ähnliche Fälle wie diesen hier? Es ist nicht auszuschließen, dass diese Frau nicht sein erstes Opfer ist."

„Dazu muss ich erst in den Akten nachsehen", meinte Lestrade und ging eilig weg während er über ein Funkgerät mit der Zentrale Verbindung aufnahm.

„Er kennt mich also auch", sagte Margaret, als sie mit Sherlock wieder alleine war. „Und er weiß ganz genau, was mit mir passiert ist. Ebenso wie Sie?" Dabei starrte sie den Mann ernst an. „Sie waren dabei als das mit mir geschehen ist, richtig? Sie haben alles mitangesehen, und doch schweigen Sie, genauso wie Ihr Bruder. Bitte, ich möchte endlich erfahren, was mit mir passiert ist. Ich war doch nicht schon immer so, oder?"

„Naja, in gewisser Weise schon", sprach Sherlock in Erinnerungen schwelgend. „Es ist zumindest nicht das erste Mal, dass Sie Ihre Erinnerungen verloren haben. Zwar hat es damals eine ganze Weile gedauert, aber schlussendlich haben Sie sich wieder an alles erinnern können."

„Wie lange?", wollte sie wissen. „Wie lange hat es gedauert?"

Sherlock zögerte. 'Eine ganze Weile' schien wohl nicht der beste Ausdruck dafür zu sein.

„Etwas mehr als zwanzig Jahre", antwortete er.

„Was?", rief die junge Frau entsetzt. Diese Erkenntnis schockierte sie sehr und machte sie schier sprachlos. „Was habe ich in diesen zwanzig Jahren gemacht? Habe ich denn überhaupt richtig gelebt?"

„Oh, das haben Sie." Sherlock musste sich mit Mühe ein breites Grinsen verkneifen. „Kennen Sie eine Frau namens Alexandra Green?"

Sie runzelte nachdenklich die Stirn.

„Das ist doch diejenige, die stets behauptet hat, cleverer als Sie zu sein. Ja, von ihr habe ich schon so einiges gehört und gelesen. Eine eigenartige und kaltherzige Person ist das, wenn Sie mich fragen, beinahe genauso wie Ihr großer Bruder."

Nun schmunzelte der Mann. „Sie haben ja keine Ahnung wie recht Sie damit haben."

„Was ist eigentlich aus ihr geworden?", fragte Margaret. „Sie scheint spurlos verschwunden zu sein. Hat sie etwa gegen Sie verloren, das Handtuch einfach hingeworfen und ist dann abgehauen?"

„Oh nein." Sherlock lachte leicht.

'*Wenn sie die Wahrheit wüsste, würde sie ganz anders darüber denken. Vielleicht ist es doch besser, dass sie sich nicht mehr erinnern kann*', dachte er.

„Alexandra Green besaß wirklich außergewöhnliche Fähigkeiten", sagte er. „Ich wäre nicht in der Lage gewesen, sie so einfach schlagen zu können. Aber ja, in gewisser Weise ist sie verschwunden, denn in Wahrheit hat sie nie wirklich existiert. Sie war fast ihr ganzes Leben jemand anderes. Ähnlich wie Sie."

„Wieso erzählen Sie mir das?", fragte Margaret verwirrt. Sie sah keinen Zusammenhang zwischen ihr und dieser seltsamen Frau.

„Ich darf Ihnen nichts über Ihre eigene Vergangenheit erzählen. Das habe ich meinem Bruder hoch und heilig versprochen und ich werde mich auch daran halten, gezwungenermaßen zumindest, denn gerne tue ich das nicht, das können Sie mir glauben. Deshalb erzähle ich Ihnen einfach etwas über jemand anderes, in der Hoffnung, Ihre

Erinnerungen damit irgendwie wecken zu können, was wohl nicht wirklich zu gelingen scheint." Er atmete tief durch und sah die Frau studierend an. „Was wissen Sie alles über sich selbst? Was haben Sie bereits in Erfahrung bringen können?", fragte er und es wirkte, als wollte er sie unbedingt dazu bringen, sich wieder zu erinnern.

Margaret überlegte mit aller Mühe. „Zuallererst mein Name, den haben mir die Ärzte im Krankenhaus gesagt, kurz nachdem ich aufgewacht bin." Sie machte eine kurze Pause. „Zuvor bin ich wohl einem sitzenden Beruf nachgegangen, denn mein Rücken schmerzt leicht, und meine Arbeit muss etwas mit einem Computer und einer Tastatur zu tun gehabt haben, da ich ungewöhnlich schnell tippen kann. Manchmal, wenn ich mir Notizen mache, schreibe ich in Kurzschrift, was heutzutage nicht mehr jeder beherrscht. Außerdem habe ich an meiner rechten Hand am Zeigefinger und am Mittelfinger eine Hornhaut, was mich zu dem Schluss führen lässt, dass ich recht viel mit der Hand geschrieben habe. Demzufolge war ich wohl irgendwo als Sekretärin angestellt. Und ich muss recht gut in meinem Job gewesen sein, denn im Krankenhaus habe ich fast täglich frische Blumen und Pralinen mit einer Karte bekommen, in der geschrieben stand: '*Gute Besserung wünscht Ihnen Ihr Boss.*' Noch dazu habe ich ein gutes, sozusagen ein geschultes Gehör für Musik, hauptsächlich jedoch für Klassik, und sehr bewegliche Finger. Vielleicht habe ich sogar ein Instrument gespielt, aber das ist nur eine reine Vermutung. Mehr weiß ich jedoch nicht."

„Wirklich?" Sherlock sah sie fordernd an. „Sie sehen mit einem einzigen Blick, dass das Opfer hier kurz zuvor noch nasse Haare hatte und, dass der Täter mit aller Wahrscheinlichkeit an einer Zwangsstörung leiden muss. Und das macht Sie keineswegs stutzig?"

„Wieso?" Sie sah den Mann konsterniert an. „Das mit den Haaren wäre jeder Frau aufgefallen, hätte sie nur genauer hingesehen - immerhin ist es mehr als offensichtlich. Und das mit der Zwangsstörung liegt doch ebenfalls auf der Hand. Wieso ist das für Sie so eigenartig? Sie sehen es doch auch. Da ist doch nichts dabei."

„Lestrade hat es nicht gesehen und auch sonst niemand vom Scotland Yard. Nur Ihnen und mir ist dies aufgefallen."

*Er hat recht.*

*Aber wieso kann ich das sehen?*

*Bin ich etwa wie er?*

*Hat Mycroft im Krankenhaus tatsächlich mich gemeint?*

„Also", fuhr Sherlock fort, „daraus lässt sich eindeutig schließen, dass Sie eine ganz besondere Auffassungsgabe besitzen, die in diesen Tagen leider sehr selten geworden ist, obwohl sie ohnehin noch nie sehr viele Menschen beherrscht haben. Was dachten Sie, war sonst der Grund, warum ich gerade Sie hierherbitten ließ?"

„Ihr treuer Freund Dr. Watson scheint wohl keine Zeit zu haben", antwortete sie. „Das war meine erste Schluss-folgerung. Meine zweite war, dass Sie allem Anschein nach nicht gerade viele Freunde besitzen. Und da ich mittlerweile weiß, dass Sie mich auf jeden Fall kennen müssen - abgesehen von der Tatsache, dass ich sozusagen bei Ihrem Bruder wohne - ist es somit nur logisch, dass Sie mich hierzu aussuchen, denn Mycroft hätten Sie niemals um Hilfe gebeten. Dazu sind Sie viel zu stolz. Und er auch. Allerdings bin ich mir nun ziemlich sicher, dass ich schon immer so genau beobachtet habe, denn das alles hier kommt mir weder neu, noch in irgendeiner Weise fremd vor. Auch der Anblick von leblosen Körpern erschreckt mich weitaus weniger als es sollte."

Inspector Lestrade kam nun mit eiligen Schritten wieder zu den Beiden zurück.

„Sie hatten recht", sagte er und klang alles andere als erfreut darüber. Anscheinend brockte ihm diese Tatsache eine Menge Arbeit ein. „Zuvor gab es vier ähnliche Fälle, in denen ältere Personen scheinbar an einem Herzinfarkt gestorben sind. Die Tatorte sind jedoch völlig unwillkürlich über ganz London verstreut und die Opfer stehen auch in keiner Weise miteinander in Verbindung. Alle fünf Opfer, Mrs. Forester hier eingeschlossen, schienen die ganze Zeit eines natürlichen Todes gestorben zu sein."

„Es gibt sehr wohl eine Verbindung zwischen ihnen", meinte Sherlock, der durch diese Erkenntnis geradezu vor Freude strahlte, da er endlich wieder ein kniffliges Rätsel zum Lösen bekommen hatte. „Alle wurden aus ein und demselben Grund ermordet. Und nun liegt es an uns, den Grund dafür herauszufinden."

# KONTEXT

Grace Forester hatte nun eine Menge zu tun. Nachdem viel zu schnell bekannt geworden war, dass ihre Mutter plötzlich und für alle vollkommen unerwartet verstorben war, musste sie als ihre einzige Tochter das ganze Imperium, welches Cecile Forester mit allergrößter Mühe und Sorgfalt aufgebaut hatte, alleine weiterführen. Das Geschäft ihrer Mutter war die letzten Jahre zwar nicht sehr gut gelaufen, doch in den letzten Monaten hatte es einen regelrechten Aufschwung erlebt.

Ein anonymer Spender aus Indien hatte für die Auktion am kommenden Freitagabend ein Dutzend seltener weißer Jadekristalle zur Verfügung gestellt, wodurch sich eine regelrechte Überflutung an Teilnahmebestätigungen für die Auktion ergeben hatte. Zum Glück hatte Grace noch ihren Verlobten Gregory, der ihr in dieser schweren Zeit in jeder nur erdenklichen Hinsicht tatkräftig zur Seite stand.

Gregory Norton hatte es aber freilich nicht nötig, auch nur einen einzigen Finger zu rühren. Von seinen Eltern hatte er bereits vor mehreren Jahren nach deren Tod ihre sämtlichen Ersparnisse und die berühmte Modekette *NORTON UK*, die allein in London neun Filialen umfasste, geerbt, mit denen er so viel Gewinn machte, dass sogar noch seine Urgroßenkel leicht in Saus und Braus davon leben können würden. Aber er liebte seine Verlobte über alles und das zeigte er gerne, meistens natürlich in aller Öffentlichkeit um sein gutes Image zu wahren, denn Grace Forester war eine begehrenswerte wunderschöne junge Frau und Gregory Norton ein äußerst attraktiver Typ, der dazu noch ein gerissener Geschäftsmann war.

Grace hastete im Auktionssaal auf und ab. Sie platzierte die bereits vor ein paar Stunden schon geordneten Gegenstände wieder ganz neu um. Sie stand kurz vor der Verzweiflung und hetzte sich deshalb selbst in völliger Sinnlosigkeit quer durch den Raum, nur damit sie keine Zeit hatte, um an den schmerzhaften Verlust ihrer geliebten Mutter denken zu können.

„Wie oft willst du die Reihenfolge denn noch ändern, Schatz?", fragte Gregory, der vor ein paar Minuten in den Saal gekommen war und die Frau besorgt beobachtet hatte. „Die Auktion ist doch erst in fünf Tagen und außerdem hast du das ganze Zeug schon vor zwei Stunden umgestellt."

„Es muss alles perfekt sein", entgegnete Grace, die schier in Panik verfallen war. „Am Freitag darf rein gar nichts schieflaufen."

Der Mann ging auf seine Verlobte zu und zog sie sanft von den Auktionsgegenständen weg. Er nahm sie behutsam in die Arme und strich ihr dabei liebevoll mit der Hand über den Rücken.

„Es wird alles wieder gut", sagte er einfühlsam, als er spürte, wie die Frau in seinen Armen zu weinen begann und drohte, zusammenzubrechen. Er kannte sie einfach viel zu gut und wusste daher ganz genau, dass sie gerade am Ende war.

„Jemand hat sie umgebracht", schluchzte Grace dann nach einer Weile. „Meine Mutter wurde ermordet."

„Was?" Der Mann verkrampfte erschrocken und wich zurück. „Wirklich? Wer behauptet das?"

„Dieser Inspector Lestrade vom Scotland Yard hat es mir gesagt. Allem Anschein nach ist sie das fünfte Opfer eines Serientäters."

„Das ist ja schrecklich", meinte Gregory mitfühlend. „Hoffentlich finden sie den Täter schnell."

„Bestimmt, denn sie haben Sherlock Holmes persönlich um Hilfe gebeten."

Der Mann kniff erstaunt seine Augen zusammen. „Sherlock Holmes? Das ist gut, sogar sehr gut. Somit ist der Fall schon fast gelöst."

Grace seufzte. „Das bringt sie nur leider auch nicht mehr zurück. Wieso jetzt und wieso ausgerechnet sie? Meine Mutter hat doch niemandem etwas getan."

„Vermutlich war sie einfach nur zur falschen Zeit am falschen Ort."

Die Frau sah ihren Verlobten stutzig an. „Das glaubst du doch nicht wirklich, oder? Meine Mutter war nicht irgendjemand. Sie war die große Cecile Forester. Jeder kennt sie. Nein, der, der das getan hat, tat es allein ihretwegen. Er hat sie definitiv gekannt."

„Das mag schon sein, Liebes, aber was ist dann mit den anderen vier Opfern? Das sind alles eben nur Spekulationen, und damit löst man keinen Fall", sagte Gregory und lächelte dann so liebevoll wie er nur konnte. „Komm! Lass uns etwas essen gehen. Du musst doch am Verhungern sein."

43

„Ich habe keinen Hunter", sprach die junge Frau niedergeschlagen. „Dafür habe ich auch gar keine Zeit. Ich muss hier noch so viel erledigen."

„Schatz, bitte. Die Auktion ist erst am Freitag. Heute ist erst Montag. Dir bleibt also noch mehr als genügend Zeit. Bitte iss etwas und ich verspreche dir, dass ich dir nachher auf jeden Fall helfen werde."

„Wirklich?" Sie sah ihn mit großen Augen an.

„Ja." Er nickte schmunzelnd. „Jetzt komm."

Sherlock stand in der Mitte seines Apartments während er in der einen Hand eine Geige, die er an seiner linken Schulter abstützte, und in der anderen einen Bogen hielt, den er gefühlvoll und präzise über die vier Saiten des Streichinstruments führte. Vor ihm stand ein hoher Notenständer mit mehreren Blättern Papier darauf, die teilweise in vollkommenem Chaos mit verschiedenen Melodien bekritzelt waren.

Margaret hockte derweil auf dem Sofa, mit den Beinen auf dem Sitzkissen, die unter einer Decke lagen. Mit geschlossenen Augen lehnte sie sich zurück und horchte mit größter Begeisterung den traumhaften Melodien, die ganz und gar Eigenkompositionen des jungen Mannes waren.

„Fantastisch", sagte sie voller Freude als er mit seiner Vorführung fertig war. „Wirklich unglaublich. Sie haben großes Talent, Sherlock."

Der Mann verneigte sich dankend.

„Der Grat zwischen guter und schlechter Musik ist oftmals so erschreckend dünn, dass es auch für mich nicht immer erkennbar ist, ob mir ein Stück gelungen ist oder nicht", sagte er und kam dann näher auf seinen Gast zu. „Wie steht es mit Ihnen? Sie sagten, dass Sie möglicherweise ein Musikinstrument beherrschen. Möchten Sie einen Versuch wagen?" Er hielt ihr die Geige entgegen.

„Oh nein." Margaret hielt ihre Hand abweisend hoch und schüttelte den Kopf. „Das ist keine gute Idee. Ich möchte nichts kaputt machen. Außerdem glaube ich nicht, dass ich jemals Geige gespielt habe."

„Woher wollen Sie das denn wissen? Sie haben doch Ihr Gedächtnis verloren. Wenn Sie es also nicht wenigstens ausprobieren, werden Sie die Wahrheit wohl nie erfahren", meinte Sherlock, der ihr die Geige und den Bogen dabei in die Hände drückte und ihre Beine dann auf den Boden herunterzog, damit sie aufrecht vor ihm saß. „Na los! Versuchen Sie es!", befahl er euphorisch und hockte sich im Schneidersitz direkt vor sie auf den hölzernen Fußboden hin.

Durch Margarets Kopf schwirrten die kuriosesten Gedanken, doch der neugierige und zugleich fordernde Blick des jungen Mannes verwirrte sie zu sehr, als dass sie noch klar denken konnte. In diesem Augenblick fühlte sie sich wie eine Laborratte, die in einem Käfig eingesperrt war und gerade irgendein seltsames Experiment durchführen musste.

Die Haltung mit der Geige auf ihrer Schulter und dem Bogen in ihrer anderen Hand war ungewohnt für sie. Somit musste die junge Frau eigentlich keinen einzigen Ton spielen, um zu wissen, dass sie ein solches Instrument noch nie zuvor in den Händen gehalten hatte. Aber sie überwand ihre eigene

Unsicherheit und legte den Bogen auf die vier Saiten und strich dann vorsichtig darüber.

Eine entsetzliche Katzenmusik war das Ergebnis dieses Experimentes und es klang wirklich alles andere als schön, aber Sherlock verzog sein Gesicht nicht und starrte sie weiterhin prüfend an.

„Das ist doch lächerlich", sagte sie nach einer Weile und sank voller Wehmut den Bogen.

„Machen Sie weiter!", befahl der Mann streng.

*Was bezweckt er damit?*

*Hört er denn nicht, wie schrecklich das klingt?*

Margaret konzentrierte sich und versuchte erneut, so gefühlvoll und sanft wie möglich über die Saiten zu streichen. Zu Anfangs kamen wieder nur einzelne kratzige Töne heraus, die abgehackt und quietschend klangen, aber nach einiger Zeit schienen sich diese einzelnen Klänge miteinander zu verbinden. Nach und nach erkannte die junge Frau dann auch, wohin sie ihre Finger setzen musste, um bestimmte Tonhöhen und -tiefen erzeugen zu können, bis sie schließlich die Melodie des *Ungarischen Tanzes* von Johannes Brahms spielte, die schon die ganze Zeit in ihrem Kopf herumgeschwirrt war und nur darauf gewartet hatte, endlich befreit zu werden. Natürlich war ihre Darbietung auch dann noch nicht mal annähernd perfekt, dennoch hätte nun sogar ein Laie dieses Lied erkennen können.

„Brahms also", sagte Sherlock und stand auf.

„Sind Sie jetzt zufrieden?", fragte Margaret mit einem Gefühl von Unbehagen und Unsicherheit. Gedemütigt reichte sie ihm die Geige und den Bogen wieder. „Ich wusste doch, dass ich das Instrument nicht beherrsche."

„Aber musikalisch sind Sie auf jeden Fall. Sie haben ohne jegliche Vorkenntnisse innerhalb kürzester Zeit ein nicht ganz geläufiges Musikstück auf einem Instrument gespielt, das Ihnen vollkommen fremd ist. Da Sie Brahms gewählt haben und noch dazu dieses Stück, ist es eindeutig ein Zeichen dafür, dass Sie nicht gerade wenig Ahnung haben, was diese spezielle Musikrichtung angeht. Noch dazu sagt es deutlich aus, dass Sie ein klassisches, aber nicht mehr ganz so alltägliches Musikinstrument erlernt haben mussten."

„Klavier", schoss es Margaret plötzlich raus, ohne es überhaupt kontrollieren zu können. In ihrem Kopf hörte sie nun den Ungarischen Tanz als Arrangement für Klavier so deutlich und genau, dass sie sich sicher war, dieses Stück schon einmal gespielt zu haben.

„Jetzt bin ich zufrieden", antwortete der junge Detektiv sichtlich erfreut.

Doch, noch ehe die Beiden ihr Gespräch vertiefen konnten, hörten sie jemanden die Treppe zu ihnen heraufeilen und durch die offene Tür ins Wohnzimmer hereinkommen. Es war niemand anderes als Mrs. Hudson, die Vermieterin, und sie sah nicht gerade erfreut aus.

„Sherlock", sprach sie angestrengt atmend, weil sie sich so beeilt hatte, um herauf zu kommen, „ich bitte Sie, lassen Sie es doch endlich mal gut sein. Das klingt mittlerweile nur noch grauenhaft, was Sie da gerade von sich gegeben haben. Zuvor war es ja noch schön und angenehm, aber das hier geht zu weit. Die Nachbarn beschweren sich schon bei mir. Was soll ich ihnen bloß sagen?"

„Dass ich es war", antwortete Margaret flink.

Die ältere Dame fasste sich mit beiden Händen ins Gesicht und sah sie erschrocken an.

„Oh, ich wusste gar nicht, dass Sie hier sind, Liebes", rief sie überrascht. „Wie geht es Ihnen denn? Ich habe Sie schon eine ganze Ewigkeit nicht mehr gesehen." Sie musterte die junge Frau auffallend besorgt. „Sherlock hat Ihnen ja nicht mal etwas zu trinken angeboten. Wie unhöflich von ihm. Möchten Sie vielleicht eine Tasse Tee?"

„Ich fürchte, Miss Trevor muss Ihr Angebot ablehnen", sagte ein Mann vom Treppenhaus aus mit einer tiefen, eisigen Stimme, der zu ihnen heraufkam. Es war Mycroft Holmes, der beinahe lautlos hereingekommen war und nun hinter der Vermieterin stehen blieb, wobei er sie mit seiner enormen Größe haushoch überragte. „Sie hat noch einen wichtigen Termin."

„Davon weiß ich aber nichts", fuhr Sherlock seinen Bruder unfreundlich an.

„Es ist auch etwas Privates", entgegnete dieser ebenso kaltherzig.

„Aber ich darf schon erfahren, worum es dabei geht, oder?", fragte Margaret leicht verwirrt. Sie sah die beiden Männer abwechselnd an und hatte das Gefühl, dass sich die Brüder gerade in einer Schlacht gegeneinander befanden, die sie mit ihren boshaften Blicken austrugen.

„Ich informiere Sie über die weiteren Einzelheiten im Wagen", sagte Mycroft streng. „Wir sollten jetzt keine Zeit mehr verlieren." Er ging auf sie zu.

Hastig sprang Sherlock dazwischen und versperrte seinem Bruder den Weg zu ihr.

„Was hast du vor?", fragte er ihn mit ernster Miene und gleichzeitig so leise, dass Margaret und auch Mrs. Hudson seine Worte nicht verstehen konnten. „Willst du sie noch weiter in deiner Festung einsperren? Das bringt gar nichts, das siehst du doch. So wird sie sich niemals wieder erinnern können. Sie muss nach draußen und was erleben, um ihr Gedächtnis wieder erlangen zu können. Bei dir wird sie in ewiger Vergessenheit leben und ihr genialer Verstand wird langsam dahinwelken, bis nichts mehr davon übrig ist. Ist es etwa das, was du willst, Mycroft? Sie zu einem normalen, durchschnittlichen und langweiligen Menschen machen? Sie ist nicht wie andere. Sie ist genauso wie du und ich."

„Von dir lasse ich mir nicht sagen, wie ich mit ihr umzugehen habe, Sherlock. Ich kenne Margaret sehr viel besser und auch sehr viel länger als du und ich werde es nicht zulassen, dass ihr je wieder etwas Schlimmes zustößt."

„Du kannst sie nicht vor jeglichen Gefahren dieser Welt beschützen, großer Bruder."

„Du auch nicht", entgegnete Mycroft gereizt, „aber ich versuche es zumindest."

Nur wenige Minuten nachdem Mycroft und Margaret die Baker Street abrupt verlassen hatten, läutete Sherlocks Telefon erneut.

Übel gelaunt nahm der den unbekannten Anruf entgegen. „Hallo. Wer ist da?"

„Hier ist Inspector Doyle vom Scotland Yard", antwortete ein junger Mann etwas eingeschüchtert am anderen Ende der Leitung.

„Was wollen Sie?", fragte Sherlock genervt.

„Lestrade hat mir erzählt, dass Sie an dem Mordfall von Cecile Forester dran sind und ich könnte da Ihre Hilfe brauchen."

„Sie?", rief Sherlock verblüfft. „Sie haben mich noch nie um Hilfe gebeten. Sonst haben Sie doch auch eher meinen Bruder vorgezogen. Was hat Sie also dazu veranlasst, diese Gewohnheit nun zu ändern?"

Doyle zögerte. „Margaret", brachte er mit gebrochener Stimme heraus.

Sherlock verdrehte die Augen.

„Ich verstehe. Lestrade hat Ihnen erzählt, dass Miss Trevor und ich heute gemeinsam an seinem Tatort waren und da dachten Sie, es wäre eine gute Idee nun mich anzurufen, anstatt sie selbst, weil Sie zu große Angst davor haben, mit der Frau zu sprechen, für die Sie eindeutig sehr viel empfinden, von der Sie jedoch gleichzeitig wissen, dass sie keinen blassen Schimmer hat, wer Sie eigentlich sind." Er atmete kurz durch. „Also, was ist der Grund Ihres Anrufes?"

Der junge Inspector räusperte sich und brauchte einen Moment, um sich die richtigen Worte zurechtzulegen. „Ich glaube, dass Ihr Täter noch einen weiteren Mord begangen hat. Und den Daten nach war es wohl sein erstes Opfer."

Sherlock spitzte nun neugierig die Ohren. „Wer? Wann? Wo?"

„Luise Sterndale. Vor sechs Tagen. Nahe der Milson Road", antwortete Doyle ebenso wortkarg wie der Detektiv, als wäre er zu besonderer Eile gezwungen worden. „Sie wurde in einem Park gefunden, ebenso wie Cecile Forester. Die Gerichtsmediziner gingen von einem Herzinfarkt aus. Aber ich glaube, da steckt mehr dahinter, zumal nahe dem Opfer eine Botschaft mit gelber Farbe auf dem Asphalt hinterlassen wurde."

„Welche Botschaft?", fragte Sherlock beinahe nervös.

„Bisher konnten wir sie noch nicht entziffern."

„Schicken Sie mir ein Foto davon", orderte der Detektiv fahrig an, „und ich werde sehen, was ich tun kann."

„Wie lange wollen Sie mich noch anschweigen?", fragte Margaret gereizt und sah den Mann, der zerknirscht neben ihr auf dem Rücksitz der schwarzen Limousine saß, prüfend an. „Habe ich etwas Falsches getan? Wieso sind Sie auf einmal so eigenartig?"

Argwöhnisch betrachtete sie ihn und konnte sich nur schwer zusammenreimen, was wohl gerade in seinem Kopf vorgehen mochte.

*Er ist unruhig und hält keinen Augenkontakt zu mir. Stattdessen starrt er wie gebannt aus dem verdunkelten Fenster hinaus - wobei er nicht sehr viel sehen kann - so als würde er sich gerade sehnlichst wünschen, dass er nun irgendwo anders und nur nicht hier drinnen bei mir wäre.*

*Liegt es also an mir?*

*Aber ich habe doch nichts angestellt.*

51

*Oder doch?*

*Nein, es liegt daran, was er mir sagen will.*

*Es scheint also nichts Gutes zu sein.*

*Von welchem Termin könnte er wohl gesprochen haben?*

*Hat es mit einem Arzt zu tun?*

*Oh nein!*

„Sie bringen mich zu einem Therapeuten?", rief sie erschrocken als es ihr schlagartig klar wurde. „Ist das Ihr Ernst?"

Mycroft schluckte nervös. Ihre schnelle Deduktion beeindruckte und verunsicherte ihn gleichzeitig. Er nickte leicht.

„Wieso?", fragte sie durcheinander. „Ich brauche keinen Seelenklempner. Mir geht es gut. Ich bin nicht verrückt."

„Das habe ich auch nie behauptet", versuchte sich der Mann rechtzufertigen, „aber ich denke, es ist nur zu Ihrem Besten."

„Woher wollen ausgerechnet Sie wissen, was gut für mich ist? Sie kennen mich doch gar nicht. Sie wissen überhaupt nicht, was in mir vorgeht."

„Sie haben keine Ahnung, wie gut ich Sie wirklich kenne", sagte Mycroft nun mit ernster Stimme und einem eisigen Blick. „Ich kenne Sie schon fast Ihr ganzes Leben lang und Sie können sich beim besten Willen nicht vorstellen, wie grausam es ist, mit jemandem zusammen zu leben, den man sogar besser als sich selbst kennt, obwohl sich diese Person jedoch gar nicht mehr an mich erinnern kann. Dieser Schmerz ist unaussprechlich grausam."

„Schmerz?", wiederholte die junge Frau schier fassungslos. „Sie wollen mit mir über Schmerzen sprechen? Ist das Ihr Ernst? Wer von uns Beiden kann nicht mehr gehen? Und wer von uns Beiden hat alles vergessen, sogar sich selbst? Sie haben nicht die geringste Ahnung, was wahrer Schmerz wirklich bedeutet, Mr. Holmes, Sie glauben nur, es zu wissen - aber Sie irren sich. Sie werden niemals fähig sein, wahre und aufrichtige Gefühle für jemanden zu empfinden." Sie atmete kurz durch und versuchte sich mit aller Mühe etwas zu beruhigen. „Ich brauche keinen Therapeuten."

„Ich weiß", gab der Mann dann geschlagen zu, „aber es gibt gewisse Termine, die Sie wahrnehmen müssen. So schreibt es zumindest Ihr behandelnder Arzt vor. Ob es Ihnen am Ende hilft oder nicht, ist im Grunde völlig egal, Sie müssen trotzdem dorthin."

Gerade als Margaret etwas darauf sagen wollte, vibrierte ihr Handy. Etwas konsterniert holte sie es aus ihrer Tasche heraus und starrte auf das Display. Sie hatte gerade eine Nachricht bekommen, und zwar von niemand anderem als Sherlock Holmes.

„Was ist das?", fragte sie verwirrt und blickte unsicher auf die erhaltene Botschaft.

In der Nachricht selbst stand nur ein einziges Fragezeichen geschrieben und darunter war ein Foto von einer Straße, worauf mit gelber Farbe mehrere Buchstaben und Zahlen miteinander auf den Asphalt gesprüht waren.

Mycroft beugte sich über den Sitz und betrachtete das gesendete Bild.

„Interessant", war alles, was er darauf sagte.

„Wissen Sie, was das sein könnte?" Margaret starrte den Mann fragend an.

Er schüttelte den Kopf. „Nur, dass es eine verschlüsselte Botschaft ist, aber das dürfte Ihnen wohl bereits selbst aufgefallen sein."

„Danke", entgegnete die junge Frau genervt und verdrehte die Augen. „Wieso schickt mir Ihr Bruder das? Alles, was dabei steht ist ein simples Fragezeichen. Was soll ich denn damit anfangen?"

„Die Botschaft entschlüsseln", antwortete Mycroft kühl. „Er will Sie anscheinend testen."

„Wozu?" Die junge Frau betrachtete das Foto noch einmal etwas genauer. „Ich weiß doch nicht mal, von wo das stammt. Wie soll ich diese Botschaft komplett ohne Kontext entschlüsseln können?"

„Kontext ist hierbei nicht wichtig", sagte der Mann. „Wenn Sie das Bild noch etwas eingehender betrachten würden, würde Ihnen sofort einiges daran auffallen, und zwar ganz ohne Kontext."

„Na gut." Sie vergrößerte das Bild, indem sie mit zwei Fingern über das Display strich, und sah es sich noch einmal an. Nach einem kurzen Moment völliger Stille, sagte sie dann: „Es wurde auf eine Straße gemalt, wahrscheinlich sogar mit einem Spray. Das wäre zumindest recht schnell gegangen und es fällt heutzutage auch viel weniger auf. Im Hintergrund ist eine Grünfläche zu sehen, was vermutlich ein Park ist, wenn man bedenkt, dass ich zuvor mit der Person, die mir das geschickt hat, in einem Park gewesen bin." Von Skepsis erfüllt schüttelte sie den Kopf. „Aber das wäre nun eben auf Kontext bezogen, also kann ich mich folglich nicht darauf

54

verlassen, ob dort wirklich ein Park in der Nähe ist. Somit muss ich mich wohl allein mit den Zahlen und Buchstaben hier auseinandersetzen." Sie schwieg kurz und ordnete ihre Gedanken neu. „Aufgrund der Tatsache, dass die Botschaft mit einem Spray geschrieben worden ist, könnte der Täter wesentlich jünger sein, als..." Ihr Gedankenstrang riss nun ab.

„Als was?", fragte Mycroft fordernd.

„Ich weiß es nicht", antwortete sie gereizt. Ihre eigene Unwissenheit trieb sie beinahe in den Wahnsinn. „Ganz ohne Kontext geht es eben doch nicht, denn das könnte alles Mögliche bedeuten. Der, der das getan hat, er ... was hat er denn sonst noch angestellt? Hat er etwa eine Bank ausgeraubt, andere Gebäude angesprüht oder gar jemanden ermordet? Es gibt hunderte verschiedene Möglichkeiten, die alles ändern können. Denken Sie nur daran, wenn zwei Personen miteinander ein Gespräch führen und einer der Beiden dabei die Augen zusammenkneift."

„Was normalerweise ein Zeichen für Verachtung oder gar für Wut darstellt", fuhr Mycroft ihren Vortrag recht unbe--eindruckt fort.

„Oder aber diese Person wird nur von der Sonne geblendet", konterte die Frau und betrachtete die erstaunte Reaktion des Mannes. „Sehen Sie? Kontext ändert alles."

„Mag schon sein", sagte Mycroft dann wieder kühl und unfreundlich, „aber jetzt sollten Sie sich über etwas anderes Gedanken machen - denn wir sind da." Er zeigte aus dem Fenster auf eine lange Häuserreihe mit Gebäuden aus dunkelrotem Backstein und schneeweißen Fensterläden.

Die Limousine fuhr an den Straßenrand und blieb vor einem dieser Häuser stehen.

Inspector William Doyle kehrte niedergeschlagen in sein Büro zurück und ließ sich wie ein nasser Sack Kartoffeln auf seinen Stuhl hinter dem Schreibtisch fallen, ehe er seinen müden Kopf in seinen Händen vergrub, die er seufzend am Tisch abstützte. So saß er ein paar Minuten lang da und rührte sich keinen Millimeter vom Fleck, bis mit einem schwungvollen lauten Knall die Tür aufgerissen wurde und Tobias Gregson, einer seiner Officers, in den Raum eilte.

„Wir haben ein Problem", rief dieser völlig außer Atem.

Doyle hob schwerfällig seinen Kopf und sah ihn verwirrt und verzweifelt an.

„Es gibt ein weiteres Opfer", fuhr Gregson wie gehetzt fort. „Patrick Stangerson. Er wurde vor knapp zwei Stunden in den Burlington Gardens entdeckt. Und dort wurde erneut eine Botschaft hinterlassen."

Wie von einer Tarantel gestochen sprang der Inspector auf. „Weiß Lestrade schon Bescheid?"

„Nein, noch nicht."

„Informieren Sie ihn umgehend!", befahl er Gregson und hetzte in Richtung Tür. „Wir treffen uns dort." Bevor er nach draußen verschwand, drehte er sich noch einmal zu Gregson um und starrte ihn ernst und zugleich kreidebleich an. „Und sagen Sie ihm, er soll Sherlock Holmes mitbringen. Wir werden ihn brauchen."

„Was? Sherlock Holmes?", rief Gregson beinahe entsetzt. „Diesen Scharlatan? Ist das Ihr Ernst?"

Doyle kam ein paar Schritte auf den Mann zu. „Ja, das ist mein voller Ernst."

„Aber ich dachte, Sie mögen ihn nicht."

„Das tue ich auch nicht, aber mittlerweile sind schon sechs Menschen ermordet worden und wenn dieser Mann uns helfen kann, den oder die Täter zu schnappen, dann habe ich keine andere Wahl."

„Was ist mit Margaret?", fragte Gregson durcheinander.

Bei der Erwähnung ihres Namens wurde Inspector Doyle noch blasser im Gesicht. Der bloße Klang ihres Namens, der ihn unweigerlich an sie erinnern ließ, bereitete ihm starke Schmerzen.

„Nein", sagte er kühl und sein Blick versteifte sich dabei. „Bevor ich eine traumatisierte, querschnittsgelähmte und vollkommen unschuldige Person involviere, ist es allemal klüger, sich an Sherlock Holmes zu wenden, ganz gleich, was wir von ihm auch halten mögen." Gebrochen kehrte er dem Officer dann den Rücken zu und stapfte nach draußen.

# DIE THERAPIE

Dr. Michael Chinnery hatte mittlerweile eine fast zwanzigjährige Berufserfahrung als Psychotherapeut mit dem Schwerpunkt Traumata hinter sich und bei den meisten seiner Patienten verspürte er weder Scham noch Mitleid, ganz egal, was ihnen auch widerfahren war. Er war für seine eiserne Objektivität und seine präzise Genauigkeit bekannt, deren Summe eine hundertprozentige Erfolgsquote war.

Doch seine heutige Patientin schien ihm vollkommen unbewusst ein unbehagliches Gefühl zu bescheren, und dabei hatte er sie noch gar nicht persönlich getroffen. Vor ihm auf dem Schreibtisch lagen lediglich ein paar Zeitungsausschnitte ihrer schrecklichen Erlebnisse, die sogar bis in ihre Kindheit zurückreichten. Ja, Dr. Chinnery arbeitete stets sehr genau und bereitete sich bei jedem neuen Klienten bis ins kleinste Detail vor.

„So schnell kann es manchmal gehen und ein unglaublich intelligenter Mensch verwandelt sich von einem Tag zum anderen in einen nutzlosen vergesslichen Krüppel", dachte er und schlug die Akte mit den Artikeln vor sich zu.

Kurz darauf läutete sein Telefon an der Seite.

„Ja, bitte", sagte er, nachdem er den Hörer abgenommen hatte.

„Ihr Termin für 16:00 Uhr, Margaret Trevor, ist hier, Dr. Chinnery", sprach eine zierlich klingende Frauenstimme am anderen Ende der Leitung.

„Danke." Der Doktor legte auf, stellte sich vor seinem Schreibtisch gerade hin, wobei er sich kurz streckte, sein Jackett zurechtrückte und dann zur Tür ging, die in den Warteraum nebenan führte.

Dort erblickte er die ihm bereits von seinen Akten bekannte Frau, die im Rollstuhl hockte, und Mycroft Holmes, den er freilich sehr gut kannte, der angespannt neben ihr saß, mit einer Zeitschrift in den Händen, die er verkrampft mit den Fingern umklammerte, aber nicht wirklich zu lesen schien.

„Er ist nervöser als sie", ging es dem Therapeuten durch den Kopf, der seinen Blick dann wieder zu seiner eigentlichen Patientin wandern ließ. „Und sie hingegen ist die Ruhe in Person. Das ist äußerst ungewöhnlich."

„Guten Tag, Miss Trevor", sagte er höflich, ging auf sie zu und streckte ihr die Hand zur Begrüßung entgegen. „Es freut mich sehr, dass Sie kommen konnten."

Margaret warf ihrer Begleitung einen bösen Blick zu, ehe sie sich dann dem Mann vor ihr widmete und versuchte, ein freundliches Lächeln auf ihr Gesicht zu zaubern.

„Bitte", sagte Dr. Chinnery und bat sie herein, indem er in die Richtung seines Büros deutete.

Mycroft stand daraufhin ungefragt auf, um die junge Frau in den angrenzenden Raum zu schieben, doch der Arzt stellte sich ihm eilig in den Weg - vielleicht sogar ein wenig zu eilig. Mycroft sah ihn stirnrunzelnd und misstrauisch an.

„Mr. Holmes, ich muss Sie leider bitten, hier draußen zu warten. Das ist eine private Sitzung", sagte der Therapeut flink und schob Margaret dann selbst in sein Büro hinein. Danach schloss er die Tür hinter sich, damit er den verzweifelten Gesichtsausdruck von Mycroft Holmes nicht mehr länger ertragen musste, und ging dann zu seinem Schreibtisch zurück, wo er gegenüber der jungen Frau Platz nahm.

„Waren Sie zuvor schon einmal bei einem Psychotherapeuten?", fragte er vorsichtig nach, nahm einen Stift in die Hand, den er schreibbereit auf einem noch leeren Blatt Papier an seinem Block, der auf dem Tisch lag, ansetzte.

Margaret schüttelte den Kopf. „Nein."

„Was glauben Sie denn, was wir jetzt in dieser Sitzung machen werden?"

„Vermutlich wollen Sie mich nach meiner Kindheit ausfragen, ob da möglicherweise irgendwelche Ängste sind, die ich mit der Zeit verdrängt habe. Zumindest würden Sie bei anderen - normalen - Patienten so vorgehen. Da ich mich jedoch an nichts mehr erinnern kann, nützt Ihnen diese Fragerei überhaupt nichts und Sie haben keine einzigen Worte, die Sie auf Ihrem Block notieren können, um mich zu analysieren."

Dr. Chinnery sah die Frau an und war kurz sprachlos. Obwohl er wusste, dass sie sozusagen spezielle Fähigkeiten besaß, verwunderte ihn ihr Verhalten dennoch sehr.

„Was halten Sie von Hypnose?", fragte er.

„Schwachsinn", antwortete sie alles andere als erfreut darüber. „Scharlatanerie und billiger Hokus Pokus."

„Bei Zaubertricks von Magiern mag das wohl zutreffen, aber in der Psychotherapie hat die Hypnose oftmals tiefgehende Erkenntnisse und weitreichende Verbesserungen erzielt."

„Sie wollen mich also hypnotisieren?", fragte Margaret und wurde beim Gedanken daran, mit diesem Mann allein in einem Raum zu sein, der dann alles mögliche mit ihr anstellen könnte, unsicher und bekam Angst. „Dann möchte ich, dass mein Begleiter dabei ist."

„Sind Sie denn wirklich so misstrauisch mir gegenüber, Miss Trevor? Ich bin einer der renommiertesten und erfolgreichsten Therapeuten ganz Englands."

„Und gleichzeitig sind Sie eine mir vollkommen fremde Person. Ihre zahlreichen Qualifikationen ändern an dieser Tatsache überhaupt nichts. Ich kenne Sie gerademal seit wenigen Minuten", entgegnete Margaret nervös, „also seien Sie mir bitte nicht böse, wenn ich es absolut nicht in Ordnung finde, mich völlig wehrlos in einem Raum mit einem fremden Mann aufzuhalten, der alles nur erdenkliche mit mir tun könnte, ohne, dass ich es überhaupt bemerken würde." Sie atmete scharf durch. „Gegen mein Einverständnis können Sie ohnehin nichts machen. Also, entweder Sie erlauben Mycroft Holmes, dass er hier reinkommen und der Sitzung beiwohnen darf, oder aber ich verschwinde auf der Stelle wieder von hier."

Als Inspector Doyle schließlich am Tatort angekommen war, fand er bereits alles penibel abgeriegelt und für die Öffentlichkeit unzugänglich gemacht vor. Er zögerte nicht eine einzige Sekunde und schritt geradewegs auf das Opfer zu.

Vor ihm lag ein älterer Mann mit weißem kurzem Haar, das an den Ohren und an der Stirn schon langsam ausgedünnt war, in einer alten Tweedjacke und ausgetragenen weiten Jeans. Dieser eigenartige Anblick erinnerte Doyle an einen seiner alten Professoren aus seiner Studienzeit in Cambridge. Die Körperhaltung des Opfers hingegen verwirrte ihn ein wenig, denn es sah offensichtlich so aus, als wäre er in exakt diese eine Position gebracht worden, die keinesfalls natürlich wirkte. Nahe nebenbei auf dem Asphalt befanden sich mehrere Zahlen und Buchstaben in roter Schrift.

Als sich der Inspector bückte, um das verwendete Schreibmaterial etwas besser zu erkennen, sah er, dass es sich dabei um keine gewöhnliche Farbe handelte, sondern um Blut. Erschrocken sprang er hoch und zog mit zitternden Fingern sein Handy heraus, um die entsetzliche Nachricht zu fotografieren. „Verdammt", rutschte ihm heraus, noch bevor er ein Foto davon geschossen hatte. Er sank daraufhin sein Telefon und starrte ungläubig auf den Boden vor seinen Füßen.

Die nunmehrige Botschaft war identisch mit jener, die er schon beim ersten Opfer Luise Sterndale gefunden hatte, allein mit dem einzigen Unterschied, dass diese hier mit einem ganz anderen Material geschrieben wurde.

„Erstaunlich", sagte ein Mann mit einer tiefen raumfüllenden Stimme hinter ihm und kam langsamen Schrittes näher. Als sich der Inspector zu ihm umdrehte, erkannte er den Detektiv Sherlock Holmes, der geradewegs auf ihn zuging und dann an seiner Seite stehen blieb. „Wessen Blut ist das?", fragte er erschreckend fasziniert darüber, nachdem er einen flinken Blick auf das Opfer geworfen hatte, das keinerlei Einstichwunden aufwies. „Von Mr. Stangerson hier kann es eindeutig nicht stammen."

„Ratten", sagte Officer Gregson, der zusammen mit Inspector Lestrade, gefolgt von einigen anderen Beamten, zu ihnen kam und zuvor Sherlocks Frage gehört hatte.

Sherlock neigte seinen Kopf leicht schief und betrachtete die Linien auf der Straße.

„Dieselbe Botschaft, ein anderes Schreibmaterial und ein anderer Künstler", stellte er dann fest.

„Was?", fragte Doyle verwirrt. „Sie glauben, das stammt nicht von demselben Täter?"

Der junge Detektiv zog sein Handy heraus und öffnete darauf eine Datei mit dem Foto, welches er von Doyle zugeschickt bekommen hatte. Dieses zeigte er ihm nun, um einen Vergleich zu haben.

„Die Schriftart ist nicht identisch mit dieser hier. Zwar sind die Worte dieselben, nicht aber der Autor, der sie geschrieben hat."

„Er hat tatsächlich recht", erkannte der Inspector in Gedanken, der nun die feinen Unterschiede in den verschiedenen Buchstaben und Zahlen deutlich sehen konnte.

„Also haben wir es mit zwei Tätern zu tun?", fragte Gregson leicht durcheinander.

„Definitiv", antwortete Sherlock prompt und sah sich den Leichnam etwas genauer an. „Und diese Beiden haben wohl kaum etwas miteinander zu tun."

„Wie kommen Sie darauf?", fragte Lestrade, der, ebenfalls wie seine beiden Kollegen, auf der Leitung stand.

„Dieser Mann hier ist nicht wie die anderen Opfer gegen die vier Himmelsrichtungen ausgerichtet worden. Zwar stimmt seine gekreuzigte Körperhaltung mit der der anderen überein, doch zeigt sein Kopf nicht nach Norden, sondern nach Osten."

„Aber diese Botschaft ist dieselbe wie beim ersten Opfer", sagte Doyle. „Wie kann das sein. Dieses Detail wurde der Presse bisher nicht bekannt gegeben. Woher kann der zweite Täter also davon wissen?"

„Vielleicht kennen sie sich", überlegte Gregson, „oder sie sind, wie ich vermute, Komplizen. Zu zweit wären sie doch viel schneller fertig und das Risiko wäre dadurch sicher wesentlich geringer."

„Falsch", räumte Sherlock ein. „Je mehr Mitwissende existieren, desto gefährlicher ist es. Jeder, der davon weiß, ist gleichzeitig eine Bedrohung für den jeweils anderen. Diese beiden Täter mögen sich vielleicht kennen, aber nicht..." Er verstummte plötzlich und riss seine Augen erstaunt auf. „Ja natürlich", rief er voller Begeisterung. „Warum bin ich nicht schon früher darauf gekommen? Das ist doch offensichtlich."

„Was?", fragten Doyle und Lestrade zeitgleich.

„Sie sind Konkurrenten", erklärte der Detektiv, „die versuchen, sich gegenseitig ein Bein zu stellen und die Arbeit des jeweils anderen zu manipulieren. Wahrscheinlich haben wir es hier mit zwei Auftragsmördern zu tun, die denselben Geldgeber haben und nun um dessen Gunst kämpfen."

„Und was ist mit der Botschaft?", wollte Gregson wissen.

„Sie dient eventuell zur Kommunikation. Für uns ist sie definitiv nicht bestimmt. Und es scheint ihnen auch egal zu sein, dass wir sie sehen können, denn sie sind sich zu 100

Prozent sicher, dass wir den Code nicht knacken können. Vermutlich ergibt die Lösung für uns nicht mal einen Sinn, für den wahren Empfänger aber schon."

Wie ein gejagtes Tier, das sich unausweichlich in der Falle befand, hockte Mycroft Holmes in der Ecke des Raumes auf einem einfachen hölzernen Stuhl und betrachtete voller Unbehagen das Geschehen vor sich.

Margaret lag mit geschlossenen Augen und mit dem Rücken nach unten auf einer Couch. Ihre Hände befanden sich einander umklammernd auf ihrem Bauch.

Dr. Chinnery saß auf einem schmalen Drehsessel ohne Lehne ganz nahe bei ihr und sprach mit einer tiefen gleichmäßigen Stimme mehrere Worte, die die junge Frau langsam in Trance versetzten.

Sie wollte es gar nicht und versuchte sich mit aller Mühe dagegen zu wehren, aber die Worte des Mannes übten eine seltsame Macht über sie aus und entrissen ihr jegliche Kontrolle über ihren eigenen Körper. Mit allen Sinnen kämpfte sie dagegen an, denn es fühlte sich unangenehm und falsch an, aber sie war vollkommen machtlos. Je mehr sie sich dagegen wehrte, umso stärker wirkte die Hypnose.

Stille umhüllte sie schleichend und sie hörte die Stimme des Doktors nur noch ganz schwach, bis sie allmählich ganz verschwand, als würde sie sich immer weiter von ihr entfernen. Lange Zeit herrschte reine Dunkelheit um sie herum und eine tiefe kühle Leere erfüllte ihren Körper.

„Was sehen Sie?", hörte sie plötzlich Dr. Chinnery laut und deutlich sprechen und es klang, als wäre er nun direkt in ihrem Kopf.

„Nichts", antwortete sie. „Alles ist schwarz und leer."

„Sehen Sie genauer hin!", ordnete der Mann ihr mit vollem Ernst an.

Sie versuchte sich zu konzentrieren, aber auch dadurch änderte sich nichts. Noch immer war sie von völliger Finsternis umgeben. Doch auf einmal umhüllte sie eine schier eisige Kälte und sie spürte, wie heftiger Regen auf ihre Haut herniederprasselte.

'Victor! Wo bist du?', hörte sie dann ein kleines Mädchen verzweifelt und den Tränen nahe rufen. 'Das ist nicht lustig. Zeig dich! Bitte! Victor!'

„Victor", wiederholte Margaret den Namen. Gleichzeitig durchfuhr sie ein heftiger Schmerz. Ein schmerzendes Stechen durchbohrte ihre Brust und nahm ihr die Luft zum Atmen. „Victor", sagte sie erneut und konnte das Mädchen nun ganz deutlich vor sich sehen.

Es war voller Erde und Schlamm und weinte bitterlich. Es rannte kreuz und quer durch einen Wald und suchte angestrengt nach jemandem.

Dahinter, nicht weit von ihr entfernt, sah Margaret noch zwei Kinder, beide waren dunkelhaarige Jungen, die sich auffallend ähnlich sahen, als wären sie Brüder. Einer von ihnen, er schien nicht sehr viel älter als das Mädchen zu sein, stapfte mit dunkelroten Gummistiefeln hinter ihr her und rief ebenfalls nach Victor. Der andere war etwas älter, größer und auch ein wenig fester von der Statur, wodurch er sich recht schwertat, den anderen beiden zu folgen. Auch er schrie den Namen des Jungen voller Verzweiflung.

„Wer ist Victor?", fragte Dr. Chinnery, der mit seinen Worten Margarets Erinnerung durchbohrte.

Mycroft verkrampfte im Sessel hinter ihnen. Er wusste nämlich ganz genau, wer Victor war und ihm war ebenso klar, wie schrecklich die Erinnerung an damals für Margaret sein würde, wenn sie sich wieder erinnern könnte, denn er hatte seinen eigenen Bruder leiden gesehen, der seinen besten Freund für immer verloren hatte.

„Bitte." Mycroft stand flink auf. „Es ist genug."

„Aber wir haben doch gerade erst angefangen", meinte der Therapeut und drehte sich nicht mal zu ihm um.

„Sie wissen nicht, was Sie da tun", warf ihm Mycroft an den Kopf, dem die pure Verzweiflung deutlich ins Gesicht geschrieben stand.

„Setzen Sie sich wieder hin!", befahl Dr. Chinnery streng, während er dem Mann einen kurzen strengen Blick zuwarf und sich dann wieder voll und ganz seiner Patientin widmete. „Margaret", sagte er einfühlsam und legte ihr dabei die Hand auf ihre Stirn. „Wer ist Victor?"

‚Mein Bruder', schrie das kleine Mädchen in ihrer Vision lauthals durch den Wald.

„Mein Bruder", wiederholte sie schwach.

„Was ist mit ihm? Was sehen Sie?", bohrte der Mann schier gewissenlos nach.

„Wir suchen nach ihm. Er ... Er ist verschwunden. Es regnet in Strömen und es wird langsam dunkel, aber wir suchen ihn weiter, alle Drei", sagte die Frau in Trance.

„Wer ist WIR DREI? Wen außer sich selbst sehen Sie dort noch?"

Margaret betrachtete die drei Kinder in ihrer Phantasievorstellung - denn mehr war es für sie nicht, zumindest noch nicht - doch sie konnte die beiden Jungen nicht erkennen, ganz egal, wie sehr sie sich auch bemühte.

„Ich ... Ich weiß es nicht", antwortete sie nervös und über ihre eigene Unkenntnis erzürnt. „Ich kann sie sehen, ganz deutlich. Sie stehen direkt vor mir, aber ich erkenne sie nicht, und doch weiß ich mit Sicherheit, dass ich sie kennen muss - alle beide."

„Wieso?", fragte Dr. Chinnery neugierig.

„Ich weiß es einfach. Ich kann es spüren."

„Sagen Sie ihre Namen, Margaret. Sie wissen, wie die beiden heißen."

„Hören Sie auf!", rief Mycroft panisch, der die ganze Zeit über wie angewurzelt hinter ihnen stehen geblieben war.

Der Doktor jedoch ignorierte ihn einfach und beugte sich näher zu Margaret hin. „Konzentrieren Sie sich! Sie kennen ihre Namen."

Margarets ganzer Körper versteifte sich voller An-strengung und Aufregung.

„Da ... Da ist noch jemand", sagte sie und wurde ganz blass im Gesicht. Sie hielt sich mit beiden Händen an der Couch fest und krallte ihre Fingernägel verängstigt in den Stoff.

„Margaret!", rief Mycroft entsetzt und kam ein paar Schritte näher.

„Wer? Wer ist da? Wen sehen Sie da noch? Etwa Victor?", fragte der Arzt und stand gleichzeitig auf, um sich mit dem Rücken gegen Mycroft zu stellen, damit dieser nicht zu der Frau durchdringen konnte. „Können Sie Ihren Bruder sehen?"

„Nein." Ihr liefen nun Tränen über die Wangen herab. „Aber ich sehe seinen Mörder ... Sebastian Moran." Margaret zuckte vor Qualen zusammen. „Er hat ihn umgebracht. Victor ist tot. Und jetzt..." Sie verstummte zitternd.

„Sprechen Sie weiter!", befahl der Therapeut wie im Blutrausch.

„Hören Sie auf!", keifte Mycroft ihn wütend an. „Sehen Sie nicht, wie sehr es sie quält?"

„Sie muss sich wieder erinnern, Mr. Holmes. Aus diesem Grund ist sie doch hier, oder etwa nicht?", sprach Dr. Chinnery ganz ruhig.

„Sie tun ihr weh. Brechen Sie die Sitzung ab! Auf der Stelle!" Mycroft platzte beinahe vor Wut.

„Er ... Er will ... Hilfe!", jammerte die Frau gequält und ächzte vor Schmerzen. „Mycroft!", schrie sie plötzlich voller Panik.

Nun reichte es ihm. Mycroft Holmes sprang nach vorne und bahnte sich einen Weg an dem Therapeuten vorbei direkt auf die Patientin zu. Gleichzeitig als er sich zu ihr hinkniete, riss Margaret entsetzt ihre Augen auf. Der Mann nahm die aufgewühlte junge Frau sorgsam in die Arme und setzte sie aufrecht hin. Ihre Beine zog er von der Couch runter und stellte sie angewinkelt auf den Boden, damit sie frei sitzen konnte. Danach kniete er sich vor sie hin und nahm ihre zitternden Hände, die er sorgsam umschloss.

„Mycroft", schluchzte Margaret, die noch immer unter Schock stand. „Er ist tot. Victor ist tot." Sie konnte ihre Tränen nun nicht mehr länger zurückhalten.

„Sie erinnern sich wieder?", fragte er voller neu entfachter Hoffnung.

Sie nickte schwach. Es war ihr deutlich anzusehen, dass sie diese Erinnerung lieber nicht zurückhaben wollte. Aber auch sie konnte sich nicht einfach so aussuchen, welche Geschehnisse ihr wieder einfallen würden und welche nicht, denn dies geschah, wie bei jedem anderen auch, völlig unwillkürlich und wirklich niemand war in der Lage, dies zu steuern.

„Sehen Sie?", mischte sich Dr. Chinnery nun ein und trat näher zu ihnen heran. „Oftmals mag diese Art der Hypnose brutal und auch radikal erscheinen, dennoch ist sie stets äußerst effektiv." Er starrte seine Patientin wissbegierig an. „Woran erinnern Sie sich noch?"

Die junge Frau blickte zur Seite, um ihre Gedanken neu ordnen zu können. „An die Hexe, das furchteinflößende Mädchen von damals. Sie hat meinen Vater ermordet und noch viel Schlimmeres angestellt."

„Die Hexe? Ein wahrhaft grausiger Name. Aber wie heißt dieses Mädchen denn wirklich?"

„Annabelle Sacker", antwortete Margaret mit einem versteinerten Blick, der auf den Arzt gerichtet war.

„Was ist mit ihr geschehen?"

Mycroft, der immer noch Margarets Hände umschloss, verkrampfte spürbar. Aber die junge Frau schüttelte, entgegen all seinen schrecklichen Befürchtungen, den Kopf.

„Ich weiß es nicht", sagte sie und sah Mycroft dabei niedergeschlagen an. „Ich weiß es wirklich nicht."

„Ist schon gut", sprach er mitfühlend.

Margaret betrachtete ihn ganz genau. So emotional hatte sie den Mann noch nie zuvor erlebt. Sonst war er wie ein Eisblock gewesen. Nun aber zeigte er aufrichtige Gefühle für sie und das verwirrte die junge Frau sehr. So menschlich, so völlig normal kannte sie ihn gar nicht.

Als sie ihn ansah und sich dabei die kuriosesten Gedanken über seine Reaktion machte, entfachte auf einmal ein kleiner Funke tief in ihr drinnen, der langsam zu einer Flamme heranwuchs und ihre ganze Brust mit wohliger Wärme umhüllte.

*Deshalb also die Rosen.*

*Ich habe Gefühle für ihn und er weiß das auch.*

*Hat er denn auch Gefühle für mich?*

*Er, der Eismann?*

Noch ehe Margaret reagieren konnte, beugte sich Mycroft nach vorne und kam langsam näher auf sie zu. Je kleiner der Abstand zwischen den Beiden wurde, desto stärker wurde das Kribbeln in ihrem Bauch und die kleine Flamme in ihrer Brust entfachte zu einem lodernden Feuer.

Dr. Chinnery jedoch, der die eigenartige Entwicklung dieser Situation missbilligte, versuchte schnell, die zwei auseinander zu bringen.

„Also, wie bereits erwähnt", rief er auffallend laut durch den Raum, „sind die Ergebnisse der ersten Sitzung hervorragend. Wenn wir so weitermachen, werden Sie Ihre Erinnerungen schon in absehbarer Zeit wiedererlangen."

Von seinen unangenehm lauten Worten völlig aufgeschreckt, wich Mycroft von Margaret zurück und stand wieder auf. Er streifte seinen teuren Anzug gerade und räusperte sich verlegen, während die junge Frau beschämt auf die Seite starrte.

Nach einem raschen Blick auf seine Armbanduhr, kehrte der Therapeut zu seinem Schreibtisch zurück, wo er ein paar lose Blätter, allem Anschein nach verschiedene ärztliche Dokumente, zusammenschob und ordnete, ehe er sich zu seiner Patientin drehte und sie durchbohrend anblickte.

„Wie sieht es mit Ihrem Schlafzyklus aus?", fragte er. „Leiden Sie an Alpträumen?"

„Nein", antwortete Margaret und versuchte das gerade Geschehene mit aller Mühe zu verdrängen. „Ich kann nur einfach nicht gut einschlafen. Es ist, als ob mein Kopf nicht aufhören will zu denken."

„Ich glaube, da habe ich genau das Richtige für Sie", sprach der Arzt, wandte sich seinem Schreibtisch zu und kritzelte etwas auf einen kleinen Block, wonach er dann diese Seite abriss und damit zurück zu der Frau ging. „Hiermit sollten Sie keine Probleme mehr mit dem Einschlafen haben." Er reichte ihr den Zettel und ging dann wieder zu seinem Tisch zurück. „Wir sehen uns dann in einer Woche wieder."

„Was?" Margaret starrte ihn verwirrt und entsetzt an.

Dr. Chinnery drehte sich zu ihr um. „Dachten Sie etwa, es wäre mit einer einzigen Sitzung alles getan? Oh nein, Miss Trevor. Sie haben noch eine langwierige Therapie vor sich."

„Ganz bestimmt nicht", entgegnete sie forsch. „Ich weigere mich, so etwas noch einmal zu machen. Sie haben keine Ahnung wie schmerzhaft das war."

72

„Täuschen Sie sich darin nicht", sagte der Doktor. „Ich habe auf diesem Gebiet die allerbeste Erfahrung und kenne jeden einzelnen Schmerz, den Sie nun fühlen, sehr gut."

Margaret schnaubte gereizt. Während Mycroft ihren Rollstuhl näher schob und sie sich mit Mühe dort reinsetzte, sagte sie: „Es ist ein gewaltiger Unterschied zwischen dem bloßen Kennen eines Schmerzes und dem Fühlen davon."

Wie angewurzelt blieb der Arzt daraufhin stehen und sah die junge Frau prüfend an. In seinem Blick war für einen kurzen Moment so etwas wie Unsicherheit zu erkennen, die er jedoch sofort abschüttelte und die Patientin starr anschaute.

„Die therapeutische Hypnose dient dem Fortschritt Ihres Heilungsprozesses", sagte er. „Dass Sie dabei Schmerzen verspüren, ist völlig normal. Es ist essentiell für eine Verbesserung Ihres jetzigen Zustandes."

„Eine Verbesserung meines Zustandes sieht für mich so aus, dass ich wieder gehen kann. Da dies jedoch eher unwahrscheinlich ist, sehe ich keinen Sinn darin, Ihre Therapiemethode weiterzuführen."

„Alles zu seiner Zeit, Miss Trevor", meinte der Doktor und lehnte sich an seinem Schreibtisch an. „Außerdem ist Ihre körperliche Beeinträchtigung rein physischer Natur. Ich hingegen arbeite ausschließlich auf psychologischer Ebene. Das heißt, ich kann keine gebrochenen Knochen heilen, allerdings dafür gebrochene Seelen."

„Meine Seele ist nicht gebrochen", entgegnete Margaret scharf. „Ich bin weder depressiv noch suizidgefährdet. Ich habe nur meine Erinnerung verloren und das anscheinend nicht zum ersten Mal. Das ist ein gravierender Unterschied."

„Da liegen Sie falsch", sagte Dr. Chinnery. „Denn aus diesen beiden Verschiedenheiten kann sehr schnell dasselbe werden, mit allgrößter Wahrscheinlichkeit sogar."

Durch seine Worte war der jungen Frau auf einmal etwas eingefallen. Wie gehetzt sah sie Mycroft an, der nahe neben ihr stand.

„Ihr Bruder hat mir erzählt, dass ich schon einmal mein Gedächtnis verloren habe", sagte sie zu ihm. „Was wissen Sie alles darüber? Und was hat diese Frau namens Alexandra Green damit zu tun?"

Der Mann neben ihr erblasste deutlich. Gleichzeitig aber stieg eine bittere Wut in ihm hoch. Allem Anschein nach hatte ihr sein Bruder etwas gesagt, was sie nicht hätte wissen dürfen. Er warf dem Therapeuten einen strengen Blick zu. „Ich denke, wir sind hier für heute fertig." Dann schob er die junge Frau in ihrem Rollstuhl nach draußen. Im angrenzenden Flur, wo die Beiden nun alleine waren, stoppte er, ging nach vorne und sah Margaret kühl an.

*Das ist der Eismann, den ich kenne.*

„Vergessen Sie Alexandra Green!", befahl er in einem harten Tonfall. „Sie hat hiermit nicht das Geringste zu tun."

„Warum hat Ihr Bruder sie dann überhaupt erst erwähnt? Er muss doch einen Grund dafür gehabt haben, oder nicht? Sherlock Holmes ist niemand, der einfach nur belangloses Zeug daherredet. Bei ihm hat jedes einzelne Wort, das seine Lippen verlässt, eine wichtige Bedeutung, auch, wenn diese meistens nur für ihn allein erkennbar ist. Also, was verschweigen Sie mir?"

Ohne ein weiteres Wort zu verlieren, ging Mycroft wieder um den Rollstuhl herum und schob die junge Frau weiter den Flur entlang.

Margaret verdrehte genervt die Augen.

„Schweigen scheint wohl das allergrößte Talent der Holmes Brüder zu sein."

„Allem Anschein nach jedoch nicht von beiden", konterte der Mann dann, der seine Wut mit aller Mühe im Zaum zu halten versuchte. „Sherlock hat mir schließlich sein Wort gegeben, dass er Ihnen nichts über Ihre Vergangenheit verrät."

„Aber das hat er doch auch nicht", meinte Margaret etwas verwirrt, die gleichzeitig, als sie dies aussprach, nun einen ganz neuen Gedanken fasste. Allerdings behielt sie diese Erkenntnis für sich, denn sie wusste, dass er ihr ohnehin nichts erzählen würde.

*Alexandra Green?*

*Vielleicht erfahre ich von ihr etwas über mich.*

*Sherlock hat sie nicht ohne Grund erwähnt.*

*Sie muss etwas wissen.*

*Seltsam.*

*Will er mir etwa helfen?*

*Sherlock Holmes ist nicht gerade für seine Hilfsbereitschaft bekannt.*

*Was steckt wirklich dahinter?*

„Ich möchte mit Sherlock sprechen", sagte sie dann.

„Er wird Ihnen auch nichts sagen. Nicht mehr", entgegnete Mycroft kühl.

„Und was ist mit der Nachricht von vorhin? Ich will wissen, was es damit auf sich hat."

Der Mann atmete leicht gereizt durch. „Kann das nicht warten?"

„Fünf Menschen sind mittlerweile tot", warf sie harsch ein. „Wie viele müssen denn Ihrer Ansicht nach noch sterben?"

„Es sind bereits sechs", sagte ein Mann, der hinter der Ecke neben dem Ausgang vor ihnen mit verschränkten Armen und Beinen stand. Er hob seinen Kopf und gab sich als Sherlock Holmes selbst zu erkennen, der eingehüllt in seinen langen dunklen Mantel zum Aufbruch bereit auf sie wartete.

„Seit wann bist du hier?", fragte sein großer Bruder entsetzt. Er war eindeutig kein bisschen darüber erfreut, ihn ausgerechnet jetzt anzutreffen.

„Erst seit knapp zehn Minuten. Ich wäre allerdings schon früher hergekommen, aber ich komme gerade vom Tatort des Opfers."

„Wer?", fragte Margaret, die Mycrofts Reaktion auf die Anwesenheit seines Bruders einfach ignorierte.

„Patrick Stangerson.", antwortete Sherlock.

Nun runzelte sein großer Bruder die Stirn und riss dann erschrocken seine Augenbrauen hoch. „Etwa DER Patrick Stangerson?"

„Sofern der Premierminister noch einen weiteren Bruder namens Patrick hat, ist es natürlich ein anderer", antwortete Sherlock sarkastisch.

„Was ist bei ihm anders?", wollte die junge Frau voller Neugierde wissen und starrte den Detektiv durchbohrend an.

„Hätten Sie nämlich gesagt, Sie kommen gerade vom sechsten oder vom nächsten Opfer, wäre eindeutig klar, dass es derselbe Täter gewesen sein musste. Das haben Sie aber nicht, also ist dieses Mal etwas nicht wie bei den anderen – was vermutlich nur eine Kleinigkeit ist, die jemandem mit Ihren Fähigkeiten jedoch mit Sicherheit sofort aufgefallen ist."

Sherlock und Mycroft warfen sich kurz einen überraschten Blick zu. Ja, Margaret Trevor besaß wirklich ein außergewöhnliches Talent, um solche Kleinigkeiten erkennen zu können.

„Es ist die Himmelsrichtung. Die Ausrichtung des Körpers", antwortete Sherlock.

„Zwei Täter also", dachte die Frau laut. „Zwei Täter, die denselben Auftrag verfolgen. Die Frage ist nur, ob sie miteinander oder gegeneinander arbeiten – wobei ich letzteres vermute, denn für den Mord an jeweils einer Person braucht es für gewöhnlich auch immer nur einen Täter. Ein zweiter wäre da nicht nur im Weg, sondern auch noch eine unnötige Gefahr." Sie sah den jungen Detektiv prüfend an. „Wissen wir, wie viele dieser sechs Opfer gegen die Himmelsrichtungen ausgerichtet worden sind?"

Ohne zu antworten zückte Sherlock sein Handy und tippte eine Nummer in das Display. Danach hielt er sich das Gerät ans Ohr und wartete, bis jemand seinen Anruf entgegennahm. „Hier ist Sherlock Holmes. Sie müssen für mich herausfinden, wie viele der bisherigen Opfer gegen die Himmelsrichtungen ausgerichtet worden sind!", befahl er trocken. „Melden Sie sich umgehend bei mir, sobald Sie genaueres wissen!", sagte er und legte dann einfach auf. Mit dem Blick auf Margaret gerichtet, steckte er sein Handy wieder weg. „Haben Sie sich die Botschaft schon angesehen?"

„Ich hatte noch keine rechte Gelegenheit dazu", antwortete sie ihm etwas genervt. Einen herablassenden Blick zu Mycroft ersparte sie sich jedoch, denn ihr war klar, dass er allein am Klang ihrer Stimme erkennen musste, dass sie keineswegs erfreut über die Therapiesitzung war. „Allem Anschein nach bin ich nicht nur vergesslich und ein Krüppel, sondern auch noch verrückt und selbstmordgefährdet."

Mycroft verdrehte die Augen. „Ich habe Ihnen doch bereits gesagt, dass Ihr Arzt diese Therapie verordnet hat."

„Zu welchem Preis?" Nun schaute sie zu ihm hoch.

„Was?" Er runzelte die Stirn.

„Was bekomme ich dafür, dass ich diese Tortur über mich ergehen lasse? Da muss doch irgendetwas für mich herausspringen, oder etwa nicht?"

„Es dient als Voraussetzung dafür, dass Sie das Krankenhaus verlassen durften", antwortete Mycroft.

„Wenn das so ist, dann möchte ich wieder dorthin zurück."

„Sind Sie jetzt vollkommen verrückt?", rief der Mann aufgebracht und entsetzt über ihre Aussage. „Wissen Sie eigentlich, was ich alles dafür tun musste, um Sie da rauszuholen?"

„Habe ich Sie je um Ihre Hilfe gebeten?", konterte die junge Frau. „Sofern ich mich erinnern kann, nicht. Auch, wenn ich so ziemlich alles vergessen habe, was man nur vergessen kann, aber daran erinnere ich mich noch sehr gut. Auf Ihre Hilfe bin ich nicht angewiesen."

„Möglicherweise doch", warf Sherlock kleinlaut ein. Er erstarrte kurz, als ihn die beiden erstaunt anschauten. Anscheinend konnte keiner von ihnen so recht glauben, dass diese Worte ausgerechnet von ihm kommen würden; was nur logisch war, denn Sherlock Holmes war noch nie jemand, der seinem großen Bruder recht gab. „Vom Krankenhaus aus können Sie keine Fälle lösen. Somit wäre Ihr Aufenthalt in dieser Einrichtung pure Verschwendung Ihrer überragenden Sinne."

Margaret dachte eingehend über seine Worte nach.

*Er hat recht.*

*Dort bin ich eingesperrt und kann nichts tun, außer herumzuliegen und zu warten.*

*Ich will nicht nichts tun.*

Sie atmete tief durch, um sich zu beruhigen und schaute dann wieder zu Mycroft, der seinen Bruder noch immer vollkommen perplex anstarrte, da er nicht so recht wahrhaben wollte, dass dieser ihm gerade geholfen hatte. So hilfsbereit kannte er Sherlock gar nicht.

„Ich möchte nicht mehr zu diesem Therapeuten. Bitte", sagte sie zu dem Mann. „Können Sie denn dem Arzt nicht einfach sagen, dass ich die ganze Zeit dort war?"

„Der Arzt holt sich die Informationen über Ihren Krankenverlauf direkt von Dr. Chinnery. Hierbei kann auch ich nichts tun." Er schwieg kurz und wägte all seine Möglichkeiten ab. „Ein Wechsel zu einem anderen Therapeuten könnte jedoch im Rahmen des Machbaren liegen."

# SCHILDKRÖTEN

## 1N DE23R1F T5 N3RR2EB1XGR 2ED4KFR S2E 1BFE3DD

Margaret betrachtete die Botschaft auf dem Display ihres Smartphones mit vollster Konzentration, sodass sie beinahe das Atmen vergaß während sie neben Mycroft und gegenüber von Sherlock in einer schwarzen Limousine hockte, die sie alle drei quer durch die Stadt kutschierte.

*Zahlen und Buchstaben.*

*Seltsam.*

*Ich glaube nicht, dass es einen Code gibt, mit dem diese Botschaft zu knacken ist.*

*Und wenn es doch einen gibt, dann ist dieser nicht gerade bekannt.*

Sie hob schließlich ihren Kopf und sah Sherlock fragend an. „Das wurde also bei Luise Sterndale gefunden und eine fast identische Nachricht, die stattdessen mit Rattenblut geschrieben wurde, bei Patrick Stangerson? Und Sie haben keine Ahnung, was das bedeuten soll? Wie kommen Sie bloß auf den verrückten Gedanken, dass ausgerechnet ich wissen könnte, was das ist?" Dann sah sie zu Mycroft. „Wo fahren wir eigentlich hin?"

„Sie fahren nach Hause", antwortete dieser, während er prüfend auf das Display seines Handys starrte. „Ebenso wie Sherlock. Ich hingegen habe noch etwas zu erledigen, was normale Menschen Arbeit nennen würden."

„Und die Botschaft?", fragte die junge Frau verwirrt und steckte ihr Handy weg.

„Sie können sich zu Hause noch den ganzen Tag darüber Ihren Kopf zerbrechen."

„Zu Hause", wiederholte Margaret leise und wandte ihren Blick zum Fenster raus.

*Wo ist das?*

*Ich habe kein Zuhause.*

Sherlock räusperte sich leise hörbar. „Es ist noch nicht mal 18:00 Uhr, Mycroft, und du willst uns einfach wegschicken? Sind dir denn die sechs Opfer ganz egal? Und ihre Angehörigen?"

Mycroft hob erstaunt seine Augenbrauen. „Wirst du jetzt tatsächlich sentimental, kleiner Bruder? Welcher Grund steckt da bloß dahinter?"

„Ich bin nicht sentimental. Eine solche Fehlfunktion besitze ich nicht", konterte Sherlock flink. „Allerdings - und das sage ich wirklich ungern, weil ich es mir selbst nicht eingestehen will, obwohl es doch leider wahr ist - auch ich bin nur ein Mensch, und Menschen verhalten sich für gewöhnlich so." Er machte eine kurze Pause und schaute dann zu Margaret. „Um Ihre Frage zu beantworten, wieso ich glaube, dass ausgerechnet Sie etwas mit dieser Botschaft

81

anfangen können, sollten Sie wissen, dass Sie so etwas schon einmal gemacht haben."

„Sherlock!", drohte Mycroft gehetzt und starrte seinen Bruder erzürnt an. „Wage es ja nicht!"

„Was? Ich sage doch nur die Wahrheit. Ich denke, sie hat die Wahrheit verdient oder nicht?"

„Dieses Thema hatten wir bereits", fuhr Mycroft ihn wütend an.

„Darf ich dazu eigentlich auch etwas sagen?", mischte sich Margaret ein. Erst als die beiden Männer sie ansahen, sprach sie weiter. „Ich finde es mehr als nur unhöflich, dass Sie beide so viel über mich wissen, während ich mich aber an nichts mehr erinnern kann, und anstatt, dass Sie mir einfach sagen, was geschehen ist, lassen Sie mich im Dunkeln und verschweigen mir die Wahrheit. Es ist totaler Schwachsinn, dass es – auf welche Art auch immer – meinem Erinnerungsvermögen schadet, wenn Sie mir alles einfach sagen. Ich bezweifle nämlich ohnehin stark, dass das, was ich vergessen habe, je wieder zu mir zurückkommen wird." Langsam aber doch stieg die Lautstärke in ihrer Stimme an. „Also, bevor Sie beide noch länger mit Ihrer Geheimnistuerei weitermachen, bitte ich Sie," dabei schüttelte sie fahrig den Kopf und zeigte mit dem Finger abwechselnd auf die zwei Brüder, „nein, ich befehle Ihnen, dass Sie mir verdammt noch mal sagen, was passiert ist – und zwar alles!"

Mycroft schluckte nervös. Obwohl er sonst so undurchdringbar wie eine stählerne Mauer war, wirkte er in ihrer Anwesenheit eher zerbrechlich und angeschlagen, sodass es ihm schwerfiel, ihr gegenüber autoritär zu bleiben, ohne dabei ein schlechtes Gewissen zu haben.

„Sie sollten wirklich nicht-", versuchte er sich raus-
zureden.

„-Nein!", rief Margaret aufgebracht dazwischen. „Sagen
Sie mir, was geschehen ist! Wieso kann ich nicht mehr
gehen?"

Mycroft schwieg. Er konnte es nicht sagen. In diesem
Augenblick wirkte er erschreckend schwach und ängstlich.

„Sie sind von einem Dach gestürzt", antwortete schließlich Sherlock, dem diese ganze Geheimniskrämerei schon
eine gefühlte Ewigkeit auf die Nerven ging und daher überaus
erleichtert war, ihr endlich die Wahrheit sagen zu können.

Margaret starrte ihn entsetzt an und runzelte dann verwirrt
die Stirn. „Wieso?"

„Annabelle Sacker hat versucht, Sie zu töten. Zu ihrem
Pech jedoch war das Dach nicht hoch genug."

„Die Hexe", fiel es ihr blitzartig wieder ein und ein
eiskalter Schauer lief ihr dabei über den Rücken. Sie musste
ihre Augen schließen, da sie das Gefühl hatte, dass die Furcht
vor dieser Frau dadurch verschwinden würde.

Aber es verschlimmerte alles nur.

Margaret sah schemenhafte Gestalten vor sich in der
Dunkelheit, die sich nach und nach in eine Gruppe kleiner
Kinder verwandelte, die auf einem offenen Feld herum-
rannten. Zwei Mädchen und drei Jungs zählte sie.

*Eines der Mädchen stand abseits der anderen und starrte
sie alle mit einem verbitterten Blick an. Das zweite Mädchen
kniete bei dem größten der drei Jungs und unterhielt sich mit
ihm, während er im kniehohen Gras hockte und seine mollige
Figur unter einem weiten Pullover versteckte. Die anderen
beiden Buben sausten kreuz und quer über die Wiese und*

*zertrampelten, während sie fangen spielten, das saftig grüne*
*Gras.*

*Im Hintergrund, nicht weit entfernt von den Kindern*
*befand sich eine kleine Hütte aus Holz nahe am Waldrand.*
*Dorthin ging das einsame Mädchen, ließ dabei die anderen*
*aber nicht aus den Augen.*

„Die Hütte", sprach Margaret plötzlich. „Dort wurde er
gefunden, richtig?" Sie sah Mycroft fragend an. „Victor."

Er nickte schwach.

„Wie ist er damals gestorben?"

„Er befand sich in der Hütte als diese bis auf die Grund-
mauern niederbrannte", antwortete Mycroft.

Diese Erkenntnis traf nicht nur Margaret sehr, sondern
auch Sherlock, denn das wusste er nicht. Ihm wurde nämlich
immer erzählt, Victor sei in einem Brunnen nahe Abbey
House, dem früheren Anwesen seiner Eltern, ums Leben
gekommen.

„Er wurde bei lebendigem Leib verbrannt?", fragte der
junge Detektiv aufgelöst.

Sein großer Bruder konnte ihm mit Worten nicht darauf
antworten, doch sein eindeutiger, von Qualen gezeichneter
Blick war ihm ohnehin Antwort genug.

Margaret sah auf den Boden. Der Gedanke daran, dass ihr
Bruder auf qualvolle Weise verbrannt sein musste, raubte ihr
schier den Verstand. „Diese Annabelle hatte doch bestimmt
etwas damit zu tun, oder?" Sie hob ihren Blick und achtete
auf Mycrofts Reaktion.

Er zuckte mit den Schultern. „Beweise dafür gibt es
keine."

„Wo ist sie? Ich will mit ihr reden."

Mycroft richtete sich erschrocken auf.

„Auf keinen Fall", sagte er streng. „Wenn Sie sich an sie erinnern können, dann wissen Sie auch, wie gefährlich sie ist."

„Ich habe keine Angst vor ihr", entgegnete Margaret kalt.

„Wissen Sie eigentlich, was diese Frau mit Ihnen gemacht hat?", fragte der Mann verzweifelt und starrte sie an. „Sie hat Sie dazu gebracht, auf das Dach eines Gebäudes zu steigen und in den Tod zu springen."

Margaret schluckte diese Worte mit Mühe runter. „Aber ich lebe doch noch", sagte sie dann darauf, als würde ihr diese Erkenntnis nichts bedeuten, obwohl es sie innerlich doch sehr beunruhigte.

„Das war nur reines Glück", entgegnete der Mann schroff.

„Nur die Dummen haben Glück", konterte Margaret und schaute dann wieder aus dem Fenster hinaus. „Dann eben nicht", fügte sie noch genervt hinzu.

Grace Forester zitterte als sie sich eine frischgebrühte Tasse Tee einschenkte und dann davon trank. Auf dem Tisch vor ihr lag die neueste Ausgabe des *Daily Mirror* ausgebreitet. Mit Erschrecken las sie von dem sechsten Opfer, dem Bruder des Premierministers Richard Stangerson.

Etwas übereilt trat ihr Verlobter durch die Tür ins Wohnzimmer zu ihr herein. „Tut mir leid, dass ich zu spät bin, Schatz", sagte er und richtete sein Jackett zurecht, „aber ich bin im Stau gestanden. Es herrscht ein schrecklicher Verkehr da draußen."

Die junge Frau reagierte gar nicht auf seine Worte, sondern starrte voller Entsetzen auf den Zeitungsartikel.

„Schatz?" Gregory kam vorsichtig näher zu ihr. „Hörst du mir überhaupt zu?"

„Mhhm", gab sie nur von sich und stellte die Tasse auf den Unterteller neben sich. „Hast du die Nachrichten gelesen?", fragte sie und schaute dann mit glasigen Augen zu ihm hoch. „Stangersons Bruder ist tot. Er wurde auf dieselbe Art und Weise wie meine Mutter ermordet."

„Was?", rief der Mann und warf selbst einen Blick auf die Zeitung vor sich. „Das ist ja schrecklich. Haben Sie zumindest irgendwelche Hinweise gefunden?"

Grace schüttelte den Kopf. „Nein. Gar nichts." Sie wurde zunehmend aufgelöster. „Ich verstehe das nicht. Wie kann man denn überhaupt nichts finden? Das ist doch nicht möglich."

„Das müssen eindeutig Profis oder so gewesen sein", sprach der Mann bedacht. „Bitte denk doch nicht weiter darüber nach, Liebes."

„Ich kann nicht anders", gab die Frau weinerlich von sich. „Ich will wissen, wer das getan hat. Ich möchte dem Schuldigen in die Augen sehen, demjenigen, der meine Mutter umgebracht hat."

Der Mann nahm seine Verlobte fürsorglich in den Arm. „Die werden ihn bestimmt bald schnappen, glaub mir. Sherlock Holmes ist der Beste auf seinem Gebiet."

Grace rümpfte die Nase und sah zu ihm hoch. „Das ist nicht wahr. Alexandra Green war ihm um Welten überlegen."

„Tja, sie ist nun mal aber nicht mehr hier."

„Wo ist sie eigentlich? Sie scheint wie vom Erdboden verschluckt worden zu sein."

„Ich habe keine Ahnung", antwortete Gregory. „Und im Grunde ist es mir auch egal. Wenn du mich fragst, war diese Frau nur eine billige Kopie von dem genialen Detektiv Sherlock Holmes, nichts weiter."

Niedergeschlagen hockte Margaret in ihrem Rollstuhl in der Lounge in dem Anwesen in Southgate und starrte aus dem Fenster. Sie konnte nichts weiter tun als warten – warten, bis Mycroft wieder zurückkommen würde.

„Möchten Sie zu Abend essen?", fragte Mr. Wiggins, der plötzlich hinter ihr stand.

Erschrocken schaute sie zu ihm zurück. „Nein, danke."

„Sie sollten wirklich etwas essen, Miss", meinte er besorgt.

„Ich habe keinen Hunger."

„Dann zumindest etwas Tee?"

„Nein, danke. Wirklich, ich brauche nichts."

Dem Mann gefiel das gar nicht. Er machte sich große Sorgen um ihre Gesundheit. „Falls Sie es sich doch noch anders überlegen, wissen Sie, wo Sie mich finden", sagte er, drehte mit einem unbehaglichen Gefühl um und verließ widerwillig den Raum.

*Na endlich.*

Margaret zog schnurstracks ihr Handy heraus und öffnete das Internet. Sie gab den Namen Alexandra Green ein und suchte danach.

*Was?*

Als sie die Ergebnisse des Suchverlaufes sah, wobei auch einige Fotos zu sehen waren, erschrak sie, denn die junge Frau auf den Bildern war ohne jeden Zweifel sie selbst.

*Wie kann das sein?*

Sie öffnete einen Artikel, der wohl von einem der größten Fans dieser Frau stammte.

*„Tagsüber eine einfache Sekretärin und nachts eine geniale Detektivin"*, las sie die Überschrift des Beitrages, der erschreckend viele Leser hatte. *„Meiner Meinung nach wird Alexandra Green vollkommen unterschätzt und zwar allen voran von Sherlock Holmes, denn sie steht ihm in nichts nach. Im Gegenteil. Ich bin der Meinung, dass sie weitaus klüger ist als er; nur im Gegensatz zu ihm ist sie eben nicht ganz so berühmt."* Margaret schüttelte den Kopf.

„Was für ein Schwachsinn", sagte sie dabei, konnte aber nicht aufhören, den Artikel weiterzulesen.

*„Innerhalb weniger Tage klärte sie den Mord an drei Frauen auf und der Scotland Yard konnte durch ihre Hilfe einen entführten Jungen wiederfinden, und zwar vollkommen unversehrt. Diese Frau ist unschlagbar. Jeder, der sie mit Sherlock Holmes vergleicht, hat keine Ahnung von wahrer menschlicher Intelligenz."*

Schließlich drückte Margaret den Artikel weg.

„Ich war wohl sehr überheblich." Sie suchte neugierig weiter, fand aber nicht das, was sie eigentlich wollte. „Wie kann das sein? Hier steht gar nichts über mein Verschwinden. Wie konnte ich Alexandra Green und ich selbst zugleich sein?" Plötzlich kam ihr ein wichtiger Gedanke. „Ich habe mein Gedächtnis verloren. Das hat Sherlock also damit gemeint. Deshalb war ich sie, anscheinend über mehrere Jahre hinweg, aber…" Sie dachte angestrengt nach. „Wieso kommt mir der Name so bekannt vor?"

*Ich muss bereits jemanden mit diesem Namen gekannt haben.*

*Aber wer ist das?*

*Kann sie mir vielleicht weiterhelfen?*

Bevor sie noch länger darüber nachdachte, startete sie einen neuen Suchlauf im Internet. Diesmal war ihr Ziel Annabelle Sacker. Was sie dabei fand, schockierte sie sehr. Margaret erblickte das Foto eines kleinen Mädchens, das wie von einem Dämon besessen in die Kamera blickte.

*Das ist sie, eindeutig.*

Sie scrollte weiter runter und sah den Link zu einem recht aktuellen Bericht vom Scotland Yard selbst. Von der Neugierde gepackt klickte sie drauf und starrte wie gebannt auf den Artikel.

*„Aus bisher unerklärlichen Gründen konnte Annabelle Sacker als Elizabeth Markle in London untertauchen, ohne entdeckt zu werden. Somit freundete sie sich mit dem Opfer, Margaret Trevor, an, um später zu versuchen, sie zu ermorden. Bisher ist noch immer unklar, inwieweit die Brüder Mycroft und Sherlock Holmes in diese Sache involviert sind, letzten Endes ist es jedoch den beiden zu verdanken, dass*

*Annabelle Sacker wieder in Verwahrung gebracht werden konnte und nichts Schlimmeres passiert ist."*

Margaret sah die Zeilen stutzig an.

„Nichts Schlimmeres? Ich kann nicht mehr gehen. Ist das denn nicht schlimm genug für euch?"

Mit einer bitteren Wut in ihrer Magengegend las sie den Artikel weiter. *„Den Berichten von Augenzeugen zufolge hatte Annabelle versucht, das Opfer zu manipulieren und dazu zu zwingen, vom Dach eines Gebäudes zu springen. Das Opfer erlitt dabei eine Querschnittslähmung, sowie eine schwerwiegende Form von Amnesie, multiple Knochen-brüche und zahlreiche Prellungen. Eine Verhandlung in diesem Fall wird vorerst nicht zustande kommen, da das Opfer, welche als Kronzeugin gilt, sich nicht mehr an das Geschehene erinnern kann und bis dahin all ihre Aussagen als nicht glaubhaft gelten."*

Nun reichte es ihr.

„Nicht glaubhaft? Als wäre es meine Schuld, dass ich mich nicht mehr daran erinnern kann."

Dann blickte sie wieder auf das Display und wollte weiter im Internet suchen, doch der Akku ging gerade in diesem Moment aus und der Bildschirm wurde schwarz.

„Verdammt."

Sie bewegte sich nach draußen, wo sie im Flur auf Mr. Wiggins traf, der gerade dabei war, die gläsernen Regale abzustauben.

„Kann ich etwas für Sie tun, Miss Trevor?", fragte der Mann als er sie bemerkte.

„Haben Sie einen Computer oder einen Laptop mit Internetzugang im Haus, den ich benutzen kann?"

Mr. Wiggins sah die Frau verwirrt an.

„Natürlich", antwortete er dann und legte den Staubwedel beiseite.

Er schob sie den Flur entlang, bis sie in einen kleinen Raum nahe der Treppe kamen, der in völliger Dunkelheit abgeschirmt von all den anderen Zimmern war.

Der Mann schaltete das Licht ein und der Raum offenbarte sich als ein kleines Büro mit einem U-förmigen großen Schreibtisch, auf den man mit Leichtigkeit hätte Billiard spielen können. In dessen Mitte stand ein moderner dünner Laptop, der von mehreren Akten, Ordnern und anderen Stapeln Papier umsäumt war.

„Das ist das alte Arbeitszimmer von Mr. Holmes. Er ist aber nur mehr sehr selten hier drinnen, schließlich ist er auch nicht gerade viel öfter zu Hause."

„Hat er bestimmt nichts dagegen, wenn ich seinen Laptop benutze?", fragte Margaret etwas unsicher.

„Mit Sicherheit nicht", antwortete der Mann flink und brachte sie direkt vor das Gerät. „Mr. Holmes meinte selbst, dass sich darauf keine wichtigen Daten befinden würden und, sollten Sie den Drang verspüren, jemandem eine E-Mail zu senden oder einfach nur im Internet zu herumzustöbern, dann wäre dieser hier perfekt dafür geeignet."

„Na gut." Margaret klappte den Laptop auf, der sich dadurch automatisch einschaltete.

Nach kurzem Warten kamen zwei Benutzerprofile auf einem dunkelblauen gestreiften Hintergrund zum Vorschein. Das linke Profil hieß *MH* und das rechte war einfach nur mit *Benutzer* betitelt.

Ohne lange darüber nachzudenken, klickte Margaret auf das rechte Profil.

*Bestimmt ist sein Account mit einem Passwort geschützt.*

Ein spärlich eingerichteter Desktop mit dem üblichen Standardhintergrundbild, welches bei neuen Geräten bereits eingestellt war, kam zum Vorschein.

Bevor Margaret jedoch weitermachen wollte, sah sie zu Mr. Wiggins zurück, der noch immer hinter ihr stand und ihr neugierig über die Schulter blickte.

„Oh, bitte verzeihen Sie vielmals", rief er erschrocken von seiner unhöflichen Gafferei und eilte daraufhin flink nach draußen. Die Tür ließ er aber einen Spalt offen.

Von einer einfältigen Idee überrumpelt suchte Margaret zuerst in den Dateien, die sich auf dem Laptop befanden, herum, ob sie womöglich etwas Brauchbares finden würde. Allerdings war da rein gar nichts. Außer den üblichen Beispielbildern befand sich überhaupt nichts auf diesem Profil. Auch der Browserverlauf, der ihr womöglich mehr Aufschluss über die vorigen Benutzer geben hätte können, war vollkommen leer.

*Bin ich tatsächlich die erste Person außer Mycroft, die diesen Laptop nutzt?*

*So etwas wie Freunde scheint der Mann wohl wirklich nicht zu besitzen.*

Mit einem tiefen Groll erinnerte sie sich wieder an den Artikel vom Scotland Yard, in dem geschrieben stand, dass sich Annabelle Sacker als Elizabeth Markle ausgegeben und sich mit ihr angefreundet hatte.

„Freunde", dachte sie laut. „Sie sind ohnehin nur dazu da, um andere zu verraten."

Dann wagte sie einen neuen Suchlauf. Sie tippte *Abbey House* und *Victor Trevor* in das Suchfeld ein und wartete ungeduldig.

Das Foto eines sehr alt aussehenden Zeitungsartikels war das erste Ergebnis, das der Bildschirm anzeigte.

„*Großbrand durch bisher ungeklärte Ursache nahe dem Anwesen Abbey House*", las Margaret das Fettgedruckte am oberen Rand. Den Rest des Artikels überflog sie in Windeseile. Zusammengefasst fand sie dabei heraus, dass eine kleine Holzhütte, die alte Scheune am Waldrand, Feuer gefangen hatte, während sich dabei ihr bis dahin noch vermisster Bruder Victor darin befand. Viel mehr stand da jedoch nicht.

„Enttäuschend. Das weiß ich doch schon alles."

Sie startete sogleich eine neue Suche, doch dieses Mal mit ihrem eigenen Namen.

Auch hier zeigte das Ergebnis einen älteren Zeitungsauschnitt an, auf dem die Worte *Drei Tote nach Verkehrsunfall* in Großbuchstaben aufgedruckt war.

Mit einem mulmigen Gefühl öffnete Margaret den Artikel und las sich sämtliche Zeilen langsam durch. Je weiter sie kam, desto schwerer wurde ihr das Herz.

„*Am vergangenen Freitagabend kam es an der Boston Central zu einem schweren Autounfall in dem zwei Personenkraftwagen miteinander kollidierten und einer dadurch von der Straße abkam und sich mehrmals überschlug. Der Fahrer des unfallverursachenden Fahrzeuges, Sebastian M., und dessen Beifahrer, sein Bruder Julius M., waren noch an der Unfallstelle ihren schweren Verletzungen erlegen. Die 39-jährige Frau, Catherine T. und ihre fünfjährige Tochter, Margaret, wurden mit mehreren Knochenbrüchen und teilweise lebensbedrohlichen Verletzungen ins St. Mary's Hospital gebracht. Das Mädchen erlag schließlich ihren Wunden noch auf dem Weg ins Krankenhaus. Margaret war die Schwester des noch immer vermissten siebenjährigen Jungen Victor Trevor. Bisher fehlt jede Spur von ihm. Bei Hinweisen melden Sie sich bitte umgehend bei der nächsten Polizeibehörde oder rufen Sie unter der unten angeführten Kontaktnummer an."*

Margaret schüttelte den Kopf und rieb sich ausgelaugt die Augen.

„Ich bin damals gestorben? Aber wie...? Wie kann das sein?"

Sie schaute noch einmal auf die Namen der beiden Männer, Sebastian und Julius M., um zu versuchen, sich deren Gesichter in Erinnerung zu rufen. Sie schloss ihre Augen dabei und konzentrierte sich. Und tatsächlich sah sie deren Gestalten vor ihrem geistigen Auge. Allerdings sah sie noch viel mehr.

*Margaret, die damals knapp vier Jahre alt war, lief gerade über einen freien mit Gras bewachsenen Hof. Hinter ihr waren Victor, Sherlock und Mycroft, der etwas weiter zurückgefallen war. Sie waren dabei gemeinsam Fangen zu spielen. Alle drei Jungs verfolgten das Mädchen.*

Margaret konnte deutlich das fröhliche Kinderlachen hören.

*Das Mädchen war viel flinker als ihre Verfolger, sodass es nicht sehr lange dauerte, bis sie die Jungs allesamt erfolgreich abschütteln konnte.*

*„Ich habe gewonnen", rief die kleine Margaret siegreich jubelnd.*

*Gerade als sie wieder umkehren wollte, packte sie ein stämmiger Mann von hinten. Es war dieser Sebastian M., ohne jeden Zweifel.*

Margaret zuckte vor Schreck zusammen, öffnete ihre Augen aber nicht.

„Moran", erinnerte sie sich augenblicklich. „Sebastian und Julius Moran."

*Das Mädchen schrie wie am Spieß, voller Angst, voller Schmerz, aber all ihre Laute gingen ins Leere. Immer wieder rief sie nach Hilfe, nach ihrem Bruder, nach Mycroft und nach Sherlock, doch keiner kam, keiner hörte sie.*

*Darauf folgte ein unangenehmes Gefühl, erfüllt von heftiger Last und entsetzlicher Scham.*

Margaret sah nur noch verschwommene Schatten vor sich. Aber für eine einzige Sekunde, da war sie sich sicher, konnte sie Victor sehen, wie er hinter einem Baum versteckt gekauert und mit Entsetzen zugeschaut hatte.

*Er war da.*

Margaret schlug ihre Augen wieder auf. Augenblicklich war ihre Erinnerung an damals wieder da.

*Sie haben ihn umgebracht, damit er nichts sagt.*

*Er hat alles gesehen.*

„Oh, Victor", seufzte sie. „Es tut mir so schrecklich leid."

Margaret ließ ihren Kopf in ihre Arme sinken und kämpfte gegen den Drang, zu weinen. Sie starrte eine ganze Weile auf die Tastatur des Laptops, bis sie sich ausgelaugt und müde streckte.

Dann, bevor sie schlafen gehen wollte, versuchte sie es noch ein letztes Mal. Sie gab in das Suchfeld den Namen

*Mycroft Holmes* ein. Allerdings vertippte sie sich dabei, sodass sie bei fast jedem Buchstaben eine Taste weiter links drückte.

NYXEIDT GILNWS

„Was?" Sie starrte die Buchstaben verwirrt an. Erst beim zweiten Hinschauen erkannte sie, was sie da eigentlich getan hatte. „Verdammt. Es ist doch so einfach."

Wie vom Blitz getroffen hatte sie eine Idee und schnappte sich von den vielen Büroutensilien auf dem Schreibtisch ein leeres Blatt Papier und einen Stift und zeichnete darauf die Botschaft allein aus ihrer Erinnerung.

1N DE23R1F T5 N3RR2EB1XGR 2ED4KFR
S2E 1BFE3DD

Genau diese Buchstaben gab sie nun in die Tastatur ein, nur eben immer um ein Zeichen nach rechts verschoben. Allerdings ließ sie dabei die Zahlen bewusst aus, denn ihr war klar, dass diese mit einer anderen Technik verschlüsselt worden sein mussten.

Nach kurzem Tüfteln kam sie dann auch schon zu einem Ergebnis.

1M FR23T1G Z5 M3TT2RN1CHT 2RF4LGT
D2R 1NGR3FF

Es dauerte nicht lange, da hatte die junge Frau auch diesen Text vollkommen entziffert.

Sie las die Botschaft und wollte am liebsten voller Euphorie hochspringen. Gehetzt holte sie ihr Handy raus und wollte Sherlock Holmes anrufen. Doch noch immer hatte sie keinen Akku. Allerdings befand sich in dem kleinen privaten Büro von Mycroft Holmes ein eigenes Telefon, welches in Reichweite von ihr zwischen zahlreichen Akten und Ordnern versteckt war. Margaret befreite das Telefon und sah zu ihrem Glück, dass die Handynummer von Sherlock bereits eingespeichert war. Sie zögerte keine Sekunde und rief den Mann sofort an.

„Am Freitag zu Mitternacht erfolgt der Angriff", sagte sie ohne irgendein Wort der Begrüßung, nachdem dieser den Anruf entgegengenommen hatte.

„Oh, wie ich sehe, haben Sie die Nachricht doch noch geknackt", sprach der Mann, der sogar deutlich beeindruckt klang. „Ich sagte Ihnen doch, dass Sie es schaffen werden. Wie haben Sie den Code entschlüsselt?"

„Er ist weitaus einfacher verschlüsselt als man denken mag", meinte die junge Frau. „Die Buchstaben sind auf der Tastatur eines Computers oder sonstigem einfach nur immer eine Taste nach links gerückt. Und die Zahlen von eins bis fünf stehen für A, E, I, O, U."

„Clever", entgegnete Sherlock. „Simpel, aber doch durchaus clever. Jetzt müssen wir nur noch herausfinden, wo dieser Angriff am Freitag stattfindet."

„Das muss definitiv mit zumindest einem der sechs Opfer zu tun haben", überlegte Margaret sorgfältig. „Wenn es tatsächlich zwei verschiedene Täter sind, könnte der zweite die anderen Morde nur deshalb begangen haben, um vom eigentlichen Ziel abzulenken."

„Gute Schlussfolgerung, Miss Trevor. Dann lassen Sie uns mal schnell zusammenfassen. Wir haben das erste Opfer, Luise Sterndale, bei der auch die Botschaft auf den Asphalt gesprüht worden ist. Ich habe ein wenig recherchiert, aber nichts Interessantes über sie herausgefunden. Sie ist seit drei Jahren verwitwet, hat zwei Töchter und einen Enkelsohn. An ihr ist nichts Aufregendes dran. Ebenso wie an den anderen Opfern. Außer bei Cecile Forester, Nummer fünf, bei der zwar keine solche Botschaft gefunden wurde und bei Patrick Stangerson."

„Stangerson ist der einzige noch lebende Verwandte des Premierministers", sagte Margaret. „Aber ich glaube nicht, dass es etwas mit ihm zu tun hat. Wenn doch, dann wäre er nicht das bisher letzte Opfer gewesen, bei dem auch wieder diese Botschaft geschrieben steht. Das wäre viel zu offensichtlich. Wahrscheinlich will man uns damit nur auf die falsche Fährte locken. Cecile Forester hingegen war die Inhaberin von Forester Auktionen, die nun ihre Tochter Grace und deren Verlobter Gregory Norton weiterführen. Ich habe davon gestern Morgen in der Zeitung gelesen. Für das kommende Wochenende ist eine große Auktion geplant, wo zwölf sehr seltene weiße Jadekristalle versteigert werden sollen."

„Es ist mir wahrlich eine Freude, mit Ihnen zusammen-zuarbeiten", meinte Sherlock euphorisch.

„Ich hoffe doch, dass Dr. Watson diesbezüglich nicht beleidigt ist."

„Oh nein, mein werter Freund hat gerade genug um die Ohren. Er scheint sogar froh zu sein, dass ich ihn zurzeit nicht mit solchen Angelegenheiten behellige. Allerdings ist es mir schleierhaft, wie man sich darüber freuen kann, einfach nur einen simplen langweiligen Alltag nach dem anderen zu erleben."

„Es gibt eben Menschen auf dieser Welt, die die Ruhe und den alltäglichen Trott dem Nervenkitzel eines Abenteuers vorziehen."

„Da kennen Sie meinen Freund aber schlecht."

„Ihr Freund", sprach Margaret nachdenklich. „Was Ihre Freunde angeht, sind Sie wohl nicht so gut darin, diese zu behalten. Schließlich ist Ihr letzter Freund als Kind gestorben. Um diese oder eine ähnliche Situation zu vermeiden, ziehe ich es lieber vor, keine Freunde zu haben."

„Das scheint Ihnen aber nicht sehr gut zu gelingen", entgegnete Sherlock. „Immerhin haben Sie doch einen sehr guten Freund."

Margaret gab ein gespieltes Lachen von sich. „Ich hätte Sie jetzt nicht als einen solchen Freund bezeichnet, Sherlock."

„Oh, mich meinte ich damit gar nicht. Die Rede ist von meinem großen Bruder."

„Mycroft?", rief die junge Frau mehr erschrocken als erfreut. „Wie kommen Sie darauf? Ich kenne ihn doch überhaupt nicht. Ich meine, ich…" Noch während sie sprach erinnerte sie sich daran, was sie gerade kurz zuvor gesehen hatte. Mycroft und Margaret, beide Kinder, die sich miteinander unterhalten hatten, während Sherlock und Victor im Gras gespielt hatten.

„Leugnen Sie nicht, dass Sie es wissen", meinte der Mann ernst.

„Schildkröten."

„Was?"

„Wir haben uns über Schildkröten unterhalten", antwortete Margaret in Erinnerungen schwelgend. „Mycroft und ich, damals als wir noch Kinder waren. Wir haben darüber diskutiert, ob zwei Schildkröten in einem Gehege miteinander leben könnten oder getrennt sein müssten wie Goldfische. Mycroft war der Ansicht, dass dies nicht möglich wäre, es sei denn, diese beiden Tiere wären sich ganz und gar ebenbürtig, wobei keiner dem anderen auch nur in irgendeiner Weise unterlegen hätte sein dürfen."

„Was haben Sie dazu gesagt?", wollte Sherlock wissen.

„Dass es dabei nie um Schildkröten ging", antwortete sie. Noch während sie dies sagte, wurde ihr das Herz schwer.

*Er muss so schrecklich einsam sein.*

*Mycroft hat niemanden.*

„Sind Sie noch dran?", fragte Sherlock nach einer Weile als er nichts mehr hörte.

„Ja", sprach Margaret nachdenklich. „Haben Sie bezüglich der Himmelsrichtungen schon etwas in Erfahrung bringen können?" Sie versuchte das Thema zu wechseln.

„In der Tat. Doch das bestätigt nur unsere Annahme, dass es sich um zwei verschiedene Täter handelt", sagte Sherlock. „Opfer Nummer 2 und Nummer 5 wurden exakt nach Norden ausgerichtet, während die Opfer Nummer 1 und 4 leicht schräg nordöstlich abgelegt wurden und Opfer Nummer 3 in die andere Richtung nach Nordwesten. Und wie wir bereits wissen, wurde Opfer Nummer 6 nach Osten hin ausgerichtet."

„Das ergibt keinen Sinn. Es sei denn…" Margaret verstummte in Gedanken und begann zu überlegen. „Wo wurden die anderen Opfer gefunden?"

„Nummer 1 an der Milson Road in Hammersmith, Nummer 2 am Chesham Place in Belgravia, Nummer 4 am Parsons Green in Fulham, Nummer 5 wie Sie wissen in den Cornwall Gardens in Kensington und Nummer 6 in den Burlington Gardens in Mayfair", zählte Sherlock auswendig auf. Inspector Doyle hatte ihm all diese Informationen gegeben, die er sich mit Leichtigkeit gemerkt hatte.

Nach einer kurzen Pause fragte Margaret: „Kann es sein, dass es nicht um die Himmelsrichtungen geht, sondern, dass die Opfer auf etwas zeigen?"

„Das Auktionshaus kann es nicht sein, denn es befindet sich zu weit östlich von den Tatorten entfernt. Der einzige, der dorthin zeigt, ist Stangerson."

„Seltsam", dachte Margaret laut und verstand nicht, was die Ausrichtung der Leichen für einen Sinn haben mochten. „Was geschieht jetzt, nachdem wir die Botschaft entziffert haben."

„Der Scotland Yard ist bereits informiert. Während wir uns hier unterhalten, organisiert Inspector Lestrade schon die weitere Vorgangsweise. Allerdings, so befürchte ich, müssen wir doch bis Freitag warten, um die Mörder auf frischer Tat fassen zu können."

„Warten war noch nie meine Stärke."

Es war schon lange nach 04:00 Uhr morgens als Mycroft Holmes endlich nach Hause kam. Er trottete ausgelaugt durch den Flur, der nur durch einen schwachen Bewegungsmelder beleuchtet wurde.

Als er über die Treppe in das obere Stockwerk gehen wollte, entdeckte er in der Lounge jemanden auf dem Sofa kauern. Vorsichtig trat er ein und sah Margaret, die mit einer Wolldecke, die halb über ihrem Körper gedeckt war, auf dem Sofa lag und tief und fest schlief.

Mycroft kniete sich zu ihr herab und blieb eine Weile regungslos vor ihr hocken, während er sie ansah.

„Du brichst mir das Herz", sprach er und strich ihr eine Haarsträhne aus dem Gesicht. „Wenn du dich doch bloß erinnern könntest, dann würdest du wissen, wie schwer es für mich ist, jemanden so nah an mich heranzulassen. Es zerstört mich. Es reißt die undurchdringbare Mauer um mich herum ein. Gefühle sind gefährlich, in bestimmten Fällen sogar tödlich, und doch kann ich nicht mehr ohne dich leben. Hat man einmal erfahren, wie sich wahre Liebe anfühlt, will man dieses Gefühl nie wieder loslassen."

Noch ehe er wieder aufgestanden war, rührte sich Margaret. „Wie spät ist es?", fragte sie blinzelnd und sah den Mann wie in Trance an.

„Viertel nach Vier", antwortete dieser und stellte sich wieder auf seine Beine.

Die junge Frau hockte sich mit aller Mühe aufrecht hin.

„Die Botschaft", sagte sie durcheinander. „Ich habe die Botschaft gelöst."

„Ich weiß", entgegnete Mycroft und lächelte kurz. Dann beugte er sich zu ihr hinab. „Sie sollten sich besser ins Bett legen."

Er legte ihren Arm um seinen Nacken und hob die junge Frau mit einem Ruck hoch. Obwohl der Mann auf den ersten Blick zerbrechlich wirkte, war er alles andere als schwach. Er trug Margaret mit Leichtigkeit über die Treppe in das obere Stockwerk hinauf, wo er sie anschließend in ihr Bett legte.

„Mycroft", begann sie dann müde. „Kann ich Sie etwas Persönliches fragen?"

Der Mann sah sie verwirrt an. „Sie haben in Ihrer frühen Kindheit gelernt zu sprechen, also denke ich schon, dass Sie das können."

Margaret verdreht die Augen. Sie war jedoch zu ermattet, um sich über sein Verhalten zu ärgern.

„Haben Sie jemals richtig geliebt?", fragte sie frei heraus.

Mycroft zuckte zusammen. Er wirkte erschrocken und unsicher. „Was ist das denn für eine Frage?", konterte er verwirrt.

„Eine ganz einfache. Haben Sie jemals eine Frau so sehr geliebt, dass Sie alles für sie getan hätten?"

Mycroft antwortete ihr nur mit einem Stirnrunzeln.

„Stehen Sie etwa auf Männer?", fügte Margaret überrascht hinzu.

„Was?" Er riss seine Augen entsetzt auf. „Nein. Ich bin nicht …"

„Schwul?" Margaret richtete sich im Bett zurecht und sah den Mann neugierig an. „Woher wollen Sie das denn wissen, wenn Sie noch nie geliebt haben? Wissen Sie überhaupt, wie sich wahre Liebe anfühlt?"

„Wieso fragen Sie das?"

„Ihr Ring?" Sie zeigte auf den vergoldeten Ring, der am Ringfinger seiner rechten Hand hing. „Hat der eine Bedeutung?"

„Das wollen Sie ausgerechnet jetzt um diese Uhrzeit wissen?"

„Würden Sie nur einfach meine Frage beantworten?"

Mycroft atmete etwas genervt aus und schloss dabei für einen Moment seine Augen. „Kann das nicht bis morgen warten? Wieso wollen Sie das ausgerechnet jetzt wissen?"

„Schildkröten", antwortete sie. „Erinnern Sie sich?"

Mycroft erstarrte.

Ja, er erinnerte sich eindeutig.

„In dieser Hinsicht haben Sie sich kein bisschen verändert. Sie denken immer noch, dass eine Schildkröte ganz alleine bleiben muss. Und unter anderen Umständen hätte ich vielleicht gesagt, Sie seien irre, aber nach allem, was passiert ist und woran ich mich noch erinnern kann, muss ich Ihnen wohl oder übel recht geben. Schildkröten leben allein und sterben einsam." Margaret seufzte. „Liebe ist kein Geschenk. Sie ist eine Qual - eine Qual, die uns alle letztendlich umbringen wird." Sie sah Mycroft kurz an und legte sich dann ins Bett zurück. „Aber wem sage ich das? Sie sind mit Sicherheit der allerletzte Mensch auf der Welt, der eine Ahnung davon hat, was wahre Liebe wirklich bedeutet." Sie zog sich die Decke bis an den Hals hoch und machte es sich gemütlich. „Gute Nacht, Mr. Holmes." Dann schloss sie ihre Augen und sank ihren Kopf in das Kissen.

„Gute Nacht, Miss Trevor", sagte Mycroft bedrückt und stand gemächlich auf. Er betrachtete die junge Frau noch einen Augenblick, ehe er nach draußen schritt und geradewegs auf sein eigenes Schlafzimmer zuging.

„Du brichst mir das Herz mit deinen Worten", dachte er wehmütig.

## IN DER SCHWEIZ

Die Beamten der Sicherheitskontrolle beäugten sie argwöhnisch, sagten aber allesamt nichts und gingen ihr stets aus dem Weg.

„Ist Ihnen bewusst, worauf Sie sich einlassen, Miss?", fragte der Direktor der Anstalt, Dr. Mohr, der Margaret den langen, mit grellen Neonröhren beleuchteten Flur entlangschob.

„Natürlich. Sonst wäre ich nicht hier", war die Antwort der jungen Frau, die dabei ihren Blick auf die mit Stahl verkleidete Tür am Ende des Gangs richtete, wohlwissend, dass sich dahinter eine der gefährlichsten Personen der Welt befand. „Diese Frau kenne ich schon fast mein ganzes Leben lang. Ich habe keine Angst vor ihr."

Der Mann ließ die robuste Tür von zwei Wachposten aufschließen, die sich links und rechts daneben positioniert hatten. Nachdem sämtliche Schlösser entriegelt waren und die Tür zur Hochsicherheitszelle schließlich aufging, schob er die Frau hinein.

Der gesamte Raum war in einem klaren Weißton gestrichen und durch ein Stahlgitter und einer zusätzlichen Panzerglasscheibe in zwei Hälften geteilt. Hinter der Scheibe befand sich die eigentliche Zelle, die nur spärlich mit einem kleinen Bett, einem Waschbecken und einem Tisch mit einem Stuhl eingerichtet war. Auf dem Bett lag eine Frau in grauer, ausgewaschener Gefängniskleidung. Sie lag auf dem Rücken und starrte abwesend an die Decke, während sie ihre Arme verschränkt hinter dem Kopf und ihre Beine an den Körper angewinkelt hatte.

Der Direktor schob Margaret im Rollstuhl bis an die Scheibe heran und ging dann ohne ein Wort zu verlieren ein paar Schritte zurück.

„Es ist äußerst unhöflich ein privates Gespräch mitanzuhören", sprach die Gefangene, ohne sich zu rühren, und klang dabei sehr gelangweilt.

Als sich der Mann daraufhin nicht vom Fleck rührte, warf Margaret ihm einen strengen Blick zu. „Bitte warten Sie draußen."

„Ich fürchte, das kann ich nicht tun", entgegnete der Direktor darauf. „Es ist niemandem gestattet, alleine hier drinnen zu sein. Die Gefahr ist viel zu groß."

„Machen Sie dieses Mal bitte eine Ausnahme", flehte Margaret. „Ich werde äußerst vorsichtig sein."

Misstrauisch beäugte er sie. „Na gut", sagte er schließlich und ging durch die Tür wieder nach draußen.

Erst als die beiden Frauen alleine waren, hockte sich die Insassin im Bett auf und blieb in der Position aufrecht sitzen, wobei sie ihrer Besucherin noch immer den Rücken zugedreht hatte.

„Ich habe dich erwartet, allerdings doch etwas später", sprach die Gefangene. „Du scheinst dich nun wohl etwas schneller als früher wieder erinnert zu haben. Erstaunlich."

„Nicht alles, was geschehen ist, weiß ich wieder. Es ist nur ein geringer Teil meiner Erinnerungen zurückgekehrt."

„Was machst du dann hier?", fragte Annabelle leicht aufgebracht und drehte ihren Kopf und ihren Rumpf zu der Besucherin hin.

„Du weißt ganz genau, wieso ich hier bin", entgegnete Margaret.

„Ach, tatsächlich?" Die Gefangene stand auf und ging näher zur Glaswand. „Ich bin leider nicht so schlau wie du und Gedanken lesen kann ich auch nicht. Eigentlich hoffte ich, du würdest mit mir über damals sprechen wollen. Aber wie willst du das denn tun, wenn du dich nicht mehr daran erinnern kannst?"

„An Victor erinnere ich mich noch sehr gut", sagte Margaret eisern. „Ich will wissen, was damals passiert ist."

„Er ist verbrannt, in der Hütte. Das weißt du doch mit Sicherheit schon. Deine Frage ergibt also keinen Sinn."

„Es war auch keine Frage. Ich will, dass du mir die Wahrheit erzählst und ich will auch wissen, wieso du mich umbringen wolltest."

„Ach, ich wollte dich nicht umbringen; im Grunde wolltest du es selbst. Deshalb bist du gesprungen. Ich habe dich lediglich dazu ermutigt und dir die nötige Kraft gegeben, aber gesprungen bist du ganz allein aus freien Stücken. Du selbst warst schon immer viel zu feige dazu. Auch jetzt noch sehe ich diese Angst in dir. Faszinierend." Sie starrte Margaret mit einem dämonischen Grinsen an. „Wovor hast du eigentlich Angst? Ist es der Schmerz? Die Einsamkeit? Der Tod? Was ist es?" Sie wartete einen Augenblick auf eine Antwort, sprach dann aber doch wieder weiter. „Du weißt es selbst nicht, richtig? Du weißt nicht, wovor du Angst hast, denn auch das hast du vergessen." Annabelle lachte diabolisch. „Wieso bist du wirklich hier? Du kannst doch nicht ernsthaft glauben, ich würde dir von Victor erzählen. Außerdem habe ich mit seinem Tod rein gar nichts zu tun und das weißt du. Also, was willst du?"

„Du kennst mich schon ziemlich lange, oder? Wir haben uns das erste Mal getroffen als wir noch Kinder waren, richtig? Erzähl mir davon. Wer bin ich?"

Annabelle sah sie verunsichert an und begann dann zu lachen, um dies zu verstecken. „Das ist ein Scherz, oder?"

„Nein, ist es nicht", sagte Margaret in strengem Tonfall. „Ich werde mich wahrscheinlich nie mehr an alles erinnern können, du aber weißt sehr viel über mich. Ich will, dass du mir mehr über mich erzählst."

„Wieso ausgerechnet ich?", fragte die Gefangene stutzig. „Wir beide waren noch nie so etwas wie Freunde. Man könnte uns wohl eher als Rivalen oder sogar als Erzfeinde bezeichnen. Warum fragst du nicht deine beiden schlauen Freunde? Sie wissen doch sonst immer alles besser." Sie starrte Margaret neugierig an. „Oh." Annabelle riss ihre Augen erstaunt auf. „Sie wissen nicht, dass du hier bist, richtig? Lass mich raten, Mycroft hat dir verboten herzukommen. Ach, ich wäre nur zu gerne dabei, wenn er hiervon erfährt. Er muss entsetzlich enttäuscht von dir sein, immerhin hast du sein Vertrauen missbraucht und ihn auch noch eiskalt angelogen." Sie verzog ihr Grinsen zu einem verachtenden Blick. „Du solltest dich wirklich schämen. Mycroft Holmes riskiert beinahe sein eigenes Leben für dich und du hintergehst ihn einfach so. Ist dir denn überhaupt nicht bewusst, wie viel du ihm bedeutest? Er würde alles für dich tun." Sie schnaubte genervt. „Was für eine sinnlose Verschwendung. Du hast seine Freundschaft gar nicht verdient. Mycroft muss die Wahrheit über dich erfahren."

„Das wird er, früher oder später. Aber erst erzählst du mir, was damals wirklich geschehen ist."

„Das willst du nicht wissen. Glaub mir", beharrte Annabelle. „Viele schlimme Dinge sind geschehen als wir noch Kinder waren. Du kannst von Glück reden, dass du dich nicht mehr daran erinnern kannst. Ich hätte all die grausamen Szenarien gerne vergessen, aber sie haben sich in mein Gedächtnis gebrannt wie ein Krebsgeschwür."

„Du hast sie auch selbst verursacht."

„Woher willst du das wissen? Du kannst dich doch nicht mehr daran erinnern", rief die Gefangene nun leicht aufgebracht.

*Sie ist wirklich wütend.*

*Wieso?*

*Sie verbirgt etwas.*

„Du hast meinen Vater ermordet", sagte Margaret gequält. „Und bestimmt bist du auch an Victors Tod schuld."

„Ich habe deinen Vater und deinen Bruder nie angefasst. Ich war doch damals noch ein Kind. Wie hätte ich es da geschafft, einen erwachsenen Mann zu töten? Du redest puren Schwachsinn."

„Oh nein. Ich weiß, dass es wahr ist. Mycroft hat mir erzählt, was du mit mir gemacht hast. Deinetwegen wollte ich vom Dach eines Gebäudes springen."

„Für deine Suizidgedanken bin ich nicht verantwortlich. Das geht mich nichts an. Und überhaupt lebst du doch noch. Also ist mein angeblicher Plan ohnehin gescheitert."

„Ich bin querschnittsgelähmt", keifte Margaret sie wütend an. „Reicht dir das denn noch nicht?"

„Du hättest auch tot sein können", erwiderte Annabelle grinsend. Margarets Leid bereitete ihr eindeutig große Freude. „Wie schon gesagt, damit habe ich nichts zu tun. Wenn du sterben willst, ist das allein deine Sache, nicht meine."

„Ich will nicht sterben", sagte Margaret eisern und es klang als würde sie mehr sich selbst als ihre Gesprächspartnerin mit diesen Worten überzeugen wollen.

„Wirklich?" Sofort war der Gefangenen ihre Unsicherheit aufgefallen. „So ganz glauben kann ich das nicht, aber das tust du ja selbst auch nicht. Naja, ich verstehe dich zumindest. In deiner Position würde ich mich kaum anders fühlen. Du bist noch jung und hättest dein ganzes Leben noch vor dir, aber was bringt dir das, wenn du an einen Rollstuhl gefesselt bist? Du verabscheust dein jetziges Leben und möchtest es am Liebsten nur noch beenden." Annabelle grinste wie der leibhaftige Teufel. „Ich kann dir dabei helfen. Du musst mir einfach nur zuhören und dann erlöse ich dich von all deinen Qualen."

„Was kannst du schon tun um mir zu helfen?", fragte Margaret nun erzürnt über ihre Worte. „Denkst du im Ernst, ich falle erneut auf dein dummes Spiel rein? Du hast mich bereits einmal dazu gebracht, dass ich mir das Leben nehmen wollte – wie dir das gelungen ist, ist für mich allerdings unerklärlich – aber du schaffst es kein zweites Mal. Ich durchschaue dich wie ein offenes Buch. Nichts kannst du mehr vor mir verbergen. Also." Sie holte tief Luft. „Sag mir, was damals geschehen ist! Wieso mussten Victor und mein Vater sterben?"

„Das weißt du nicht?", fragte Annabelle ein wenig überrascht über Margarets Unwissenheit. „Wie kannst du nur so etwas Wichtiges vergessen und das schon zum zweiten Mal."

„Du weißt es also?"

Die Gefangene sah die Frau im Rollstuhl verwirrt an.

„Elizabeth Markle", sagte Margaret mit einem stählernen Blick. „Du hast mich belogen und die ganze Zeit über manipuliert. Ich habe dir vertraut und du hast das schamlos ausgenutzt. Alexandra Green war der Name meiner Großmutter. Meine Mutter hat mir damals weißgemacht, dies wäre mein eigener Name. Sie hat meinen Tod vorgetäuscht und ihr eigenes, ihr letztes noch lebendes Kind begraben lassen, obwohl ich die ganze Zeit am Leben war. Sie wusste etwas - etwas, das sie mir nie verraten hatte, um mich zu beschützen, und das, was sie mir all die Jahre verheimlicht hatte, weißt du auch, denn es hat etwas mit dir zu tun, richtig?" Sie betrachtete die gefangene Frau ganz genau und bemerkte dabei, dass sich diese dabei unbewusst mit der Hand über den Nacken strich.

*Eine Beruhigungsgeste.*

*Also verheimlicht sie eindeutig etwas vor mir.*

*Ich wusste es.*

„Oh ja, es hat auf jeden Fall etwas mit dir zu tun?", fuhr Margaret fort. „Was verbirgst du vor mir? Hat es etwas mit Victors Tod zu tun? Ich weiß genau, was Sebastian und Julius

Moran dir eingeredet haben und leider stimmt auch alles, was sie gesagt und getan haben." Sie versuchte die unbehagliche Erinnerung an damals zu verdrängen. „Aber das, was sie mir angetan haben, war nicht der Grund, wieso Victor sterben musste, nicht wahr? Da steckt noch mehr dahinter. Diese Geschichte soll nur von der Wahrheit ablenken, richtig? Du hast die Moran Brüder nur benutzt, so wie meinen Vater auch. Aber er, im Gegensatz zu ihnen, war stärker als du."

„Stärker?", wiederholte Annabelle und lachte verachtend. „Er hat sich ein Loch in die Birne geschossen. Wie zum Teufel kommst du darauf, dass er stärker war? Er ist doch tot, oder etwa nicht?"

„Er ist tot, ja, aber das war nicht das, was du beabsichtigt hattest, gib es zu!", bohrte Margaret nach. Sie konnte deutlich spüren, dass sie der Wahrheit schon ein beträchtliches Stück nähergekommen war. „Du wolltest, dass er meine Mutter und mich tötet, und nicht stattdessen sich selbst. Aber er hat nicht auf dich gehört. Deine Gabe hat bei ihm nicht gewirkt."

„Oh doch, das hat sie schon!", schrie Annabelle nun aufgebracht. Sie sprang dabei näher zur Glaswand heran und hämmerte mit geballten Fäusten dagegen. „Er ist tot und das hat dich verletzt. Das ist letztendlich alles, was ich erreichen wollte."

„Du lügst", entgegnete Margaret ruhig, „die ganze Zeit schon. Es war nie deine Absicht, mich zu verletzen, sondern Mycroft. Er war derjenige, der leiden musste. Ich war dir von Anfang an egal. Du hast mich nie ernst genommen und mich die ganze Zeit unterschätzt, was letztendlich dazu geführt hat, dass dein Plan gescheitert ist."

„Ach, na und?", schnaubte Annabelle fahrig und versuchte mit aller Mühe unbeeindruckt zu wirken. Aber ihre Wut konnte sie nicht unterdrücken. „Du bist ein jämmerlicher Krüppel, der sich kaum noch an etwas erinnern kann und deine ganze Familie ist tot. Vielleicht ist es nicht ganz das, was ich wollte, aber für den Anfang bin ich zumindest zufrieden."

*Für den Anfang?*

*Ich wusste es doch.*

Margaret wandte sich von ihr ab und drehte sich zur Seite. „Vielen Danke für deine Offenheit", sagte sie und bewegte sich nun in Richtung Ausgang.

„Was?", schrie Annabelle und hämmerte erneut gegen die Scheibe. „Wovon zum Teufel redest du da? Ich habe dir doch gar nichts verraten."

„Bist du dir da ganz sicher?", fragte Margaret, ohne sich zu ihr umzudrehen und wartete, bis die Tür von draußen für sie geöffnet wurde. „Oft sprechen Menschen mit ihren Gesten mehr als mit Worten."

Dann schloss sich die Tür wieder hinter ihr und sie ließ Annabelle in ihrer Zelle in völliger Unwissenheit zurück.

„Haben Sie, was Sie wollten?", fragte der Direktor, der die ganze Zeit draußen auf sie gewartet hatte.

„Ja, sogar noch viel mehr als das", antwortete Margaret beinahe euphorisch. „Informieren Sie den Geheimdienst umgehend davon, dass David Moran noch am Leben ist und er noch eine Rechnung mit Mycroft Holmes und mir offen hat."

„Wie kommen Sie darauf?", fragte der Mann stutzig.

„Annabelles Körpersprache hat es mir verraten. Sie war nervös, als ich sie auf meine Mutter angesprochen habe, und sie wurde wütend, als ich sie darauf hinwies, dass ihr Plan gescheitert sei. Außerdem hat sie es selbst zugegeben. Sie hat gesagt, dass sie für den Anfang zufrieden wäre, was eindeutig darauf schließen lässt, dass sie noch nicht fertig ist. Sebastian und Julius Moran sitzen beide hinter Gittern, nur David nicht, denn er ist bekanntlich tot. Es hätte mich damals schon stutzig machen müssen, wieso man ausgerechnet ihn aus dem Weg schafft, einen jungen, kräftigen und intelligenten Mann mit viel Charisma. Das wäre eine dumme Verschwendung gewesen, die Annabelle niemals zugelassen hätte. Also hat sie lediglich dasselbe getan, wie meine Mutter damals mit mir, was auch der Grund für ihre Nervosität gewesen sein musste. Nach Toten sucht man nämlich nicht mehr. Eine bessere Tarnung gibt es nicht. Also, würden Sie mich bitte nach draußen bringen? Ich muss sofort zurück nach London."

„Sie sind unglaublich", brachte der Direktor verblüfft heraus und schob die junge Frau den Flur weiter entlang.

„Ich habe nur aus offensichtlichen Fakten eine logische Schlussfolgerung gezogen, indem ich alles Unlogische ausgeschlossen habe. Ich hoffe nur, dass es noch nicht zu spät ist."

Der große Besprechungsraum war an diesem Vormittag beinahe überfüllt mit Menschen, was zu dem unangenehmen Nebeneffekt führte, dass dort eine etwas stickige Luft herrschte. Davon bemerkten die Abgeordneten jedoch nichts, da sie zu sehr in ihre sinnlosen Diskussionen vertieft waren, die sie hin und wieder mit lauthalsen Beschimpfungen ausschmückten, sodass eine bissige und ineinander verfahrene Stimmung herrschte. Einzig und allein Mycroft Holmes, der gegen seinen Willen zwischen den Streithähnen am runden Tisch saß, bemerkte das schwüle Klima, welches ihm sogar noch mehr zusetzte als die lächerlichen Unterredungen der Männer, wobei er ohnehin nur als stiller Beobachter und Berater dienen sollte. Aber ganz egal, wie unwohl er sich auch fühlen mochte, er musste bleiben und der langweiligen und alles anderen als zielführenden Sitzung beiwohnen.

Deshalb war er - anders als sonst - sogar erfreut, als Jack Ryder mit einem eisernen Blick schnurstracks den Raum betrat und auf ihn zuging.

Er hielt ein Smartphone in seiner Hand, welches er seinem Vorgesetzten entgegenhielt. „Ich habe Margaret Trevor in der Leitung. Sie bittet, dringend mit Ihnen zu sprechen, Sir."

Ohne ein Wort zu verlieren, nahm Mycroft das Telefon entgegen. Während er es sich ans Ohr hielt, stand er auf und ging mit Ryder nach draußen. Die verwirrten Blicke der Abgeordneten, die ihn allesamt anstarrten, ignorierte er gekonnt.

„Miss Trevor, was kann ich für Sie tun?", fragte er mit einem leichten Hauch von Freude in seiner Stimme.

Etwas perplex antwortete die Anruferin: „Ich habe Neuigkeiten, die Sie bestimmt interessieren. Allerdings wundert es mich ein wenig, dass Sie beinahe entzückt über meinen Anruf sind, denn Ihr kleiner Schoßhund Ryder hat mir über eine halbe Stunde lang erklärt, dass Sie unter keinen

Umständen gestört werden dürfen. Ich vermute mal, dass Sie in einer entsetzlich langweiligen Sitzung mit irgendwelchen Politikern festsaßen. Und Sie wundern sich immer noch, warum Ihr Bruder lieber Detektiv spielt, als das Gleiche wie Sie zu tun."

„Genug der Schlussfolgerungen", warf der Mann flink ein, um nicht zu zeigen, dass sie ihn ertappt hatte. „Welche Neuigkeiten haben Sie für mich." Er blieb draußen im Flur stehen. Ryder wartete nahe bei ihm und betrachtete seinen Boss argwöhnisch.

„Bevor Sie sich jetzt gleich aufregen, muss ich Ihnen beichten, dass ich bei Annabelle Sacker war und-"

„-Was?", unterbrach Mycroft sie voller Wut. „Habe ich Ihnen nicht ausdrücklich verboten, zu ihr zu gehen? Wissen Sie eigentlich wie gefährlich das war? Sie hätte alles Mögliche mit Ihnen anstellen können."

„Bitte beruhigen Sie sich doch", flehte Margaret vorsichtig. „Ich wusste genau, worauf ich mich einlasse."

„Schwachsinn. Sie haben keine Ahnung, was diese Frau mit Ihnen angestellt hat", keifte der Mann erzürnt. „Sie hat Sie fast umgebracht."

„Da war sie aber nicht die Erste, und die Letzte wird sie wohl auch nicht sein." Die junge Frau atmete tief durch. „Außerdem habe ich sehr wohl eine Ahnung, was Annabelle alles mit mir gemacht hat. Ich habe mich nämlich an den Tag erinnert als ich vom Dach gestürzt bin. Ich bin nicht gesprungen, das wollte ich nie. Ich habe das Gleichgewicht verloren und..." Ihre Stimme versagte für einen kurzen Moment. „Und ich weiß auch, was Sie dort oben zu mir gesagt haben als Sie meine Hand hielten, Mycroft."

„Margaret", sprach der Mann auf einmal ganz ruhig und nervös. „Bitte. Dafür haben wir jetzt keine Zeit."

„Allerdings nicht. Da gebe ich Ihnen ausnahmsweise recht. Also verschieben Sie Ihre Wut bitte auf einen späteren Zeitpunkt, sofern Sie dann überhaupt noch in der Lage sein werden, wütend auf mich zu sein."

„Was soll das heißen? Was hat Annabelle zu Ihnen gesagt?"

„David Moran lebt. Sein Tod war eine reine Finte, genauso wie meiner damals. Annabelle hatte irgendetwas mit der ganzen Sache von früher zu tun."

„Wir wissen doch, dass sie Victor umgebracht hat."

„Aber das hat sie nicht."

„Wieso hat sie es dann zugegeben?"

„Um uns zu täuschen", antwortete Margaret. „Ist das denn nicht offensichtlich? Ich dachte, dass gerade Sie das eigentlich erkennen müssten."

Mycroft riss seine Augen vor Entsetzen auf. Mit seiner freien Hand fuhr er sich an die Stirn und seufzte dabei.

„Verheimlichen Sie mir etwas?", fragte die junge Frau, die sein Seufzen deutlich hören konnte.

„Wo sind Sie jetzt?" Er versuchte, vom Thema abzulenken und wirkte dabei auffallend nervös.

„Auf dem Weg zum Gate. Mein Flieger hatte eine wetterbedingte Verspätung von einer knappen Stunde."

„Sie sind noch in der Schweiz? Ist wenigstens jemand bei Ihnen?", fragte er besorgt.

„Nein, ich bin alleine unterwegs. Ebenso wie Sie besitze ich keine Freunde."

Mycroft legte das Smartphone an seine Schulter, damit seine Gesprächspartnerin das Folgende nicht hören konnte. Er sah Ryder nun direkt mit einem ernsten und befehlenden Blick an. „Informieren Sie den Sicherheitsdienst am Züricher Flughafen. Ich will Personenschutz für Margaret Trevor." Nachdem Ryder weggegangen war, hielt er sich das Telefon wieder ans Ohr. „Bleiben Sie, wo Sie sind!", befahl er streng.

„Was ist denn los?", fragte Margaret verwirrt. „Wieso sind Sie plötzlich so komisch? Ist etwas passiert?"

„Wenn Sie recht haben, mit dem was Sie vorhin sagten, dann schweben Sie in Lebensgefahr. David Moran hat es in erster Linie auf Sie abgesehen."

„Aber er ist nicht hier. Er weiß doch nicht mal, dass ich in der Schweiz bin."

„Sind Sie wirklich so naiv?" Mycroft schnaubte genervt.

„Einen Krüppel in einem Rollstuhl zu töten, ist sicherlich nicht das erste, was Moran vorhat", entgegnete Margaret. „Sie hingegen sind ein viel besseres Ziel für ihn, allein aus dem Grund, da er damit gleich mehrere Fliegen mit einer Klappe schlagen kann. Außerdem hasst er Sie mehr als mich."

„Wie kommen Sie darauf?", fragte der Mann verdutzt.

„Sie sind - wie soll ich es bloß sagen, dass es nicht ganz und gar gemein klingt - ein recht seltsamer Mensch, der außerhalb seiner Familie keinerlei Freunde besitzt. Allerdings haben Sie im Gegenzug dafür mehr Feinde als viele andere, die ich kenne. Als inoffizielle britische Regierung in Person sind Sie eine wandelnde Zielscheibe. Bevor Sie sich also Sorgen um mich machen, sollten Sie sich besser vergewissern, dass Sie selbst in Sicherheit sind."

119

„Höre ich da so etwas wie Besorgnis aus Ihrer Stimme heraus?"

„Ich bin nur ein Mensch, also habe ich das Recht, mich um andere zu sorgen. Und Sie, Mycroft, sind letzten Endes - ganz egal, wie seltsam Sie sich auch verhalten mögen - auch nur ein Mensch wie alle anderen. Vergessen Sie das nicht."

Mycroft zuckte zusammen als er im Hintergrund durch das Telefon ein dröhnendes Geräusch hörte, das wie ein Warnsignal klang.

„Was ist da bei Ihnen los?", fragte er nervös.

„Ich weiß es nicht?", antwortete Margaret kurzatmig. Ihre Worte waren unter dem Lärm der lauten Sirene, der durch das panische Kreischen der Flughafenbesucher noch verstärkt wurde, kaum zu verstehen. „Hier ist irgendwas passiert."

„Schalten Sie das Telefon aus", befahl ihr ein Mann mit ernster Stimme in einem starken Akzent, der mit einer kleinen Gruppe von Leuten eilig auf sie zu gerannt kam.

„Wer ist da?", fragte Mycroft.

„Nur ein paar Männer vom Sicherheitsdienst", antwortete Margaret. „Ich muss jetzt auflegen. Bitte vergessen Sie nicht, was ich gesagt habe." Darauf folgte ein langes Rauschen.

„Margaret?", rief Mycroft panisch. Aber er bekam keine Antwort mehr darauf.

Er startete eilig den Korridor entlang, bis er in ein großes weitläufiges Büro kam, wo Ryder zusammen mit ein paar anderen Männern des Secret Service vor mehreren Bildschirmen stand und gebannt hineinblickte.

„Was geht da vor sich?"

„Wir wissen es noch nicht", antwortete Ryder. „Der Flughafen wurde abgesperrt. Ersten Informationen zufolge handelt es sich um eine Bombendrohung."

„Tun Sie etwas!", befahl Mycroft aufgebracht.

„Sir, wir können von hier aus nichts machen."

Das wollte der Mann ganz und gar nicht hören. Wutentbrannt stapfte er um den Tisch zu den Sicherheitsleuten herum und schaute auf die zahlreichen Bildschirme, die die Überwachungskameras des Flughafens in Zürich zeigten. Auf einem davon war auch Margaret zu sehen, die von vier uniformierten Männern des Flughafenpersonals abgeschirmt beschützt wurde.

Margaret fühlte sich wie in Gefangenschaft.

Der gesamte Flughafen wurde von der Außenwelt komplett abgeriegelt. Keiner konnte mehr rein oder raus.

Unter all den vielen Fluggästen herrschte eine unkontrollierbare Panik, die wie ein beinahe platzender Ballon drohte, zu explodieren, obwohl niemand von ihnen eigentlich wusste, was letztlich den Alarm ausgelöst hatte.

Gegen ihren Willen bekam Margaret eine Sonderbehandlung als wäre sie eine berühmte oder zumindest eine sehr wichtige Persönlichkeit, was ihr überhaupt nicht gefiel. Allerdings konnte sie gegen diese Vorzugsbehandlung nichts unternehmen, da die Befehle dafür wohl von sehr weit oben gekommen sein mussten.

„Von sehr weit oben im Nordwesten", dachte sie genervt und war sich sicher, dass Mycroft Holmes dabei seine Finger im Spiel haben musste, der es jedoch bestimmt nur gut gemeint hatte.

Margaret befand sich die ganze Zeit in der Obhut von vier Sicherheitsmännern des Flughafenpersonals, die sie sofort, nach Ausbruch des Alarms, quer durch das riesige Gebäude in eine Art Schutzbunker brachten, der sich im Keller befand. Von dort konnte die junge Frau über mehrere Bildschirme, die die Life-Übertragungen der Überwachungskameras zeigten, verfolgen, was am Flughafen alles vor sich ging.

Sie sah die unterschiedlichsten Personen aus fast allen europäischen Ländern vereint, die eigentlich alle nur nach Hause wollten, die nun aber verängstigt und unsicher in mehreren Gruppen zusammengepfercht in den Ecken standen oder auf ihren Koffern hockten, während das gesamte Personal des Flughafens versuchte, in dieser unglücklichen Situation alles zumindest irgendwie unter Kontrolle zu halten.

Margaret beobachtete das Geschehen vor den Bildschirmen mit Entsetzen und war nun doch froh, nicht dort oben bei den anderen Fluggästen sein zu müssen.

Sie erblickte eine vierköpfige Familie, die abseits der anderen auf dem harten Boden kauerte. Die noch recht junge Mutter hielt ihre Tochter, die allem Anschein nach erst zirka zwei Jahre alt sein konnte, in ihren Armen, wobei ihre Finger und ihre Knöchel vor Panik zitterten. Das Mädchen drückte ihren ganzen Körper an die Brust ihrer Mutter und kniff die Augen fest zu. Es weinte nicht, wirkte aber dennoch stark verängstigt. Jedoch schien es als würde das Kind dem Herzschlag ihrer Mutter lauschen, der es zumindest ein wenig beruhigen konnte.

Dasselbe hatte Margaret früher auch immer getan, wenn sie Angst gehabt hatte. Der gleichmäßige und ruhige Herzschlag ihrer Mutter hatte ihr damals ohne Zweifel zu erkennen gegeben, dass alles in Ordnung gewesen sei und sie sich vor nichts hatte fürchten müssen.

Der Junge hingegen – aus diesem Blickwinkel heraus war er ungefähr sechs oder sieben Jahre alt – war weitaus weniger verängstigt. Er wirkte eher aufgeregt und fasziniert, da er vermutlich nicht verstand, dass er sich in Wahrheit in einer gefährlichen Situation befand. Neugierig starrte er mit seinen großen weit aufgerissenen Augen durch die Halle und erhoffte sich dabei, etwas Interessantes entdecken zu können. Er wäre auch liebend gern zu den vorbeieilenden Sicherheitsbeamten gerannt, doch sein Vater hielt ihn am Handgelenk fest und zog ihn immer wieder zu sich zurück, wenn er sich zu weit von seiner Familie entfernte. Obwohl sich diese vier Personen von all den anderen Fluggästen kein bisschen unterschieden, konnte Margaret dennoch ihren Blick für einen langen Zeitraum nicht mehr von ihnen abwenden, ganz besonders nicht von dem viel zu neugierigen kleinen Jungen.

*Victor.*

Beim Anblick des Buben entbrannte ein stechender Schmerz tief in ihrer Brust, denn er sah ihrem Bruder noch dazu erschreckend ähnlich. Margaret erkannte denselben wissbegierigen und furchtlosen Gesichtsausdruck in ihm wie sie ihn stets von Victor gekannt hatte.

Ein panischer Aufruhr, den eine andere Kamera weiter in der Mitte bildlich festhielt, brachte Margaret schließlich dazu, den Blick von dem Jungen abzuwenden.

Eine Ansammlung von ungefähr dreißig bis vierzig Passagieren stand im Kreis um einen schlecht erkennbaren Gegenstand herum. Mehrere Sicherheitsbeamte drängten die Menschenmenge auseinander und entfernten alle Leute von dem Ding.

„Was ist das?", fragte einer der Männer im Bunker auf Deutsch in einem starken Schweizer Dialekt, sodass Margaret sich schwertat, seine Worte zu verstehen, noch dazu, weil sie das Gesicht des Mannes nicht sehen konnte und ihr dadurch auch nicht möglich war, von seinem Blick oder seinen Lippen zu lesen.

Alle anderen, die junge Frau miteingeschlossen, hatten das Szenario ebenfalls beobachtet und waren sich allerdings nicht sicher, was sie dort wirklich erkennen konnten.

Einer von ihnen griff daraufhin nach einem Funkgerät, das an seinem Gürtel hing, und sprach dieselben Worte wie sein Kollege hinein, ehe darauf ein längeres unregelmäßiges Rauschen folgte. Nun konnte Margaret zumindest annähernd verstehen, was er sagte.

Kurz danach meldete sich jemand anderes durch den Funk und sprach einen für Margaret ganz und gar unverständlichen Satz.

Als jedoch der Mann, der das Funkgerät in der Hand hielt mit kreidebleichem Gesicht zu seinen Kollegen schaute und das Wort *Bombe* auf Deutsch zu ihn sagte, war es der jungen Frau augenblicklich klar.

Unter entsetzlichem Zeitdruck stehend, räumten die Beamten am Flughafenareal das gesamte Gelände so weit wie nur irgend möglich. Sämtliche Fluggäste und Angestellte der kleinen Geschäfte in dem gigantischen Gebäude wurden eiligst nach draußen in Sicherheit gebracht, sodass die Halle mit der vermeintlichen Bombe nun vollkommen leer war.

Immer wieder unterhielten sich die vier Männer in ihrer Landessprache, wobei in ihren Stimmen erkennbar war, dass die Anspannung rapide anstieg und sie langsam sogar verzweifelt klangen. Immer wieder fuchtelten sie dabei wild mit ihren Händen herum und deuteten hin und wieder auf den Bildschirm mit der Bombe und dann auf Margaret.

*Sie reden über mich?*

*Und was genau sagen sie?*

*Vielleicht überlegen sie, wie sie mich hier unversehrt rausbringen wollen.*

*Allerdings machen sie einen viel zu verzweifelten Eindruck auf mich, was für Sicherheitsbeamte eigentlich nicht üblich ist.*

„Was ist hier los?", fragte sie die Männer.

Doch alle Vier waren tief in ihre Diskussion versunken und nahmen sie gar nicht wahr.

„Hey!", schrie Margaret dann und übertönte die Männer mit Leichtigkeit. Erst als die Beamten sich zu ihr hindrehten und sie sprachlos anstarrten, wiederholte sie ihre Frage: „Was ist hier los?"

„Eine Bombendrohung", antwortete einer von ihnen in gebrochenem Englisch. „Wir wissen nicht, wie viel Sprengladung sich in dem Koffer befindet", fuhr der Mann fort und musste mit aller Mühe die Worte zuerst übersetzen, ehe er sie nur schlecht verständlich in Englisch aussprechen konnte. „Das gesamte Gebäude wurde evakuiert und das Entschärfungskommando wird bald eintreffen."

„Wenn das Ding da", Margaret zeigte dabei unsicher auf den Bildschirm mit dem unbekannten Gegenstand, „wirklich eine Bombe ist und auch explodiert, was passiert dann mit uns hier unten, wenn das Ding sich doch dazu noch auf dem Boden befindet?"

„Der Raum selbst sollte im Extremfall einer Explosion standhalten", sagte der Mann. „Allerdings wurde das vorher noch nie wirklich getestet. Wir befinden uns hier im alten Teil des Flughafenareals. Dieser Stock wurde seit über dreißig Jahren nicht mehr saniert."

„Aber das ist der Keller", warf Margaret nun entsetzlich ängstlich ein. „Wenn die Bombe hochgeht, wird alles über uns einstürzen. Hält denn die Decke so etwas aus?" Sie schaute skeptisch zur nicht gerade stabil wirkenden Betondecke, die bereits mehrere dünne Risse aufwies, hoch. „Ich fürchte nicht."

Die vier Beamten folgten ihrem Blick und verharrten schweigend in dieser Position. Obwohl keiner von ihnen antwortete, sprachen ihre bleichen Gesichter Bände.

*Wir werden hier unten lebendig begraben.*

Nachdem den Männern klar wurde, was Margaret nun befürchtete, waren sie wie ausgewechselt und flitzten nervös quer durch den Raum, während der eine mit dem Funkgerät versuchte, Kontakt mit der Außenwelt aufzunehmen.

„Hören Sie mich? Hier spricht Müller. Wir befinden uns in Block C im Untergeschoss. Wir müssen hier sofort raus?", rief er verzweifelt in das Gerät, doch niemand antwortete ihm.

Er sank das Ding in seiner Hand und sah die anderen niedergeschlagen an. „Die Leitung scheint blockiert zu sein. Ich komme nicht durch."

„Wir müssen auf das Bombenentschärfungskommando warten", sagte ein anderer der Beamten, der im Gegensatz zu seinen Kollegen noch fast ruhig wirkte und dabei auf die Bildschirme starrte.

„Das kann noch mindestens eine halbe Stunde dauern", meinte Agent Müller. „So viel Zeit bleibt uns womöglich nicht."

„Noch wissen wir nicht, ob es sich dabei tatsächlich um eine Bombe handelt. Vielleicht ist es nur ein Fehlalarm", überlegte der Mann vor den Kameras. „Es passiert doch ständig, dass Passagiere ihr Gepäck irgendwo liegen lassen."

„Wollen Sie das Risiko wirklich eingehen?", mischte sich Margaret nun ein, die nun etwas mehr der deutschen Worte der Männer verstehen konnte. Sie sah die anderen Männer danach an und erkannte, dass sie eindeutig auf ihrer Seite waren. „Gibt es noch einen anderen Weg hier raus?", fragte sie.

„Nach oben hin nicht. Die Türen wurden verriegelt und der Fahrstuhl ins obere Stockwerk ist außer Betrieb gestellt worden", sagte Agent Müller in gebrochenem Englisch.

„Was ist mit dem alten Kanal?", fragte einer seiner Kollegen hoffnungsvoll.

Agent Müller schüttelte energisch den Kopf. „Das ist viel zu gefährlich, Schmidt. Der Kanal wurde damals nicht ohne Grund abgeriegelt."

„Aber wir können auch nicht hierbleiben."

„Macht doch bitte nicht so einen Wirbel darum", sagte der Beamte, der noch immer vor den Bildschirmen stand und auf das regungslose Gepäckstück starrte. „Ich bin jetzt seit über fünf Jahren hier und da ist noch nie so etwas passiert. Ihr macht euch alle viel zu große Sorgen, dabei ist es bestimmt nur ein dummes Missverständnis."

„Müller?", rauschte es durch das Funkgerät in der Hand des Agenten, der nunmehr nur wenige Schritte von Margaret entfernt stand. „Agent Müller? Können Sie mich hören, hier ist Kommandant Haberle. Wo sind Sie?"

Gehetzt hielt sich Müller den Funk an die Seite. „Hier ist Müller. Ich höre Sie, Kommandant", sagte er. „Wir sind im Untergeschoss, Block C."

„Block C?", fragte der Mann am anderen Ende der Leitung schockiert in der Hoffnung, sich verhört zu haben. „Wie viele?"

„Fünf", antwortete der Agent leicht panisch. „Gruber, Schmidt, Koehler und eine Passantin."

*Eine Passantin?*

*Ich habe auch einen Namen.*

*Wurde euch der etwa nicht gesagt?*

*Wie erniedrigend.*

„Das Spezialkommando ist erst in frühestens zwanzig Minuten hier", sagte der Kommandant durch das Funkgerät. „Sie müssen dort sofort verschwinden."

„Die Sicherheitsverriegelungen sind noch intakt. Nach oben hin sind wir eingeschlossen."

„Es dauert zu lange, um die Verriegelungen zu entsperren. Sie müssen einen anderen Weg nach draußen finden.

128

Sofort!", befahl Kommandant Haberle streng. „Es ist von oberster Priorität, dass der Passantin nichts passiert. Hören Sie! Bringen Sie sie und sich da verdammt noch mal sofort raus!"

„Verstanden." Agent Müller ließ das Funkgerät wieder sinken und blickte verzweifelt in die Leere. Dann atmete er tief durch, nahm all seinen Mut zusammen und richtete sich wie ein stählerner Zinnsoldat auf. „Männer, ihr habt den Kommandanten gehört", rief er in einem strengen militärischen Tonfall. „Wir brechen unverzüglich auf."

Nun drehte sich der Mann von den Bildschirmen weg und sah ihn beinahe schockiert an. „Bei allem Respekt, Sir, aber der Kanal ist unser Todesurteil."

„Wir müssen es versuchen", meinte Agent Schmidt zuversichtlich.

„Das ist doch Irrsinn. Da mache ich nicht mit."

Wutentbrannt marschierte Müller auf ihn zu und blieb nahe vor ihm stehen. Mit einem ernsten Blick sah er den Mann an. „Wir gehen durch den Kanal, Koehler. Das ist ein Befehl. Entweder du kommst mit uns oder du bleibst hier. Solltest du dich für letzteres entscheiden, bist du von jetzt an arbeitslos."

„Lieber arbeitslos als tot", entgegnete der Mann unbeeindruckt und grinste leicht.

Nun nur noch wütender drehte sich Agent Müller um und widmete sich den anderen. Er stellte sich mit den anderen Beiden vor Margaret hin, sodass sie gemeinsam einen Kreis bildeten.

„Es wird ein langer und beschwerlicher Weg", begann er und sah dabei die junge Frau direkt an, „und mit dem Rollstuhl werden wir Sie nur knapp ein Drittel der Strecke voranbringen könnte. Das zweite Drittel ist das Gefährlichste. Der alte Kanal ist stark baufällig und einsturzgefährdet. Ab dort werden wir Sie abwechselnd tragen müssen. Sie sollten also jegliche Erwartung an Privatsphäre und Komfort vergessen. Das Ärgste ist erst dann geschafft, wenn wir über die Glatt hinauskommen, wo man bereits auf uns warten wird."

„Was ist mit Koehler?", fragte Schmidt. „Willst du ihn wirklich einfach hierlassen?"

„Es ist seine eigene Entscheidung", war Müllers einzige Antwort darauf. „Kann es losgehen?"

Seine beiden Kollegen und Margaret nickten voller Zuversicht, obwohl ganz besonders in den Augen des dritten Mannes, der die ganze Zeit kaum ein Wort gesagt hatte, deutlich zu erkennen war, dass er panische Angst hatte.

# GRÜSSE AUS DER HÖLLE

Die Stunden zogen sich unangenehm in die Länge in dem kleinen Büro von Ryder, der neben zwei seiner Kollegen hockte und angespannt jede Bewegung am Züricher Flughafen über große Bildschirme vor sich verfolgte, in der Hoffnung seinem Boss endlich gute Nachrichten überbringen zu können.

Die Schweizer schienen es jedoch mit der Schnelligkeit in einer solchen Situation wohl nicht ganz so ernst zu nehmen, wie es beim britischen Geheimdienst üblicherweise der Fall war.

„Dort laufen die Uhren auch anders", dachte er genervt und wünschte sich nichts sehnlicher, als selbst vor Ort sein zu können, um die Sache auf seine Art zu regeln. „Schnell und schmerzlos", sagte er sich in Gedanken. „Das ist meine Art, und die hat sich bisher immer bewährt."

Er setzte sich ruckartig aufrecht hin als er mit ansah, wie eine Gruppe Männer in schwarzen Uniformen mit durchsichtiger Spezialbekleidung darüber auf das reglos herumliegende Gepäckstück zumarschierte und sich im Kreis darum hinstellte, während zwei von ihnen näherkamen, sich direkt davor hinknieten und den Koffer vorsichtig begutachteten.

Einer davon legte sein Ohr behutsam gegen den festen Stoff des Stücks und lauschte.

Ryder musste nicht hören, was er sagte - auch, wenn er es könnte, denn die Bildschirme übertrugen keinen Ton - er konnte allein in dem nun noch nervöseren Blick dieses einen Mannes erkennen, dass der Inhalt des Koffers eindeutig tickte und somit weitaus mehr war als nur ein achtlos zurückgelassenes Gepäckstück eines unaufmerksamen Passagiers.

Sofort packten die zwei Männer all ihre Sachen aus einer Kiste, die sie mitgebracht hatten, aus und versuchten, den Koffer, als würden sie ihn auf Zehenspitzen mit Pinzetten anfassen, so hinzulegen, dass sie ihn öffnen konnten. Dies schafften sie zum Glück ohne weitere Probleme.

Nun folgte der schwierige Teil.

Nachdem der Koffer geöffnet vor ihnen dalag und sich die Zwei ein kurzes Bild von dem Inhalt machten, starrten sie sich ratlos an. Es war als hätten sie solch ein Gebilde noch nie zuvor gesehen.

Ryder konnte nicht wirklich etwas dazu sagen, denn erstens hatte er von Bomben keine Ahnung, und zweitens, konnte er nicht genug sehen, um erkennen zu können, was sich wirklich in dem Gepäckstück befand. Und außerdem stellte für ihn die Bombe eher das kleinere Problem dar. Die Sicherheit von Margaret Trevor war für ihn viel wichtiger, zumindest für seinen Boss, den er unter keinen Umständen enttäuschen wollte.

„Was findet er nur an ihr?", fragte sich Ryder stirnrunzelnd und starrte abwesend auf die Übertragungen der Überwachungskameras. „Sie ist vorlaut und unhöflich, und nichts Besonderes. Sie sitzt schließlich in einem Rollstuhl. Was will der Big Boss da schon groß mit ihr anfangen? Obwohl, was will ER überhaupt mit irgendeiner Frau anfangen? Eigentlich dachte ich immer, er würde so etwas wie Gefühle gar nicht besitzen, doch bei ihr hat er sie nun plötzlich alle auf einmal. Ein seltsamer Mann, der eine noch seltsamere Frau liebt, die…"

Er erstarrte beinahe zu Eis als er auf den Bildschirm blickte und sah, dass außer einem einzigen Mann niemand sonst mehr in dem Sicherheitsbunker im Keller des Flughafens war.

„Verdammt", rutschte es ihm heraus. Gleichzeitig griff er nach seinem Smartphone und wählte die Nummer des Schweizer Kommandanten, den er an diesem Tag bereits mehrmals in der Leitung hatte und dessen undeutlichen Akzent er teilweise nur schwer verstehen konnte, obwohl er nach drei Jahren Auslandseinsatz in der Schweiz deren Landessprache beinahe fließend beherrschte.

Es läutete nur zweimal, ehe Kommandant Haberle laut atmend abnahm. „Agent Ryder, was denn noch?"

„Wo ist sie?", fragte er gereizt. „Wo ist Margaret Trevor?"

„Keine Ahnung", antwortete der Kommandant völlig unbeeindruckt von Ryders forscher Stimme. „Ich habe Müller und seinem Team aufgetragen, sie unverzüglich von dort rauszuholen."

„Wieso? Der Bunker ist doch sicher, oder etwa nicht?"

„Einer Detonation direkt darüber kann er mit größter Wahrscheinlichkeit nicht standhalten. Das Gemäuer ist sanierungsbedürftig, wie ich Ihnen bereits sagte."

„Und wo sind sie jetzt hin?", wollte Ryder wissen.

„Keine Ahnung", wiederholte sich der Kommandant. „Als ich zuletzt mit Müller Kontakt hatte, waren sie noch im Bunker. Er hat mir nicht gesagt, welchen Ausweg sie wählen."

„Gibt es denn mehr als nur einen?"

„Normalerweise gäbe es zahlreiche Fluchtmöglichkeiten. Allerdings sind die meisten davon abgeriegelt, sodass ihnen eigentlich nur ein einziger Ausweg übrigbleibt." Der Kommandant zögerte unsicher. „Der alte Kanal über die Glatt."

„Wie können Sie so etwas zulassen?", schrie Ryder aufgebracht ins Telefon und sprang blitzartig von seinem Sessel hoch. Dass seine Kollegen ihn erschrocken anstarrten, nahm er gar nicht wahr, so sehr war er in Rage, und das aus gutem Grund, denn er kannte den alten Kanal besser als jeder andere.

Bei seinem letzten Aufenthalt in der Schweiz hatte nämlich ein Drogendealer versucht über genau diesen einen Kanal zu fliehen, da das gesamte Flughafengelände umstellt war. Ryder war damals der einzige gewesen, der sich freiwillig zu einer waghalsigen Verfolgungsjagd entschieden hatte. Alle anderen hatten sich bei ihrem Leben nicht in den alten Kanal getraut, und danach hatte er auch ganz genau gewusst, warum.

Der Drogendealer war damals nicht sehr weit gekommen, zumal er sich in seiner Panik recht schnell verlaufen und die Orientierung verloren hatte. Allerdings war er sehr unvorsichtig gewesen und hatte eine lose Decke zum Einsturz gebracht, sodass ein Tunnel von der Gesamtlänge eines halben Kilometers mit ohrenbetäubendem Krach ineinander gekracht war und Ryder beinahe mit sich darunter vergraben hatte. Es hatte fast drei Tage gedauert, bis der Tunnel so weit geöffnet hatte werden können, dass Ryder wieder frei rausgekommen war. Diese drei Tage waren die schlimmsten in seinem ganzen Leben gewesen. Und ebenso waren sie auch der Grund gewesen, warum er wieder nach England zu Mycroft Holmes zurückgekehrt war.

Heute noch hatte er manchmal Alpträume von der schrecklichen Zeit in dem alten Kanal, der seit jeher vollkommen abgeriegelt hätte sein müssen. Sanieren hatte die Schweizer Regierung ihn nämlich nicht wollen, sondern einfach zuschütten. Das war jedoch aufgrund der Einmündung der Glatt nicht gesetzeskonform gewesen, sodass man sich einfach dazu entschieden hatte, den Kanal zwar komplett abgeriegelt, aber dennoch nicht für jeden vollkommen unzugänglich zu lassen.

Und nun befand sich eine zerbrechliche Frau, die noch dazu gelähmt war, auf dem Weg durch die pure Hölle auf Erden.

„Sagen Sie Ihrem Agent Müller, dass er einen anderen Ausweg finden muss!", befahl Ryder streng.

„Das geht nicht. Ich bekomme keine Verbindung mehr zu ihm. Sie werden wahrscheinlich schon im Kanal drinnen sein. Dort gibt es keinen Empfang."

„Das weiß ich", röhrte der Brite erzürnt. „Ich musste die Schrecken dieses Ortes am eigenen Leib erfahren."

„Oh", brachte Kommandant Haberle überrascht heraus. „Ich wusste, dass mir Ihr Name bekannt vorkommt. Es tut mir sehr leid, was Ihnen damals widerfahren ist, aber ich kann von hier aus nichts mehr tun."

„Das ist die falsche Antwort. Mir ist egal wie Sie es anstellen, aber ich will, dass Sie die Sache in Ordnung bringen. Haben Sie mich verstanden? Ansonsten werde ich dafür sorgen, dass Sie den Rest Ihres Lebens in Sibirien verbringen."

Mit einem wütenden Ächzen legte Ryder auf, schob sein Smartphone danach wieder in die Hosentasche und ging aus dem kleinen Büro nach draußen. Er brauchte nun etwas frische Luft, um seinen Kopf frei zu bekommen.

„Dieser verdammte Kanal", dachte der Mann während er den Korridor entlang auf einen kleinen Balkon zuging. „Warum konnte er nicht komplett einstürzen?" Draußen angekommen zündete er sich dann eine Zigarette an. Seine Finger zitterten vor Wut, was das Anzünden ein wenig erschwerte. „Ist er überhaupt noch drinnen?", fragte er sich und versuchte sich an den Namen des Dealers zu erinnern, der damals im Kanal ums Leben gekommen war und ihm drei furchtbare Tage in völliger Dunkelheit beschert hatte. „Frank Gehrer", fiel es ihm nach einer Weile endlich ein. „Er muss noch dort unten sein, definitiv. Grauenvoll." Dabei lief ihm ein kalter Schauer über den Rücken.

Als die Tür zum Balkon hinter ihm erneut ins Schloss fiel wurde er jäh aus seinen Gedanken gerissen, und als er dann zu allem Überfluss noch seinen Boss hinter sich stehen sah, der sich ebenfalls eine Zigarette anzündend neben ihn stellte, überkam ihn ein unbehagliches Gefühl.

„Gibt es Neuigkeiten?", fragte Mycroft nur, der dabei über den Balkon auf die Stadt hinausschaute, die in der Dunkelheit leuchtete als wären die Häuser allesamt mit knalligen Weihnachtsdekorationen und Lichterketten geschmückt.

„Es ist eine echte Bombe", begann Ryder und nahm einen kräftigen Zug am Glimmstängel. „Das Entschärfungsteam ist mittlerweile vor Ort und scheint die Sache ganz gut unter Kontrolle zu haben."

„Und Margaret?", fragte sein Vorgesetzter gehetzt. „Hat es einen Grund, wieso Sie gar nichts darüber sagen, was sie angeht, obwohl Sie doch genau wissen, dass nur Margaret allein für mich wirklich von Interesse ist und mich alles andere gerade wenig kümmert? Ich hoffe für Sie, dass Sie einen guten Grund haben, hier draußen zu sein, anstatt drinnen alles zu regeln, schließlich trenne ich mich nur äußerst ungern von meinem loyalsten Mitarbeiter."

„Die Agenten, die Kommandant Haberle zu ihrer Sicherheit bereitgestellt hat, sind mit ihr auf dem Weg nach draußen. Den Bunker haben sie bereits verlassen und…" Ryder stockte. Schemenhafte Szenen von damals tauchten vor seinen Augen auf und er konnte deutlich spüren, wie er sich dort unten gefühlt hatte.

„Ich dachte, ich würde sterben", fiel es ihm in Gedanken wieder ein und er versuchte mit aller Mühe, diese grauenhaften Erinnerungen wieder zu verdrängen.

„Sie sind auf dem Weg durch den alten Tunnel", sagte er nur und sank dabei demütig seinen Kopf, denn ihm war klar, dass sein Boss wusste, was ihm damals dort unten widerfahren war.

Mycroft verschluckte sich am Rauch seiner Zigarette und hustete stark. Doch er sagte nichts darauf. Stattdessen rang er anfangs nach Luft, wobei er mit seiner freien Hand an das

Geländer griff und danach abwesend über die Stadt hinweg schaute als würde er das alles nicht realisieren wollen und sich stattdessen in eine Art Phantasiewelt wünschen.

„Es tut mir leid, Sir", sagte Ryder kleinlaut. „Wir können nun nichts mehr für Margaret tun."

Mycroft rührte sich nicht, noch reagierte er auf die Worte des Mannes. Er schwelgte in alten, lang vergangenen Erinnerungen, die ihm Trost spenden sollten.

Ryder sah ein erzwungenes Lächeln im Gesicht seines Vorgesetzten, ehe der Agent seine Zigarette im Aschenbecher nebenbei ausdrückte, sich umdrehte und wieder hineinging. Er schlenderte wie am Boden zerstört den Korridor zu seinem Büro zurück und war so sehr abgelenkt, dass er erst nach wenigen Metern erkannte, was gerade vor sich ging.

Ein komplett schwarz gekleideter Mann, der sein Gesicht mit einer Schimaske verhüllt hatte, stand auf einmal vor ihm und hielt ihm eine Pistole entgegen.

Als der britische Agent ihn bemerkte, zog er so schnell er konnte seine Dienstwaffe und hielt diese dem maskierten Mann entgegen.

„Lassen Sie die Pistole fallen!", befahl er dem Fremden.

Der Mann lachte daraufhin. „Die Pistole ist doch nicht das eigentliche Problem", gab er murmelnd von sich und spuckte einen kleinen Ring aus Kunststoff aus, den er zwischen seine Zähne geklemmt hatte.

Erst in dieser Sekunde fiel Ryders Augenmerk auf die andere Hand, die der Vermummte von seinem Körper wegspreizte und, zu Ryders Entsetzen, damit eine Granate festhielt. Der Ring, der nur wenige Meter vor seinen Füßen landete, war eindeutig der Sicherungsstift.

„Schöne Grüße von Annabelle Sacker", sagte der Mann dann und blickte dabei aber an dem Agenten vorbei als würde er gar nicht mit ihm sprechen.

Als Ryder zurückschaute, erkannte er halb im Augenwinkel, dass sein Boss ebenfalls wieder vom Balkon hereingekommen war und nun nur wenige Schritte hinter ihm stand.

„Wir sehen uns in der Hölle, Mycroft Holmes", fügte der Fremde noch hinzu und drückte dann mit der anderen Hand ab.

Ein einzelner Schuss fiel, jedoch kam er nicht von seiner Pistole. Und auch Ryder war es nicht, der geschossen hatte. Es war jemand anderes, der hinter dem Fremden gestanden und ihn niedergestreckt hatte, ehe dieser den Abzug ganz durchdrücken konnte.

Im Bruchteil einer Sekunde später drehte sich Ryder um und sprang auf seinen Boss zu, um ihn vor der Detonation zu schützen.

Noch ehe die beiden Männer den Boden berührten und weit genug entfernt waren, gab es einen fürchterlichen Knall und alles, was darauffolgte, war endlose Finsternis.

Gregory Norton hatte an diesem Morgen alle Hände voll zu tun, schließlich war endlich der große Tag gekommen. Er flitzte kreuz und quer durch das Auktionsgebäude als hätte er etwas Wichtiges verloren, das er nun unter drängendem Zeitdruck suchte.

Als er jedoch durch die Lobby kam, die zu dieser frühen Stunde noch menschenleer war, blieb er wie angewurzelt stehen und blickte auf den großen Fernsehbildschirm, der vor ihm an der Wand befestigt war und die neuesten Nachrichten zeigte. Wie in einem Traum betrachtete der Mann die schrecklichen Bilder eines verwüsteten Gebäudes in der Innenstadt, das laut aktuellsten Erkenntnissen einem Bombenanschlag zum Opfer gefallen war.

Der Name Mycroft Holmes fiel mit einigen anderen wichtigen Persönlichkeiten bei der Erwähnung der zahlreichen Opfer, von denen noch nicht sicher war, ob sie überlebt hatten oder nicht.

„Wie schrecklich", rief Grace, die gerade hereingekommen war und ebenfalls auf den Bildschirm starrte. „Wer tut bloß so etwas. Ein Angriff auf Mycroft Holmes bedeutet gleichzeitig einen Angriff auf die britische Regierung zu verüben. Ich hoffe nur, dass das nichts mit den Jadekristallen zu tun hat."

„Wie kommst du denn darauf, Liebes?", fragte Gregory, der mit Mühe seinen Schock verstecken musste.

Mycroft Holmes war für ihn schließlich kein Fremder. In den vergangenen Jahren hatte er mehrmals mit ihm zu tun gehabt und ihn sehr zu schätzen gelernt. Dass er nun womöglich ermordet worden sein könnte, brachte ihn komplett aus der Fassung. Immerhin war dieser Mann alles andere als ein Niemand.

„Da hätte man doch gleich ein Attentat auf die Queen verüben können", dachte er, „was zum selben Ergebnis geführt hätte." Er atmete verängstigt durch. „Hoffentlich ist das nicht meine Schuld."

„Schatz?", sagte seine Verlobte und kam näher auf ihn zu. „Ist alles in Ordnung mit dir?"

„Ja." Er nickte. „Es ist nur … Ich …" Seine Stimme versagte.

„Ist schon gut", meinte sie und strich ihm behutsam über den Arm. „Ich weiß doch, wie sehr du Mycroft schätzt. Da ist es doch nur selbstverständlich, dass dich das nun aus der Fassung bringt."

„Du hast recht", sagte er und schluckte. „Ich… Ich muss noch kurz weg."

„Was? Jetzt noch?", fragte sie schier am Boden zerstört. „Aber wir müssen die Organisation für heute Abend noch planen, Greg. Ich brauche deine Hilfe."

„Ich verspreche, dass ich spätestens gegen Mittag wieder zurück sein werde", sagte der Mann, gab der Frau einen flüchtigen Kuss auf die Wange und eilte quer durch die Lobby auf den Ausgang zu, wo er nach draußen verschwand.

Mit einem lauten Krach stieß Inspector Lestrade die Tür zum Büro seines Kollegen Doyle auf, der vor seinem Schreibtisch hockte und in einen Stoß Akten vertieft war, und durch den Knall aufgeschreckt ein paar Blätter durcheinanderbrachte.

„Wo ist Holmes?", fragte Lestrade ungeduldig.

„Welcher?", gab Doyle zur Antwort und sortierte das Chaos vor sich, ohne dass er dabei zu seinem Kollegen hochschaute.

„Das ist nicht witzig?", entgegnete der Mann ernst. „Haben Sie denn nicht gehört, was passiert ist?"

„Doch." Doyle lehnte sich zurück und schaute Lestrade nun an. „Wie könnte es denn anders sein. Die ganze Welt weiß bereits davon."

„Finden Sie das irgendwie komisch?"

„Lache ich denn?" Nun stand Inspector Doyle auf und offenbarte seinem Kollegen ein schreckliches Bild.

Lestrade konnte deutlich sehen, dass die Kleidung seines Kollegen, die vorhin von den hohen Aktenstapeln verdeckt gewesen war, bis zur Brust mit Blut, Staub und Asche bedeckt und an manchen Stellen sogar zerfetzt und aufgerissen war als hätte er einen schrecklichen Verkehrsunfall gehabt.

„Oh mein Gott", rief Lestrade voller Entsetzen. „Sie waren dort?"

„Ja." William Doyle nickte nur und schaute dann wieder auf den Stoß mit Akten auf seinem Schreibtisch. „Und ich war zu spät."

„Wer war das?"

„Keine Ahnung. Fragen Sie Gregson. Vielleicht weiß er bereits etwas. Ich kann Ihnen nicht weiterhelfen."

„Weiß sein Bruder schon, was geschehen ist?", fragte Lestrade besorgt.

„Ich gehe zumindest davon aus", antwortete Doyle und ließ sich stöhnend in seinen Stuhl zurückfallen. „Im Grunde ist es mir eigentlich egal. Zurzeit habe ich andere Sorgen."

„Die wären?"

„Wir haben statt der ursprünglichen sechs nun mittlerweile acht ungeklärte Mordfälle", sagte Doyle gereizt.

142

„Haben Sie das etwa schon vergessen?" Er schlug seine Hand mit Gewalt auf den Tisch. „Verdammt, es dreht sich nicht immer alles nur um Sherlock Holmes oder seinen Bruder."

„Die zwei sind britische Staatsbürger und es ist unsere Pflicht, sie zu beschützen", konterte Lestrade nun empfindlich.

„Allerdings gibt es auf der Welt über vierzehn Millionen Briten, die unsere Hilfe benötigen – und sogar noch weitaus mehr als die beiden."

Lestrade verdrehte angespannt die Augen. „Gregson hat es Ihnen gesagt, richtig?"

Doyle sah zu ihm hoch. „Was denken Sie wohl?"

„Noch ist nichts passiert", sprach Lestrade nun um Welten ruhiger. „Sie ist in Sicherheit."

„Ach, etwa so in Sicherheit, wie Jack Ryder damals als er in diesen alten Tunneln beinahe draufgegangen ist? Es würde mich interessieren, was er dazu zu sagen hat. Oh, ich vergaß. Er hat wahrscheinlich gar nichts mehr zu sagen, da es nicht sicher ist, ob er überleben wird." Doyle atmete tief durch und lehnte sich wieder zurück. „Aber um Ihre Frage zu beantworten, werter Kollege, Sherlock Holmes ist untergetaucht. Allerdings wird er spätestens heute Abend wieder auftauchen, wenn die Auktion beginnt. Er hat mir die strikte Anweisung gegeben, dass, egal was auch passieren möge, der Plan dennoch so abläuft wie abgemacht. Sie können sich also wieder beruhigt Ihren Donuts widmen und mich endlich meine Arbeit machen lassen."

„Hey!", schrie Lestrade ihn fahrig an, fasste sich dann aber schnell wieder als er seinen stark zugerichteten Kollegen musterte. „Sie hätten nichts tun können, um es zu verhindern", wollte er seinen Kollegen dann aufmuntern.

„Ich wünschte nur, ich könnte Ihnen glauben", sagte Doyle niedergeschlagen und widmete sich wieder seinen zahlreichen Akten.

Inspector Lestrade, der keine weitere Sekunde vergeuden wollte, diesen Mann aufzuheitern, da es in seinen Augen ohnehin zwecklos war, drehte schließlich um und ging wieder nach draußen.

„Wenn Sie Hilfe brauchen, sagen Sie Bescheid", rief er noch in Hörweite und stapfte dann weg.

In einer Bar, die einer zwielichtigen Spelunke aus einem kitschigen Horrorfilm glich, traf sich Gregory Norton mit einer Gruppe Männer, die in diesem Milieu allesamt sehr einflussreich waren.

„Meine Herren, ich versichere Ihnen, dass alles soweit nach Plan verläuft", beschwichtigte er die Männer, die aufgrund der aktuellsten Nachrichten doch sehr beunruhigt waren.

„Mycroft Holmes? Wirklich?", fragte einer von ihnen entrüstet. „Musste das unbedingt sein, Mr. Norton? Das war so nicht abgemacht."

Gregory schluckte eingeschüchtert. „Nein, das verstehen Sie falsch. Damit habe ich nun wirklich nichts zu tun. Ich bin doch kein Mörder. Und außerdem ergäben sich keinerlei Vorteile daraus, wenn ich diesen Mann hätte töten wollen."

„Und wer war es dann? Wer sich mit einem der Holmes'
Brüder anlegt, unterzeichnet gleichzeitig sein Todesurteil.
Nur ein vollkommen Verrückter würde so etwas wagen."

„Wie gesagt, ich habe nichts damit zu tun und ich weiß
auch nicht, wer das war. Mycroft Holmes hat bestimmt eine
Menge Feinde. Aber deshalb sind wir doch auch nicht hier,
richtig?" Gregory räusperte sich unsicher. „Heute ist schließlich der Tag, auf den Sie alle gewartet haben. Der Tag, an dem
Sie alle sehr, sehr reiche Männer werden."

„Ist die Botschaft denn auch wirklich angekommen?",
fragte ein anderer aus der Gruppe. „Sie haben doch eine recht
eigenartige Art zur Übermittlung gewählt."

„Seien Sie versichert, meine Herren, unsere Kunden
wissen eindeutig Bescheid."

„Woher wollen Sie das wissen?", fragte ein anderer mit
einem starken russischen Akzent. „Haben Sie denn überhaupt
jemals mit einem von denen geredet?"

„Das war nicht nötig", antwortete Gregory nun selbst-
sicher. „Sie haben eine deutliche Antwort hinterlassen."
Dabei grinste er.

„Ich hoffe für Sie, dass Sie damit recht haben", meinte der
Russe, „denn ich habe sehr viel Geld und Zeit investiert,
damit die Kristalle beschafft werden konnten. Sollte dies alles
am Ende umsonst gewesen sein, können Sie mit Ihrem Anteil
schon mal Ihre Beerdigung in Auftrag geben, Norton."

„Die Japaner sind zum Kauf bereit", versicherte Gregory
ihm leicht angespannt. „Sie werden das bezahlen, was ge-
boten wird."

„Dann hängt nun alles nur noch von Miss Grace Forester
ab. Sehe ich das richtig?"

Gregory nickte. „Meine Verlobte wird tun, was ausgemacht war. Sie hat keine Ahnung, worum es wirklich geht und, dass die Steine nur Fälschungen sind."

„Zu Ihrem eigenen Wohl hoffe ich, dass Sie uns nicht belügen, Mr. Norton."

# DIE VERGANGENHEIT SCHLÄFT NICHT

Eine modrige Feuchtigkeit herrschte in dem alten Untergeschoss des Flughafens an der Westseite, die eher dem Kerker einer mittelalterlichen Ritterburg ähnelte als dem Keller eines internationalen Flughafens. Beleuchtung gab es, bis auf die grünen Notausgangsschilder, die bereits weit hinter ihnen lagen, überhaupt keine mehr, sodass die drei Schweizer Agenten Müller, Schmidt und Gruber mit ihren schwachen Taschenlampen den Weg ausleuchten mussten, damit sie zumindest den Boden unter ihren Füßen erkennen konnten, der sich leider als viel unebener als erwartet herausstellte, sodass ein geplantes zügiges Vorankommen mit dem Rollstuhl kaum möglich war.

Als sich die Räder bereits zum fast fünfzigsten Mal im herabgefallenen Geröll verfangen hatten und Agent Schmidt, der Margaret seither geschoben hatte, lauthals fluchen musste, blieben sein Vorgesetzter und dessen Kollege sofort stehen.

„Wir müssen Sie tragen", sagte Agent Müller während er zu ihnen zurückkam und die junge Frau ohne Widerrede aus dem Sitz heraushob.

„Und was ist mit dem Rollstuhl?", fragte Gruber unsicher.

147

„Das Mistding bleibt hier", keifte Agent Schmidt genervt und stapfte hinter seinem Boss her ohne dabei ein einziges Mal zurückzuschauen.

Der noch recht junge Agent Gruber blickte den anderen verzweifelt nach, ehe er ihnen schließlich folgte und versuchte, mit ihnen Schritt zu halten, was nicht gerade einfach für ihn war, denn er fürchtete diesen Ort sehr; sogar mehr als die anderen.

„Frank Gehrer", erinnerte sich der junge Mann voller Schrecken. „Man sagt, er sei noch irgendwo hier unten und würde jeden heimsuchen, der es wagt, sein Grab zu betreten." Er schüttelte energisch seinen Kopf um diese Geistergeschichte aus seinen Gedanken zu verbannen. Dennoch verringerte sich seine Angst kein bisschen. „Es ist wahr. Er ist noch irgendwo hier unten", machte er sich klar. „Schließlich war ich bei den Suchtrupps dabei. Damals war ich noch ein Frischling und grün hinter den Ohren. Aber diese drei Tage haben mich geprägt, wahrscheinlich nicht unbedingt zum Besten."

„Beeil dich, Junge!", rief Agent Müller ihm keuchend zu, nachdem er sah, wie weit er bereits zurückgefallen war.

Ohne ein Wort darauf zu sagen, sprang der junge Agent nach vorne und beschleunigte seinen Schritt eilends.

Nach einer Weile kamen sie an einer Kreuzung an, wo sich zwei ewiglange Treppen befanden, die beide so tief hinabführten, dass deren Enden mit den wenigen Taschenlampen nicht erkennbar waren.

„Wie weit geht es denn hier noch runter?", fragte Schmidt entsetzt, den langsam aber doch ebenfalls die Angst packte, obwohl er in den vergangenen Jahren weitaus schlimmere Einsätze erfolgreich absolviert hatte.

Müller setzte Margaret auf einem großen Gesteinsbrocken am oberen Ende der Treppen ab, um sich kurz auszuruhen. Zwar war die junge Frau nicht wirklich schwer, aber die fehlende Luft, die Enge und die fürchterliche Dunkelheit erschwerten jede noch so kleine Anstrengung, sodass beinahe die kleinste Bewegung zu einem richtigen Kraftakt wurde.

Mit seinem Smartphone herumspielend, das einen düsteren blauen Schimmer auf sein verzerrtes Gesicht zauberte, fluchte Schmidt schließlich und steckte es wieder in eine seiner Hosentaschen ein. „Hier unten haben wir nicht mal Empfang", schimpfte er.

Als Agent Gruber schließlich vor den beiden Treppen stand, die in die jeweils entgegengesetzte Richtung führten, stand ihm die pure Verzweiflung ins Gesicht geschrieben.

„Welchen Weg müssen wir nehmen?", fragte Müller ihn in der Hoffnung, er würde die richtige Antwort wissen.

Schmidt starrte den Jungen schier fassungslos an. „Du warst schon mal hier unten, Gruber?"

„Ja." Er nickte gedankenabwesend. Ohne etwas dagegen unternehmen zu können, erinnerte er sich an die schrecklichen Stunden in dieser finsteren Hölle. „Vor vier Jahren."

„Oh, verdammt", platzte es Schmidt dabei heraus. „Du warst ernsthaft bei den Suchtrupps dabei? Kein Wunder, dass dieser Geller nicht gefunden wurde."

„Gehrer", korrigierte ihn Gruber flink. „Sein Name war Frank Gehrer." Er wirkte nun deutlich verletzt. „Aber wir sind auch nicht seinetwegen runtergekommen. Einer unserer

149

Männer war ebenfalls hier eingesperrt. Fast vier Tage musste er hier unten verbringen."

„Oh ja, ich erinnere mich", sagte Schmidt nun genervt. „Der große und mutige Jack Ryder. Er musste eben unbedingt den Helden spielen. Man sieht ja, was ihm das gebracht hat, aber bei diesen Briten wundert es mich auch gar nicht, dass die so reagieren. Denen liegt diese Dummheit irgendwie in den Genen."

„Hey", fuhr Margaret ihn nun erzürnt an. „Passen Sie bloß auf, was Sie sagen." Sie hätte ihm so gern noch ein paar Schimpfwörter an den Kopf geworfen, um ihrer Wut mehr Ausdruck zu verleihen, doch in dieser Sekunde fiel ihr ein, dass sie den Namen Jack Ryder schon einmal gehört hatte.

Gruber sah die junge Frau genau an und erkannte schnell, dass sie diesen Mann kennen musste, was zumindest ihr bleiches Gesicht erklären würde. Allerdings kam er nicht mehr dazu, sie darauf anzusprechen.

„Wir müssen weiter", sagte Müller streng und sah ihn fordernd an. „Welchen Weg, Gruber?"

Stirnrunzelnd drehte er sich wieder um und blickte auf die beiden Tunnel vor sich. Je länger er sie betrachtete, umso mehr wurde ihm klar, dass er es nicht mehr wusste.

„Ich …", begann er zögernd. „Ich kann mich an diese Stelle nicht mehr erinnern."

„Na toll", rief Schmidt nun aufgebracht und stapfte wie auf heißen Kohlen herum. „Was machen wir jetzt? Raten?" Er stöhnte laut, um den anderen seine Wut zu zeigen. „Koehler hatte recht. Er ist der einzige, der nicht vollkommen durchgedreht ist."

Nun reichte es Agent Müller ein für alle Mal. Er ging hastig auf Schmidt zu und starrte ihn dabei durchdringend an. „Es ist die freie Entscheidung eines jeden einzelnen, ob er oder sie hier sein will oder nicht. Wenn du ein Problem damit hast, dann kannst du gerne umkehren. Aber lass dir hiermit gesagt sein, dass, wenn du jetzt gehst, du gleich für immer gehen wirst."

„Fein", konterte Schmidt cholerisch. „Ich habe nicht vor, hier lebendigem begraben zu-"

Ein dumpfes Dröhnen ertönte, gefolgt von einem tiefen, stark ansteigenden Beben, das von dort, wo sie hergekommen waren, zu ihnen heraneilte. Als das Donnern in den Tunneln mehrmals widerhallte und zuerst stark an Lautstärke gewann, dann aber nach einigen Sekunden abklang, folgte eine drohende Stille, die der Ruhe vor dem Sturm glich. Danach erfüllte eine gigantische Druckwelle den gesamten Kanal und wirbelte dichten Staub auf, der in der Luft herumwirbelte und den vieren die Sicht versperrte. Gleichzeitig brach vor ihnen die Decke des Tunnels auf der rechten Seite ineinander und stürzte mit lautem Krach zusammen.

„Weiter!", schrie Müller durch den Krawall, packte Margaret mit einem Ruck und rannte so schnell wie möglich über die linke Treppe hinunter, die zum Glück noch unversehrt geblieben war.

Ohne zu zögern folgten die Agenten Schmidt und Gruber ihnen und versuchten mit Mühe vor dem einstürzenden Geröll auszuweichen, das ihnen teilweise den Weg versperrte oder die Sicht nach vorne nahm.

Die Reise durch den alten Kanal entpuppte sich zu einem Wettlauf gegen die Zeit, der nur sehr schwer zu gewinnen war.

Inspector Lestrade betrat das Krankenhaus St. Bartholomew's mit gemischten Gefühlen. Am liebsten hätte er etwas anderes an diesem Tag getan, aber dies zählte nun mal auch zum breitgefächerten Aufgabengebiet seiner Arbeit. Er konnte sich nicht im Traum ausmalen, was sein Kollege William Doyle in der vergangenen Nacht alles mitansehen hatte müssen. Es ärgerte ihn sogar, dass der Polizeichef ihn mit der Aufklärung des Attentates auf Mycroft Holmes beauftragt hatte und nicht Doyle, der doch sogar selbst dabei gewesen war.

„Ich will das nicht machen", grämte er sich. „Doyle sollte hier sein und die Zeugen befragen und nicht ich, schließlich hat er den Täter erschossen. Er war da und ich…" Er blieb schockiert stehen. „Und ich war zu Hause."

„Inspector Lestrade?", fragte eine junge Krankenschwester mit zwei schulterlanggeflochtenen blonden Zöpfen, die ihr hinter den Ohren herunterhingen und an ihrem hellblauen Schal streiften. Sie eilte auf den Mann zu als wäre sie in äußerster Panik. „Er ist wach."

„Wer? Holmes?"

„Nein", antwortete sie und wurde ein bisschen blass im Gesicht. „Der Zustand von Mr. Holmes ist leider immer noch unverändert kritisch. Aber Jack Ryder ist gerade aufgewacht.

Kommen Sie schnell!", flehte sie, packte ihn am Handgelenk und zog den Mann eilig den Flur entlang, bis sie vor der letzten Tür am Ende des Gangs auf der rechten Seite stehen blieb. Sie zögerte nur einen kurzen Augenblick, ehe sie die Tür öffnete und mit dem Inspector das kleine Krankenzimmer betrat.

Dort lag in dem einzigen Bett in der Mitte ein Mann Ende dreißig, dessen Gesicht und Arme, die über der dünnen Decke lagen, mit Schrammen, blauen Flecken und teilweise tiefen Wunden bedeckt waren, die einerseits genäht, mit Pflastern zugeklebt und andererseits mit Verbänden umwickelt waren. Obwohl er grob vom Schmutz gereinigt wurde, sah man an manchen Stellen noch immer sehr viel Blut und Staub von den Betonmauern und der Detonation.

Als Lestrade den Mann, den er als einen stämmigen und furchtlosen Agenten des britischen Geheimdienstes kannte, dort vor sich liegen sah und erkannte, dass er zerbrechlich und dem Ende nahe wirkte wie ein hagerer Junge, wurde ihm ganz mulmig zumute. Erst als Jack Ryder schließlich seine Augen öffnete, kam der Inspector vorsichtig näher, wobei manche Geräte laut zu piepsen begannen, da sich der Patient zu bewegen versuchte.

Die Krankenschwester ging zu ihm hin und drückte den Mann sanft aufs Bett zurück. „Bitte bleiben Sie ruhig liegen, Mr. Ryder", flehte sie ihn fürsorglich an. „Sie dürfen Sie nicht bewegen."

„Wo…", stammelte er mit Mühe. „Wo ist der andere?"

„Wer?", fragte Lestrade und kam näher.

„Der, der ihn erschossen hat. Wo ist er."

„Inspector Doyle ist beim Scotland Yard", antwortete Lestrade. „Er hat andere Fälle zu bearbeiten. Sie müssen sich leider mit mir zufrieden geben."

„Nein, ich will ihn", hauchte Ryder und hustete voller Qualen. „Er hat ihn gesehen und seine Stimme gehört. Er muss es mir bestätigen."

„Was bestätigen?", fragte Lestrade verwirrt und kam noch näher. „Wissen Sie etwa, wer das war?"

„Er muss sagen, dass ich nicht verrückt bin; dass ich recht habe."

„Was denn? Reden Sie schon", befahl Lestrade nun ungeduldig.

Bevor Ryder antwortete, richtete er sich so gut er konnte auf und lehnte sich nach vorne. Er wartete, bis Inspector Lestrade nahe genug herangekommen war, sodass er nicht so laut sprechen musste. „Thomas Montaigne", sagte er nur und fiel dann stöhnend mit dem Kopf ins Kissen zurück.

Lestrade kannte den Namen viel zu gut, als dass ihn dies einfach so kalt lassen konnte. Er wich erschrocken zurück und musste mit Schrecken daran zurückdenken, was damals alles passiert war. Nicht nur, dass Montaigne bereits versucht hatte, ein Attentat auf Mycroft Holmes zu verüben, durch die ganze Sache mit ihm und seiner Auftraggeberin wären die beiden Holmes' Brüder beinahe gestorben und Margaret Trevor saß seither im Rollstuhl.

„Wenn dieser verdammte Irre dahintersteckt, dann haben wir ein großes Problem", ging es ihm durch den Kopf. „Wo zum Teufel ist Sherlock Holmes, wenn man ihn mal braucht?"

„Bitte", flüsterte Ryder leise, denn lauter sprechen konnte er nicht mehr. „Finden Sie ihn, bevor noch Schlimmeres passiert."

„Sie haben mein Wort", sagte Lestrade darauf. „Ich werde ihn ein für alle Mal hinter Gittern bringen."

„Danke." Ryder versuchte mit Mühe zu lächeln, brachte aber nur ein verkrampftes Gesicht zustande. „Wie geht es ihm? Wissen Sie schon etwas?"

„Keine Ahnung", antwortete der Inspector niedergeschlagen. „Sein Zustand ist unverändert."

„Ich war zu langsam", gab Ryder dann reumütig zu. „Ich kam nicht mal mehr dazu, abzudrücken. Es war der andere, Doyle, der ihn niederschossen hat. Ich war nicht schnell genug."

„Sie haben Mycroft Holmes das Leben gerettet", sagte Lestrade mit Nachdruck um den Patienten aufzuheitern.

„Was bringt mir das, wenn er vielleicht gar nicht überleben wird?", war Ryders verzweifelte Antwort darauf. „Ich habe versagt."

Die Tür zum Krankenzimmer ging einen Spalt auf und ein Mann schaute mit dem Kopf herein. „Hier sind Sie", sagte er und starrte den Inspector an. Es war Officer Tobias Gregson, der allem Anschein nach schon eine Weile auf der Suche nach ihm war. „Sherlock Holmes ist hier."

Da musste der Mann nicht lange überlegen. Inspector Lestrade stürmte wie ein Gejagter nach draußen und folgte Gregson, der ihn in ein anderes Stockwerk auf die Intensivstation brachte, wo sie schließlich vor einem Raum stehen blieben, der an beiden Seiten mit großen Fenstern statt

155

Betonwänden ausgelegt war, sodass man das Zimmer von außen gut beobachten konnte.

Neben zwei anderen regungslosen Männern in ihren kleinen Betten, nur mit wenigen Vorhängen voneinander abgetrennt, lag Mycroft Holmes in der Mitte, der an zahlreichen Geräten angeschlossen war, die piepsten und summten und ihn am Leben hielten, da er nicht mal in der Lage war selbstständig zu atmen.

Neben dem Bett saß jemand in gekrümmter Haltung und starrte abwesend auf den komatösen Patienten. Er hatte beide Hände auf den Schoß gelegt und blickte auf die ruhig daliegende Hand von Mycroft, als würde er erst überlegen müssen, ob er sie berühren sollte oder nicht.

Als Lestrade den sonst so kaltherzigen Detektiv an der Seite des Patienten sitzen sah, erkannte er, wie viel ihm sein großer Bruder in Wirklichkeit bedeutete und er sah auch, dass er sich selbst dafür zu hassen schien, weil er das seinem Bruder nie gesagt hatte. In diesem Augenblick erblickte der Inspector alle ihm bekannten Gefühle, die Sherlock Holmes sein ganzes Leben lang verdrängt oder einfach ignoriert hatte, in dessen Augen, die Mycroft voller Verzweiflung anstarrten. Es wirkte fast so, als würde er seinen Bruder innerlich anschreien und ihm befehlen, er solle endlich aufwachen.

Aber nichts half.

Mycroft Holmes rührte sich nicht und auch sein Zustand blieb unverändert.

Sherlock hob nun seine Hände hoch und umfasste damit vorsichtig die Finger seines Bruders, die sich erschreckend kalt anfühlten. Dann stand er auf, betrachtete den Patienten noch für einen kurzen Moment des Schweigens, ehe er umdrehte und das Zimmer verließ. Erst als er schon fast bis ganz nach draußen auf den Flur gekommen war, nahm er die zwei Männer vom Scotland Yard wahr.

So zerbrochen und zutiefst verletzt, wie er in diesem Augenblick wirkte, hatte Lestrade den jungen Mann noch nie zuvor gesehen und das ließ ihn alles, was er je über ihn zu wissen glaubte, in Frage stellen.

„Es tut mir schrecklich leid, was pass-", wollte der Inspector mitfühlend anfangen, aber Sherlock unterbrach ihn sofort.

„-Sparen Sie sich das", warf er kühl ein. „Wer war das und wieso hat er es getan?"

„Jack Ryder sagt, es war Thomas Montaigne", begann Lestrade. Und er hätte gerne noch mehr erzählt, doch der junge Detektiv ließ ihn nicht fortfahren.

„Montaigne?", wiederholte Sherlock zweifelnd. Er drehte sich daraufhin von den beiden Männern weg und schaute angestrengt nachdenkend durch die Leere. „Hat das denn nie ein Ende?", fragte er laut denkend, obwohl er diese Frage wohl eher sich selbst stellte als den anderen. Dann, wie vom Blitz getroffen, drehte er sich wieder zu ihnen um und starrte den Inspector an. „Wo ist Margaret?"

„Meines Wissens ist sie noch in der Schweiz?", antwortete Lestrade unsicher.

Sherlock erblasste. „Diese verdammte Hexe."

„Hey, beruhigen Sie sich!", fuhr Gregson ihn erzürnt an.

„Was?" Sherlock starrte ihn verwirrt an. „Ich meinte doch nicht sie damit. Die Hexe, Annabelle Sacker, meinte ich damit."

„Annabelle Sacker sitzt in Einzelhaft in der psychiatrischen Klinik in Rheinau", meinte Lestrade. „Sie ist vollkommen von der Außenwelt abgeschnitten. Keiner weiß, dass diese Klinik überhaupt noch existiert, schließlich wurde die Einrichtung vor fast achtzehn Jahren für die Öffentlichkeit geschlossen und im Geheimen weiterbetrieben. Ich habe erst heute Morgen mit dem Anstaltsleiter Dr. Mohr telefoniert und dieser hat mir versichert, dass Annabelle Sacker nach wie vor dort ist."

„Oh, Sie sind so schrecklich naiv", rief Sherlock so laut, dass das letzte Wort mehrmals im Flur des Krankenhauses widerhallte. „Sie haben nicht die geringste Ahnung, was diese Frau mit einem einfachen Augenzwinkern alles anstellen kann. Ich habe ihre fürchterlichen Talente am eigenen Leib erfahren müssen, und Sie können mir glauben, dagegen ist jede noch so qualvolle Folter eine reine Streicheleinheit."

„Sie denken also wirklich, dass sie hinter dem Anschlag an Ihrem Bruder steckt?", fragte Lestrade skeptisch nach. „Wieso er? Wieso jetzt?"

„Gute Frage", entgegnete der Detektiv und wiederholte die letzten Worte des Inspectors mehrmals in seinem Kopf, in der Hoffnung dadurch eher auf eine Lösung zu kommen. Aber auch das brachte ihn offensichtlich nicht viel weiter.

„Was machen wir jetzt?", wollte Lestrade dann wissen. „Montaigne liegt in der Autopsie. Der wird niemanden mehr töten können. Und der wohl mächtigste Mann ganz Englands liegt auf der Intensivstation. Also." Dabei sah er Sherlock fragend an. „Was sollen wir jetzt tun?"

„Alles muss nach Plan verlaufen. Die Auktion findet heute Abend statt. Dort werden Sie diejenigen finden, die für den Tod von acht unschuldigen Menschen verantwortlich sind."

„Was machen Sie in der Zwischenzeit?"

„Flugtickets in die Schweiz besorgen", sagte Sherlock, drehte gleichzeitig um und ging den Flur entlang in Richtung Ausgang.

„Aber der Züricher Flughafen ist doch gesperrt", rief Gregson ihm nach.

„Bern soll zu dieser Jahreszeit auch ganz nett sein", waren die letzten Worte des Detektivs, die die beiden Männer hören konnten, ehe er um die nächste Ecke verschwunden war.

Dr. John Watson hockte in der Ordination in seinem kleinen Arbeitszimmer vor dem Schreibtisch, wobei er in das Ergebnis der Untersuchung eines seiner Patienten vertieft war, welches über mehrere Seiten hatte und er wie erstarrt mit beiden Händen festhielt.

Obwohl dieser Morgen noch recht unangenehm begonnen hatte – seit dem frühen Vorabend hatte er keine Nachrichten mehr angesehen oder eine Zeitung gelesen – war er bereits vor 07:00 Uhr schon wieder müde, was wahrscheinlich eher auf die noch folgende langweilige Arbeit zurückzuführen war.

„Oh, Gott", seufzte er und legte die Blätter beiseite, „bitte lass ein Wunder geschehen, sonst überstehe ich den heutigen Tag nicht.

Am Anfang war er noch überaus froh und erleichtert gewesen, dass er von Sherlock Holmes nicht ständig von einem Tatort zum nächsten geschleift worden war und er einfach nur seine Arbeit machen hatte können, ohne jeglichen Nervenkitzel oder sonstiges. Aber mit der Zeit wurde es immer langweiliger und einseitiger, sodass ihm in der Früh nach dem Aufstehen schon übel geworden war, wenn er daran gedacht hatte, zur Arbeit gehen zu müssen.

„Tja, es ist meine eigene Schuld", dachte er. „Ich habe abgelehnt und jetzt hat er jemand anderen gefunden, mit dem er sein geliebtes Spiel treiben kann."

Sehnsüchtig blickte er zur Tür und hoffte inständig, dass Sherlock hereinkommen und ihn um Hilfe bitten würde. Es wäre ihm auch vollkommen egal gewesen, wobei er seine Hilfe gebraucht hätte. Er wollte einfach nur weg – weg von diesem alltäglichen Überdruss an unspektakulärer Normalität.

Es nützte nichts.

Die Tür blieb zu.

John seufzte und sank seinen Blick wieder auf den Schreibtisch, wo er eines der vielen Dokumente erneut in die Hand nahm und in Erinnerungen schwelgend überflog, obwohl er dabei kein einziges Wort wirklich las. Stattdessen sah er vor seinen Augen verworrene Fetzen der vergangenen Abenteuer, die er an der Seite des genialen Detektivs bereits erlebt hatte.

„Moriarty ist tot", sagte er laut als würde er sich dies mit Nachdruck einreden wollen, denn es schien ihm auch jetzt nach so langer Zeit immer noch nicht die Wahrheit zu sein;

schließlich war auch Margaret Trevor, die eigentlich tot hätte sein müssen, noch am Leben.

Dann, als er es am allerwenigsten erwartete, öffnete sich auf einmal die Tür zu seinem Arbeitszimmer und ein ihm erschreckend bekannter dunkelbrauner Lockenkopf blickte mit weit aufgerissenen Augen herein.

„John", sagte er mit aufgelöster Stimme und wirkte ungewohnt angespannt dabei. „Ich brauche deine Hilfe."

Der Doktor blickte ihn erstaunt an. Zuerst rieb er sich die Augen in der Erwartung, er würde nur träumen. Aber er irrte sich, denn der Mann war immer noch da, nur dass er mittlerweile ganz hereingekommen war und die Tür hinter sich geschlossen hatte.

„Sherlock", rief Dr. Watson und sprang euphorisch auf. Als er um den Tisch herumkam und näher auf den sehnlichst erwarteten Mann zuging, blieb er dann aber ruckartig stehen, denn erst da sah er, wie entsetzlich sein Freund aussah. „Was ist passiert?"

„Annabelle Sacker ist zurück", begann dieser kurzatmig. „Sie hat versucht, Mycroft zu töten. Er ist nicht ansprechbar und Margaret sitzt irgendwo in der Schweiz am Flughafen fest."

„Was?" John verschlug es beinahe die Sprache.

„Weißt du denn überhaupt gar nichts von dem, was letzte Nacht passiert ist?", fragte Sherlock entsetzt. „Die halbe Welt weiß mittlerweile Bescheid."

Der junge Arzt fühlte sich grauenvoll. Er hatte von all den Dingen, die dort draußen vor sich gegangen waren, nichts mitbekommen.

„Ich… Sherlock, ich war in meine Arbeit vertieft. Es tut mir leid", entschuldigte er sich. „Erzähl mir, was genau passiert ist."

„Dafür bleibt keine Zeit", sagte der Detektiv und hastete gleichzeitig zur Tür. „Unser Flug geht in weniger als einer Stunde von Heathrow", fügte er noch hinzu, öffnete die Tür und eilte nach draußen.

„Was? Sherlock?", rief Dr. Watson ihm nach. „Ich kann nicht einfach wegfliegen. Wo geht es denn überhaupt hin?"

Sherlock blieb stehen und drehte sich zu ihm um. „In die Schweiz natürlich", antwortete er stark unter Druck stehend. „Ist das denn nicht offensichtlich. Bitte, John, ich brauche wirklich deine Hilfe. Der Angriff auf Mycroft ist eine persönliche Beleidigung meiner Familie. Annabelle darf damit nicht ungeschoren davonkommen. Bitte", flehte er.

Mit sich selbst ringend trat John auf der Stelle herum, ehe er dann völlig überrumpelt sein Arbeitszimmer verließ und mit dem Detektiv nach draußen rannte.

„Wie kommst du darauf, dass diese Annabelle etwas damit zu tun hat?", fragte er als die Beiden vor dem Gebäude auf die Straße hinauskamen und Sherlock wie wild fuchtelnd nach einem Taxi rief.

„Es war Thomas Montaigne, der Mycroft umbringen wollte", antwortete dieser.

In derselben Sekunde fuhr endlich ein Taxi zu ihnen an den Straßenrand heran und die beiden Männer sprangen flink hinein.

„Wo soll's denn hingehen, die Herren?", fragte der Fahrer nichts Böses ahnend.

„Flughafen. Heathrow. Mit Vollgas!", antwortete Sherlock stockend und blieb solange unruhig sitzen, bis der Fahrer das Taxi wieder in den Verkehr einordnete und schnell genug beschleunigte. Dann ließ er sich seufzend in die Lehne des Rücksitzes fallen und atmete zum allerersten Mal, seit John ihn an diesem Morgen gesehen hatte, erleichtert durch.

Dr. Watson nutzte die wenigen Minuten zum Flughafen, um sich über sein Smartphone in Sachen Weltgeschehen auf den neuesten Stand zu bringen, wobei er erblasste als er einen Artikel über die Explosion in einem der Büros der britischen Regierung, genauer gesagt dem exakten Arbeitsplatz von Mycroft Holmes, las.

„Eine Granate?", fragte er entsetzt. „Vom Täter steht hier allerdings nichts."

„Es war Thomas Montaigne", wiederholte Sherlock, der die ganze Zeit angespannt aus dem Fenster starrte und sich dabei die schrecklichsten Szenarien ausmalte.

Bei der Erwähnung dieses Namens zuckte John nervös zusammen. Er hoffte inständig, sich verhört zu haben, doch Sherlocks eiserner Blick zeigte ihm deutlich, dass er schon richtig gehört hatte.

„Und er ist tot", fügte der Detektiv noch hinzu und John sah ihm deutlich an, dass ihn diese Tatsache zumindest ein bisschen beruhigte.

Um sich von den wiederkehrenden Erinnerungen der vergangenen Monate abzulenken, widmete sich Dr. Watson dann wieder seinem Telefon und surfte noch ein bisschen im Internet. Was er dort jedoch fand, ließ ihm einen eiskalten Schauer über den Rücken runterlaufen.

„Sherlock", sagte er und wartete, bis sein Sitznachbar zu ihm rüber sah. „Am Züricher Flughafen ist gestern Abend eine Bombe hochgegangen. Sagtest du nicht, dass Margaret in der Schweiz sei?" Er wartete kurz, um die Reaktion des Mannes genauer beobachten zu können. „Es gibt mehrere Verletzte und auch zahlreiche Tote, darunter auch weibliche Passagiere."

„Sie ist nicht tot", sprach Sherlock mit Nachdruck und es klang als würde er sich dies selbst einreden wollen, in der Hoffnung, dass es dadurch der Wahrheit entsprechen würde.

„Das kannst du nicht wissen", meinte John skeptisch.

„Margaret lebt!", fuhr der Detektiv ihn wütend an.

„Wieso glaubst du das?"

Sherlock zögerte einen Augenblick, wobei er prüfend aus dem Fenster schaute, um zu berechnen, wie viel Zeit ihnen bis zur Ankunft beim Flughafen noch bleiben würde. „Bei dem Verkehr dürften es in etwa 13 Minuten sein", dachte er.

„Ganz einfach", sagte er dann und sah John wieder an. „Annabelle will Margaret bis ins allerletzte Mark quälen. Wenn sie Margaret einfach töten lassen würde, dann wäre für sie der ganze Spaß vorbei."

„Das ist krank."

„In der Tat."

# SCHMERZEN

Es glich einer nie enden wollenden Tortur. Teilweise sogar gigantische Gesteinsbrocken lösten sich von der Decke und stürzten auf den ohnehin schon stark unebenen Boden herunter, was den drei Männern, die Margaret abwechselnd Huckepack trugen, das Vorankommen erheblich erschwerte und ihnen nacheinander den letzten Rest ihrer Kräfte raubte.

An dem wohl tiefsten Punkt des ganzen Kanals angekommen mussten sie sogar kriechen, um nicht an der klaustrophobisch niedrigen und stark brüchigen Decke zu streifen. Dies ging so lange gut, bis der Tunnel vor ihnen so schmal wurde, dass sie allesamt nur noch liegend durchrobben konnten.

Zuerst kroch Agent Müller voran, der am anderen Ende gleich Entwarnung geben konnte, da es dort wieder breiter wurde.

Als nächstes war geplant, dass Margaret alleine – zumindest so gut sie konnte – durch den schmalen Tunnel robben sollte, wobei sie sich allein mit ihren Armen vorwärts ziehen konnte und dadurch beträchtlich länger brauchte.

Natürlich hatte sie sich zuvor vehement dagegen gewehrt und gewollt, dass sie zum Schluss durchkriechen sollte, da sie die meiste Zeit dafür benötigen würde. Aber sie ist von allen drei Männern überstimmt worden, die in dieser brenzligen Situation nun Hand in Hand zusammenarbeiteten, damit sie alle so schnell wie möglich heil aus dem Kanal rauskommen würden.

Als die halb gelähmte Frau nach langem Ziehen und Quälen es wenigstens bis zur Hälfte geschafft hatte, kam Agent Müller von der anderen Seite zurückgekrochen und versuchte, sie von dort aus zu sich rüber zu ziehen während die Agenten Schmidt und Gruber von hinten schoben, um die ganze Sache so gut es ging zu beschleunigen.

Die beiden Männer hinter ihr waren in ihrer Panik jedoch zu unachtsam, sodass Schmidt mit dem Rücken nur kurz an der niedrigen Decke streifte, was allerdings schon ausreichte, um eine fast zwei Meter große Gesteinsplatte zu lösen, die den Mann mit einem lauten Krach bis zur Gänze unter sich vergrub.

Margaret schrie vor Schmerzen auf, denn ein Teil der Platte hatte auch ihr Bein eingeklemmt, was letztlich der Grund dafür gewesen war, dass sie sich umgedreht hatte und mit Schrecken feststellen musste, dass Agent Schmidt unter dem schweren Gesteinsbrocken völlig begraben worden war. Dieses grausige Szenario lenkte sie komplett von der Tatsache ab, dass sie als Querschnittsgelähmte eigentlich keine Schmerzen in ihren Beinen spüren hätte dürfen.

Gruber wich entsetzt zurück und wusste im ersten Moment gar nicht, wie er nun reagieren sollte.

Ohne ein Wort zu verlieren, war allen sofort klar, dass für Schmidt jede Hilfe zu spät kam. Blut floss unter der Platte hervor und benetzte den staubigen Boden.

„Weiter!", schrie Müller den beiden Überlebenden zu und zerrte an Margarets Handgelenk, doch er brachte sie kein Stück voran.

„Halt!", jammerte sie darauf, da sich durch das starke Ziehen des Mannes die Schmerzen in ihrem Bein nur noch mehr verstärkten. „Ich bin eingeklemmt."

Agent Gruber, der nun endlich wieder etwas klarer denken konnte, den Blick auf den todbringenden Gesteinsbrocken jedoch um jeden Preis mied, stemmte sich mit seinem eigenen Körper dagegen und schaffte es, diese zumindest so weit anzuheben, dass er Margarets Bein darunter rausziehen konnte.

Nun zögerte keiner mehr von ihnen. Noch immer unter Schock stehend, aber von entsetzlicher Panik getrieben schafften sie es, Margaret endlich auf die andere Seite rüber zuziehen, sodass ihnen auch Agent Gruber gleich darauf folgen konnte.

Hätten sie nur eine einzige Sekunde länger gebraucht, dann wäre an dieser Stelle wahrscheinlich noch jemand von ihnen, wenn nicht sogar zwei, begraben worden, denn in der Sekunde als Gruber durch das schmale Loch gekrochen kam, stürzte hinter ihm der Rest der Decke in dem tiefen Tunnel ein, sodass ihnen der Rückweg nun definitiv versperrt war.

Wie in Trance kauerte Agent Gruber vor dem verschüttenden Ende und konnte sich nur ungefähr ausrechnen, wo sein Kollege nun begraben lag.

Margaret hockte sich ächzend aufrecht hin und betrachtete mit zitternden Händen ihr Bein, wo an ihrem Schienbein ein breiter Riss in ihrer schwarzen Hose war und darunter eine stark blutende Wunde zum Vorschein kam. Und erst als sie den vermeintlichen Kratzer abtastete, um sich ein genaueres Bild vom Grad der Verletzung zu machen, bemerkte sie, dass sie dabei ungewohnt Schmerzen verspürte.

*Wieso tut das so weh?*

*Ich bin doch gelähmt und sollte keine Schmerzen spüren können.*

*Aber das fühlt sich schrecklich an.*

*Wieso?*

„Wir können nicht hierbleiben", sagte Müller, nachdem er sich kurz ausgeruht hatte und schon wieder aufgesprungen war, um sofort weiterzumarschieren.

„Mein Bein", brachte Margaret schwach heraus. Der Schmerz raubte ihr jegliche noch verbliebene Kraft.

„Dafür haben wir jetzt keine Zeit", forderte Müller gehetzt. „Die Decke könnte hier ebenfalls gleich einstürzen."

„Nein, Sie verstehen nicht", rief Margaret als würde sie einem ungeduldigen Kleinkind eine komplizierte Rechenaufgabe erklären müssen. „Ich kann es spüren. Ich spüre den Schmerz."

„Das ist doch ganz norm-", begann Müller und verstummte dann augenblicklich. „Aber wie...?", fragte er durcheinander und kniete sich neben sie hin, um die Wunde an ihrem Bein zu begutachten. „Wie geht das? Sie dürften das nicht fühlen können."

„Ich weiß", entgegnete Margaret. „Genau das beunruhigt mich ja auch."

Ein tiefes Beben erfüllte den Raum, indem sie sich befanden, und brachte den Boden in eine unruhige Bewegung.

„Darüber müssen wir uns später Gedanken machen", meinte Müller, zog Margaret mit nur einem einzigen kräftigen Ruck an seiner Seite hoch und trug sie weiter.

Agent Gruber stand nur schwerfällig auf, wobei er unentwegt zurückschaute als würde er hoffen, dass sein Kollege durch die schweren Trümmer zu ihnen durchkriechen würde und vollkommen unversehrt sei. Aber natürlich wusste er, dass dies nicht passieren würde.

Ganz verschwommen blickte Jack Ryder an die Wand vor sich, wo sich eine Uhr befand.

Er musste mit Mühe seine Augen zusammenkneifen, um erkennen zu können, dass es kurz nach 07:30 Uhr morgens war. Mit einem unsicheren Gefühl in der Magengegend schaute er sich in dem Krankenzimmer, in dem außer ihm sonst niemand mehr war, um.

Obwohl man ihm ein Schlafmittel gegeben hatte, war er dennoch hellwach, so als würde ihn sein Instinkt vor etwas warnen wollen und ihn somit nicht einschlafen lassen.

Ohne zu wissen, wovor er sich eigentlich fürchtete, zog sich der verletzte Mann am Geländer des Bettes hoch und setzte sich angestrengt aufrecht hin, wobei er sich nicht ganz strecken konnte, da es ihm sonst die Luft abschnürte. Dann, mit einem betroffenen Blick an sich hinabschauend, entfernte er die vielen Schläuche und Kabel, die an seinem Körper befestigt waren, was dazu führte, dass die elektrischen Geräte hinter ihm ein lautes Alarmsignal erzeugten und dröhnend piepsten.

Das kümmerte den Geheimagenten jedoch kein bisschen. Er hatte andere Sorgen.

Der Mann war sich nun noch viel sicherer, dass gerade etwas Schlimmes geschehen würde, was er natürlich um jeden Preis verhindern musste.

Er stand auf und versuchte auf den Stuhl in der Ecke zuzugehen, wo man seine zerfetzte Kleidung und seine Habseligkeiten abgelegt hatte. Doch er kam kaum zwei Schritte, ehe er das Gleichgewicht verlor und zu Boden stürzte.

Vor Qualen schreiend machte er sich anfangs ganz klein um den lähmenden pochenden Schmerz, der seinen Körper umhüllte, zu minimieren.

Mit Entsetzen musste er feststellen, dass er schon einmal in exakt derselben Position gelegen hatte, nämlich im alten Kanal unter dem Züricher Flughafen vor über vier Jahren.

Dieser Schock gab ihm neue Kraft und er schaffte es, sich leicht gekrümmt wieder auf die Beine zu stellen und zu dem Stuhl zu humpeln.

Als er dann endlich seine Sachen erreicht hatte, stürmten zwei Krankenschwestern voller Panik in das Zimmer, die wie angewurzelt stehenblieben als sie ein völlig leeres Bett vorfanden. Erst als Ryder gequält stöhnte während er nach seiner Pistole suchte, entdeckten sie ihn.

„Mr. Ryder", rief eine von den beiden Frauen und kam mit der anderen auf ihn zu. „Was machen Sie denn da? Sie müssen sich sofort wieder hinlegen."

Beinahe euphorisch zog der Agent seine Dienstwaffe aus dem Halfter unter seinen ganzen Habseligkeiten hervor. Er war so erfreut darüber, sie endlich wieder in den Händen zu halten, dass er die Schwestern gar nicht wahrnahm.

Die Frauen wichen beim Anblick der Pistole schreiend zurück und klammerten sich ängstlich aneinander.

Ohne sich um die beiden zu kümmern, stapfte Jack Ryder schwerfällig nach draußen in den Flur hinaus.

„Wo finde ich Mycroft Holmes?", rief er einem jungen Arzt zu, der gerade an ihm vorbeigelaufen kam.

Zitternd deutete der Mann auf die Treppe zu. „Im oberen Stockwerk auf der Intensivstation. Erste Tür links", antwortete er und ergriff so schnell wie möglich die Flucht.

Auch alle anderen Angestellten, sowie die meisten Patienten im Krankenhaus reagierten völlig aufgelöst und rannten kreischend vor dem bewaffneten Mann, der einem wandelnden Toten glich, davon.

Das alles blendete Ryder jedoch komplett aus und konzentrierte sich nur auf eine einzige Sache: Mycroft Holmes unter allen Umständen zu schützen. Dies war oberste Priorität für ihn und alles andere war ihm in diesem Augenblick strikt und einfach egal.

Nur gemächlich kam er in das obere Stockwerk, wobei er sich mit beiden Händen am Treppengeländer hochziehen musste, um überhaupt ein bisschen voranzukommen.

„Schneller", ermahnte er sich selbst, atmete tief durch, um jeglichen Schmerz aus seinem Körper zu verbannen, und schleppte sich weiter hinauf.

Als er schließlich oben angekommen war, konnte er die Intensivstation schon von der Treppe aus sehen, was ihn zumindest ein wenig erleichterte. Dennoch verlangsamte er seinen Schritt nicht und trottete weiterhin mühevoll auf sein Ziel zu.

Mit den Händen tastete er sich an der Wand entlang, wobei ihm nicht auffiel, dass er dadurch eine blutige Spur hinterließ, die sich von der Treppe herauf bis zu ihm zog und ein schreckliches Bild wie in einem schlechten Horrorfilm erzeugte.

Vor dem Zimmer, worin er seinen Boss liegen sah, blieb er dann keuchend stehen und rang gequält nach Luft. Dann schaute er durch das große Glasfenster hinein und erblickte einen Arzt, der sich gerade über den bewusstlosen Patienten beugte.

Zuerst dachte er sich nichts dabei, denn es wirkte alles völlig normal und der Agent kam sich auf einmal richtig dumm vor, nachdem ihm klar geworden war, was er gerade getan hatte, doch dann versteifte er blitzartig.

Der Mann bei seinem Boss war definitiv kein Arzt, denn er kannte ihn gut.

Ryder hüpfte in Panik in den Raum hinein und richtete die geladene Pistole auf den Mann.

„Finger weg von ihm!", befahl der Agent drohend.

Sofort zuckte der Arzt zurück und hob seine Hände in die Höhe. Als er Jack Ryder erblickte, der elendig zugerichtet vor ihm stand, begann er lauthals zu lachen.

„Sie sind wirklich ein ausgesprochen loyaler Schoßhund", sagte der Mann und zog die falsche Perücke von seinem Kopf herunter, sodass das dunkle Haar von David Moran zum Vorschein kam. Dann zog er mit der anderen Hand eine Waffe unter seinem weißen Arztkittel hervor, die er auf Ryder richtete. „Eigentlich wollte ich Sie gar nicht töten, aber Sie lassen mir einfach keine andere Wahl. Ich hoffe, Sie verstehen das."

Jack Ryder zögerte keine Sekunde und drückte ab, sodass Moran vollkommen überrumpelt an der Schulter getroffen wurde und nach hinten auf das offene Fenster zu taumelte.

„Stehen bleiben!", befahl der Geheimagent ihm mit drohender Stimme und stapfte langsam näher.

David Moran dachte jedoch nicht daran, das zu tun. Er näherte sich mit einem schmerzverzerrten Grinsen dem Fenster hinter sich und ließ sich einfach nach hinten runterstürzen.

Als Ryder am Fenster angekommen war und suchend nach draußen schaute, sah er außer den wenigen Bäumen und Sträuchern, die nicht weit von dem Gebäude entfernt standen, nichts und niemanden.

„Verdammt", rutschte es ihm raus als er sich wieder umdrehte und auf das Bett zuging, in dem sein Boss regungslos drinnen lag.

Dort drückte er mit letzter Kraft den Alarmknopf, ehe er an der Seite des Bettes zusammenklappte und das Bewusstsein verlor noch bevor sein Kopf mit voller Wucht auf dem harten Boden aufprallte.

Sherlock Holmes und Dr. Watson rannten das Gate entlang. Im Lautsprecher hörten sie bereits die Durchsage, dass dies der letzte Aufruf für den Flug nach Bern wäre und, dass man auf alle Passagiere, die auch jetzt noch nicht am Gate angekommen seien, nicht mehr länger warten könne, da man sonst Verzögerungen verursachen würde.

Im allerletzten Moment schafften sie es aber dann doch noch rechtzeitig und nahmen schwer atmend, als hätten sie gerade einen anstrengenden Marathon absolviert, auf ihren Sitzplätzen in der Economy-Klasse in der vorletzten Reihe Platz.

Zu ihrem Pech jedoch saßen die beiden Männer nicht nebeneinander. Zwischen ihnen hockte ein etwas beleibter älterer Herr, der es sich mit einem durchschnittlichen Liebesroman im Mittelsitz gemütlich gemacht hatte.

„Was willst du denn in der Schweiz überhaupt tun?", fragte John, nachdem er sich angeschnallt hatte und sich dabei vorbeugte, um Sherlock überhaupt sehen zu können. „Du weißt doch gar nicht wo Margaret ist?"

„Sie will ich doch auch nicht finden", meinte der Detektiv und lehnte sich ebenfalls etwas nach vorne. „Margaret kommt mit Sicherheit ganz gut alleine zurecht."

„Du willst zu ihr, richtig? Zu Annabelle?", stellte John mit Erschrecken fest.

Der fremde Mann zwischen den Beiden räusperte sich genervt, sagte aber sonst nichts darauf und versuchte weiterhin, sein Buch zu lesen.

„Ja", antwortete Sherlock dann mit gedämpfter Stimme.

„Würde es etwas an deiner Entscheidung ändern, wenn ich dir sage, dass ich ein ausgesprochen schlechtes Gefühl bei der Sache habe?"

„Nicht im Geringsten. Ich kann Margaret nicht helfen, egal was ich auch tue. Aber ich kann zumindest verhindern, dass Annabelle noch Schlimmeres anstellt."

„Meine Herren", sprach der Mann zwischen ihnen nun leicht gereizt und ließ das Buch auf seinen Schoß sinken. „Ich bitte Sie, seien Sie still. Ihr Verhalten ist ausgesprochen unhöflich."

„Bitte entschuldigen Sie vielmals", begann Sherlock und musterte den Fremden von oben bis unten, „aber auch, wenn Sie dieses Buch zu Ende lesen, werden Sie alles andere als ein besserer Liebhaber sein. Schließlich sind Liebesromane keine Beziehungsratgeber, was Sie ohnehin nicht brauchen, da Sie sich nicht in einer Beziehung befinden. Außerdem lesen vermehrt nur Frauen solche Bücher, was Sie ebenso in keinem guten Licht dastehen lässt. Ich rate Ihnen also, dass Sie diese Lektüre in den nächsten Mülleimer werfen und aufhören, in Ihrer Fantasiewelt zu leben und endlich in die Realität zurückkehren. Das ist die einzige Möglichkeit, um doch noch eine Frau zu bekommen, bevor Sie den Löffel abgeben."

„Jetzt hören Sie mal, Sie Schlauberger", rief der Mann fahrig und wollte ihm gehörig den Marsch blasen.

„Oh, verzeihen Sie", fuhr ihm Sherlock schnell ins Wort. „Sie können damit natürlich auch Männer kennenlernen, wenn Ihnen das eher zusagt."

„Was zur...? Ich bin nicht schwul", keifte der Fremde aufgebracht. „Das ist ja unerhört." Er richtete sich auf. „Stewardess!", schrie er nach vorne.

John konnte das Geschehen nicht einfach so an sich vorübergehen lassen. Sein ach so cleverer Kollege war schon immer ein Naturtalent darin gewesen, andere Leute auf die Palme zu bringen, was den jungen Doktor oftmals zur Verzweiflung getrieben hatte, denn letzten Endes war es dann immer er gewesen, der danach den Schlammassel hatte bereinigen müssen.

„Sir", sagte er und legte seine Hand auf die Schulter des wütenden Passagiers, „bitte entschuldigen Sie das Verhalten dieses Mannes. Sie müssen wissen, dass er unter schrecklicher Flugangst leidet, die sehr oft zu einer unkontrollierbaren Paranoia heranwachsen kann. Nehmen Sie seine Worte bitte nicht ernst. Er weiß gar nicht, was er da überhaupt von sich gibt. Wüsste er es nämlich doch, würde er sich zutiefst für sein abscheuliches Verhalten schämen." John räusperte sich und musste von Sherlock wegschauen, der ihn leicht cholerisch anstarrte. „Bitte, nehmen Sie doch meinen Sitzplatz am Fenster. Dann können Sie die Aussicht genießen und ich und mein Patient können in Ruhe miteinander sprechen, um seine Flugangst damit auf die bestmöglichste Art unter Kontrolle zu halten."

Eine schlanke Blondine in denselben marineblauen und roten Farben der British Airways kam zu ihnen in die vorletzte Reihe und sah den beleibten Mann besorgt an.

„Ist alles in Ordnung, Sir?", fragte sie ihn mitfühlend.

„Oh." Er schluckte verlegen. „Ja. Verzeihen Sie, ich… Es war nur ein Missverständnis."

„Eigentlich ist es so," übernahm John flink, „dass mir dieser sehr charmante Herr gerade erzählt hat, Sie haben die schönsten grünen Augen, die er je zuvor gesehen hat. Das wollte er mir nur beweisen, damit ich es ihm auch wirklich glaube."

„Oh, wie süß", brachte die Stewardess lächelnd heraus und wurde leicht rot im Gesicht. „Auf meine Augen hat bisher noch niemand geachtet. Am meisten höre ich immer nur, dass ich ein Hammergestell habe, was mir überhaupt nicht gefällt. Wie schön, dass es zumindest noch ein paar wenige echte Männer gibt." Daraufhin zog sie ein kleines Stück Papier aus einer ihrer Jackentaschen hervor, welches vermutlich eine alte Rechnung war und notierte darauf ein paar Zahlen und einen Namen mit dem Stift, den sie in der Kragentasche hängen hatte. Dann reichte sie das Papier dem Mann in der Mitte und sagte zu ihm: „Rufen Sie mich an, wenn wir gelandet sind."

„Céline", rief eine ihrer Kolleginnen von vorne zu ihr zurück. „Es geht los."

„Tut mir leid", sagte sie. „Ich muss jetzt die Sicherheitseinführungen machen." Ruckartig drehte sie sich um, wobei sie noch einmal liebevoll lächelnd zurückschaute und dann zu den anderen nach vorne eilte.

Der Mann starrte grinsend auf das Papier, als hätte er gerade im Lotto gewonnen.

„Wollen Sie den Platz noch?", fragte John dann und deutete Sherlock mit fuchtelnden mit Handbewegungen an, er solle aufstehen.

Nachdem der Fremde bis zum Fenster hineingerutscht war und sich auch die beiden anderen Passagiere wieder hingesetzt hatten, sagte er ganz konsterniert: „Das… Das war unglaublich."

„Danke", meinte Sherlock grinsend, der am Gang draußen saß und siegessicher nach vorne blickte.

John rempelte ihn unangenehm an. „Sei einfach still!",
befahl er ihm streng.

„Vielen Dank", sprach der beleibte Mann im siebten
Himmel schwebend.

„Schon gut", entgegnete John darauf und zeigte dann auf
das Buch in den Händen des Mannes. „Jetzt können Sie
ungestört lesen."

„Naja." Der Mann legte das Buch beiseite und schaute aus
dem Fenster raus, wobei er das Stück Papier mit der
Telefonnummer und dem Namen der Stewardess festhielt.
„Ihr irrer Freund hat vielleicht gar nicht mal so unrecht."

„Dankeschön", rutsche es dem Detektiv heraus.

Ein kräftiger Schlag gegen seine linke Seite war Johns
Antwort darauf, gefolgt von einem wütenden „Halt deinen
Mund!"

## DAS GRAB

Obwohl sie gehofft hatten, die tiefste Stelle des Kanals bereits hinter sich gelassen zu haben, verlief der Pfad vor ihnen weiterhin abwärts und führte immer tiefer hinunter. Mit jedem Schritt wurde die Luft dicker und wärmer.

Die zwei Männer, die Margaret nun an beiden Seiten unter den Armen neben sich in der Mitte voranschleppten, schwitzten stark und kamen immer langsamer voran.

„Ich kann nicht mehr", keuchte Gruber und brach wenige Schritte danach zusammen, sodass auch Margaret und Agent Müller zu Boden stürzten.

„Wir haben es bald geschafft", sprach Müller schwach und deutete nach vorne. „Ich kann das Fließen des Wassers schon hören. Wenn wir erstmal die Glatt erreicht haben, sind wir so gut wie draußen."

„Ich brauche eine Pause", jammerte Gruber.

*Ich bin zu schwer.*

*Ich bin ihnen eine zu große Last.*

*Ohne mich sind sie viel schneller dran.*

Margaret wurde das Herz schwer. Sie wollte nicht in den schrecklichen Tunneln zurückbleiben, aber ihr war klar, dass dies vermutlich die einzige Möglichkeit war, hier lebendig rauszukommen.

179

„Lassen Sie mich zurück", sagte sie und erschrak beinahe selbst von ihrer ernsten Stimme.

„Nein", meinte Müller. „Das geht nicht. Wenn wir ohne Sie weitergehen, sind wir so gut wie erledigt."

„Das ist mir egal", entgegnete die junge Frau. „Ich will nicht dafür verantwortlich sein, dass Sie hier drinnen mit mir sterben. Los, gehen Sie weiter!"

„Sie wissen, dass wir das nicht tun können."

„Unser einziger Auftrag besteht darin, Sie zu beschützen", sagte Gruber.

„Wollen Sie, dass noch einer von Ihnen auf eine so grausame Art und Weise wie Ihr Kollege Schmidt stirbt?", fragte Margaret nun erzürnt. „Wenn es nicht mehr sehr weit bis nach draußen ist, dann können Sie doch zumindest Hilfe holen. Ich werde in der Zwischenzeit versuchen, selbst ein wenig voranzukommen. Hier scheint die Decke recht stabil zu sein. Sagen Sie Ihrem Kommandanten einfach, dass ich es so wollte. Wenn er seinen Auftraggeber kennt, dann weiß er auch, wie ich wirklich bin. Er wird Ihnen schon glauben, dass Sie keine andere Wahl hatten." Sie seufzte verzweifelt. „Ich bitte Sie, retten Sie sich selbst, solange Sie noch können."

Mit einem unguten Gefühl standen die beiden Männer dann auf. Müller überreichte Margaret seine Taschenlampe.

„Bitte seien Sie vorsichtig, Miss Trevor. Auch, wenn es hier sicherer aussehen mag, dürfen Sie sich nicht täuschen lassen. Es lauern auch hier draußen noch jede Menge Gefahren", sagte der Mann. Es war ihm deutlich anzusehen, dass er sie nicht zurücklassen wollte, ihm aber gleichzeitig bewusst war, dass es keine bessere Lösung gab.

„Wir werden Hilfe holen", meinte Gruber. „Bleiben Sie einfach hier und bewegen Sie sich nicht."

„Beeilen Sie sich", bat Margaret, die nun mehr denn je bereute, diesen dummen Vorschlag gemacht zu haben.

Aber nun war es ohnehin schon zu spät, denn die beiden Agenten waren bereits verschwunden.

Nur im Halbschlaf bekam Jack Ryder mit, was um ihn herum passierte, sodass er Traum von Wirklichkeit anfangs kaum unterscheiden konnte. Doch mit der Zeit verschärften sich seine Sinne wieder und er blieb mit seinem Blick voller Entsetzen auf den Fernseher an der Wand gegenüber von ihm gerichtet ganz starr im Bett liegen.

Was er darin sehen konnte, nahm ihm auch noch den letzten Rest an Hoffnung.

Der britische Nachrichtendienst berichtete, mittlerweile sogar im 30-Minutentakt, von den Geschehnissen aus aller Welt, allen voran vom Anschlag auf ein Regierungsgebäude in London, gefolgt von der Explosion am Züricher Flughafen.

„Experten gehen von einem Zusammenhang zwischen den beiden zeitlich nah aneinander liegenden Ereignissen aus", sagte die hellblonde Sprecherin im Fernseher.

„Um das zu erkennen, muss man kein Experte sein", dachte der verletzte Mann gereizt und richtete sich ächzend auf, wobei er seinen Blick kurz durch den Raum schweifen ließ, da ihn das Gefühl gepackt hatte, dass er nicht alleine war.

Und sein Instinkt hatte ihn nicht betrogen; so wie auch sonst nie. An der Seite, nicht weit von seinem Bett entfernt, saß Detective Inspector Lestrade auf einem Stuhl, der mit dem Rücken zur Wand stand um somit gleichzeitig die Tür und den Patienten beobachten zu können. Allerdings war er gerade in eine Zeitung vertieft, die er krumm im Sessel kauernd und mit übereinandergeschlagenen Beinen las und anfangs gar nicht wahrnahm, dass der Mann neben ihm aufgewacht war.

Erst als Ryder wegen eines unangenehm trockenen Halses husten musste, sah der Detective schließlich zu ihm hoch und richtete sich daraufhin sofort auf, wobei er die Zeitschrift zusammenfaltete und beiseitelegte.

„Sie haben eine ganze Menge zu erklären", sagte Lestrade zu ihm, stand auf und ging näher auf den Patienten zu.

„Haben Sie ihn geschnappt? Moran? Bitte sagen Sie, dass Sie es haben."

Lestrade schüttelte niedergeschlagen den Kopf. „Er ist spurlos verschwunden. Woher wussten Sie, dass er hier ist?"

„Das wusste ich nicht", antwortete Ryder. „Nennen wir es einfach Instinkt. Jeder Mensch besitzt so etwas. Hat mir in manchen brenzligen Situationen bereits das Leben gerettet."

„Nur leider hat es Ihnen dieses Mal nicht wirklich viel gebracht", entgegnete der Inspector mit einem düsteren Blick.

Ryder hockte sich unruhig so weit wie er konnte auf. „Was hat er meinem Boss gespritzt? Geht es ihm gut?"

„Sein Zustand ist immer noch kritisch. Zwar konnten die Ärzte dafür sorgen, dass das Gift nicht in seinen Blutkreislauf gelangt, doch hat das verdammte Zeug die Sache um einiges verschlechtert. Sie mussten ihn in ein künstliches Koma versetzen, um weitere, schwerwiegende Schädigungen zu vermeiden. Noch ist nicht mal sicher, ob er überhaupt wieder aufwachen wird."

Der britische Agent starrte Lestrade angespannt an. „Gibt es wenigstens Neuigkeiten aus der Schweiz?"

„Die gibt es, aber sie sind nicht wirklich besser als das", meinte der Inspector. „Ich habe mit Kommandant Haberle Kontakt aufgenommen. Dieser hat mir berichtet, dass die Männer, die Margaret Trevor beschützen sollten, vermutlich versucht haben, über diese alten Tunnel zu entkommen. Allerdings ist bereits vor der Detonation der Kontakt zu ihnen abgebrochen und keiner weiß, ob sie überhaupt noch leben oder nicht. Haberle wird sich wieder melden, sobald er mehr weiß."

Blass vor Schock wandte Ryder seinen Blick von ihm ab und schaute auf den Boden. „Dann ist es also wahr", sprach er laut denkend. „Der Kanal ist ihr Todesurteil."

„Sie waren selbst dort unten? Richtig?", fragte Lestrade. „Was ist damals passiert?"

„Ich habe in meiner langjährigen Tätigkeit beim britischen Geheimdienst die schlimmsten Dinge erlebt, doch daran, was mir dort unten widerfahren ist, kommt nichts davon ran; nicht mal annähernd. Das beklemmende Gefühl, die enormen Tonnen an Gewicht eines gigantischen Flughafens nur wenige Meter über sich zu wissen und direkt darunter eingesperrt zu sein, in völliger Finsternis, ohne jegliche Hoffnung, vollkommen allein, kommt wohl dem Sterben nahe. Ich dachte nicht, dass ich dort je wieder lebend rauskommen würde. Lebendig begraben zu werden ist eines der schrecklichsten Dinge, die einem passieren können, denn man ist dort gefangen und kann rein gar nichts tun, außer warten; warten, dass man qualvoll erstickt, weil einem irgendwann die Luft ausgeht, oder, dass man letzten Endes von der Decke zerquetscht wird. Dort unten war die Hölle auf Erden. Die Chance, dass auch nur ein einziger da jemals wieder heil rauskommt, ist verschwindend gering. Sollte Margaret es aber doch schaffen – und das hoffe ich wirklich sehr – dann wird sie dies auf eine entsetzlich quälende Art prägen. Sie wird nie wieder sie selbst sein."

Der Boden bebte unruhig – manchmal nah, manchmal fern. Seit mehr als zwei Stunden saß Margaret an ein und derselben Stelle und wartete mit rasant schrumpfender Hoffnung, dass endlich Hilfe eintreffen würde.

Doch niemand kam.

*Sie haben mich wohl nicht vergessen?*

*Oder doch?*

*Blödsinn!*

*Es muss etwas passiert sein.*

*Oder aber sie sind gerade erst rausgekommen und eben noch nicht zurückgekehrt.*

*Verdammt!*

*Ich werde verrückt, wenn ich noch länger warten muss.*

*Wie zum Teufel konnte es Jack Ryder bloß ganze drei Tage hier drinnen aushalten, wenn ich nicht mal drei lächerliche Stunden schaffe?*

*Er hatte keine andere Wahl.*

*Ich aber schon.*

*Ich bin hier nicht eingesperrt.*

„Dummkopf", ermahnte sie sich selbst. „Du kannst nicht gehen, schon vergessen? Also bist du doch eingesperrt." Sie schüttelte vehement den Kopf. „Nein!"

Mit dem Blick auf die Wunde an ihrem Bein gerichtet, die immer noch schmerzte, versuchte sie, sich selbst davon zu überzeugen, dass sie es auch alleine aus dieser Höhle rausschaffen könnte, wenn sie sich nur stark genug anstrengen würde.

„Komm schon!", befahl sie und starrte auf ihre Füße, die sich, ganz egal wie sehr sie sich auch konzentrierte, keinen einzigen Millimeter vom Fleck rührten. „Wo Schmerz ist, ist auch Hoffnung – Hoffnung und Leben", redete sie sich mühselig ein. „Also, bewegt euch verdammt noch mal!", schrie sie nun mit Tränen in den Augen.

Doch es half alles nicht. Kein Flehen, kein Beten und schon gar kein Fluchen bewegte ihre Beine.

„Dann eben nicht", murmelte sie wütend auf sich selbst und legte sich halb auf den Boden hin, wobei sie sich mit den Armen über den Boden entlang zog, sodass der Rest ihres Körpers im Schmutz streifte und ihre reglosen Füße wie lose Hundeleinen hinterhergeschleift wurden. Dass es eine anstrengende Folter war, die sie noch dazu nur äußert langsam voranbrachte, war ihr in diesem Moment vollkommen egal. Sie wollte einfach nur noch da raus.

Hinter sich hörte sie erneut das dumpfe Brummen von bröckelnden Gesteinsbrocken, die mit einem ohrenbetäubenden Krach herniederstürzten und teilweise eine so heftige Staubwolke aufwirbelten, dass sie bis zu Margaret nach vorne durchdrang und ihr die Sicht und auch die Luft zum Atmen nahm. Mit beiden Händen schützte sie ihren Kopf, legte sich ganz flach hin und hielt mit fest zusammengekniffenen Augen und dem Gesicht in die Erde gedrückt die Luft an, bis sich der dicke Staub wieder verflüchtigt hatte und sie mit Mühe weiterrobben konnte.

Nach einer schier unendlich erscheinenden Qual, die sie in einem fast barbarisch langsamen Schneckentempo voranbrachte, kam sie schließlich auf eine schmale Stelle zu, die bis zur Hälfte bereits eingestürzt war.

Ein frischer Lufthauch durchzog den Tunnel und erfüllte die erschöpfte Frau mit neuer Hoffnung.

*Freiheit!*

Das Gefühl, welches sie nun spürte, war so stark, dass sie all ihre Schmerzen vergaß und mit frischer Energie weiterkroch. Nach einer Weile konnte sie das Plätschern von Wasser hören, das gegen die Felsen schlug und sich einen unaufhaltsamen Weg durch das Geröll hindurch bahnte.

Hinter der nächsten Biegung jedoch verbarg sich ein immens großer Haufen Gestein, der den gesamten Tunnel vor ihr einnahm und bis oben hin verstopfte.

*Verdammt.*

*Ich bin hier eingesperrt.*

Doch immer noch konnte sie das Rauschen eines Baches hören; nun sogar noch sehr viel deutlicher als zuvor.

Sie schleppte sich bis an die eingestürzte Mauer heran und schaute sich hoffnungsvoll um. Mit der winzigen Taschenlampe in ihrer Hand sah sie aber immer nur einen kleinen Teil des ganzen verschütteten Kanals. Ganz weit rechts erblickte sie jedoch ein kleines Rinnsal, das zum Teil unterirdisch an den Felsen vorbeifloss. Dessen Durchmesser war nicht viel größer als ein halber Meter und hinter dem Loch im Geröll füllte sich ein tiefes Becken mit dem durchfließenden Wasser.

„Der Tunnel hier muss erst vor Kurzem eingestürzt sein", vermutete sie beinahe zuversichtlich.

Ohne zu zögern stürzte sie sich so behutsam wie möglich in den schmalen Flusslauf und war bereits nach wenigen Sekunden völlig durchnässt. Die Kälte des Wassers erschwerte ihr das ohnehin schon mühsame Vorankommen noch mehr, denn es hatte dieselbe Wirkung als würde sie in einer Gefriertruhe weit unter Null Grad liegen, wobei sich ihr Körper allmählich versteifte.

Als sie auf die schmale Öffnung vor sich zukroch, stieg eine beklemmende Angst in ihr hoch, als wäre ihr etwas Ähnliches bereits einmal widerfahren.

'*Das ist viel zu gefährlich*', hörte sie plötzlich ein kleines Mädchen rufen als würde es sich direkt vor ihr befinden.

Margaret schloss daraufhin ihre Augen und blieb wie angewurzelt reglos liegen.

'*Ihr seid solche Angsthasen, alle Beide*', entgegnete ein anderes Mädchen, welches Margaret nun sehen könnte. Es hatte dunkelbraunes, fast schwarzes Haar, das hinter ihrem Rücken zu einem langen Zopf geflochten war, der dem Kind beinahe bis zu den Kniekehlen hinunterreichte.

*Annabelle.*

'*Jetzt kommt endlich!*', sagte das Mädchen. '*Was soll denn schon passieren?*'

'Naja, wir könnten bei lebendigem Leibe begraben werden', entgegnete nun ein Junge mit rot gelocktem Haar, der ihr gegenüberstand.

Victor.

Margaret blieb vor Schmerz die Luft weg. Sie konnte ihn und auch die beiden anderen Mädchen ganz deutlich vor sich sehen als würden sie gerade wirklich vor ihr stehen. Diese Erinnerung hatte sie schon vor sehr, sehr langer Zeit vergessen – und das auch aus gutem Grund.

'Ihr seid so langweilig', jammerte die kleine Annabelle enttäuscht. 'Dann frage ich eben Mikey, ob er mit mir in der Hütte spielen will.'

'Tu das. Aber wenn du ihn weiterhin Mikey nennst, wird er dich nicht mal ansehen wollen', konterte das Mädchen an Victors Seite. Das war definitiv Margaret selbst.

'Ach, ich vergaß. Du weißt ja immer alles besser', meinte Annabelle verletzt und stapfte davon. 'Ich will doch einfach nur spielen. Ist das denn zu viel verlangt?'

'Ja, wenn du andere damit in Gefahr bringst', antwortete Victor ihr und brachte das Mädchen damit abrupt zum Stehenbleiben.

'Das ist doch nur eine blöde alte Hütte', rief Annabelle aufgebracht. 'Wir tun doch nichts Verbotenes dabei, schließlich gehört sie doch Mycrofts und Sherlocks Eltern.'

'Und sie haben gesagt, wir dürfen da auf keinen Fall reingehen', meinte Victor protestierend.

'Das war doch nicht ernst gemeint', lachte Annabelle. 'Ich wette, die haben da ihr ganzes Geld und ihre sonstigen Reichtümer versteckt.'

188

'Du bist so doof', sagte die kleine Margaret darauf. 'Wer versteckt denn so wichtige Dinge in einer alten baufälligen Hütte, die man nicht mal richtig absperren kann? Da könnten sie das ganze Zeug auch gleich auf die Straße schmeißen und es würde überhaupt keinen Unterschied machen.'

'Oh, kleine dumme Maggie', begann Annabelle grinsend, 'du hast keine Ahnung, wie blöd die Erwachsenen manchmal sein können. Meistens übersehen sie sogar das, was direkt vor ihren Augen liegt. Nicht ohne Grund beschwert sich meine Mutter, dass Mr. Holmes sein ganzes Geld einfach so zum Fenster rauswirft. Welcher normale Mensch tut denn so etwas?' Sie seufzte daraufhin. 'Die Wahrheit ist etwas, wovon ich mich so bald wie möglich befreie.'

„Oscar Wilde", dachte Margaret, die endlich wieder im Hier und Jetzt zurück war, und riss dabei ihre Augen weit auf. „Sie hat Oscar Wilde zitiert; und das als kleines Kind, obwohl sie den bildlich gemeinten Spruch ihrer Mutter falsch verstanden hatte."

Kurz bevor ihr die Luft unter dem fließenden Wasser komplett auszugehen drohte, zerrte sie ihren zierlichen Körper durch die winzige Öffnung vor sich hindurch, wobei sie bereits nach wenigen Zentimetern vornüber in den aufgestauten See stürzte, der beträchtlich tiefer war als sie es von der anderen Seite vermutet hatte.

Ohne dass sie sich selbst helfen konnte, sank sie bis ganz nach unten auf den Grund, wo sie in schrecklicher Panik mit den Händen herumfuchtelte und versuchte, mit der viel zu schwachen Taschenlampe einen Fluchtweg nach oben zu finden. Doch mit ihrem unbeabsichtigten Sturz lösten sich bereits zuvor heruntergefallene und in der Mauer verkeilte

Felsbrocken wieder und stürzten ins Wasser, wo sie dann in die Tiefe sanken und die meisten davon zum Glück weit genug von Margaret entfernt landeten.

Ein etwas größerer, länglicher Gesteinsbrocken klemmte jedoch ihr bisher noch unverletztes Bein unter sich ein, sodass sie festsaß. Mit beiden Händen drückte sie dagegen um sich zu befreien, aber es gelang ihr nicht.

Sie leuchtete mit der Taschenlampe den Grund des Sees ab, in der Hoffnung etwas zu finden, was sie zwischen den Stein und ihren Fuß spreizen konnte. Erneut fielen ein paar Felsen herab und sanken nach unten, wobei sie einen größeren Haufen an der Seite auflösten und Margaret nun sehen konnte, was sich darunter verbarg.

Mehrere Knochen kamen unter den Steinen zum Vorschein, die von stark zerrissener und halb verwester Kleidung zumindest annähernd in Form gehalten wurden. Der letzte sinkende Brocken legte auch noch den bereits vollkommen skelettierten Schädel, der allem Anschein nach zu den restlichen Leichenteilen gehören musste, frei, welcher sich daraufhin von seinem Leib trennte und nahe vor Margaret zum Liegen kam. Eine einst versilberte, nun leicht grün schimmernde Kette mit einem vergoldeten, mittlerweile stark vergilbten Ring daran, die er zuvor noch um den Hals getragen hatte, wurde mitsamt dem Kopf heruntergerissen und landete nahe nebenbei auf dem sandigen, teilweise steinigen Boden.

Stark unter Schock stehend starrte Margaret den Kopf an und war nicht in der Lage, sich zu bewegen oder noch klar zu denken. Erst als ihre Lunge aufgrund des fehlenden

Sauerstoffes innerlich schmerzhaft zu brennen begann, konnte sie sich von dem entsetzlichen Anblick lösen.

*Das ist er.*

*Frank Gehrer, der vermisste Drogendealer.*

*Er ist der Grund für Jack Ryders dreitägigen Horror-aufenthalt in diesem Höllengrab.*

*Der Verwesung nach zufolge muss er mindestens zwei bis drei Jahre hier unten sein, allerdings nicht unter Wasser, sonst würde von seinem Körper noch weitaus mehr übrig sein als das hier.*

*Ein sich unter Wasser befindlicher Körper verwest nur halb so schnell wie ein an der Luft liegender und noch sehr viel langsamer als ein in der Erde begrabener.*

*Demzufolge war das Wasser nicht schon immer hier und er hat sich wohl nur verlaufen.*

*Die Explosion muss den eigentlichen Fluss des Wassers blockiert und schließlich hierher umgeleitet haben.*

*Wasser ist unglaublich stark.*

*Es kann den härtesten Felsen entzweischneiden oder ganz fein zusammenschleifen, was allerdings oft mehrere Jahre oder gar Jahrzehnte dauert.*

*So viel Zeit habe ich aber nicht.*

*Ich muss hier raus!*

Das Licht der Taschenlampe begann zu flackern und ging dann komplett aus, sodass sie eine eisige ungewisse Dunkelheit umhüllte. Der letzte Rest an Sauerstoff war nun verbraucht.

Bevor sie jedoch endgültig das Bewusstsein verlor, griff sie noch nach der Kette an ihrer Seite und umklammerte diese

191

mit der letzten verbliebenen Kraft, ehe alles mit einem Mal zu Ende war.

Sie fühlte sich wie die Queen von England bei einer Privataudienz während sie auf ihrem einfachen hölzernen Sessel wie auf einem Thron saß und auf die Ankunft ihrer bereits sehnlichst erwarteten Gäste hin fieberte.

„Alles verläuft nach Plan", dachte sie schelmisch grinsend und verschränkte ihre Beine dabei übereinander. „Letztendlich laufen sie einer nach dem anderen in meine wunderschön ausgeklügelte Falle, bis sie schließlich verstehen werden, was ich in den vergangenen Jahren alles durchmachen musste."

Die doppelt verriegelte stählerne Sicherheitstür zu ihrer Einzelzelle öffnete sich langsam und drei Männer traten hintereinander herein, der Anstaltsleiter Dr. Heinrich Mohr persönlich, der clevere Dr. John Watson und Annabelles geliebt-gehasster Feind Sherlock Holmes, die wenige Schritte vor der Panzerglasscheibe stehen blieben und die Gefangene anstarrten als würden sie sie mit Röntgenstrahlen durchleuchten wollen.

„Hattest du alleine zu große Angst mich zu besuchen?", fragte Annabelle amüsiert. „Musstest du deshalb deinen kleinen Freund mitnehmen? Lernst du denn niemals aus deinen Fehlern Sherlock?" Daraufhin stand sie auf. „Alexandra Green hatte wahrlich recht – du bist schrecklich dumm. Ach." Sie seufzte theatralisch. „Ich vermisse sie wirklich sehr. Sie hätte mich zumindest verstanden. Aber sie musste sich ja unbedingt wieder erinnern", sagte Annabelle nun mit heftiger Wut in ihrer Stimme, „was alles nur noch viel schlimmer gemacht hat." Sie ging langsam auf die Glasscheibe zu. „Was für eine Schande. Sie war die einzige Freundin, die ich je hatte. Und du und dein besserwisserischer großer Bruder musstet mir sie aber wie immer wieder wegnehmen." Dabei schlug sie mit der offenen Hand einmal heftig gegen die Scheibe. „Ich wollte doch einfach nur spielen", sprach sie gebrochen und in schmerzenden Erinnerungen schwelgend.

„Das hier ist also alles nur ein Spiel für dich?", fragte Sherlock und musste seine unbändige Wut mit allergrößter Mühe zurückhalten, die er angesichts dieser Frau nur sehr schwer unter Kontrolle behalten konnte. „Mein Bruder wird die nächsten Stunden wahrscheinlich nicht überleben und Margaret sitzt irgendwo im Flughafen in Zürich fest, wobei nicht sicher ist, ob sie überhaupt noch am Leben ist, nachdem was passiert ist."

Annabelle erblasste als sie die letzten Worte des Mannes gehört hatte. „Damit habe ich nichts zu tun", verteidigte sie sich sofort. Ihre zutiefst schockierte Reaktion darauf zeigte den Männern deutlich, dass sie wohl die Wahrheit sagte, oder es zumindest überaus gut spielte. „Ich würde Margaret nie wissentlich Schaden zufügen."

„Verzeihen Sie, dass das aus dem Mund der Frau, die sie vom Dach eines Gebäudes in den Tod springen lassen wollte, alles andere als glaubwürdig klingt", meinte Dr. Watson mit einem prüfenden Stirnrunzeln. „Aber Sie sind dennoch überrascht darüber, was entweder bedeutet, Sie haben wirklich nichts davon gewusst oder aber Sie sind eine verdammt gute Schauspielerin."

Die Frau grinste um ihre Unsicherheit zu verbergen. „Ich sehe, der große Sherlock Holmes hat Ihnen bereits eine ganze Menge beigebracht, allerdings ist nicht immer alles so, wie es zu sein scheint. Sie sollten die Wahrheit niemals mit der Wahrheit verwechseln, Dr. Watson. Das könnte fatale Folgen haben."

„Genug mit diesen dummen Spielchen", mischte sich der Anstaltsleiter flink ein, der auffallend stark unter Druck stand. „Sagen Sie, wie Sie es gemacht haben!"

„Was, wenn nicht?", konterte Annabelle mit einem diabolischen Schmunzeln. „Foltern Sie mich dann wieder so wie früher, wenn ich nicht brav war? Der hochstudierte Universitätsprofessor Dr. Dr. Heinrich August Mohr ist auch nach so vielen Jahren noch immer der Ansicht, dass man mich mit einfachen menschlichen Reizen wie Schmerzen kontrollieren kann. Wo haben Sie bloß Ihren Doktortitel her? Etwa aus einem Kaugummiautomaten ausgedruckt?" Annabelle schnaubte fahrig. „Sie sind lächerlich. Ihre ganze Einrichtung ist lächerlich. Ich bräuchte nur knapp zwanzig Minuten, um hier ohne Probleme rauszukommen, wie ich es auch bereits vor einigen Jahren erfolgreich unter Beweis gestellt habe. Ein Gefängnis wie es eigentlich sein sollte, ist diese Anstalt eindeutig nicht. Sie ist wohl eher als Schutz gedacht."

„Schutz?", fragte Sherlock stutzig. „Wovor?"

„Vor der Vergangenheit", antwortete Annabelle. „*Wir alle leben vom Vergangenen und gehen am Vergangenen*

194

*zugrunde.* Wer hat das wohl gesagt?" Sie schaute fragend durch die Runde.

Ohne weiter darauf einzugehen rief Sherlock gehetzt: „Wir haben keine Zeit dafür. Wo ist Moran?"

„David Moran?", wollte die Gefangene wissen als hätte sie sich verhört. „Keine Ahnung. Woher soll ausgerechnet ich das wissen?"

„Oh, das weißt du ganz genau", sagte Sherlock mit drohender Stimme und kam näher auf die Glasscheibe zu. „Mich kannst du nicht belügen. Ich erkenne die Wahrheit."

„Ach, etwa ebenso wie damals, Shelly?", konterte sie unbeeindruckt. „Nicht nur Margaret hat es vergessen, nein, sondern auch du."

„Wovon redest du?"

„Victor", antwortete Annabelle. „Seinetwegen bin ich schließlich hier. Alle denkt ihr, dass ich es getan habe, und doch bin ich - zumindest was diese eine Sache angeht - unschuldig. Wie hätte ich ihn denn töten können? Ich mag zwar vieles sein, aber eine Mörderin bin ich nicht."

„Dazu hätte Margaret bestimmt eine ganze Menge zu sagen", mischte sich John ein.

„Sie ist aus freien Stücken dort raufgestiegen", rechtfertigte Annabelle sich verletzt.

„Ebenso wie Victor aus freien Stücken versucht hat, mich umzubringen?", fragte Sherlock von der Vergangenheit aufgewühlt. „Hör endlich damit auf!", rief er. „Wo ist David Moran?"

„Das weiß ich nicht. Wirklich. Ich sage die Wahrheit."

„Wir alle wissen, was Sie von der Wahrheit halten", meinte John und trat neben Sherlock zu ihr hervor. „Sie manipulieren die Menschen mit Ihren Worten als würden Sie sie vergiften, ohne Skrupel oder sonst was, und da denken Sie ernsthaft, wir würden Ihnen noch glauben. *Wer einmal lügt, dem glaubt man nicht, und wenn er auch die Wahrheit spricht.* Doch ich bezweifle stark, dass auch nur ein einziges Wort von Ihnen gerade der Wahrheit entsprochen hat."

*„Es hört doch jeder nur das, was er versteht.* Wir können uns gerne den ganzen Tag weiterhin mit weisen Sprüchen bewerfen", meinte Annabelle. „Das wird uns aber keineswegs weiterbringen."

„Dann sag' uns einfach, was wir wissen wollen!", befahl Sherlock genervt.

„Das kann ich nicht. Ansonsten müsste ich lügen. Ich weiß wirklich nicht, wo David Moran ist. Wir haben uns das letzte Mal vor über einem Jahr gesehen. In London. Seither hatten wir keinen Kontakt mehr. Ich schwöre, dass ich euch die Wahrheit sage", beharrte sie.

„Schwachsinn!", keifte Sherlock sie an. „Ihr beide steckt doch unter einer Decke, zusammen mit Thomas Montaigne."

Bei der Erwähnung dieses Namens zuckte Annabelle schockiert zusammen.

„Was ist mit dir? Bestürzt es dich so sehr, dass er tot ist?", fragte der junge Detektiv gefühllos. „Es war doch deine Idee oder nicht? Du hast ihn umgebracht. Wieso berührt dich das denn überhaupt? Psychopathen sind nicht in der Lage, Gefühle zu zeigen."

„Darin bist du jahrelang wohl das beste Beispiel gewesen", fuhr Annabelle ihm ins Wort. „Oh nein, warte, dein närrischer Bruder war schon immer viel besser darin, sogar heute noch."

Wutentbrannt hämmerte Sherlock mit erhobenen Fäusten gegen die Glaswand, sodass Annabelle erschrocken zurückwich.

„Sei still!", schrie er sie an. „Sei bloß still! Mycroft liegt im Sterben und das ist ganz allein deine Schuld."

Zutiefst verletzt stapfte die Gefangene weiter zurück, um den Abstand zwischen den Männern und sich zu vergrößern. „Ich wusste es nicht", brachte sie schwach heraus. Ihre Stimme war zittrig und hatte an jeglicher Stärke verloren.

„Spar dir deine verdammten Lügen!", jammerte Sherlock lauthals. „Du hast Montaigne geschickt, um ihn zu töten. Leugne es nicht!"

Sie brachte kein Wort mehr über ihre Lippen. Stattdessen sackte die Frau gequält zu Boden und begann zu weinen.

„Ich glaube das einfach nicht", sagte Sherlock zu John und Dr. Mohr. „Das ist doch nicht echt. Sie spielt das nur oder?" Beim letzten Wort klang er heillos überfordert als würde er an seinen eigenen Fähigkeiten zweifeln.

„Wenn Sie mich fragen, sehe ich das ähnlich wie Sie, Mr. Holmes", sagte der Anstaltsleiter mit Fassung. „Annabelle Sacker ist eine unberechenbare, herzlose Psychopathin. Ihr wahres Verhalten richtig einzuschätzen ist wohl auch den allerbesten Experten nicht möglich."

Sprachlos starrten die drei Männer auf die am Boden kauernde Gefangene, die ihr Gesicht in ihren Händen vergraben hatte und noch immer weinte. Es vergingen mehrere Minuten, ohne, dass auch nur ein einziger von ihnen ein Wort sagte.

Alle Drei beobachteten das Verhalten der Frau mit vollster Konzentration, um vielleicht doch noch die Wahrheit hinter der Wahrheit herausfinden zu können. Allerdings schien keiner von ihnen zu einem annehmbaren Ergebnis zu kommen.

„Goethe", sagte Dr. Watson dann nach einer Weile. „Das Zitat stammt von Goethe", erinnerte er sich.

Annabelle blickte zu ihm hoch. Mit glasigen, rot unterlaufenen Augen starrte sie ihn hoffnungsvoll an.

„Seht ihr?", fragte sie beinahe bettelnd. „Ich bin nicht euer Feind. Das war ich nie."

Sherlock jedoch wollte nicht mehr weiter darauf eingehen und verließ den Raum mit hastigen Schritten.

Völlig überrumpelt folgten John und Dr. Mohr ihm nach draußen während Annabelle ihnen leidend hinterherblickte.

„Sherlock!", rief John ihm hinterher, in der Hoffnung dieser würde dadurch endlich stehen bleiben.

„Goethe", sagte der Detektiv stattdessen und beschleunigte seinen Schritt nur noch mehr.

„Was soll das heißen?"

„Es hat mit Alexandra Green zu tun", antwortete Sherlock.

„Aber das war doch in Wahrheit Margaret. Alexandra Green hat nie wirklich existiert", rief Dr. Watson schwer atmend und blieb dann mitten im Flur neben dem Anstaltsleiter stehen.

„Falsch", entgegnete Sherlock, drehte flink um und kehrte zu den Beiden zurück. „Die echte Alexandra Green war

Margarets und Victors Großmutter. Es muss etwas mit ihr zu tun haben."

„Denkst du nicht, Annabelle spielt einfach nur mit uns?", fragte John misstrauisch.

„Möglicherweise." Der Detektiv seufzte verzweifelt und fuhr sich mit beiden Händen durchs Haar, um sich damit selbst zu beruhigen. „Ehrlich gesagt habe ich keine Ahnung mehr, was wahr ist und was nicht. Aber Fakt ist, dass jemand Mycrofts und Margarets Tod wollte. Und es gilt heraus-zufinden, wer das ist."

„Vermutlich dieser David Moran", mischte sich Dr. Mohr unwissend ein. „Oder etwa nicht?"

„Viel schlimmer", stellte Sherlock mit blassem Gesicht fest.

„Moriarty", sprach John seine Befürchtung laut aus, die er deutlich von seinem Blick lesen konnte.

## VERRATEN

Als Margaret schließlich wieder zu sich kam, fand sie sich in einem kleinen Zimmer wieder, das mit knallbunten Plüschtieren vollgestellt war. Die Wände waren in einem hellen Lila gestrichen und mit verschiedenen Blumenmustern an manchen Stellen verziert. Das kleine Bett an der Wand mit der pinken Decke und dem dazu passenden Polster gehörte definitiv einem kleinen Mädchen.

„Wo bin ich?", fragte Margaret und schaute sich verwirrt um.

Das einzige, was sie noch an das vorherige Geschehen erinnerte, war die grün-silbrige Kette mit dem goldenen Ring daran, die sie noch immer fest in ihrer Hand hielt.

„Du bist zu Hause", sagte ein Junge, der auf einmal vor ihr stand und sie lächelnd mit seinen großen hellblauen Augen anblickte.

„Victor", brachte sie gequält heraus. Sie erkannte ihn sofort. „Bin ich...?"

„...tot?", beendete der Junge ihre Frage amüsiert und schüttelte daraufhin den Kopf. „Nein, zumindest jetzt noch nicht. Aber es wird wohl nicht mehr allzu lange dauern." Das Lächeln in seinem Gesicht verschwand nun. „Also musst du schnell etwas dagegen tun."

„Und was? Ich weiß doch nicht mal, was das hier überhaupt ist?"

„Für den Anfang könntest du mal von diesem schrecklichen Ding aufstehen", sagte Victor und zeigte voller Abscheu auf den Rollstuhl, in dem Margaret die ganze Zeit saß.

Sie blickte zögernd an sich hinunter. „Aber... Ich kann nicht gehen", stammelte sie.

Victor streckte ihr daraufhin seine Hand entgegen und sah sie zuversichtlich an. „Hier drinnen schon", sagte er. „Hier drinnen kannst du alles tun, was du willst."

„Was ist das *hier drinnen*?", fragte sie skeptisch.

„Dein Kopf", antwortete der Junge. „Das alles passiert nur in deinem Kopf. Nichts davon ist real. Du siehst es, um dir selbst damit zu helfen, denn du kannst dich dadurch davor bewahren, dass du zum Beispiel in eine Schockstarre fällst und die Kontrolle über dich selbst verlierst. Das alles hier sind nur deine Gedanken, geprägt von deinen Erinnerungen. Du allein kontrollierst, was du sehen kannst. Also, komm!"

Zögernd ergriff sie seine Hand und ließ sich von dem Jungen führen. Als sie dann auf ihren eigenen Beinen stand, schien sich alles um sie herum zu drehen als würde sie das Gleichgewicht verlieren. Victor lockerte den Griff um ihre Hand jedoch nicht und zog sie aus dem Kinderzimmer raus.

Anstatt dem Flur, der sich für gewöhnlich sonst hinter einem Kinderzimmer befinden sollte, traten die Beiden in einen ganz anderen Raum als wären sie nun in einem völlig anderen Gebäude. Es war ein eintönig eingerichtetes weites Büro mit schwarzweißen Portraitgemälden von Margaret Thatcher und Winston Churchill an der ausgebleichten weißen Wand neben dem gigantischen dunkelfarbigen Aktenschrank, der penibelst ordentlich mit verschiedenen Mappen und Büchern der Größe und der Farbe nach sortiert war.

*Genauso muss Mycrofts Büro aussehen.*

An dem weiten gleichdunklen Schreibtisch, der am hinteren Ende des Raumes stand, saß ein Mann, blass und schmal, der in einen Artikel einer Zeitung, die er mit beiden Händen festhielt, vertieft war.

Erst als Victor mit Margaret an der Hand bis zum Rand des Tisches vorkam und die junge Frau nun deutlich erkennen konnte, wer der Mann wirklich war, blickte er zu ihnen hoch.

„Mycroft?", fragte sie verwirrt.

Er legte die Zeitung beiseite und schaute sie vorwurfsvoll an. „Na endlich." Dabei lehnte er sich in seinem schwarzen Ledersessel zurück. „Wurde aber auch Zeit."

„Was? Wovon redest du?"

Mit seinem typischen eisigen Blick deutete er auf ihre Füße hinab. „Deine Beine. Zumindest hast du nicht auch noch vergessen, wie man geht. Das ist wenigstens ein Anfang."

„Okay." Margaret wich unsicher zurück. „Ich glaube nicht, dass ich ausgerechnet DAS sehen möchte", sagte sie und schaute zur Seite, wo zuvor noch ihr Bruder gestanden hatte, der nun aber spurlos verschwunden war. „Victor?"

Mycroft stand auf und ging um den Schreibtisch herum, bis er nahe vor der jungen Frau stehen blieb, die er, als sie sich von ihm entfernen wollte, mit beiden Händen an den Schultern packte und zum Stillstand brachte.

„Nicht alles, was du sehen willst, willst du wirklich sehen", sagte er weise. „Selbstverständlich ist es dir viel

202

lieber, wenn ich nicht so kaltherzig zu dir wäre, aber das hilft dir nun mal nicht weiter."

„Schließlich sind wir da, damit du überlebst", sprach Sherlock, der in dieser Sekunde auf einmal neben den beiden stand. „Wir sind sozusagen deine Rettungsleine."

„Das hier ist kein einfacher Traum", meinte Mycroft. „Also konzentriere dich auf das Wesentliche und vergiss alles andere, alles Menschliche."

„Aber was bleibt denn noch von mir übrig, wenn ich das Menschliche weglasse?", fragte Margaret unsicher. „Das ist es doch, was mich am Ende ausmacht."

„Zum Teil, vielleicht, aber nicht zur Gänze", sagte Mycroft. „Dein Verstand ist einzigartig und er ist zu fantastischen, schier unmöglichen Dingen fähig, wenn du ihn richtig einsetzt."

„Deshalb sollten wir uns erstmal mit den Fakten auseinandersetzen", sprach Sherlock. „Wo bist du gerade?"

„Keine Ahnung", antwortete Margaret, nachdem Mycroft sie wieder losgelassen hatte. „In einem viel zu ordentlichen Büro der britischen Regierung?"

„Nein." Sherlock schüttelte den Kopf. „Es geht nicht darum, was du gerade siehst, Margaret. Wo bist du wirklich?"

Sie schloss ihre Augen und erkannte schemenhafte Bilder, die wie ein Film vor ihr abliefen. „Unter Wasser", antwortete sie und begann unkontrolliert zu zittern. „Ich bin noch immer in diesem schrecklichen Tunnel. Mein Bein klemmt fest und ich kann mich nicht bewegen."

„Was spürst du dabei?", fragte Mycroft und sah sie forschend an.

„Kälte", sagte sie nach einem Augenblick völliger Stille. „Kälte und Schmerz."

„Gut. Halte am Schmerz fest und verdränge die Kälte", befahl Sherlock und trat ein paar Schritte näher heran, sodass Mycroft, Margaret und er in einem Dreieck zueinanderstanden, worin gerademal noch Platz für ein kleines Kind war. „Der Schmerz ist das Leben, das noch immer in der steckt. Die Kälte hingegen ist der Tod, der bereits auf dich wartet."

„Ich kann mich nicht bewegen." Mit geschlossenen Augen und vor Angst zitternd stand Margaret vor den beiden Männern. „Ich stecke fest."

„Wo Schmerz ist, da ist auch Leben", sagte nun ein kleines Mädchen mit langem dunkelbraunem, fast schwarzem Haar, das zu einem einzelnen Zopf geflochten war, der ihr weit über den Rücken hinunterhing. „Und wo Leben ist, ist auch Hoffnung", fuhr das Kind fort und wartete, bis Margaret ihre Augen wieder öffnete, ehe es sich dem Dreieck anschloss und direkt vor der jungen Frau stehen blieb. „Habe ich dir das nicht schon vor einer halben Ewigkeit beigebracht? Wieso musst du immer alles vergessen? Ist dir eigentlich bewusst, wie entsetzlich schmerzhaft das für mich ist?"

„Du wolltest mich umbringen", rief Margaret nun aufgebracht, „und das nicht nur einmal."

„Dass ich es wollte, habe ich nie behauptet", entgegnete das Mädchen. „Du hast es lediglich angenommen, so, wie alle anderen auch. Aber eigentlich musste ich es tun. Darüber sollten wir uns allerdings später unterhalten, denn dir läuft allmählich die Zeit davon, Maggie, und es wäre eine Schande, wenn ein so unglaublich kluger Mensch wie du auf dieselbe

Art und Weise stirbt wie ein unterbelichteter, durchschnittlicher Kleinverbrecher, der sich lediglich verlaufen hat. Also, beeil dich! Tick, tack, Maggie. Tick. Tack."

Im Hintergrund hörte Margaret nun deutlich das gleichmäßige Hämmern, das von einer hohen Standuhr kam, die wie durch Zauberhand auf einmal ebenfalls in dem Raum stand und dessen einzelne Sekundenschläge immer lauter wurden.

„Allerdings wäre es eine Schande. Dann wäre nämlich der ganze Spaß vorbei", sagte David Moran, der hinter Mycroft hervorkam und dem Kreis beitrat, sodass sich Margaret nun in der Mitte davon befand und von den anderen umzingelt wurde. „Und alles wäre wieder so langweilig wie früher."

Daraufhin kamen sein Vater Sebastian Moran und dessen Bruder Julius ebenfalls herbei und stellten sich links und rechts neben David dazu.

„*Langeweile ist eine Sünde, für die es keine Absolution gibt.* Mein Lieblingszitat", sagte Julius grinsend, „denn es ist die pure Wahrheit."

„Wie soll mir das helfen?", fragte Margaret nun aufgebracht und schaute jeden, der sie umkreiste, nacheinander verzweifelt an. „Ich bin kurz vor dem Ertrinken und anstatt, dass ich bei vollem Bewusstsein versuche, mich selbst zu befreien, befinde ich mich ausgerechnet mit euch an einem mir völlig fremden Ort. Also, wie zum Teufel soll das hilfreich sein?"

„Wir wollen doch nur, dass du dich wieder erinnerst", sagte Annabelle, die nun als Erwachsene vor ihr stand. „Verstehst du denn nicht? Solange du noch Schmerzen spürst, lebst du noch. Demzufolge kannst du auch-"

„-meine Beine bewegen", stellte Margaret blitzartig fest. „Aber das habe ich doch schon versucht", gab sie niedergeschlagen zu.

„Dann probiere es ein weiteres Mal!", befahl Mycroft streng. „Nicht alles klappt beim ersten Versuch. Das sollte dir doch bewusst sein. Wenn du deswegen aber einfach aufgibst, dann bist du-"

„-äußerst dumm", beendete Sherlock den Satz seines großen Bruders. „Versagen ist menschlich, aber notwendig. Aufgeben hingegen ist töricht und eine unnötige Zeitverschwendung."

„Komm schon!", sagte Annabelle mit Nachdruck und ergriff Margarets Handgelenk.

„Kämpf weiter!", sprach Mycroft und packte sie ebenfalls an der Hand.

„Gib jetzt nicht auf!", meinte Sherlock und schloss sich damit den beiden an.

Nun trat Victor zwischen dem Kreis zu ihr herein und blieb vor seiner Schwester stehen. Er nahm ihr andere Hand und sagte dabei: „Für die Wahrheit."

Im selben Moment als er, Mycroft, Sherlock und auch Annabelle mit aller Kraft zogen, schubsten David Moran, sein Vater und dessen Bruder Margaret nach vorne, sodass sie mit einem kräftigen Ruck weggezerrt wurde, ohne, dass sie sich dagegen wehren konnte.

Als die beiden Männer gerade in ein Taxi eingestiegen waren, das sie eigentlich zurück zum Flughafen nach Bern hätte bringen sollen, läutete Sherlocks Handy.

„Inspector Lestrade?", nahm er den Anruf entgegen und war für einen kurzen Augenblick voll neuer Hoffnung, die sich jedoch schnell wieder verflüchtigte und sich in bitterem Schmerz umwandelte. „Gibt es irgendeine Spur?", fragte er verzweifelt. „Wirklich?" Seine Augen leuchteten wieder auf. „Wann?" Er schaute nun seinen Sitznachbar erfreut an. „Wir sind schon auf dem Weg dorthin." Dann beendete er das Telefonat, schob sein Handy wieder ein und beugte sich zum Taxifahrer nach vorne. „Bringen Sie uns zum Flughafen nach Zürich", sagte er in gebrochenem Deutsch.

„Wirklich?", fragte der Fahrer verwirrt nach, als hätte sich sein Gast einfach nur falsch ausgedrückt. „In Zürich ist doch alles abgeriegelt. Da findet zurzeit kein Flugverkehr statt."

„Genau aus diesem Grund müssen wir dorthin", meinte Sherlock.

„Was ist los?", fragte John ihn konsterniert. „Gibt es Neuigkeiten von Margaret?"

„Etwas in der Art, ja", antwortete der Detektiv nun leicht abwesend und schwieg dann eine ganze Weile.

„Und was?", bohrte Dr. Watson neugierig nach. „Erzählst du mir auch, was dir Lestrade gerade gesagt hat oder muss ich erst deine Gedanken lesen?"

„Was kannst du denn lesen?", fragte Sherlock und schaute den Mann prüfend an.

„Dass es gleichzeitig gute und schlechte Nachrichten waren. Vermutlich wurde sie gefunden, aber ihr Zustand ist kritisch, wenn nicht sogar noch viel schlimmer."

„Der Anfang war sehr gut, John. Du hast alles richtig analysiert. Der Rest jedoch war Schwachsinn, es sei denn ich wäre eher froh darüber, dass Margaret verletzt oder gar tot sei, als dass sie gefunden wurde. Also, nein, sie wurde nicht gefunden, aber ein gewisser Agent Müller behauptet, er wüsste, wo sie sich aufhält. Ein Suchtrupp ist auch schon gerade auf dem Weg dorthin. Und wir auch."

„Sherlock, ich steige in keine einsturzgefährdete Höhle hinein, wenn ich nicht unbedingt muss", entgegnete John verängstigt.

„Das habe ich doch auch gar nicht gemeint. Diese Männer sind speziell dazu ausgebildet, verschüttete Personen mit geringem Risiko aus Gefahrensituationen zu bergen. Da wäre es doch ausgesprochen unklug, wenn sich ihnen zwei unerfahrene Leute anschließen, die die ganze Mission unnötig gefährlicher gestalten würden, oder nicht? Wir werden uns in der Zwischenzeit also mit diesem Agenten Müller unterhalten, um hoffentlich etwas zu erfahren, was die ganze Sache verständlicher oder zumindest logischer macht."

Als sie ihre Augen wieder aufschlug, war das Wasser über ihr bereits so hoch angestiegen, dass sie die Wasseroberfläche überhaupt nicht mehr erkennen konnte, was in der unheimlichen Dunkelheit des Tunnels ohnehin kaum möglich war.

*Wo Schmerz ist, da ist auch Leben.*

Auf ihre Beine starrend, konzentrierte sie sich mit allerletzter Kraft und versuchte, die drohende Kälte, die ihren Körper umhüllte und teilweise lähmte, zu verdrängen. Es dauerte eine gefühlte Ewigkeit, bis sie schließlich glaubte, zumindest so etwas wie ein Gefühl in ihren Füßen spüren zu können.

*Es funktioniert.*

Nun mit noch mehr Anspannung, erfüllt von aufblühender Hoffnung, schaffte sie es tatsächlich, ihren freien Fuß zu bewegen und gegen den Gesteinsbrocken zu stemmen. Allerdings benötigte es zahlreiche Versuche, bis sie den Stein zumindest wenige Zentimeter zur Seite rücken konnte.

„*Kämpf weiter!*", hörte sie Mycrofts befehlende Stimme in ihrem Kopf, die ihr neue Kraft schenkte, mit der sie es letztendlich nach langem Mühen und Zerren schaffte, sich aus ihrer Gefangenschaft zu befreien.

*Ich habe es geschafft.*

*Annabelle hatte recht.*

Mit Händen und Füßen, soweit möglich, schleppte sie sich halb schwimmend und halb kletternd nach oben, wo sie endlich die Wasseroberfläche erreichte und gequält nach Luft rang, wodurch sie beinahe erstickte. Ihre Lunge brannte fürchterlich und es schmerzte noch viel mehr als sie endlich wieder Sauerstoff erlangte, wodurch Margaret beinahe das Bewusstsein verlor.

In der Finsternis erkannte sie jedoch einen fahlen Lichtschimmer, der von der linken Seite zu kommen schien.

*Das Wasser muss sich einen Weg nach draußen gebahnt haben.*

*Oh, süße Freiheit. Ich kann sie schon fühlen.*

*Es ist eindeutig wahr, dass der Mensch das Wasser zum Überleben braucht, was ihm allerdings immer erst dann klar wird, wenn es meistens schon zu spät ist.*

Dem schwachen Licht folgend, kletterte sie aus dem tiefen See heraus, wo sie auf einen erdigen Boden kam, der leicht moosig und feucht war. Die ganze Zeit über hielt sie die einst silberne Kette mit dem goldenen Ring fest in der Hand.

*Hierdurch muss früher einmal ein Bach geflossen sein.*

Voller neu entfachter Hoffnung wollte sie aufstehen und den Weg nach draußen weitergehen, doch sie schaffte es nicht mal, sich ohne Hilfe auf ihre Beine hinzustellen, ehe sie schon wieder stürzte.

*Das war auch zu schön, um wahr zu sein.*

Kriechend und robbend zerrte sie sich mühselig voran, wobei ihr aber nicht unbemerkt blieb, dass sie nun deutlich schneller vorankam als zuvor. Richtig gehen konnte sie jedoch trotzdem nicht.

*Noch nicht zumindest!*

*Dr. Chinnery hatte unrecht.*

*Meine Lähmung ist nicht von physischer Natur.*

*Ich wusste es.*

*Dieser verdammte Scharlatan hat doch keine Ahnung.*

Sie hätte sich wahrscheinlich noch den restlichen Weg bis ins Freie über diesen Mann geärgert, wenn ihr nicht ein leises Seufzen zu Ohren gekommen wäre, das von nahe vor ihr zu kommen schien.

„Wer ist da?", fragte ein Mann ängstlich, der sie gehört hatte.

„Margaret Trevor", antwortete sie und erkannte seine Stimme sofort. „Agent Gruber? Sind Sie das? Wo ist Müller? Was ist passiert?"

„Er hat mich niedergeschlagen", sprach er schwach, „und mir meine Dienstwaffe abgenommen. Dann hat er mir Handschellen angelegt und mich einfach hier zurückgelassen."

„Wieso?", fragte Margaret fassungslos, nachdem sie bis zu ihm herangekrochen war und ihn behutsam abtastete, wobei sie bemerkte, dass der Mann mit Handschellen hinter seinem Rücken an eine tief im Boden verankerte massive Eisenkette gefesselt war. „Wieso hat er das getan?"

„Das sagte er nicht. Er meinte nur, es würde ihm leidtun, aber er hätte keine andere Wahl."

„Es war seine Idee, dass wir durch den alten Kanal flüchten, richtig? Die Bombe selbst sollte uns nicht schaden, sondern lediglich als einzigen Ausweg hierherführen. Er hat uns mit voller Absicht in diese Hölle hineingelockt. Wo ist er jetzt?"

„Vermutlich schon beim Kommandanten, wo er ihm erzählt, dass außer ihm keiner überlebt hat."

„Ein Suchtrupp wäre aber auch dann zu uns unterwegs, um zumindest unsere Leichen zu bergen", meinte Margaret stark zweifelnd.

„Oh mein Gott", rief Gruber erschrocken als er verstand, was die junge Frau befürchtete. „Dann hat er sie auf eine falsche Fährte gelockt und die Sondereinheiten suchen an einem ganz anderen Ort? So werden sie uns niemals finden." Er schluckte nervös, um all seinen Mut zu sammeln. „Sie müssen hier sofort raus. Sie haben es bis zu mir geschafft, also kommen Sie auch alleine nach draußen."

„Ich lasse Sie nicht zurück", sagte Margaret fest ent-
schlossen. „Meinetwegen sie Sie doch überhaupt erst in
diesem Schlamassel. Wenn Sie schon unbedingt hier drinnen
sterben müssen, dann tun Sie das bestimmt nicht alleine."

Der Mann lachte leicht. „Wissen Sie, dass das aus Ihrem
Mund wie purer Schwachsinn klingt? Sie müssen wahrlich
verrückt sein. Aber über etwas Gesellschaft freue ich mich
selbstverständlich sehr, Miss Trevor. Ich wünschte nur, es
wäre unter anderen Umständen."

„Bitte nennen Sie mich Margaret", sagte sie darauf.

„Michael", entgegnete der Mann lächelnd.

„Sie erinnern mich an jemanden", meinte Margaret dann
nach einer Weile. „Als Kind hatte ich einen schrecklich
pedantischen Mathematiklehrer namens Gruber. Sie haben
dieselbe Ausdrucksweise wie er und auch Ihr Englisch ist
erstaunlich gut für einen deutschsprachigen Schweizer."

„Das liegt daran, weil ich in England aufgewachsen bin",
sprach der junge Agent. „Meine Mutter war eine geborene
D'Arcy aus Leeds. Und falls Sie damit Professor Martin
Gruber meinen, dann ist es nur verständlich, dass ich Sie an
ihn erinnere, denn er ist mein Vater."

„Wirklich? Dann sind Sie der Sohn, der als Kind von zu
Hause abgehauen ist, um in Österreich zu studieren?"

„Hat er das etwa gesagt?", fragte Gruber ein bisschen enttäuscht. „Ich bin nicht wirklich abgehauen. Ich konnte nur
einfach nicht mehr länger bei ihm bleiben. Nachdem meine
Mutter bei einem Banküberfall erschossen wurde, weil sie ein
kleines Mädchen beschützen wollte, musste ich weg von da.
Alles dort erinnerte mich ständig an sie. Ich konnte es einfach
nicht mehr ertragen und bin mit meinem ganzen Taschengeld

nach Wien, wo ich bei einer sehr netten alten Dame untergekommen bin. Nach meinem Studienabschluss bewarb ich mich für den Sicherheitsdienst am Flughafen hier, wo ich zu Müllers Team stieß und dann zum DAP, dem Dienst für Analyse und Prävention wechselte. Das war erst vor zwei Jahren. Davor war ich über sechs Jahre bei diesem Flughafen angestellt und habe trotzdem noch nicht mal annähernd alles davon gesehen."

„Sie waren schon einmal hier unten, richtig?", fragte Margaret.

„Ich war beim Suchtrupp dabei, der den verschütteten britischen Geheimdienstagenten herausholte, nachdem er völlig von Sinnen diesem verrückten Dealer gefolgt ist. Ich wette, dieser Mistkerl hat es ohne Probleme nach draußen geschafft und läuft immer noch als freier Mann herum."

Nun hielt Margaret die Kette mit dem goldenen Ring hoch und legte sie dann in die offene Hand des Mannes. „Nach so vielen Jahren kann ich nur noch Vermutungen anstellen, aber ich bin mir sicher, dass dieses Ding ihm gehört hat."

„Definitiv", erinnerte sich Gruber, der die Kette schon einmal gesehen hatte, als dessen Träger noch quicklebendig gewesen war. „Woher haben Sie das?"

„Ich bin ungewollt auf seine Überreste gestoßen", brachte sie mit Ekel heraus und schüttelte mit Mühe das Bild des Leichnams vor ihren Augen ab.

„So viel dazu, dass man wenigstens die Leichen bergen wird", sagte der junge Mann enttäuscht.

„Hat sich Agent Müller in letzter Zeit irgendwie seltsam verhalten? Hat er anders als sonst auf etwas reagiert?", bohrte Margaret nun nach. „Wenn er nämlich sagte, es tue ihm leid und er hätte keine andere Wahl, dann ist es gut möglich, dass er hierzu gezwungen worden ist und es eigentlich gar nicht tun wollte. Genaugenommen hat er nämlich auch keinen von uns umgebracht."

„Sie glauben also, dass ihn eventuell jemand erpresst?" Michael Gruber überlegte kurz. „Naja, jetzt, wo Sie es erwähnen, fällt mir da schon etwas ein. Müller hat zwei kleine Töchter, Zwillinge, die vor drei Jahren geboren wurden. Normalerweise hat er jeden Tag von ihnen geschwärmt und erzählt, oft sogar mehrmals. Seit gestern hat er jedoch kein einziges Wort mehr über sie verloren."

„Das ist in der Tat ungewöhnlich", stellte Margaret fest. „Wenn jemand seine geliebten Töchter entführt und als Austausch für sie verlangt hätte, dass er uns in den sicheren Tod lockt, dann ist es nur verständlich, dass er dies auch tun würde. Die Frage ist also: Wer tut so etwas?"

„Die Antwort darauf ist jetzt wohl eher nebensächlich", sagte Gruber nervös, „denn zuerst müssen wir hier rauskommen, bevor der Tunnel geflutet wird und wir ertrinken."

Als er fertiggesprochen hatte, nahm Margaret nun auch das Wasser wahr, das lautlos über den Boden zu ihnen heranfloss und sich in der Mulde, in der sich die beiden befanden, zu sammeln begann.

„Nicht schon wieder", dachte sie laut.

„Was?", rief der Mann zutiefst verängstigt.

„Vergessen Sie, was ich gerade gesagt habe", bat sie flüchtig. „Es würde sie nur unnötig beunruhigen."

„Dafür ist es leider schon zu spät."

„Okay", sagte Margaret tröstend. „Konzentrieren Sie sich bitte auf das Wesentliche, Michael", wiederholte sie unbewusst Mycrofts Worte.

„Das Wesentliche?", fragte der Mann panisch und seufzte dann. „Hätte ich doch nur das getan, was mein Vater für mich vorgesehen hatte, dann wäre ich jetzt zumindest in der Lage, zu berechnen, wie viel Zeit uns übrigbleibt, bis wir ertrinken."

„Was nützt uns das?", konterte Margaret und kroch dabei näher an die Kette hinter seinem Rücken heran. „Egal, wie viel Zeit bis dahin vergeht, wir werden lange vorher draußen sein. Vertrauen Sie mir."

„Wie wollen Sie das anstellen? Müller hat den Schlüssel für die Handschellen und die Kette kann man nicht einfach so rausziehen. Die ist unter der Erde an einen Betonklotz befestigt. Ich kenne die Baupläne aller Fluttunnel. Da befinden sich mehrere solche Ketten."

„Es gäbe noch eine andere Möglichkeit", sagte Margaret ganz sachlich. „Diese ist aber sehr schmerzhaft."

„Schmerzhafter als Ertrinken kann sie nicht sein", entgegnete Gruber mutig. „Sofern es funktioniert, tun Sie einfach, was Sie tun müssen."

„Sind Sie sicher? Dazu müsste ich eines Ihrer Handgelenke brechen, um Sie aus dem Ring der Handschellen befreien zu können."

Der Mann schluckte ängstlich. „Nehmen Sie die linke Hand", bat er und drehte seinen Körper dann angespannt zur Seite.

Während Margaret im Halbdunkeln einen geeigneten Stein am Boden suchte, meinte sie: „Er ist sehr stolz auf Sie, wissen Sie das?" Sie wartete, bis der junge Mann wieder zu ihr herübersah. „Ihr Vater weiß genau, was Sie tun. Im letzten Schuljahr sagte er einmal zu uns, er sei froh, dass Sie Ihren eigenen Weg gegangen sind anstatt in seine ausgelatschten Fußstapfen zu treten. Sie retten Leben, Michael. Sie sind ein wahrer Held. Das bewundert er wirklich."

„Ehrlich? Ist er immer noch in Leeds?"

„Ich denke schon", sprach Margaret und hob einen großen runden Stein hoch. „Achtung. Bitte halten Sie Ihren Atem an und denken Sie an etwas Schönes", befahl sie wehmütig und schlug mit aller Kraft zu, sodass ein deutlich hörbares Knacken durch die Höhle widerhallte, gefolgt von einem gequälten Aufschrei. „Es tut mir schrecklich leid", jammerte sie schuldbewusst, warf den Stein weg und zog die schier zertrümmerte Hand des Mannes ohne weitere Probleme durch den Ring der Handschellen durch, sodass er nun endlich frei war.

„Sie haben es geschafft", jubelte der Mann lachend und weinend zugleich und fiel ihr erfreut um den Hals. „Jetzt sollten wir so schnell wie möglich von hier verschwinden."

Neuen Mutes sprang der Mann auf, zog Margaret mit der rechten Hand hoch, wobei er ihren Arm über seine Schulter legte und sie den Weg nach draußen dem Licht ent-gegenschleppte.

# BLUT IST DICKER ALS WASSER

Wie auf der Flucht hockte Agent Stefan Müller auf dem geöffneten Heck des Krankenwagens am Straßenrand in der Nähe des beinahe parallel verlaufenden Flusses, mit einer grauen Decke über seinem Rücken, während er sich nervös umschaute.

„Ist er das?", hörte er einen Mann mit starkem britischem Akzent fragen, während dieser mit Kommandant Haberle und einem weiteren Fremden auf ihn zukam. „Agent Müller?" Er blieb mit einem skeptischen Blick vor ihm stehen. „Wer?", fragte er nur.

„Was?" Der Agent starrte ihn verwirrt an, wodurch für einen kurzen Augenblick ein Hauch von Schuld durchdrang, was, wie er hoffte, jedoch keinem außer ihm selbst aufgefallen war.

„Mr. Holmes, ich verstehe nicht ganz, was das nun soll", meinte der Kommandant völlig unwissend. „Agent Müller hatte großes Glück, dass er noch am Leben ist. Selbstverständlich ist mir bewusst, dass diese Frau eine gute Freundin Ihrerseits war, aber ich bin mir sicher, dass dieser Mann hier alles in seiner Macht Stehende veranlasst hat, um sie zu schützen."

„Nicht sie", fuhr Sherlock ihm hastig ins Wort. „Er wollte die ganze Zeit jemand ganz anderes beschützen, richtig?" Dabei sah er den Mann durchdringend an. „Oder weshalb sind Sie sonst so nervös als würden Sie sich immer noch in Gefahr befinden? Also, wer wollte, dass Sie durch den Kanal gehen, und wer ist es, um dessen Leben Sie gerade bangen?"

„Sie verstehen das völlig falsch", versuchte sich Agent Müller zu verteidigen.

Nun wurde auch der Kommandant stutzig. „Müller? Was haben Sie getan?"

„Wenn ich rede, sind sie tot", jammerte der Mann am Boden zerstört.

„Wenn Sie nicht reden, dann sind Sie tot", schrie Sherlock ihn wütend an, „und Ihre Kinder wachsen ohne Vater auf."

„Woher…?" Stefan Müller erblasste fassungslos. „Woher wussten Sie das?"

„Das mit den Kindern war nur geraten. Als zweiten Vorschlag hätte ich Ihre Frau gewählt. Allerdings erkennt sogar ein Blinder ohne Mühe, dass Sie eine Heidenangst haben. Also, reden Sie oder Sie bereuen es!"

„Sie sind nicht tot, zumindest noch nicht", fing Agent Müller gebrochen an. „Allerdings ist es nur noch eine Frage der Zeit, bis es soweit ist. Durch die Explosion wurde ein Teil des Tunnels geflutet."

„Der Kanal, den Sie mir genannt haben, war trocken", sagte der Kommandant, der Schreckliches ahnte. „Sie haben meine Männer zur falschen Stelle geschickt?", rief er erzürnt. „Sind Sie eigentlich noch ganz bei Trost? Zuerst lassen Sie Ihr eigenes Team und eine unschuldige Frau zum Sterben zurück und dann gefährden Sie noch dazu das Leben meiner

218

eigenen Männer, Ihrer Kollegen? Wo zum Teufel sind sie?",
schrie er so laut, dass die nahen Einsatzkräfte erschrocken zu
ihnen rüber schauten. „Und ich rate Ihnen, dass Sie nun die
Wahrheit sagen!"

„Es tut mir leid", sprach Müller den Tränen nahe. „Er hat
meine kleinen Mädchen."

„Wo zum Teufel ist Margaret Trevor?", keifte Sherlock
fahrig.

Der Mann schluckte eingeschüchtert. „Nordwesten.
Fluttor 17", antwortete er auf den Boden starrend.

Noch bevor er zu Ende gesprochen hatte, rannte der junge
Detektiv gehetzt weg.

„Sherlock!", schrie Dr. Watson ihm verdutzt hinterher.
„Verdammt", fluchte er. Da er ohne Zweifel wusste, was sein
Freund vorhatte, folgte er ihm so schnell er konnte.

„Warten Sie!", rief Kommandant Haberle und nahm flink
die Verfolgung der beiden Männer auf während er sein
Funkgerät vom Gürtel löste und es sich zur Durchsage an den
Mund hielt. „An alle Einheiten!", sagte er keuchend. „Sofort
zum Fluttor 17! Bestehenden Auftrag unverzüglich ab-
brechen! Zielperson ist am Leben und befindet sich im Fluttor
17! Ich wiederhole, Zielperson ist am Leben!"

Ein laut widerhallender Schuss brachte den Mann
augenblicklich zum Stillstand. Als er sich umdrehte, erblickte
er, wie sämtliche Einsatzkräfte panisch die Flucht ergriffen
und am Heck des Krankenwagens der leblose Körper von
Stefan Müller langsam auf den Boden sackte. Eine stark
blutende Wunde klaffte aus seiner Stirn. Für ihn kam jede
Hilfe zu spät.

„Halten Sie durch", flehte Michael Gruber mit schwindender Hoffnung während er Margaret an seiner Seite durch den nicht enden wollenden Tunnel schleppte.

Die Verzweiflung stand ihm deutlich ins Gesicht geschrieben, dennoch gab er nicht auf. Auch den entsetzlichen Schmerz an seiner linken Hand blendete er vollkommen aus. Die Zuversicht darauf, doch noch lebend aus dieser Hölle rauszukommen, gab ihm genug Kraft, um Margaret und auch sich selbst voranzuschleppen.

Das Wasser stand beiden schon bis zur Hüfte und es stieg mittlerweile mit einer rasanten Geschwindigkeit an, sodass sie nur noch langsamer vorankamen.

Nach wenigen Metern verlor Margaret das Gleichgewicht, stolperte dabei über einen Stein und plumpste vornüber ins Wasser.

Agent Gruber zerrte sie mit Mühe hoch und zog ihren schwachen Körper an die Seite, wo sie sich keuchend und nach Luft ringend an den hervorstehenden Felsen festklammerte.

„Ich brauche eine Pause", hustete sie ausgelaugt.

„Die haben wir nicht", meinte der junge Mann und blickte besorgt zurück, von wo das viele Wasser zu ihnen herankam. „Wir müssen weiter. Bitte."

„Nur eine Minute", flehte sie schwer atmend und taumelte dabei rücklings.

Hätte der Mann sie nicht aufgefangen, wäre sie erneut ins Wasser gestürzt und mit allergrößter Wahrscheinlichkeit ertrunken. Ihr Leid völlig ausblendend, packte der junge Agent sie wieder und zerrte sie angestrengt weiter.

„Es ist nicht mehr weit, bis nach draußen", versuchte er die Frau aufzumuntern. „Wir haben es bald geschafft."

Margaret bekam jedoch nur noch teilweise mit, wie der Agent sie durch das rapide ansteigende Wasser schleppte, ohne wirklich müde zu werden. Stattdessen rief sie sich, mehr unbewusst als bewusst, die Botschaft in Erinnerung, welche Sherlock ihr vor ein paar Tagen zugeschickt hatte, damit sie diese für ihn entschlüsseln konnte.

*Am Freitag zu Mitternacht erfolgt der Angriff.*

Sie schaute auf die Armbanduhr des Mannes, dessen Zeiger leicht neongrün im Dunkeln leuchteten und die Uhrzeit von 11:47 Uhr angaben.

*Wir haben also noch knapp zwölf Stunden Zeit.*

*Wir?*

*Du kannst schon froh sein, wenn du hier heil rauskommst, da wirst du sicherlich nicht noch am selben Tag zu dieser Auktion gehen.*

*Der Scotland Yard hat alles unter Kontrolle.*

*Außerdem ist Sherlock Holmes mit Sicherheit auch bei ihnen.*

*Und zur Not könnte ihnen Mycroft ebenfalls helfen.*

*Mich brauchen sie dort bestimmt nicht.*

*Letztendlich braucht mich keiner.*

*Das Security-Team, das mich beschützen hätte sollen, hatte den eigentlichen Auftrag, mich umzubringen.*

*Kann ich Gruber also wirklich trauen?*

Sie schaute den Mann neben sich an und versuchte, so gut es in der Finsternis möglich war, seinen Gesichtsausdruck zu lesen.

*Er ist in Panik.*

*Das ist nur logisch, schließlich droht hinter uns der sichere Tod.*

*Aber was ist, wenn er nur mit mir spielt?*

Diesen Gedanken schüttelte sie sofort ab.

*Das ist doch lächerlich.*

*Er hätte sich doch sonst niemals freiwillig von mir die Hand brechen lassen und würde mich dann auch nicht mit letzter Kraft zum Ausgang schleppen.*

*Nein, ich kann diesem Mann voll und ganz vertrauen.*

*Aber wieso habe ich dann dennoch ein ungutes Gefühl?*

*Was stimmt mit ihm nicht?*

Sie betrachtete ihren Retter erneut.

*Er verbirgt irgendwas vor mir.*

*Was ist das?*

*Er versucht mich mit vollster Verzweiflung zu retten, so als würde er sich schuldig fühlen.*

*Trägt er etwa die Schuld daran, dass wir hier sind?*

*Nein, es muss einen anderen Grund haben.*

*Mal überlegen.*

*Er war schon einmal hier unten.*

*Vielleicht hat es damit zu tun?*

„Wie oft waren Sie bereits hier unten?", fragte sie ihn dann.

Verwirrt schaute der junge Mann sie an und verlangsamte sein Tempo ein wenig. „Wieso fragen Sie das?"

„Weil Sie etwas vor mir verheimlichen, was mich beunruhigt. Ich will nur wissen, ob ich Ihnen auch wirklich trauen kann."

„Ist das Ihr Ernst? Sie haben mir die Hand gebrochen, um mich zu befreien, anstatt mich einfach zurückzulassen."

„Sie hätten sich Ihre Hand selbst brechen können", konterte Margaret und stoppte den Mann schließlich. „Also, was ist damals wirklich passiert? Und wieso wussten Sie sofort ohne zu überlegen, dass die Kette, die ich Ihnen gab, diesem Dealer gehörte?"

„Dieser Engländer, Jack Ryder, hätte ihm ursprünglich nicht folgen sollen", sagte Agent Gruber darauf zögernd. „Es wäre eigentlich meine Aufgabe gewesen, aber ich hatte zu große Angst davor. Deshalb ist er an meiner Stelle in den Kanal runter. Drei ganze Tage war er hier eingesperrt in völliger Einsamkeit und Finsternis. Das war allein meine Schuld."

„Jack Ryder ist ein erwachsener Mann", sprach Margaret darauf. „Es war seine Entscheidung, in diesen Tunnel zu gehen, nicht Ihre. Sie können nichts dafür."

„Ich konnte ihm danach nicht mal mehr in die Augen schauen", gab Michael Gruber wehmütig zu, ehe er Margaret kurz darauf verwirrt anstarrte. „Kennen Sie ihn etwa?"

„Ja. Er arbeitet für Mycroft Holmes."

„Wer ist das?", fragte er stirnrunzelnd.

Beinahe melancholisch musste Margaret an Mycroft denken und lächelte dabei. „Ein sehr guter Freund, dem ich viel zu verdanken habe."

„Scheint so, als würden Sie in seiner Schuld stehen", stellte Gruber fest. „Es wäre doch eine Schande, wenn Sie diese Schuld nicht begleichen könnten."

„Naja, er kann manchmal schon richtig unangenehm sein."

„Aber dennoch mögen Sie ihn", sagte Gruber. „Das sehe ich doch. Also, können wir endlich hier raus?"

Von den dramatischen Geschehnissen nahe beim Krankenwagen hatten Sherlock und John überhaupt nichts mitbekommen. Auch der Schuss war ihnen in ihrer unstillbaren Eile voll und ganz entgangen.

Somit war es auch nicht verwunderlich, dass die beiden Männer als erste am Fluttor mit der Nummer 17 ankamen während von den anderen Einsatzkräften weiterhin jede Spur fehlte.

„Du willst da wirklich rein, oder?", fragte John beklemmt. „Ich wusste gar nicht, dass sie dir so wichtig ist."

„Das ist schwer zu erklären", meinte Sherlock auf die weite Öffnung des Tunnels starrend, der direkt vom Fluss nach Osten hin wegführte. „Sie gehört gewissermaßen zur Familie."

„Weil sie Victors Schwester ist, richtig? Sie ist die Schwester deines ersten besten Freundes."

Der Detektiv ließ eine Weile auf seine Antwort warten, so, als müsste er sich die richtigen Worte erst noch zurechtlegen. „Ja, deswegen auch", antwortete er stattdessen und verwarf alles, was er seinem Freund in Wirklichkeit sagen wollte.

„Kommt da noch mehr?", fragte Dr. Watson misstrauisch nach. „Oder ist es neuerdings üblich, dass du für exakt drei Worte eine halbe Ewigkeit brauchst, um diese zu finden."

„Sie gehört zur Familie", wiederholte sich Sherlock verbissen, der ganz und gar nicht darüber sprechen wollte. „Damit ist alles Wichtige gesagt." Daraufhin sprang er in den Flusslauf der Glatt, dessen Strömung weitaus kräftiger war als er sie anfangs eingeschätzt hatte.

Zögernd folgte John ihm schließlich in das kühle Nass hinein, wo sie gemeinsam mühsam gegen den Strom, der ihnen bis zur Hüfte reichte, auf die Öffnung mit der eingekerbten Aufschrift 17 zu wateten, die sie nach einigen Minuten schließlich erreichten. Mit den viel zu schwachen Lampen auf ihren Smartphones leuchteten beide den finsteren Weg vor sich aus, wobei sie kaum zwei Meter vor sich sehen konnten.

„Das ist keine gute Idee", dachte Dr. Watson laut. Die Angst war ihm ohne Zweifel aus seiner Stimme zu lesen und hätte Sherlock sich zu ihm umgedreht, hätte er diese auch aus seinem blassen Gesicht erkennen können.

„Sei kein Angsthase, John. Du wolltest das Abenteuer. Hier hast du eines", sagte der Detektiv beinahe euphorisch und begann hineinzugehen.

„Manchmal beunruhigt mich deine Freude gegenüber solch gefährlichen Situation doch sehr", entgegnete Dr. Watson darauf und trabte ihm vorsichtig hinterher.

„Du kannst jederzeit umdrehen, wenn es dir zu viel ist."

„Das geht nicht", meinte John. „Ich kann dich nicht alleine lassen. Wer weiß, auf welche dummen Ideen du sonst noch kommst, wenn ich nicht aufpasse."

„Bist du jetzt auch noch mein Babysitter?", fragte Sherlock leicht aufgebracht. „Ich komme auch ganz gut ohne dich klar."

„Hey, wer hat mich heute in aller Früh voller Panik um Hilfe gebeten? Und wer von uns beiden hätte beinahe einen Rauswurf aus dem Flugzeug nach Bern verursacht? Ohne mich wären wir jetzt gar nicht erst hier. Vergiss das nicht."

„Und ohne mich hätte dieser pummelige Bücherwurm auch keine Telefonnummer dieser Stewardess", konterte Sherlock verletzt.

„Das ist doch… Sherlock, so war das doch gar nicht", wollte John es richtigstellen, doch der Detektiv stoppte ihn auf einmal.

„Hörst du das?", fragte er und horchte danach in die Stille hinein.

Von nicht allzu weit entfernt vernahm nun auch John das Geräusch von Bewegung im tieferen Gewässer.

„Margaret?", schrie Sherlock in den Tunnel hinein, sodass es mehrmals an den Wänden widerhallte.

„Das ist Sherlock", hörten sie von der Ferne eine junge Frau rufen. „Wir sind hier."

Völlig überrumpelt eilte der junge Detektiv weiter und rannte haltlos durch den Tunnel, der allmählich immer tiefer wurde.

„Warte", rief John ihm nach, obwohl er wusste, dass er sowieso nicht auf ihn hören würde. Nicht ganz so panisch folgte er seinem Freund, wobei er genau auf die Beschaffenheit des Bodens unter seinen Füßen achtete.

Dies tat Sherlock in seiner Hast nicht und platschte nach wenigen Metern in den aufgestauten Fluss, der den Rest des Pfades verschluckt hatte. Von dort aus konnte er jedoch zwei Gestalten erkennen, die in der Dunkelheit nur äußerst langsam näherkamen, da sie nicht schwammen, sondern sich stattdessen an der Felswand entlangzogen, wobei sich einer an dem anderen festhalten musste.

„Er hat nicht gelogen", rief Michael Gruber erfreut.

„Müller?", fragte Sherlock als die Zwei zu ihm herangekommen waren. „Doch hat er. Aber letztlich hat er dann die Wahrheit gesagt."

Noch bevor Margaret etwas sagen konnte, packte Sherlock sie an der Seite und zerrte sie mit seinem ganzen Körpergewicht den Weg zurück, damit Agent Gruber aus freien Stücken alleine weiterschwimmen konnte, was ihm allerdings nicht sehr gut gelang.

John kniete sich an das Ende des Weges hin und zog Margaret hoch, während sein Freund alleine herauskletterte. Mit einem größeren Abstand kam dann auch Gruber zu ihnen, dem dann Sherlock aus dem Wasser half, wobei der Agent vor Schmerzen aufschrie als der Detektiv mit seiner gebrochenen Hand in Berührung kam.

„Lassen Sie mal sehen", sagte Dr. Watson sachlich, nachdem er Margaret auf den Boden abgesetzt hatte. Er stemmte sich an seinem Freund vorbei und begutachtete die Hand des Mannes so gut es im Halbdunkel möglich war.

„Sie ist gebrochen", meinte Margaret.

„Sind Sie jetzt neuerdings auch noch Ärztin?", fragte John ein bisschen erzürnt darüber, da er dachte, sie würde seine medizinischen Kenntnisse anzweifeln.

„Nein, aber ich habe sie ihm schließlich gebrochen. Und ich weiß, was ich tue", entgegnete sie kühl und versuchte, sich auf ihre Beine zu stellen.

Als sie von ganz alleine vor den Männern stand, starrten sie diese schockiert an.

„Was ist?", fragte sie. „Ihr seht mich an als wäre es etwas Schlechtes, dass ich wieder gehen kann. Ich dachte, ihr würdet euch zumindest ein bisschen freuen."

Begeistert lachend sprang Sherlock daraufhin auf, ging auf sie zu und umarmte sie voller Freude.

John und Margaret, die beide wussten, dass diese Art der offenen Zuneigung nicht zum alltäglichen Gebrauch des Mannes gehörte, blickten ihn beinahe entsetzt an während Agent Gruber nicht mal annähernd verstand, was an einer einfachen Umarmung so seltsam sein konnte.

„Wir haben wichtige Dinge zu bereden", sagte Sherlock dann, legte Margarets Arm um seinen Hals und half ihr dabei, nach draußen zu gehen. „Seit gestern Abend ist eine Menge passiert."

Als hätte man sie einfach vergessen, trabten Dr. Watson und Agent Gruber hinter den beiden her.

„Tut Ihnen sonst noch etwas weh?", fragte der Doktor den jungen Mann besorgt.

Er schüttelte den Kopf. „Mir fehlt weiter nichts, außer, dass ich das Sonnenlicht noch nie so sehr vermisst habe."

„Es sind mittlerweile acht Menschen ermordet worden", sagte Sherlock zu Margaret und holte sein Smartphone heraus, worauf er ihr ein paar Fotos zeigte, die eine Landkarte von London darstellten, auf der die Fundorte sämtlicher acht Mordopfer mit roten Punkten eingezeichnet waren.

Margaret nahm das Telefon in die Hand und betrachtete das Bild etwas genauer. Sie erkannte, dass die roten Punkte mit den Nummern von 1 bis 8 und jeweils einem kleinen schwarzen Pfeil, der meistens in eine andere Richtung zeigte, markiert waren. „Sind das die Ausrichtungen der Körper, sowie die Reihenfolge?", fragte sie und warf Sherlock einen flüchtigen Blick zu.

Der junge Detektiv nickte. „Was fällt dir als erstes auf?"

„Wenn man eine Linie von Tatort zu Tatort zieht, dann ergibt es eine grobe 8; dies allerdings mit sehr viel Gefühl. Jeder Ort befindet sich in einem anderen Bezirk. Hammersmith, Belgravia, Westminster, Fulham, Kensington, Mayfair, Marylebone und Paddington. Alle 8 wurden in der Nähe oder direkt in einem Park abgelegt, oder zumindest dort gefunden. Und wenn ich diese Pfeile genauer betrachte, dann…" Margaret verlangsamte ihren Schritt ein wenig, um ein klareres Bild zu haben. „Alle bis auf einen sind so ausgerichtet, dass sie auf den Hydepark deuten, nur Nummer 6 nicht. Patrick Stangerson zeigt nach Osten."

„Und was ist im Osten?", fragte Sherlock brennend vor Neugier, obwohl er die Antwort darauf ohnehin schon wusste.

Nun erkannte auch Margaret, was er bereits entdeckt hatte, und sie riss ihre Augen weit auf. „Wir hatten recht", sagte sie frohlockend. „Es geht um das Auktionshaus."

„Allerdings. Denn die Adresse dieses Gebäudes beinhaltet eine 8, ebenso eine 2 und eine 4. Wenn man über die Tatorte nach den Geburtsdaten der Opfer eine Linie erzieht, ergibt dies eine 4, und wenn man allein nach ihrem Alter rechnet, kommt eine 2 heraus."

„Faszinierend", sagte Margaret, die sich bildlich vorstellte, wie farbige Umrisse über die Landkarte gezogen wurden und die verschiedenen Nummern freigaben.

Dröhnende Sirenen mit Blau- und Rotlicht von verschiedenen Einsatzkraftfahrzeugen begrüßten die Vier als sie endlich wieder nach draußen kamen, wo sie die Strömung der Glatt durchquerten, um auf der anderen Seite von den Rettungskräften herausgezogen zu werden, die sich aufopfernd um sie kümmerten.

Auch Kommandant Haberle war unter der Menschenmenge zu finden. Sein entsetzter Blick sprach Bände.

„Sie haben ausgezeichnete Arbeit geleistet, Gruber", sagte er voller Stolz zu dem jungen Agenten, doch ein tiefsitzender Schock war ihm immer noch ins Gesicht geschrieben.

„Wo ist Müller?", fragte der junge Mann, der aus den Augen seines Vorgesetzten lesen konnte, dass etwas Schlimmes geschehen sein musste.

„Er ist tot."

„Was?", rutschte es John fassungslos heraus. „Aber als wir vorhin bei ihm waren, hat er noch gelebt. Das ist doch nicht mal fünfzehn Minuten her. Wie kann das sein?"

„Ein Scharfschütze aus den Wäldern", sagte der Kommandant tief betroffen. „Meine Männer haben die Verfolgung aufgenommen. Bisher haben sie jedoch nichts gefunden."

„Was ist mit seinen Töchtern?", fragte Margaret besorgt.

„Sie wissen davon?" Haberle starrte sie durcheinander an.

„Das liegt doch auf der Hand", antwortete sie flink. „Also, was ist mit ihnen?"

„Keiner weiß etwas. Vermutlich war Müller der Einzige, der gewusst hatte, wo sie sich aufhalten. Ohne ihn können wir sie nicht finden."

„Ohne ihn haben sie wahrscheinlich auch ihren Nutzen verloren", stellte Sherlock sachlich fest, der als einziger in dieser Situation die Fassung bewahren konnte, wodurch er allerdings noch sehr viel herzloser wirkte als er ohnehin schon war.

„Das sind dreijährige Kinder", protestierte Gruber entrüstet über seine gefühllose Aussage. „Welcher Mensch bringt es übers Herz, kleine unschuldige Kinder zu töten?"

„Jeder durchschnittliche Psychopath", antwortete der junge Detektiv, „und zwar ohne, dass er dabei mit der Wimper zucken würde."

„Er?", fragte Margaret verwirrt und sah den Mann an. „Wieso sagst du ausgerechnet ER, Sherlock? Auch Frauen können psychopathische Tendenzen aufweisen, auch, wenn die Prozentzahl weiblicher Psychopathen eher gering ist."

„Wie zum Teufel fällt Ihnen das nur immer wieder alles auf?" John starrte die Frau verblüfft an, die ihn, gleich wie Sherlock, stets aufs Neue beeindruckte.

„Sie kennen die Methoden von Sherlock Holmes", antwortete Margaret darauf. „Ich wende sie lediglich an." Mit einem ernsten Blick schaute sie nun den Detektiv an. „Würdest du wohl so nett sein und meine Frage beantworten."

„Moriarty ist zurück", sagte Sherlock, dem diese Worte alles andere als leicht über die Lippen kamen, da er immer noch hoffte, sich bloß zu irren, was ihn zwar sonst überaus ärgerte, doch in dieser prekären Angelegenheit dennoch sehr erwünscht gewesen wäre.

„Nein, das kann nicht sein", meinte sie kopfschüttelnd. „Er ist tot. Sherlock, ich war dabei."

„Eigentlich warst nicht du Zeugin des Geschehens, sondern Alexandra Green", sagte der Detektiv überlegend.

„Dir scheint entgangen zu sein, dass ich meine Erinnerungen wiedererlangt habe, und zwar alle. James Moriarty ist definitiv tot. Daran besteht kein Zweifel."

„Sein Leichnam wurde nie gefunden. Wusstest du das?"

„Wundert dich das denn? Er ist die Reichenbachfälle hinuntergestürzt, an deiner Seite. Bis heute ist mir unerklärlich, wie du das überleben konntest." Sie schüttelte den Kopf. „Du musst dich irren."

„Ich wünschte, es wäre so", sagte Sherlock und meinte jedes Wort davon vollkommen ernst.

Zum allerersten Mal fiel John auf, dass er nun unsicher und verzweifelt war. So hatte der Arzt seinen Freund noch nie zuvor gesehen.

„Was ist mit Annabelle?", fragte Margaret mit Nachdruck, die einfach nicht glauben wollte, dass er tatsächlich recht haben könnte. „Sie hat etwas damit zu tun. Das kannst du nicht leugnen."

„Oh, das tue ich auch nicht. Doch spielt diese überaus kaputte Frau wohl eine ganz andere Rolle als wir zuerst angenommen haben. Allerdings sollten wir jetzt keine unnötige Zeit mit belanglosen Diskussionen verschwenden. Wir müssen nach London zurück." Die Verzweiflung in seinem Gesicht war nun auch für die anderen deutlich sichtbar.

„Was ist passiert?", fragte Margaret sich auf das Aller-schlimmste vorbereitend.

Zutiefst verletzt wandte sich Sherlock daraufhin von ihr ab. Er brachte es seltsamerweise nicht übers Herz, ihr die Wahrheit zu sagen. Deshalb schwieg er, in der Hoffnung, sie oder jemand anderes würde das Thema wechseln.

„Thomas Montaigne hat Mycroft einen unschönen Besuch abgestattet", antwortete John schließlich für ihn, der, erst als aus Margarets Gesicht jegliche Farbe verschwunden war, verstand, was Sherlock zuvor damit gemeint hatte, als er sagte, sie würde zur Familie gehören. Sofort bereute er, dass er dies ausgesprochen hatte, doch er konnte es nun nicht mehr zurücknehmen und wusste, dass er ihr alles erzählen musste, auch, wenn es im Grunde besser gewesen wäre, wenn sie es gar nicht hören würde.

„Was genau meinen Sie damit?", wollte Margaret besorgt wissen.

„Montaigne hat in Mycrofts Büro eine Granate explodieren lassen. Sein Zustand ist bisher kritisch. Viel mehr wissen wir auch noch nicht", sagte John. „Es tut mir leid", fügte er noch hinzu, nachdem er sah, wie sehr sie das belastete.

Margaret, die sich die ganze Zeit über an einem Zaun abgestützt hatte, brach beinahe unter dem heftigen Gewicht dieser Nachricht zusammen. Sie kämpfte mit den Tränen und wusste nicht mehr, wo sie hinschauen sollte und blickte deshalb weit in die Ferne hinaus.

„Wo ist dieser verdammte Mistkerl jetzt?", fragte sie dann und sah John voller Wut an.

„Tot. Montaigne ist tot. Er hat die Detonation nicht überlebt."

„Gut", sagte Margaret etwas zufrieden, was ihren Zorn jedoch nicht verringerte.

„Seine letzten Worte waren: *Schöne Grüße von Annabelle Sacker. Wir sehen uns in der Hölle*", sagte Sherlock nun.

„Also steckt doch *sie* dahinter", meinte Margaret.

„Sie hat es vehement geleugnet, zumindest was dich angeht", sprach der Detektiv. „Sie war wirklich schockiert als sie erfuhr, was mit dir geschehen ist. Davon hat sie definitiv nichts gewusst."

„Und das glaubst du ihr? Ernsthaft?", rief Margaret aufgebracht. „Wie naiv bist du eigentlich? Ich dachte, gerade du wärst klug genug, um ihre Lügen zu erkennen."

„Anfangs dachte ich auch, dass sie lügt", verteidigte sich der Mann angeschlagen. „Aber ihre Reaktion ist nur schwer authentisch spielbar. Ich glaube ihr."

„Dann bist du äußerst dumm."

„Es ist nicht immer alles so, wie es scheint, Margaret", sagte Sherlock ruhig. „Ich denke, jemand will nur, dass wir glauben, es sei Annabelle gewesen, um den wahren Täter, der dahintersteckt, zu decken. Denk doch mal nach. Es ist zu offensichtlich. Es deutet alles viel zu sehr auf Annabelle hin. Das erscheint mir seltsam."

„Unschuldig ist sie deswegen aber lange noch nicht. Und das weißt du ganz genau", sagte Margaret und wurde daraufhin leiser, beinahe nachdenklich und besorgt. „Aber wenn tatsächlich James Moriarty hinter der Sache steckt, wieso greift er dann Mycroft und mich an, anstatt dich selbst, Sherlock. Schließlich bist du sein Erzfeind, nicht wir."

„Aus demselben Grund, wie es damals schon Annabelle getan hat. Um mich damit zu quälen."

Margaret lachte unbeeindruckt. „Was hast du davon, wenn mir etwas zustößt? Das ist doch absurd."

„Ist es nicht", mischte sich John nun in das Gespräch ein. „Es gibt sogar mehrere Gründe, wieso Sie für Sherlock wichtiger sind als Sie denken. Nummer eins: Sie besitzen ebenso wie er eine überragende Auffassungsgabe. Nummer zwei: Sie sind die Schwester seines ersten besten Freundes, Victor Trevor. Und Nummer drei – der wohl schwerwiegendste Punkt an der ganzen Sache: Mycroft Holmes liebt Sie."

Margaret durchfuhr ein stechender Schmerz als John dies aussprach, der so heftig war, dass er ihr beinahe die Luft zum Atmen nahm. Hitze und Kälte durchfuhren gleichzeitig in heftigen Strömen ihren Körper.

„Und ganz egal, wie Sie auch dazu stehen mögen", fuhr der Mann gleich fort, wobei er ihre Reaktion ohne Zweifel zu deuten vermochte, „Sie empfinden auch etwas für ihn. Deshalb gehören Sie quasi zur Familie. Richtig?" Dabei schaute er nun zu Sherlock, der ihn mit weit aufgerissenen Augen anstarrte, was ihm als Antwort mehr als genügte.

„Was wissen denn ausgerechnet Sie über die Liebe?", fragte Margaret ihn nun verletzt. Sie wirkte beinahe gedemütigt. „Meiner Meinung nach zu wenig, als dass Sie darüber sprechen könnten. Halten Sie sich aus dem Privatleben anderer Leute raus. Nur, weil Sie selbst keines haben, gibt es Ihnen noch lange nicht das Recht, über andere zu urteilen."

„Ich urteile nicht", sagte John darauf. „Ich sage nur, was ich sehe. Das tun Sie doch auch ständig."

„Nur mit dem Unterschied, dass ich anderen Menschen damit helfe und sie nicht verletze, so wie Sie."

Sherlock blickte ungeduldig auf seine Armbanduhr. „Wir müssen los", sagte er. „Unser Flug geht in wenigen Stunden."

„Wie viele Tickets hast du für den Rückflug gekauft?", fragte Dr. Watson stirnrunzelnd.

„Drei natürlich", antwortete er kurz angebunden und ging auf Margaret zu. „Kannst du aus freien Stücken gehen? Die Strecke bis zum nächsten Taxi kann unerträglich lang werden."

„Freiwillig setze ich mich nicht mehr in einen Rollstuhl hinein. Da krieche ich lieber auf dem Boden", sagte sie, anstatt ihm zu antworten. „Es wird schon gehen", fügte sie dann aber noch hinzu und versuchte, nett zu klingen, da Sherlock sie mitfühlend und zerbrochen ansah, was ihr ein schlechtes Gewissen bereitete - schließlich lag sein Bruder im Sterben.

*Blut ist dicker als Wasser.*

*Ich wünschte nur, Mycroft könnte sehen, wie viel er Sherlock wirklich bedeutet.*

*Das würde ihr zerrüttetes familiäres Verhältnis zueinander mit Sicherheit stärken.*

„Na dann los", meinte der Detektiv, ergriff sie stützend am Arm und stapfte mit ihr davon.

„Sie können nicht einfach so gehen", rief Kommandant Haberle ihnen verdutzt nach.

„Verzeihen Sie vielmals", entschuldigte sich John für die beiden. „Aber es ist äußerst dringend. Ein Menschenleben hängt davon ab - mehrere sogar, wenn sich bewahrheitet, was Sherlock befürchtet."

Vor dem jungen Agenten Michael Gruber hielten Margaret und Sherlock kurz an, um sich angemessen von ihm verabschieden zu können.

„Sie haben mir das Leben gerettet", sagte Margaret und schenkte ihm ein sanftes Lächeln. „Das wird auch Jack Ryder erfahren. Ich stehe in Ihrer Schuld."

„Sie ist beglichen, wenn Sie meinen Vater finden und ihm sagen, dass es mir leidtut und ich ihn wiedersehen möchte."

„Betrachten Sie es als bereits erledigt", meinte die junge Frau. „Ich wünsche Ihnen viel Glück." Dann drehte sie sich zu Kommandant Haberle um. „Versprechen Sie mir, dass Sie Müllers Töchter finden!"

Der Mann nickte sprachlos.

„Leben Sie wohl, Michael", sagte sie noch zu dem jungen Mann und ging dann mit Sherlock, der sie die ganze Zeit über behutsam stützte, weiter während John ihnen nachrannte, bis er an ihre Seite herankam und neben ihnen die Straße entlangwanderte.

## DIE FALSCHE SPUR

Erst am späten Abend waren Sherlock Holmes, Dr. John Watson und Margaret Trevor wieder ins Vereinigte Königreich zurückgekehrt. Am Flughafen Bern hatten sie sehr viel wertvolle Zeit verloren, da dort das pure Chaos geherrscht hatte seitdem in Zürich der gesamte Flugverkehr lahmgelegt worden war. Der weitaus zu kleine Flughafen war ohne Zweifel überfordert gewesen, wodurch es teilweise zu Verzögerungen von bis zu sechs Stunden gekommen war.

Ohne lange darüber nachdenken zu müssen, machten sich die drei gemeinsam auf den Weg ins St. Bartholomew's, wobei besonders Margaret und Sherlock mit jedem Meter, dem sie dem Krankenhaus näherkamen, immer blasser im Gesicht wurden.

Es war einiges passiert, seitdem Sherlock seinen Bruder das letzte Mal gesehen hatte. Er wusste deshalb nicht, wie Mycrofts aktueller Zustand war, und eigentlich wollte er es auch gar nicht wissen. Er hasste es, diese Art von Gefühl spüren zu müssen.

„Hat das schon immer so wehgetan?", fragte er sich in Gedanken und konnte sich nur mühsam an einen vergleichbaren Schmerz erinnern, der ihn unweigerlich

238

schreckliche Szenarien seiner Kindheit wieder erleben ließ als wäre es gerade erst wenige Tage her gewesen.

*Trommelwirbel und schneidende Stille erfüllten den Friedhof. Eine erschreckend große Anzahl an Gästen war an diesem Tag anwesend. Allesamt in schwarze Gewänder gehüllt starrten sie mit vor Schock gebleichten Gesichtern auf den Wagen, der von vier Männern in Anzügen über den gepflasterten Pfad auf die Kirche zugeschoben wurde. Auf dem Wagen selbst, der für alle Särge, die eine typische Standardgröße hatten, verwendet wurde, befand sich eine aus hellem Holz, mit feinen Verzierungen geschnitzte Kiste, die darauf noch viel kleiner wirkte als sie ohnehin schon war.*

*'Oh, der arme Junge', jammerte eine ältere Dame als sie dem winzigen Sarg hinterherblickte. 'Sieh nur, Richard, wie klein das Ding ist! Ach, wie schrecklich.'*

*Ihr vollkommen ergrauter Gatte, der gekrümmt auf einem Gehstock gestützt neben ihr stand, folgte dem Trauerzug leicht abwesend. Es war ihm deutlich anzusehen, dass er wohl gerade darüber nachdachte, wie seine eigene Beerdigung ablaufen würde.*

*Dies dachte Sherlock in diesem Moment zumindest als er sich mit seiner Familie in weitem Abstand dem Geleit angeschlossen und den Mann dann entdeckt hatte.*

*'Die Jungen sterben und die Alten überleben', dachte er wehmütig und blickte wieder nach vorne, wo er sah, dass der Sarg gerade in diesem Moment in die pompöse Kirche hineingeschoben wurde.*

*Sein großer Bruder trabte schwerfällig an seiner Seite. Ihm stand deutlich ins Gesicht geschrieben, wie sehr er in diesem Moment litt.*

*'Es ist erst zwei Wochen her seit sie begraben wurde', erinnerte sich Sherlock. 'Und jetzt folgt ihr auch noch ihr großer Bruder.' Als seine Gedanken nun auf den Jungen fielen, überkam ihn ein starker Schmerz, der seine Sinne betäubte. 'Mein bester Freund. Er... Er ist fort. Für immer.'*

*Erst als ihn seine Mutter an der Schulter packte und weiterzog, war er wieder in der Gegenwart und bemerkte, dass er mittendrin stehengeblieben war.*

*'Sherlock', fuhr sie den Jungen mit einem finsteren Blick an, 'Komm schon! Du hältst alles auf.'*

*Er blickte zu ihr hoch und brach auf einmal in Tränen aus. Es fühlte sich so an als würde ein gewaltiger Staudamm brechen und all seine Qualen loslösen, die ihn umhüllten und in einen Abgrund hinunterrissen.*

*'Es tut mir leid', sagte Mrs. Holmes wehmütig und schloss ihren Sohn in die Arme. Danach hob sie ihn hoch und trug den Jungen den restlichen Weg in die Kirche hinein, der die ganze Zeremonie hinweg nicht einmal aufgehört hatte zu weinen.*

*'Du bist eine jämmerliche Heulsuse', hätte sein großer Bruder für gewöhnlich zu ihm gesagt. 'Nur Mädchen weinen. Du solltest dich schämen.' Sein Blick wäre verletzend und zutiefst erniedrigend gewesen.*

*Doch an diesem Tag schwieg er.*

*Mycroft Holmes kauerte schweigend zwischen seinen Eltern, während sein kleiner Bruder auf dem Schoß seiner*

*Mutter hockte. Eine eisige Kälte umhüllte den Jungen, sodass er unkontrolliert zu zittern begann.*

*Sein Vater legte ihm fürsorglich die Hand auf die Schulter und rückte Mycroft näher zu sich heran, der sich anschließend an seine Seite lehnte und versuchte, nicht zu weinen.*

*'Er ist so stark', bewunderte Sherlock ihn. 'Wie schafft er das bloß? Ich wünschte, ich könnte nur ein bisschen so wie er sein, dann würde es jetzt nicht so fürchterlich wehtun.'*

*Was der Junge jedoch nicht sah, war, wie sehr sich Mycroft anstrengen musste, um nicht lauthals in Tränen auszubrechen, denn er hatte sich bewusst von seinem kleinen Bruder weggedreht. Niemals hätte Mycroft Holmes es freiwillig zugelassen, dass Sherlock ihn hätte weinen sehen können.*

„Sherlock?" Margaret gab ihm einen kräftigen Stoß gegen die Schulter.

Erstaunt blickte er sich um. Sie befanden sich bereits im Inneren des Krankenhauses. Er war jedoch die ganze Zeit so abwesend gewesen, dass er nichts mehr mitbekommen hatte.

„Wo ist er?", fragte Margaret mit Nachdruck. Ihr Blick war ernst und ein quälender Schmerz stand ihr deutlich ins Gesicht geschrieben, auch, obwohl sie versuchte, ihre Gefühle zu verbergen.

Wie paralysiert zeigte der junge Detektiv in Richtung Treppe und murmelte dann die Worte „Intensivstation" und „links" während er nur langsam und sehr mühsam das Leid seiner Erinnerungen an damals von sich abzuschütteln versuchte.

Margaret flitzte so schnell sie konnte hoch – allerdings mehr humpelnd und schleppend als wirklich eilend -, wobei sie sich mühsam am Treppengeländer entlang nach oben zog und nur ächzend und viel zu gemächlich vorankam.

Sherlock, der wie versteinert im Flur des St. Bartholomew's stand und abwesend in die Leere starrte, konnte sich nicht mehr von den fesselnden Erinnerungen befreien. Hätte John ihn nicht unsanft wachgerüttelt, wäre er noch eine ganze Weile länger dort gestanden.

„Was ist los mit dir?", fragte der Doktor gleichzeitig besorgt und genervt, weil er sich nicht vom Fleck bewegte.

Als hätte ihn auf einmal der Blitz getroffen, fuhr Sherlock zusammen und starrte seinen Freund an als stünde er unter Strom. „Mir ist gerade wieder etwas eingefallen."

„Hoffentlich ist es der Grund, wieso wir hier sind", entgegnete John nicht mal annähernd so aufgewühlt wie er. „Schließlich befindet sich dein eigener Bruder auf der Intensivstation."

„Ach", tat Sherlock seine Trauer mit einem verzerrten Schmunzeln ab, „er kommt ohnehin nicht sehr weit." Mit einem Satz drehte er um und bewegte sich geradewegs auf den Ausgang zu.

„Sherl-", wollte John sagen, gab es jedoch schnell wieder auf, seinen Freund zur Vernunft zu bringen und eilte ihm flink hinterher. „Was hast du vor?"

„Manche Erinnerungen sind immer da", sprach der junge Detektiv laut überlegend, „und andere kehren erst nach sehr vielen Jahren wieder zu einem zurück."

„Ich fange langsam an, mir ernsthaft Sorgen um dich zu machen."

„Du fängst erst damit an?", konterte Sherlock und musterte seinen Freund kurz, ehe die beiden das Gebäude verließen und nach draußen gingen.

„Okay. Könntest du mir bitte erklären, was mit dir los ist. Ich bin es zwar gewohnt, dass du oft sehr seltsames Zeug von dir gibst, aber das hat sonst zumindest noch irgendwie Sinn ergeben. Das hier jedoch ist nur wirrer Schwachsinn, Sherlock. Also bitte, klär' mich auf, bevor ich in Erwägung ziehe, dich in eine psychiatrische Klinik einweisen zu lassen."

„Gut", sprach der Detektiv kurzatmig, „die Kurfassung ist: es war Moriarty."

„Ich verstehe nicht ganz."

„Das wirst du noch. Am Ende ergibt alles einen Sinn, aber bis dahin gibt es noch einige Dinge, die wir klären müssen."

„Und was ist mit Mycroft?", fragte John nun gehetzt. „Gott, Sherlock, er ist dein Bruder, dein eigen Fleisch und Blut."

„Margaret ist bei ihm. Das genügt allemal", fügte Sherlock flink hinzu. „Wir zwei haben aber etwas ganz anderes zu erledigen."

Sie hatte gehofft, dass sie erleichtert wäre, wenn sie Mycroft endlich wiedersehen würde, aber da irrte sie sich gewaltig.

Der sonst so autoritäre und teilweise einschüchternde Mann lag regungslos in dem Krankenbett und war an mehreren piepsenden Geräten mit Schläuchen und Kabeln angeschlossen. Er wirkte erschreckend zerbrechlich und leblos.

Als Margaret das Zimmer betrat, schlug ein brennender Schmerz wie eine heftige Flutwelle auf sie ein und raubte ihr die letzte Kraft und die Luft zum Atmen, sodass sie in der Mitte des Raumes auf ihre Knie fiel und weinend am Boden blieb während sie hoffnungslos zu dem verwundeten Mann hochschaute.

*Wieso musste es so weit kommen?*

*Warum bloß?*

*Was hast du getan?*

*Was habe ich getan?*

Margaret blickte schuldbewusst auf ihre Hände hinab als wären diese mit Blut befleckt. Dann erst richtete sie sich mühselig wieder auf und nahm auf dem Sessel, der nahe an der Seite des Bettes stand, Platz.

„Es tut mir so leid", brachte sie schluchzend heraus und griff vorsichtig nach seiner Hand. Für einen kurzen Moment hielt sie inne, denn seine Haut fühlte sich ungewöhnlich kalt an. Dann stand sie vom Stuhl auf und beugte sich über den Mann, um zu prüfen, ob er überhaupt noch atmete. „Etwas stimmt hier nicht", stellte sie fest und erblasste dabei.

„Da haben Sie allerdings recht", sagte eine ihr bereits bekannte Stimme hinter ihr, die der jungen Frau jedoch unbewusst eine Gänsehaut bescherte.

Noch bevor sie sich umdrehte, wusste sie, dass sie in Gefahr war. Vor ihr bei der Tür stand Dr. Michael Chinnery in einen weißen Arztkittel gehüllt und mit einer Pistole in seiner rechten Hand, die er auf die junge Frau gerichtet hatte.

„Tun Sie jetzt genau das, was ich sage, oder ich muss Ihnen eine Kugel in Ihren hübschen und überaus cleveren Kopf schießen!", befahl er mit einem so ernsten Blick, der Margarets Reaktion völlig erstarren ließ. „Ich muss zugeben", sprach er beinahe überrascht, „dass ich nicht gedacht hätte, Sie würden jemals wieder gehen können, nach allem, was Ihnen widerfahren ist. Wissen Sie", sagte er und kam langsam ein paar Schritte näher auf Margaret zu, während er ihr die Waffe dabei immer noch direkt ins Gesicht hielt, „ich habe sämtliche Fälle verfolgt, die Sie als die großartige Detektivin Alexandra Green für den Scotland Yard gelöst haben. Schon immer habe ich gewusst, dass Sie bei weitem intelligenter sind als dieser einfältige Wicht, der sich selbst beratender Detektiv nennt."

„Wieso tun Sie das?", fragte Margaret vorsichtig, die sich allmählich von ihrer Schockstarre befreien konnte, sich aber dennoch nicht traute, sich nur einen einzigen Zentimeter zu bewegen.

„Wieso wohl?" Dr. Chinnery lachte amüsiert. „Wegen dem Geld natürlich. Was denn sonst? Sie denken doch nicht ernsthaft, dass ich etwas gegen Sie habe, oder? Es ist wirklich nichts persönliches, Miss Trevor. Ehrlich nicht. Immerhin bin ich einer Ihrer größten Fans."

„Sie sind verrückt."

Wieder lachte der Mann. „Nennen Sie mir nur einen einzigen Therapeuten, der nicht verrückt ist! Anders ist es doch gar nicht möglich, diesen Job überhaupt zu erledigen."

„Wer?" Margaret schluckte nervös als sie in den Lauf der Pistole blickte. „Wer ist Ihr Auftraggeber?"

„Oh, tun Sie nicht so scheinheilig. Sie wissen es doch schon längst", gab der Mann überheblich zur Antwort. „Annabelle Sacker."

Margaret erstarrte erneut. Doch dieses Mal schnürte es ihr noch dazu die Lunge zu, sodass sie beinahe erstickte.

Dr. Chinnery begann, theatralisch demonstrierend durch den Raum zu marschieren, als er sah, wie überaus auffallend schockiert sie darüber war. „Allem Anschein nach sind Sie wohl doch nicht so schlau, wie die Leute immer sagen."

„Sie lügen", sagte Margaret und wehrte sich gegen ihre eigene Furcht. „Annabelle hat damit überhaupt nichts zu tun. Sie wollen nur, dass jeder glaubt, sie sei dafür verantwortlich. Aber Annabelle hatte recht … sie ist unschuldig."

Sein Blick versteifte sich augenblicklich und er blieb nur wenige Schritte entfernt vor Margaret stehen. „Es war nur eine Frage der Zeit, bis Sie hier auftauchen würden. Das haben wir gewusst und einfach darauf gewartet, bis Sie in unsere wundervolle kleine Falle laufen." Der Mann grinste diabolisch und warf einen kurzen Blick auf seine Armbanduhr. „Wie bereits mehrmals in den vergangenen Jahren haben Sie das übersehen, was direkt vor Ihren Augen liegt."

Margaret durchfuhr ein lang vergangener Schmerz. Sie hatte diese Worte schon viel zu oft gehört und sich im Bruchteil einer Sekunde wieder daran erinnert, wer dasselbe schon einmal zu ihr gesagt hatte.

*Thomas Montaigne, Sebastian Moran, Julian Moran und Annabelle Sacker.*

*Montaigne ist tot – definitiv.*

*Die Moran Brüder sitzen hinter Gittern –ohne Zweifel.*

*Und auch Annabelle ist eingesperrt.*

*Ich hasse es, dass ich das zugeben muss, aber dieser Mistkerl hat recht.*

*Ich habe wirklich etwas übersehen.*

*Nur was zum Teufel ist das?*

„Falls Sie überlegen, wie Sie aus dieser Situation lebend rauskommen wollen, muss ich Ihnen leider gestehen, dass es für Sie ab hier nicht mehr weitergehen wird", meinte Dr. Chinnery und trat noch näher auf Margaret zu, bis er den Lauf seiner Pistole direkt an ihre Stirn drücken konnte. „Eigentlich ist es eine Schande, das Leben eines so außergewöhnlichen Menschen auszulöschen, aber was tut man denn nicht alles für ein paar Millionen mehr auf dem Konto? Schließlich muss jeder eines Tages ein gewisses Opfer bringen, nicht wahr?" Er grinste wieder. „Sie können es sich also sparen, Ihren hübschen Kopf anzustrengen. Das ist vollkommen sinnlos."

„Dann sagen Sie mir wenigstens die Wahrheit", sprach Margaret nun eisern. Sie hatte kurz zuvor wieder Mycrofts Hand ergriffen und hielt diese nun voller letzter Hoffnung fest, was ihr auf einmal etwas Mut gab. „Wenn Sie mich schon töten müssen, ist es doch auch egal, ob ich weiß, wer dahintersteckt. Tote können ohnehin nicht mehr reden."

„Ihr netter Freund hier", sagte der Mann und zielte dabei mit der Waffe auf Mycroft, was Margaret nur noch mehr in Panik versetzte, „ist wohl das beste Beispiel dafür. Haben Sie sich denn gar nicht gefragt, wieso das alles ausgerechnet heute geschieht? Jetzt um diese Uhrzeit? Sie sind so berechenbar, Miss Trevor, dass es schon fast keinen Spaß mehr macht, mit Ihnen zu spielen."

„Es war ein Ablenkungsmanöver", stellte sie erschrocken fest und drückte unbewusst ihre Hand, die Mycrofts Finger umhüllte, noch energischer zu, dass dieser, wäre er bei Bewusstsein gewesen, vor Schmerzen aufgeschrien hätte. „Acht Menschen", sagte sie und blickte den Psychologen erschüttert an. „Acht unschuldige Menschen mussten sterben, nur für das hier?"

„Oh, *das hier* ist nur ein Teil davon", sagte Dr. Chinnery und leckte sich die Lippen. Noch immer hielt er die Pistole auf Mycroft Holmes, der völlig bewegungsunfähig im Bett lag und zu seinem eigenen Glück nichts von alledem mitbekam. „Aber ja, Sie haben recht, zumindest teilweise. Denn, wie Sie unschwer erkennen können, haben sämtliche Abteilungen und Einheiten des Scotland Yard im Auktionshaus der Foresters Stellung bezogen, um die vermeintlichen Mörder dieser acht unschuldigen Personen zu fassen, während Sie, Ihr netter Freund hier und ich nun vollkommen alleine sind. Der ach so clevere Sherlock Holmes verfolgt ebenso eine Spur, die ihn früher oder später in eine Sackgasse führen wird, bevor eine weitere kleine Explosion auch sein Ende noch ein wenig abrundet– schließlich heißt es doch so schön: Alle guten Dinge sind drei." Er kam noch einen Schritt näher, sodass er nun direkt vor Margaret stand und sie mit weit aufgerissenen Augen anstarrte. „Ich wünschte nur, Sie hätten mich nur ein einziges Mal so angesehen wie ihn", sagte er verletzt. „So oft bin ich Ihnen gefolgt als Sie noch Alexandra Green waren. Ich habe Sie wirklich vergöttert, Margaret." Dabei berührte er mit seiner freien Hand ihre Wange und beugte sich nach vorne um sie zu küssen.

Doch ein stechender Schmerz in der Brust ließ den Mann nach Luft ringend zurücktaumeln. Als er an sich hinabblickte, entdeckte er eine blutende Wunde in seinem Oberkörper. Wutentbrannt starrte er Margaret daraufhin an, die ein blutiges Skalpell, welches sie zuvor in ihrer Hand versteckt hatte, nun vor ihren Körper hielt.

Dr. Chinnery richtete die Pistole auf sie und wollte abdrücken, doch die Verletzung in seiner Brust war zu tief und er verlor die Kontrolle über seine Sinne, sodass er den Griff um die Waffe lockerte, welche dadurch auf den Boden fiel, und dann selbst nach hinten stürzte.

Noch immer hielt Margaret wie paralysiert Mycrofts Hand fest und blickte dabei betroffen auf das Skalpell in ihrer anderen Hand.

*Ich bin eine Mörderin.*

Anstatt sich zu freuen, dass sie Mycrofts Leben, sowie ihr eigenes gerade gerettet hatte, fühlte sie sich deswegen entsetzlich schuldig.

Der verletzte Mann am Boden war aber nicht tot, wie sie aufgrund ihres Schocks fälschlicherweise angenommen hatte. Dr. Chinnery hustete gequält und versuchte sich zumindest so weit aufzurichten, damit er die Pistole, die in seiner Reichweite lag, ergreifen konnte, um seinen Auftrag doch noch erfüllen zu können.

Ein Schuss fiel.

Stille.

Margaret ließ das Skalpell vor Schreck zu Boden fallen und starrte wie versteinert auf den Mann vor sich, der leblos zusammensackte, noch bevor er seine Pistole überhaupt erreicht hatte.

Im selben Augenblick rannten mehrere Männer in Uniform und Marke in das Zimmer und prüften, ob Dr. Michael Chinnery tatsächlich tot war. Gleichzeitig mit ihnen kam auch deren Vorgesetzter herein, der jedoch, als er Margaret völlig perplex vor sich stehen sah während sie Mycrofts Hand festhielt, ruckartig innehielt und erstmal tief durchatmen musste, ehe er sich der jungen Frau schließlich näherte.

„Geht es Ihnen gut?", fragte der junge Mann besorgt und legte seine Hand behutsam auf ihre Schulter. Erst jetzt bemerkte er, dass sie am ganzen Leib zitterte.

Als Margaret ihn ansah und erkannte, wer sie gerettet hatte, fiel sie ihm völlig aufgewühlt um den Hals und löste dabei ihren Griff um Mycrofts Hand.

Der Mann verlor dadurch beinahe das Gleichgewicht und taumelte einen Schritt zurück. Ihre Reaktion hatte ihn wirklich überwältigt.

„Die Auktion ist nur ein Ablenkungsmanöver", sagte Margaret dann, nachdem sie sich wieder beruhigt hatte und den Inspector vor sich mit ernster Miene anblickte. „Sherlock ist in Gefahr."

„Wo ist er?", fragte Inspector Doyle, der ebendiese Tatsache schon eine ganze Weile befürchtet hatte. Aus demselben Grund war er auch zum Krankenhaus gefahren, anstatt zusammen mit Lestrade das zu tun, was Sherlock Holmes ihnen allen aufgetragen hatte.

„Keine Ahnung", antwortete Margaret in Panik. „Wenn er nicht bei der Auktion ist, muss er an einem Ort sein, den er mit Moriarty in Verbindung bringt."

„James Moriarty?" Doyle erblasste. „Ich wusste, dass er noch am Leben ist. Ich wusste es die ganze Zeit."

„Dann wissen Sie auch, wo er sein könnte?", fragte Margaret hoffnungslos und verzweifelt zugleich.

„Abby House", antwortete der Inspector.

Margaret wich entsetzt zurück, sodass sie wieder an der Seite des Bettes ankam. Während sie den Mann vor sich ansah, tastete sie unbewusst mit ihrer Hand zurück, um Mycrofts Arm zu ergreifen, der sich zu ihrem Erstaunen nun weitaus weniger kühl anfühlte. Blitzschnell drehte sie sich um und blickte in die leuchtenden braunen Augen des Mannes, von dem sie befürchtet hatte, dass er nie wieder aufwachen würde. Vor Freunde weinend sprang sie auf Mycroft zu und ließ sich in seine Arme fallen.

Als der junge Detective Inspector dies mitansehen musste, versetzte es ihm einen tiefen Stich direkt ins Herz. Er war doch tatsächlich nach ihrer Umarmung von vorhin so naiv gewesen, um zu glauben, dass sie doch etwas für ihn empfinden würde; was sie natürlich auch tat, jedoch nicht so, wie er sich wünschte. Dankbarkeit und Liebe waren eben einfach nicht dasselbe. Und Margaret Trevor konnte William Doyle niemals dankbar genug sein, als dass dies seine Gefühle für sie irgendwie ändern könnte.

„Finden Sie ihn", flehte Margaret und sah Doyle nun an. „Finden Sie Sherlock, bevor es zu spät ist."

Ohne etwas darauf zu sagen verließ der junge Mann das Krankenzimmer und eilte gehetzt davon, gefolgt von einem Teil seiner Männer während sich der Rest von ihnen um den Leichnam von Dr. Chinnery kümmerte.

Mycroft, der nur bruchstückhaft mitbekam, was mittlerweile geschehen und was sich alles verändert hatte, wusste im ersten Moment gar nicht, was er sagen sollte und deshalb schaute er Margaret einfach nur schweigend, aber zutiefst erleichtert an.

„Du kannst gehen?", stellte er schließlich zufrieden fest.

Margaret konnte nicht anders als lachen. „Wenigstens einer ist deswegen erfreut", sagte sie, nahm seine Hand und setzte sich zu ihm auf den Rand des Bettes. „Ich bin sozusagen durch die Hölle gegangen, um hier zu sein."

„Ich wünschte, du hättest es nicht tun müssen", sprach Mycroft und richtete sich stöhnend auf. „Was ist passiert?", fragte er während er seinen dröhnenden Kopf stützen musste.

„Was ist das letzte, woran du dich erinnern kannst?"

„Montaigne", antwortete Mycroft und sah dabei die schrecklichen Szenen, die sich kurz vor der Explosion abgespielt hatten, vor seinen Augen als würde alles noch einmal passieren. Dann fiel sein Blick auf Margaret, die ihn besorgt ansah. „Das war alles nur eine Finte", sagte er ihre Hand fest umklammernd. „Annabelle, Moran, Montaigne. Das ist alles falsch. Alles."

Stirnrunzelnd betrachte Margaret den Mann verwirrt. „Was meinst du damit?"

„Einfach alles", fuhr er fort und sank daraufhin seinen Kopf. „Ich hätte ihm die Wahrheit sagen müssen."

„Mycroft?" Margaret wurde langsam nervös. „Wovon redest du?"

„Victor."

Ihr blieb das Herz stehen. Und für einen Augenblick dachte sie, dass sogar die Zeit stehenbleiben würde.

„Es war ein Unfall", gab der Mann dann zu.

Nun reichte es ihr. Margaret sprang so energisch vom Bett zurück, dass sie fast das Gleichgewicht verlor und sich an dem Stuhl nebenbei festhalten musste, damit sie nicht umkippte. Sie sah Mycroft dabei die ganze Zeit an und konnte nicht glauben, was er gerade gesagt hatte. Alles, woran sie immer vermutet und für wahr befunden hatte, schien nun keinen Sinn mehr zu ergeben.

„Was hast du getan?", fragte sie und konnte ihre Tränen nicht mehr länger zurückhalten.

„Es tut mir leid", brachte er heraus. „Ich hätte es euch schon die ganze Zeit sagen sollen."

„Was?", schrie Margaret ihn wutentbrannt an. „Was, Mycroft? Was zur Hölle hast du angerichtet?" Sie trat mit einem so finsteren Blick auf ihn zu, dass ihm ganz anders zumute wurde. „Ich schwöre dir, wenn du etwas mit Victors Tod zu tun hast, dann reiße ich dir mit meinen bloßen Händen bei lebendigem Leibe das Herz heraus", drohte sie lauthals. „Sag mir endlich, was passiert ist!"

Wie im Blutrausch eilte Margaret aus dem Krankenhaus raus. Sie hatte einen schwarzen Spazierstock aus einem Schirmständer in der Nähe des Ausgangs mitgehen lassen, der ihr das Gehen sehr erleichterte. Ihre unbändige Wut jedoch konnte nichts so schnell bremsen.

*Dieser verdammte Mistkerl hat mich all die Jahre angelogen.*

*Schlimm genug, dass ich meine Erinnerungen bereits zum zweiten Mal verloren habe, aber er hat mich einfach belogen.*

*Wie konnte er nur?*

*Belügt man denn jemanden, für den man etwas empfindet?*

*Habe ich ihn je belogen?*

*Vielleicht habe ich ihm nicht immer alles gesagt, aber jedes Wort, das meinen Mund verlassen hat, ist stets die pure Wahrheit gewesen.*

*Ich hasse ihn.*

*Wie konnte ich bloß so dumm sein und ihm vertrauen? Ihm und seinem verfluchten Bruder?*

*Ich wusste es die ganze Zeit.*

*Es war deren schuld.*

Margaret blieb ruckartig stehen.

*Was tue ich denn eigentlich?*

*Ich werde ihm nicht helfen.*

*Nein.*

Sie atmete tief durch und blickte in den Himmel hoch.

„Es tut mir so leid", sagte sie unter Tränen und betrachtete die unendlich weit entfernten Sterne am schwarzen Horizont, in der Hoffnung irgendein Zeichen von oben, von ihrem so schmerzlich vermissten großen Bruder zu erhalten.

Aber nichts geschah.

Niedergeschlagen seufzte Margaret und schaute auf den Boden.

*Sie muss die Wahrheit erfahren.*

*Ich muss es ihr sagen.*

*Das bin ich ihr schuldig.*

*Sie muss wissen, was geschehen ist.*

*Ob sie es uns nach all der Zeit verzeiht?*

*Ich fürchte nicht.*

*Aber sie hat es verdient, die Wahrheit zu erfahren.*

Mit einem neuen Ziel vor Augen schritt sie weiter und marschierte geradewegs auf die Straße zu, wo auch noch zu dieser späten Stunde zahlreiche Autos durch die Finsternis flitzten. Sie winkte ungeduldig ein Taxi heran, setzte sich hinein und verließ die Stadt.

## **DAS GEHEIMNIS VON RHEINAU**

Die junge Psychologiestudentin Regina Wilson konnte es kaum glauben. Sie hatte in den vergangenen Jahren mehrmals angefragt, die eigentlich streng geheime Nervenheilanstalt, welche sich unterhalb der Klosterkirche in Rheinau in der Schweiz befand, besuchen zu dürfen, um wertvolle Erkenntnisse für ihre Doktorarbeit aufschnappen zu können, und jedes Mal war sie dabei eiskalt abgelehnt worden. Doch an diesem wunderschönen sonnigen Montagmorgen hatte sie überraschend in aller Früh einen Anruf vom Anstaltsleiter Dr. Heinrich Mohr persönlich erhalten, der sie eingeladen hatte, noch an diesem Tag vorbeizukommen.

Nun war die übereifrige Tochter eines typischen Amerikaners und einer Afrikanerin um kurz vor 08:00 Uhr morgens auf dem Weg zum Anwesen des Klosters, wo sie bereits sehnlichst erwartet wurde.

Mit ihren jungen neunzehn Jahren war die dunkelhäutige intelligente Schönheit schon in früheren Zeiten aufgefallen, da sie mit ihrem Wissen und ihrem Verstand viele Dinge erkennen konnte, die den meisten anderen entgangen waren. In ihrer Heimat in Brooklyn nannte man sie schon den *amerikanischen Sherlock Holmes*, was ihr allerdings nicht wirklich zusagte, denn sie kannte diesen Mann und war nicht gerade ein Fan von ihm. Margaret Trevor, oder eigentlich Alexandra Green, hingegen bedeutete ihr eindeutig sehr viel mehr. Und da sie wusste, dass ausgerechnet sie an diesem Tag auch in Rheinau sein würde, war die junge Studentin besonders aufgeregt.

Die ganze Fahrt von ihrem Hotel zum Kloster zitterten ihre Finger und ihre Knie als würde sie gleich ihr allergrößtes Idol treffen. Im Grunde war das nicht mal ganz so falsch.

„Ihretwegen habe ich studiert", rief sie sich wieder in Erinnerung. „Das Geheimnis ihrer Familie wird wohl bald enthüllt werden und vielleicht bin ich diejenige, die alles aufdeckt."

„Wir sind da, Miss", sagte der Taxifahrer, ehe er das Auto am Straßenrand angehalten hatte.

Das Kloster und die vielen Nebengebäude sahen wie altertümliche Schlösser aus, bei denen, wenn man diese betrat, die Zeit stehen geblieben war und man dort alle Sorgen vergessen konnte. Wie auf einer Reise ins Mittelalter fühlte sich die junge Studentin als sie ausstieg und die gigantischen Steinbauten mit hohen Weinreben, die an den Mauern entlang wuchsen, und den saftig grünen Wiesen, die die Ebene wie ein flauschiger Teppich umgaben, voller Begeisterung erblickte.

Dr. Heinrich Mohr, in seiner üblichen dunkelbraunen Tweed-Jacke, über der er einen weißen Kittel trug, der ihm bis zu den Knien hinabreichte, und der farblich dazu passenden Samt-Hose, kam mit einem warmen Lächeln auf seinen Gast zu und schüttelte ihr die Hand.

„Willkommen in Rheinau", sagte der Mann und atmete die frische Morgenluft genussvoll ein. „Wunderschön ist es hier, nicht wahr?"

Mit glitzernden Augen nickte sie. „Ja, es ist atemberaubend." Sie konnte ihren Blick nicht von der faszinierenden Farbenvielfalt der Umgebung losreißen und musste sich daher mit Mühe zügeln – schließlich war sie aus beruflichen Gründen hier und nicht zu Erholungszwecken. „Ich kann Ihnen gar nicht genug dafür danken, dass ich doch noch einen Blick auf Ihre hervorragende Einrichtung werfen darf. Das wird meine Doktorarbeit qualitativ mit Sicherheit weit nach oben bringen", sagte sie euphorisch und umklammerte dabei mit ihren Fingern die schwarze Mappe, die sie unter ihre Arme geklemmt hatte, worin sich ihre bisher gesammelten Notizen und viele andere wichtige Dokumente befanden.

Der Mann lächelte. Dass die junge Studentin wirklich nervös war wäre ihm auch dann nicht entgangen, wenn er seinen Blick weit von ihr abgewandt hätte. Er geleitete sie in das Innere der Einrichtung, wo sie nebeneinander in den offenen Hof des Klosters kamen. Ein gigantischer Garten mit wunderschön blühenden Blumen, Kräutern und anderem Gewächs begrüßte sie dort.

„Bitte entschuldigen Sie, dass ich Sie schon so früh geweckt habe, Miss Wilson, aber ich musste sichergehen, dass Sie nicht schon wieder auf dem Rückflug nach Amerika sind. Selbstverständlich werden Ihnen die Kosten Ihres bereits erworbenen Tickets rückvergütet und Ihnen für einen Termin Ihrer Wahl eine neue Bordkarte in der höheren Preisklasse besorgt."

Regina blickte den Mann erstaunt an. Sie fühlte sich als hätte sie gerade im Lotto gewonnen. Bisher war sie immer nur Economy geflogen, da die höheren Klassen für sie viel zu teuer waren und sie ohnehin schon sehr knapp bei Kasse war, sodass sich ein weiterer Besuch in der Schweiz wohl frühestens erst wieder in einem knappen Jahr ausgegangen wäre.

„Vielen Dank, Dr. Mohr. Das ist wirklich überaus großzügig von Ihnen. Aber ich frage mich, womit ich das alles verdient habe. Verstehen Sie mich nicht falsch, doch es macht mich schon ein wenig stutzig, dass Sie meiner Bitte schließlich nachgekommen sind, obwohl ich zuvor etliche Male abgelehnt worden bin."

„Nicht ich bin Ihrer Bitte nachgekommen, Miss Wilson, sondern Margaret Trevor höchstpersönlich", sprach der Anstaltsleiter und betrat nun das Klostergebäude, wo die beiden in einen Fahrstuhl stiegen und mehrere Stockwerke in die Tiefe hinabfuhren. „Wie Sie wissen, ist Miss Trevor nun bereits seit mehreren Monaten hier und unterstützt die psychiatrische Abteilung als Leiterin. Es war ihr persönlicher Wunsch, dass Sie hierherkommen. Was der Grund dafür ist, hat sie mir allerdings nicht gesagt. Allerdings ist Miss Trevor freilich bekannt, wer Sie sind und was Sie bisher alles geleistet haben. Da ist es eigentlich nur logisch, dass sie sich mit Ihnen unterhalten möchte."

„Hat sie vielleicht meinen Blog gelesen?", dachte Regina und wurde zusehends nervöser als sie sich daran erinnerte, was sie in den vergangenen Jahren alles dort reingeschrieben hatte.

Der Fahrstuhl stoppte. Ein kleines Ping erklang und die Tür ging auf.

Vor ihnen befand sich ein langer verwinkelter Flur, der mit Stahlwänden ausgekleidet war und kein bisschen mehr wie ein Teil des Klosters aussah.

„Genau so habe ich es mir immer vorgestellt", sagte sie sich in Gedanken und konnte ihre Begeisterung kaum unterdrücken. „Hier sieht es aus wie bei einem Filmset aus James Bond. Das ist so aufregend."

Ihr Begleiter hielt nur wenige Schritte nach dem Fahrstuhl an. „Miss Trevors Büro befindet sich am Ende des Gangs. Sie erwartet Sie bereits. Ich wünsche Ihnen noch einen angenehmen und vor allem einen lehrreichen Aufenthalt in Rheinau." Mit diesen Worten verabschiedete sich der Mann, drehte um und betrat den sich schließenden Fahrstuhl, um in ein anderes Stockwerk darüber zu fahren.

„Okay, jetzt bist du ganz auf dich allein gestellt", sprach sie sich leise Mut zu. „Vermassle es jetzt nicht. Darauf hast du so lange gewartet."

Erst nachdem sie sich angemessen beruhigt hatte, begann sie den sterilen gebleichten Flur entlangzugehen, wo sie an mehr als zehn Türen pro Seite vorbeischritt, auf denen teilweise römische Zahlen oder Namen von Doktoren geschrieben standen, die alle mindestens zwei akademische Grade vor ihren eigentlichen Namen trugen.

Am Ende des langen Korridors angekommen blieb sie vor einer einzigen Tür stehen, die lediglich mit den zwei Buchstaben M und T beschriftet war, was für die Initialen von niemand anderem als Margaret Trevor stand.

„Irgendwie kaltherzig", ging es Regina beim Anblick der einfachen Buchstaben durch den Kopf. „Jeder weiß doch, dass sie hier ist, da macht es doch keinen Sinn, sich hinter den Initialen zu verstecken als würde einen niemand kennen."

Sie klopfte und es hallte im stillen Flur dröhnend wider, sodass Regina erschrocken zusammenfuhr und sich ihr Herzschlag drastisch beschleunigte.

„Herein", rief eine weibliche Stimme von drinnen kaum hörbar durch die massive Tür.

Mit weichen Knien trat Regina Wilson dann ein und schloss die Tür hinter sich mit verschwitzten Fingern.

Das Büro vor ihr war spärlich eingerichtet. Die Bücherregale aus dunkelbraunem, fast schwarzem Holz, die an drei der vier Wände entlang reichten, waren nur zu knapp 5 Prozent mit Büchern, Akten und einer schneeweißen Vase mit roten und weißen Rosen darin gefüllt. Bilder hingen keine einzigen an den grellen gebleichten Wänden, die hinter den Regalen hervorlugten und durch die Leere eher wie Gitterstäbe einer Zelle als einfache Bretter aussahen. Am hinteren Ende des Raumes, an der Stelle wo sich die meisten persönlichen Gegenstände in den Regalen befanden, stand ein länglicher Tisch, der jeweils nur knapp einen halben Meter von den Wänden entfernt war. Zwei schwarze mit Leder bezogene Stühle standen davor und ein großer, mit Sicherheit sehr gemütlicher Bürosessel dahinter, auf dem eine junge Frau saß, die wie gebannt auf ein paar Papiere starrte, die vor ihr auf dem sonst vollkommen leeren schwarzen Schreibtisch ausgebreitet lagen.

„Bitte setzen Sie sich", sagte die Frau zu Regina ohne dabei zu ihr hochzuschauen.

Eingeschüchtert trabte Regina näher, wobei sie versuchte, so leise wie möglich zu sein, um die Frau bei ihrer Arbeit – oder bei was auch immer sie gerade war – nicht zu stören. Sie nahm auf einem der beiden Stühle Platz und legte ihre schwarze Mappe auf den anderen neben sich hin.

Es vergingen ein paar Minuten, die der Studentin wie Stunden vorkamen, ehe sich die Frau hinter dem Schreibtisch aufrichtete und sie ansah. Zuerst war ihr Blick so ernst wie der einer alten Professorin, die einen Schüler wieder einmal rügen musste, doch dann lächelte sie ein wenig und ihr eisiges Gesicht erwärmte sich.

„Ich nehme an, Sie kennen mich bereits", begann die Frau und sah ihren Gast prüfend an. „Und ich weiß nun auch einiges über Sie." Dabei zeigte sie auf die Blätter, die vor ihr lagen, auf denen eindeutig Ausdrucke von Regina Wilsons Onlineblog zu sehen waren. „Das erspart uns zumindest eine Menge Zeit an belanglosem Smalltalk."

Regina schluckte nervös als sie ihre eigenen geschriebenen Zeilen schwarz auf weiß vor ihr liegen sah.

Die Frau musterte sie und lachte dann kurz. „Sie haben keinen Grund, sich unwohl zu fühlen. Im Gegenteil. Nach allem, was Sie mit Ihren reinen Vermutungen – und mehr sind es leider nicht – ans Tageslicht gebracht haben, können Sie äußerst stolz auf Ihre herausragenden Leistungen sein", fuhr Margaret um Welten freundlicher fort. „Sie fragen sich bestimmt, wieso ich Sie hergeholt habe, richtig?" Dabei wartete sie, bis Regina schweigend nickte. „Leider muss ich Sie enttäuschen. Für Forschungsarbeiten oder sonstiges ließ ich Sie nicht zu mir schicken. Wie Sie sich hoffentlich denken können, geht es mir allein um den Inhalt davon." Sie zeigte mit ihrem Finger auf die Blätter auf dem Schreibtisch. „Das Geheimnis von Victor Trevor", las sie eine der fettgedruckten Überschriften vor und schaute dann wieder zu der Studentin hoch. „Sie erwähnen eine Verschwörung innerhalb meiner Familie, haben dafür jedoch keinerlei Beweise. Jetzt interessiert es mich natürlich brennend, wie Sie auf einen solchen Schwachsinn kommen." Ihr Blick versteinerte sich augenblicklich. „Sie sind eine unglaublich intelligente junge Frau, die viele Talente besitzt, von denen manche nur träumen können. Wieso vergeuden Sie also Ihre wertvolle Zeit mit so etwas, während Sie mit Ihren Fähigkeiten die Welt verändern könnten? Warum Victor Trevor? Was haben Sie mit ihm zu tun? Es ist für mich unerklärlich, wie ein halbes Kind aus Brooklyn sich für den Tod eines siebenjährigen Jungen interessiert, der gestorben ist, noch lange bevor sie überhaupt geboren wurde. Also." Sie starrte das Mädchen fordernd an und verschränkte die Arme vor ihrem Körper. „Klären Sie mich auf!"

„Oh Gott! Oh Gott! Oh Gott!", rief ihre innere Stimme panisch und sie konnte förmlich spüren, wie ihr Herzschlag vollkommen aus dem Ruder lief. „Was mache ich denn jetzt bloß? Sie hasst mich."

Mit den Tränen kämpfend versuchte sie ihren Puls runterzubringen, ehe sie dann so ruhig wie möglich sagte: „Bitte verzeihen Sie. Ich weiß, dass das, was ich geschrieben habe, alles andere als nett war. Dafür möchte ich mich aufrichtig bei Ihnen entschuldigen."

„Nein", entgegnete Margaret kalt und lehnte sich in ihrem Sessel zurück, der dabei kaum hörbar quietschte. „Ich will keine Entschuldigungen von Ihnen hören. Ich will die Wahrheit. Sie wissen etwas, was niemand sonst weiß, und ich will, dass Sie mir genau das sagen. Es geht schließlich um meine Familie. Da verstehen Sie wohl hoffentlich, dass mich das besonders empfindlich macht; immerhin bin ich die letzte Überlebende von ihnen."

„Das ist so nicht ganz richtig", sagte Regina etwas kleinlaut und spürte Margarets bohrenden Blick auf ihrer Haut, der sich wie heiße Sonnenstrahlen verstärkt durch eine Lupe anfühlten.

„Was meinen Sie damit?"

„Wie Sie sagen habe ich leider keinerlei Beweise dafür, aber ich weiß, dass Sie noch eine ältere Schwester haben. Und Sie kennen sie auch."

„Und von wem haben Sie das?", fragte Margaret misstrauisch und beäugte sie mit zusammengekniffenen Augen wie einen unangenehmen Kriminellen.

„Von Valerie Sacker, Annabelles Mutter", antwortete Regina und machte sich gleichzeitig auf wüste Beschimpfungen gefasst.

Margaret starrte sie verdutzt an, sagte aber anfangs überhaupt nichts dazu. Sie beugte sich nach vorne und stützte sich mit den Ellbogen am Tisch ab während sie die Studentin schweigend anblickte und sich in Gedanken ausmalte, wer wohl ihre Schwester sein könnte; obwohl logischerweise nur eine einzige Person dafür in Frage kommen konnte.

*Annabelle.*

*Das würde einiges erklären.*

*Aber wieso hätte unsere Verwandtschaft verheimlicht werden müssen?*

*Das ergibt keinen Sinn.*

„Fahren Sie fort", bat die Frau, anstatt auch nur einen einzigen Kommentar dazu abzugeben.

„Annabelle Sacker ist Ihre Schwester, Miss Green. Das hat Valerie meinem Vater, ihrem Therapeuten anvertraut."

„Von ärztlicher Schweigepflicht scheint er wohl nicht viel zu halten, wie? Alles Scharlatane, diese Psychoärzte", warf Margaret genervt ein. Bei dem Wort Therapeut musste sie seither stets an Dr. Chinnery denken, der sie für ein bisschen Geld kaltherzig erschossen hätte, wenn DI Doyle nicht dazwischengegangen wäre. Als sie jedoch sah, dass ihre Worte die junge Studentin stark verletzten, überkam sie ein schlechtes Gewissen. „Verzeihen Sie", sagte sie. „Ich habe schlechte Erfahrungen mit solchen Doktoren. Das war jedoch nicht persönlich gegen Sie oder Ihren Vater gerichtet."

„Ist schon gut", sprach Regina endlich etwas lockerer. „Ich habe gehört, was Ihnen widerfahren ist. Ein solcher Vertrauensbruch zwischen dem Arzt und seinem Patienten hinterlässt tiefe Spuren."

„Sie klingen schon wie eine von denen", sagte Margaret leicht spöttisch und lachte dann um die Stimmung etwas angenehmer zu gestalten. Daraufhin atmete sie tief durch. „Hören Sie, es war nicht meine Absicht, Sie heute so böse anzufahren, aber je länger ich mich in diesem Gebäude aufhalte, umso mehr bekomme ich das Gefühl, dass ich genau hierhergehöre – und zwar nicht als Leiterin, sondern als Insassin." Sie machte eine kurze Pause. „Ich finde es äußerst bemerkenswert, was Sie bisher geleistet haben und stelle Ihr Talent auch keinesfalls in Frage, aber Sie müssen doch verstehen, dass mich Angelegenheiten, die mit meiner Familie zu tun haben, persönlich treffen und verletzen. Ich habe Sie hergeholt, damit Sie mir helfen und nicht, damit ich Sie beleidigen kann, was ich wirklich nicht vorhatte. Bitte sagen Sie mir einfach alles, was Sie wissen."

„Sie müssen sich wirklich nicht bei mir entschuldigen", sprach Regina mitfühlend. „Irgendwie verstehe ich das sogar, obwohl ich natürlich nicht mal annähernd nachvollziehen kann, wie Sie sich wirklich fühlen. Aber nun zu dem Thema, wieso ich hier bin: Valerie Sacker hatte eine Affäre mit Ihrem Vater. Ich weiß, das klingt jetzt irgendwie lächerlich, aber Sie sollten sich dazu ein paar Fotos Ihrer Kindheit ansehen, wo deutlich zu erkennen ist, dass Ihr Vater Valerie schon recht auffällig angesehen hatte. Das ist auf mehreren Bildern ersichtlich."

„Sie wissen, was mit meinem Vater passiert ist?", fragte Margaret prüfend, rührte sich dabei aber nicht vom Fleck.

„Ja." Regina sank wehmütig ihren Kopf. „Er hat sich erschossen." Dann sah sie die Frau vor sich neugierig an. „Was wurde Ihnen damals gesagt? Wieso hat er es getan?"

Margaret sprang schockiert auf, musste sich aber mit beiden Händen am Tisch abstützen, um das Gleichgewicht nicht zu verlieren. „Ich bin so dumm", rief sie. „Wieso konnte ich das nicht sehen? Das liegt doch auf der Hand. Das ist doch…" Sie verstummte und erinnerte sich dabei an jene Worte, die sie in der letzten Zeit schon von zu vielen Leuten gehört hatte. „Du erkennst so vieles, und doch übersiehst du, was direkt vor deinen Augen liegt", wiederholte sie die Quintessenz dieser, was für sie wie eine Zauberformel wirkte, die den undurchdringbaren dicken Schleier um ihren Verstand und ihren Erinnerungen löste. „Sie hat es die ganze Zeit gewusst", stellte Margaret fest. „Annabelle wusste die

Wahrheit und ihr Vater, der auch mein Vater war, ebenso. Wie konnte ich bloß so blind und naiv sein und tatsächlich glauben, sie hätte ihn dazu bringen können, sich das Leben zu nehmen. Immerhin hat doch auch Mycroft zugegeben, dass sie mit Victors Tod nichts zu tun hatte." Sie schaute nun Regina direkt an. „Wie kann ich das beweisen?"

„Mit alten Familienfotos zum Beispiel."

Ein eiskalter Schauer lief Margaret über den Rücken als sie sich daran erinnerte, was mit sämtlichen Gegenständen ihrer Kindheit geschehen war. Ihre Wohnung wurde damals in die Luft gesprengt und nichts war unversehrt geblieben.

„Die Fotos sind alle vernichtet worden", sprach sie trübsinnig und hatte nun das Bild ihres geliebten blauen Stofftieres Hippo vor Augen, was sie in einen schier melancholischen Zustand versetzte.

Erst jetzt hob Regina Wilson ihre mitgebrachte schwarze Mappe von dem Sessel neben sich auf und legte diese auf den Tisch. Sie öffnete den Deckel und legte ein paar lose Blätter Papier zur Seite, bis sie zu einem weißen Briefumschlag kam, den sie herausnahm und Margaret in die Hand drückte.

„Das sind alles nur Kopien und die Qualität ist nicht unbedingt gut, aber dennoch ist darauf zu erkennen, dass Ihr Vater und Valerie Sacker eine Affäre hatten", sagte Regina. „Das sollte hoffentlich ausreichen."

Margaret blickte einen Augenblick auf den Umschlag, ehe sie ihn öffnete und ein paar Ablichtungen alter Fotos heraus-zog, die ihr teilweise sogar noch in Erinnerung geblieben waren.

Eines von den Bildern hatte es ihr besonders angetan. Darauf waren ihr Bruder und sie selbst in der Mitte zu sehen, die im Garten nahe dem Anwesen der Familie Holmes im Gras hockten. Sherlock, Mycroft und Annabelle saßen bei ihnen und schienen sich dabei prächtig mit den beiden zu unterhalten während deren Eltern, die ebenfalls auch alle hinter ihnen zusammensaßen, miteinander sprachen. Dabei war deutlich zu erkennen, dass Valerie Sacker sehr viel näher an der Seite von Margarets und Victors Vater saß, als deren Mutter. Beim zweiten Blick konnte Margaret sogar erkennen, dass er Valeries Hand berührte.

„Dieser verdammte Mistkerl", rutschte es ihr erzürnt heraus und sie musste erst einmal tief durchatmen, damit sie sich wieder beruhigen konnte. „Woher haben Sie all diese Bilder eigentlich?", fragte sie Regina nun skeptisch.

„Von meinem Vater. Valerie hat sie ihm gegeben", antwortete die Studentin.

„Haben Sie je mit Annabelle selbst gesprochen?"

„Nein." Regina schüttelte hastig den Kopf.

„Kommen Sie mit", bat Margaret und ging flink zur Tür, blieb dann jedoch stehen und wartete, bis ihr Gast aufstand und ihr folgte.

„Was haben Sie vor?"

„Eine unschuldige Gefangene befreien", sagte Margaret und stürmte nach draußen.

Als Margaret an der Seite der aufstrebenden jungen Psychologiestudentin Regina Wilson den ewiglangen Flur zur einzigen Zelle im Hochsicherheitstrakt im untersten

Stockwerk der gesamten Einrichtung unterwegs war, gingen ihr vielerlei Dinge durch den Kopf. Zuallererst dachte sie an ihre Beine. Das regelmäßige, beinahe militärisch exakte Aufschlagen ihrer Gehhilfe, welches in dem leeren und weit gewundenen Korridor mehrmals widerhallte, sodass sich die einzelnen Schläge miteinander vermischten und man bald denken konnte, es wären mehrere Personen mit Stöcken unterwegs, erinnerte sie an die schrecklichen Stunden in Zürich, welche sie seither ständig versucht hatte zu verdrängen. Doch fast immer, wenn sie durch diesen langen Flur schritt, kehrten all ihre schlimmsten Erinnerungen zurück und der Pfad zur Zelle am Ende des Gangs glich einem Höllenritt, der sie all jene grausame Szenarien erneut erleben ließ, die sie seither mit Mühe versucht hatte aus ihren Gedanken zu verbannen.

Dann dachte sie daran, was in den letzten Wochen und Monaten alles geschehen war. In den vergangenen drei Monaten war schließlich eine ganze Menge passiert. Sie hatte sich, nachdem sie das St. Bartholomew's in London fluchtartig verlassen hatte, in die Schweiz zurückgezogen und seither sämtliche Anrufe von Mycroft und Sherlock Holmes bewusst ignoriert. Nun, da sie all ihre Erinnerungen wiederhatte – und zwar auch jene an ihre Tage als sie noch Alexandra Green war – wunderte es sie noch um einiges mehr, dass die beiden Brüder unverkennbar den Anschein erweckten, sie würden sie dringend brauchen. Es kam ihr fast so vor als wären die Holmes Brüder voller Verzweiflung auf ihre Hilfe oder zumindest ihren Rat angewiesen.

*Das ist doch lächerlich.*

*Die brauchen mich nicht.*

*Nicht nach allem, was passiert ist.*

*Sie sind selbst schuld – alle beide.*

*Wenn sie mir von Anfang an die Wahrheit gesagt hätten, dann wäre ich nie fortgegangen und ich könnte ihnen vielleicht sogar noch vertrauen.*

In den Nachrichten hatte sie von dem Diebstahl 12 seltener weißer Jadekristalle gehört, welche bei der Auktion der Foresters hätte verkauft werden sollen. Der Scotland Yard hatte mit Hilfe von Sherlock Holmes die Spur verschiedenster Serienmorde bis dorthin verfolgen können.

*Also, sie brauchen mich nicht.*

*Es geht schließlich auch ohne mich.*

*Obwohl eigentlich ich es war, die seinerzeit die Botschaft entschlüsselt hat.*

Die russische Mafia hatte allem Anschein ihre Hände mit im Spiel. Von einem ihrer höchsten Tiere waren die acht Beseitigungen an teilweise völlig unwillkürlich gewählten Opfern beauftragt worden, um den wahren Grund des Mordes an Cecile Forester und Patrick Stangerson vertuschen zu können. Denn es hatte sich im Nachhinein herausgestellt – das hatte Margaret bereits vermutet -, dass Cecile Corester von der illegalen Beschaffung der Jadekristalle erfahren hatte und Patrick Stangerson, der seit Jahrzehnten ein guter Freund dieser Frau war, ist von ihr darüber in Kenntnis gesetzt worden. Deshalb hatten die zwei aus dem Weg geschafft werden müssen. Dass sieben der acht Opfer in die Richtung des Hyde-Parks gezeigt hatten, hätte den Scotland Yard lediglich auf eine falsche Spur locken sollen. Der Mörder von Stangerson jedoch hatte den Auftrag falsch verstanden.

*Eigentlich war die Lösung so einfach.*

*Ob Sherlock es wohl genauso sieht?*

*Ach, ist doch egal.*

*Weder er noch Mycroft haben es verdient, dass du an sie denkst.*

Ein kurzer Blick zu ihrer jungen Weggefährtin brachte sie wieder in die Gegenwart zurück – eine Zeit, in der sie unbedingt bleiben wollte.

Mittlerweile hatte sie große Fortschritte gemacht. Regelmäßig hatte sie seither einen Physiotherapeuten besucht, der ihr dabei hatte helfen können, das Gefühl in ihren Beinen wieder zu erlangen. Aber sie musste noch immer mit einem Stock gehen, der sie stützte. Das linke Bein hatte auch jetzt noch seine Schwierigkeiten damit, wieder normal zu funktionieren. Doch das war für sie ohnehin ein eher nebensächliches Problem.

„Sind Sie sicher, dass das eine gute Idee ist?", fragte Regina sie und durchbrach die drohende Stille, welche nur durch das laute Widerhallen von Margarets Gehstock erfüllt war. „Annabelle Sacker befindet sich seit sehr vielen Jahren in dieser Einrichtung und sie wurde von zahlreichen der renommiertesten Doktoren untersucht."

„Es hört doch jeder nur das, was er versteht", gab Margaret lediglich zur Antwort.

Regina seufzte, doch es klang weder genervt, noch enttäuscht. Viel eher schien es so, als hätte sie ganz genau eine Antwort dieser Art erwartet. „Dass Sie ausgerechnet jetzt Goethe zitieren, wundert mich nicht", fügte sie ihrem Ausdruck noch hinzu. „Schließlich ist Ihre Faszination zu diesem Dichter weitverbreitet bekannt."

„Oh, Johann Wolfgang von Goethe ist sehr viel mehr als nur ein einfacher Dichter gewesen", berichtigte Margaret sie sofort. „Für mich ist er jemand, der seiner Zeit weit voraus gewesen ist; eine Person, die Gefühle und menschliches Verhalten in einfache Worte fassen konnte, sodass ein jeder es verstand, obwohl er stets wie ein Weiser unter den Weisesten zu sprechen vermochte. Und doch geben seine Worte nur das reine, bodenständige und teilweise barbarisch Menschliche wieder."

Sie hielten an.

Vor ihnen lag die doppelt verriegelte robuste Stahltür zur einzigen Einzelhaftzelle in der Anstalt Rheinau, die rund um die Uhr von jeweils zwei Wachmännern gehütet wurde, als befinde sich ein Diamant von unschätzbarem Wert darin.

Ohne dabei ein Wort zu verlieren, öffneten die beiden Männer ihnen die Tür und ließen sie eintreten. Obwohl sie ganz besonders die ihnen völlig unbekannte Regina Wilson argwöhnisch betrachteten, schwiegen sie, um Margaret nicht zu beleidigen oder zu verletzen, was, wie ihnen vorkam, in letzter Zeit leider viel zu oft vorgekommen war.

Margaret und Regina betraten nacheinander die Zelle, die an der vorderen Seite mit einer kugelsicheren Panzerglasscheibe abgeriegelt war, und blieben dann nebeneinander wenige Schritte davor stehen.

Es dauerte kaum eine Sekunde, bis die Gefangene ihre Besucher bemerkt hatte, dann von ihrem Stuhl aufsprang und langsam auf sie zuging.

„Heute muss wohl mein Geburtstag sein, oder aber ich habe wieder mal etwas ganz, ganz Schlimmes angestellt, dass mich die unnahbare und einzigartige Margaret Trevor alias

Alexandra Green gleich zwei Tage direkt hintereinander besuchen kommt", begann Annabelle trotzig und betrachtete die beiden Frauen mit einer theatralischen Skepsis. „Und wer ist das?" Sie beäugte nun Regina argwöhnisch und kam näher an die Glasscheibe heran. „Bildet Margaret Trevor nun neuerdings Studenten aus, damit diese den gleichen Blödsinn lernen und weitergeben, den sie selbst die ganze Zeit über für die Wahrheit hält?"

„Ich denke nicht, dass es eine gute Idee war, hierherzukommen", sagte Regina und schaute Margaret dabei unsicher und nervös an. „Auf mich macht sie nicht gerade den Eindruck, als besäße sie auch nur noch einen Hauch an gesundem Menschenverstand. Vielleicht sollte sie wirklich hier drinnen bleiben."

„Blödsinn", warf Margaret ein und betrachtete Annabelle ganz genau. „Sehen Sie denn nicht, dass sie nur mit uns spielt? Ich hätte es schon viel früher erkennen müssen. Annabelle Sacker ist mit Abstand schlauer als Sie und ich zusammen."

„Oh." Die Gefangene starrte Margaret überrascht an. „Wie komme ich denn zu der seltenen Ehre, dass gerade du mich lobst? Schließlich wollte ich dich doch umbringen, oder nicht? Mehrmals sogar. Hast du das denn schon wieder vergessen, Maggie? Ach, dein Erinnerungsvermögen gleicht wirklich einem Sieb. Das ist ja schon fast lachhaft."

„Du kannst mit dem Theater aufhören", meinte Margaret völlig unbeeindruckt von ihren verletzenden Worten. „Ich kenne die Wahrheit, und zwar die ganze Wahrheit."

Annabelle lachte. „Ach wirklich? Das glaube ich erst, wenn du mir es auch bewiesen hast. Also, was ist denn diese *ganze Wahrheit*? Was hat man dir denn nun schon wieder für Lügen eingebläut?" Wieder fiel ihr Blick auf Regina. „Und wer ist das Mädchen da überhaupt? Hast du jetzt etwa eine neue beste Freundin? Weißt du eigentlich, wie sehr mich das verletzt?"

„Ich wüsste nicht, wieso dich das verletzen sollte, immerhin waren wir zwei niemals Freundinnen. Wir waren viel mehr als das", sagte Margaret und holte tief Luft, ehe sie fortfuhr. „Wir sind schließlich Schwestern, du und ich."

Annabelle wich erschrocken zurück. Ihr entsetzter Blick sprach Bände.

„Woher…?", stammelte sie. „Woher weißt du das? Hat dir das dieses Kind eingetrichtert? Das kann sie nicht wissen. NIEMAND weiß davon."

„Falsch", konterte Margaret. „Du wusstest es, und zwar die ganze Zeit. Du hast unseren Vater damit konfrontiert und deshalb hat er sich das Leben genommen. Wieso zum Teufel hast du das nie jemandem erzählt?", fragte sie aufgebracht. „Warum hast du all die Jahre geschwiegen? Schämst du dich etwa dafür? Wieso?"

„Du würdest das nie verstehen", antwortete Annabelle gebrochen.

„Woher willst du das wissen?"

Annabelle antwortete ihr nicht. Stattdessen drehte sie sich um und tappte ein paar Schritte weg, während sie in Selbstmitleid badend auf den Boden starrte und verzweifelt darüber nachdachte, ob sie wirklich etwas sagen sollte.

„Er hat von dir verlangt, dass du schweigst, richtig?", las Margaret aus ihrer eindeutigen Reaktion heraus. „Nicht du hast dich geschämt, sondern er, und dafür hast du ihn gehasst." Sie ging bis ganz nach vorne und berührte mit der rechten Hand die Glasscheibe. „Annabelle", sagte sie mitfühlend, „es tut mir wirklich leid. Wenn ich seine Dummheit rückgängig machen könnte, würde ich es sofort und ohne zu zögern tun; aber egal, was ich sage oder tue, das, was er dir angetan hat, kann ich mit keiner Macht der Welt rückgängig machen. Bitte", flehte sie, „lass uns zumindest jetzt gemeinsam nach vorne schauen."

Nun drehte sich die Gefangene wieder um und sah sie an. Sie hatte geweint und noch immer flossen ihr die Tränen über die nun roten Wangen hinab.

„Es war nicht meine Schuld", sagte sie am Boden zerstört. „Niemals hätte ich meinem eigenen Bruder etwas antun können. Das musst du mir glauben."

„Ich weiß", gab Margaret traurig zu. „Mycroft hat mir erzählt, was damals passiert ist. Es war ein Unfall."

„Ein Unfall?", fragte Annabelle nach und riss ihre Augen auf als hätte sie sich gerade verhört. Dabei kam sie wieder zur Glasscheibe zurück und blickte Margaret so verzweifelt an, dass diese ihre Hand zurückzog und völlig verkrampfte. „Was genau hat Mycroft dir erzählt?"

„Dass Victor und Sherlock in der Hütte gespielt haben, kurz bevor es geschehen ist."

„Was ist passiert?", bohrte die Insassin fahrig nach. „Was hat Mycroft gesagt? Ich wette, er hat dir weißgemacht, dass ich es war, die das Lagerfeuer angezündet hatte, richtig?"

„Von einem Lagerfeuer hat er überhaupt nichts gesagt."

„Was war es dann? Er muss mir die Schuld gegeben haben. Das hat er doch schon immer getan."

Das Licht begann für einen Augenblick zu flackern, ehe es dann komplett ausging und den Raum in völlige Dunkelheit hüllte.

„Was geschieht hier?", fragte Regina ängstlich und tastete sich vorsichtig zurück, bis sie sich an der Wand hinter sich abstützte.

Nun ging die Notbeleuchtung an. Zwei grellgrüne Schilder oberhalb der Tür erstrahlten und schenkten ihnen zumindest ein wenig Licht.

„Sieht ganz nach einem Stromausfall aus", meinte Annabelle, die an der gläsernen Wand angelehnt vor ihnen stand und keineswegs ängstlich wirkte. Sie schien sich sogar ein wenig darüber zu freuen, obwohl auch sie nicht wirklich zu wissen vermochte, was nun kommen würde.

Margaret holte ihr Smartphone aus der rechten Hosentasche heraus und schaute mit blassem Gesicht auf das Display.

„Ich habe keinen Empfang hier unten."

Leicht in Panik hetzte Regina zur Tür und rüttelte daran, doch diese war fest verschlossen.

„Wir sind hier eingesperrt", rief sie schockiert. „Was machen wir denn jetzt?"

Von weiter Ferne konnten sie mehrere Schüsse hören, die drohend durch die langen Korridore über den Fahrstuhl am Ende des Flurs bis zu ihnen herunter widerhallten.

„Was ist da oben los?", fragte die junge Studentin besorgt und kauerte sich in der Ecke zusammen.

Durch Margarets Kopf huschten blitzschnell verschiedene Möglichkeiten, die in den oberen Stockwerken gerade passieren konnten, obwohl sie keinerlei Anhaltspunkte für überhaupt irgendetwas hatte.

*Pistolenschüsse sind allerdings mehr als eindeutig.*

*Jemand greift uns an.*

*Aber wieso?*

*Und wer?*

Reflexartig fiel ihr Blick auf Annabelle.

„Was siehst du mich an?", fragte sie leicht erschüttert. Sie war nun selbst nicht mehr ganz so mutig, wollte ihre Furcht aber mit aller Mühe verstecken. „Ich habe nichts damit zu tun."

Ohne darauf einzugehen, marschierte Margaret auf die Wand hinter ihr zu, die auf den ersten Blick nichts Besonderes darstellte. Als sie jedoch ihre rechte Handfläche auf eine der übereinanderliegenden Metallplatten legte, sodass ein hoher klarer Signalton erklang, verschoben sich die Platten und darunter kamen insgesamt dreißig kleine Bildschirme zum Vorschein, die sich alle gleichzeitig einschalteten, sodass darauf die aktuellen Aufzeichnungen der wichtigsten Überwachungskameras zu sehen waren.

„Das ist ja…" Regina traute ihren Augen kaum und tapste langsam näher heran, bis sie hinter Margaret stehen blieb und über ihre Schulter auf die Bildschirme blickte. „Haben Sie das etwa in jedem Raum?"

„Nein, aber in jedem Stockwerk", antworte Margaret, die die ganze Zeit auf die Bildschirme starrte, in der Hoffnung, darin etwas Brauchbares zu erkennen.

Eine der Kameras zeigte das Büro des Anstaltsleiters, das vollkommen verwüstet war. Der große Schreibtisch lag umgekippt auf dem Boden, die Stühle waren nahe nebenbei zerbrochen worden und sämtliche Dokumente, Mappen, Akten und Bücher lagen wild verstreut herum. Unter all dem Chaos hockte Dr. Mohr, dessen Hände und Füße mit dunklem Klebeband gefesselt waren, auf dem Boden in der Ecke und versuchte, sich zu befreien. Dann aber schaute er direkt in die Kamera hoch als würde er ahnen oder zumindest hoffen, dass Margaret und die anderen ihn gerade sehen würden. Voller Verzweiflung schrie er einige Worte in die Kamera, doch der Ton war stumm, sodass man ihn nicht verstehen konnte.

„Was sagt er?", fragte Regina. „Ich kann ihn nicht verstehen."

„Geht mal aus dem Weg!", befahl Annabelle den beiden, die daraufhin wortlos zur Seite rückten, damit die Gefangene besser sehen konnte. „Oh, verdammt." Sie wich erschrocken zurück.

„Was?" Margaret blickte sie besorgt an. „Annabelle, was sagt er?"

„Moriarty lebt", antwortete Annabelle nervös. „Und er ist hier. Er will mich töten."

„Dich?", fragte Margaret verwirrt. „Wieso dich? Was hast du mit Moriarty zu tun?"

„Wüsstest du wirklich die ganze Wahrheit, dann würdest du jetzt alles verstehen", gab Annabelle zur Antwort.

„Könntet ihr vielleicht endlich mit diesem Wahrheitszeug aufhören und euch auf das konzentrieren, was gerade vor uns liegt", rief Regina panisch dazwischen und deutete auf einen der Bildschirme, der die Überwachungskamera direkt vor der Zelle im Hochsicherheitstrakt zeigte, auf dem mehrere schwarzgekleidete, mit Gewehren bewaffnete

278

Männer zu sehen waren, die im Gleichschritt den Korridor entlang marschierten.

Noch bevor einer der drei reagieren konnte, wurde von draußen das Feuer eröffnet, welches direkt auf die verriegelte Tür gerichtet wurde.

„Wie lange hält denn die Tür das aus?", wollte Annabelle wissen.

„Hoffentlich lange genug", antwortete Margaret, drehte sich in einem flinken Zug um und kehrte zu den Bildschirmen zurück, wo sie sich der Tastatur vor sich widmete.

„Ist das etwa ein Kontrollpanel?", fragte Regina beeindruckt.

„Was dachten Sie denn?", gab Margaret zurück, während sie blitzschnell mehrere Zahlenkombinationen eintippte und dadurch die verschiedensten Sicherheitsprogramme startete. „Einfache Überwachungskameras nützen uns hier unten äußerst wenig."

Mit einem roten Blinken erschienen unter der Tastatur drei grüne Knöpfe, ein Kabelanschluss für ein kleines Gerät und eine pechschwarze Schlüsselkarte.

Nacheinander drückte Margaret jeden einzelnen Knopf, die allesamt die Tür mit einer von der Decke herunterkommenden dicken Stahlmauer schützten. Dann steckte sie ihr Smartphone an den Kabelanschluss, wodurch augenblicklich ein Programm auf dem Gerät installiert wurde. Danach nahm sie die Schlüsselkarte in die Hand und kehrte damit zu Annabelles Zelle zurück. Sie fuhr mit der Karte über das Kontrollsiegel an der Seite, sodass sich kurz darauf eine schmale Tür neben der Glaswand öffnete. Doch anstatt Annabelle herauszulassen, trat sie ein und ging so schnell sie es mit ihrem Gehstock schaffte ans hintere Ende der Zelle, wo sie die Schlüsselkarte gegen die Wand hielt, aus der sich wie durch Zauberhand eine Tür formte.

„Wahnsinn", brachte Regina schier sprachlos heraus.

„Los!", rief Margaret ihr zu. „Kommen Sie! Wir müssen hier raus."

„Was ist das hier?", fragte Annabelle beeindruckt.

„Ein Notfallausgang", antwortete Margaret und schob Regina durch die schmale Tür hindurch. „Allerdings habe ich stets gehofft, ihn nie betreten zu müssen."

„Wieso nicht?"

„Ich hasse dunkle Tunnel", antwortete Margaret und drückte nun auch Annabelle hinein, ehe sie selbst in die Dunkelheit trat und die Tür hinter sich wieder verschloss, sodass nur eine unscheinbare Wand zurückblieb.

Dr. Heinrich Mohr hockte in seinem eigenen Büro auf dem Boden, mit seinen Händen hinter den Rücken gefesselt und versuchte sich mit aller Kraft zu befreien, wobei er mit den ebenfalls gefesselten Füßen wild um sich schlug. Als jedoch jemand dem Raum näherkam, hielt er abrupt inne und starrte voller Furcht zur Tür.

Ein junger Mann mit dunklem kurzem Haar in einem maßgeschneiderten schwarzen Anzug betrat das Büro des Anstaltsleiters und blieb nur wenige Schritte vor dem Gefangenen stehen. In der rechten Hand hielt er eine Pistole, die er nur nebensächlich an seinem Körper entlang runterhängen ließ, als würde er sie nicht benutzen wollen, jedoch aber als Überredungsmittel gezwungenermaßen mit sich tragen müssen.

„Wie öffnet man die Tür?", fragte der Fremde.

„Wenn die Notverriegelung aktiviert ist, kann sie von außerhalb nicht mehr geöffnet werden", antwortete Dr. Mohr.

„Falsche Antwort", entgegnete der Mann grob und schlug dem Leiter mit der Pistole gegen die Stirn. „Es gibt immer einen zweiten Schalter. Wo ist der?"

„Es gibt keinen und wenn es doch einen gäbe, dann würde ich Ihnen niemals verraten, wo dieser sein würde", sagte der Arzt mit schmerzverzerrtem Blick und schaute dann kurz nach oben zur Überwachungskamera.

Der Fremde folgte seinem Blick und hielt kurz inne während er die Kamera betrachtete, ehe er sich wieder dem Gefangenen widmete. „Na schön, alter Mann. Sie haben es nicht anders gewollt." Gleichzeitig drehte er sich weg, hielt sein linkes Handgelenk mit der Armbanduhr daran an seinen Mund und sprach: „Es scheint als wäre Plan A gerade gescheitert, Gentlemen. Somit tritt unverzüglich Plan B in Kraft."

„Plan B?", fragte der Arzt besorgt.

Der Fremde grinste diabolisch. „B wie Bombe."

„Was haben Sie vor?", fragte Dr. Mohr schockiert.

„Wir jagen die ganze Bude hoch, bis wir sie gefunden haben."

„Was wollen Sie überhaupt von ihr? Annabelle Sacker ist eine psychisch gestörte Patientin."

„Und sie ist eine Zeugin, die aus dem Weg geschafft werden muss; ebenso wie die andere."

„Die andere?", fragte Dr. Mohr verwirrt.

„Ihre kleine Schwester."

In völliger Finsternis huschten die drei Frauen durch den schmalen, knapp einen Meter hohen Tunnel, bis sie einmal um die Ecke bogen und in einen größeren, höheren Raum kamen, wo sie kurz Halt machten, um zu verschnaufen.

Mit ihrem Handy in der Hand hatte Margaret die ganze Zeit alles auf einem Blick vor sich. Sie war mithilfe des vorhin installierten Programmes in der Lage auf sämtliche Überwachungskameras im Gebäude zugreifen zu können, sodass sie genau sah, was gerade um sie herum vor sich ging.

Ein ohrenbetäubender lauter Knall dröhnte bebend durch den Tunnel zu ihnen heran.

„Was war das?", fragte Regina ängstlich.

„Eine Granate", antwortete Margaret, die das Geschehen vor der Tür zur Gefängniszelle genau beobachtet hatte.

„Was machen wir jetzt? Wir können schließlich nicht ewig hier drinnen bleiben. Sie werden uns früher oder später finden", sagte Annabelle. „Dr. Mohr wird Moriarty bestimmt sagen, wo wir sind."

„Ich fürchte, das hat er bereits", meinte Margaret und zeigte ihr und Regina das Bild der Kamera von Dr. Mohrs Büro.

Neben dem leblosen, stark blutenden Körper des Anstaltsleiters stand ein junger Mann, der ihnen den Rücken zugedreht hatte, da er Dr. Mohr wohl gerade erst ermordet hatte. Dann drehte er sich um und schaute zur Kamera hoch.

„David Moran", erkannte Margaret. „Ich wusste, dass er nicht tot ist. Das wäre auch zu schön gewesen."

„Oh, du scheinst ihn wohl recht gut kennengelernt zu haben", stellte Annabelle fest.

„Er hat meine Arbeitskollegin ermordet. Paige Sidney. Erinnerst du dich an sie?"

„Wieso? Sollte ich?", fragte Annabelle verwirrt.

„Du warst schließlich in die ganze Sache verwickelt", meinte Margaret aufgebracht, die mit tiefer Wehmut daran zurückdenken musste, was ihrer Freundin damals widerfahren war. „Du hast dich all die Jahre als Liz ausgegeben und mit mir gespielt."

„Wollten wir das nicht hinter uns lassen?"

„Wenn ich hier tatsächlich heil rauskomme, dann wird meine Dissertation auf jeden Fall alles andere in den Schatten stellen", dachte Regina laut.

„Ist das Ihr Ernst?", fragten Margaret und Annabelle sie zugleich.

„Tut mir leid", war alles, womit sich die junge Studentin verteidigen konnte.

„Von allem, was in dieser Einrichtung gerade geschieht, darf rein gar nichts an die Öffentlichkeit gelangen", ermahnte Margaret sie streng. „Verstehen Sie? Die psychiatrische Klinik in Rheinau existiert offiziell gar nicht. Was denken Sie passiert, wenn die Welt hiervon erfährt? Nichts Gutes, so viel kann ich Ihnen sagen. Also bevor Sie auch nur einem

Einzigen davon erzählen, ist es besser, wenn Sie irgendetwas erfinden."

„Wir sollten auch schleunigst etwas erfinden, damit wir hier lebendig rauskommen", mischte sich Annabelle ein und zeigte auf das Display von Margarets Handy, auf dem die Aufzeichnungen der Überwachungskamera in der Zelle hinter ihnen zu sehen waren.

Die bewaffneten Männer tasteten gerade alle Wände ab, um die geheime Tür zu finden.

„Ohne Schlüsselkarte kommen die hier doch sowieso nicht rein, oder?", sagte Regina und blickte ebenfalls auf den Bildschirm.

„Haben Sie die Granate von vorhin etwa schon vergessen?", fragte Margaret sie.

„Kann dein cleveres Smartphone denn auch irgendwelche nützliche Sachen machen?", fragte Annabelle sie sarkastisch. „Zum Beispiel einen Weg finden, damit wir hier rauskommen können?"

Margaret aktivierte die Taschenlampe auf ihrem Handy und leuchtete damit den Raum aus, in dem sich die drei gerade befanden.

Es war ein kleines quadratisches Zimmer in etwa derselben Größe wie Annabelles Zelle. Am hinteren Ende befanden sich drei Türen nebeneinander mit den römischen Ziffern von Eins bis Drei in schwarzer Farbe darauf.

„Welche Tür?", fragte Annabelle nur.

„Das weiß ich nicht", antwortete Margaret, die nun augenblicklich in Panik war. „An diesen Teil kann ich mich nicht erinnern."

„Warst du überhaupt schon mal hier?"

„Nur theoretisch."

„Wie ist das denn möglich?", wollte Regina wissen.

„Ich habe lediglich den Plan gesehen."

„Den Plan? Nur den Plan?", rief Annabelle schockiert. „Und was sagt dein toller Plan? Ich dachte, du hättest so etwas wie ein fotografisches Gedächtnis."

„Du weißt selbst am allerbesten, wie wunderbar mein Gedächtnis in letzter Zeit funktioniert, was ganz nebenbei irgendwie auch dir zu verdanken ist", konterte Margaret gereizt. „Ich sagte doch, dass ich hoffte, niemals hier sein zu müssen."

„Ich dachte, das hat etwas mit der Sache am Flughafen in Zürich zu tun", meinte Annabelle.

„Hat es auch", gab Margaret zu.

„Könntet ihr bitte damit aufhören und endlich anfangen, nachzudenken?", rief Regina gehetzt.

Margaret drückte ihr das Smartphone in die Hand und ging auf die drei Türen zu.

Im Hintergrund konnten sie deutlich hören, wie die Männer jeden Zentimeter der Zellenwände auseinandernahmen und demolierten. Es würde nicht mehr lange dauern, bis sie den Eingang zum geheimen Tunnel fänden.

Mit verschlossenen Augen stand Margaret vollkommen regungslos vor den Türen und hielt den Atem an, damit sie sich so gut wie möglich konzentrieren und sämtliche störende Geräusche ausblenden konnte. In ihrem Kopf ging sie ihre Erinnerungen nacheinander durch, in der Hoffnung so die richtige Lösung zu finden. Vor ihrem geistigen Auge sah sie nun Umrisse des auf einer Blaupause mit weißen Linien gezeichneten Planes, der sich langsam zusammenfügte, als würde ein kleines 3D-Modell davon in ihrem Kopf existieren, sodass sie nun den kompletten Pfad erblicken konnte.

„Hier entlang", sagte sie auf einmal, öffnete die zweite Tür in der Mitte und eilte hinein.

„Bist du sicher?", fragte Annabelle skeptisch.

„Ja. Kommt schon!"

Regina und Annabelle flitzten ihr hinterher und ließen die Tür wieder hinter sich zufallen. Mit dem Licht des Handys leuchtete Regina so gut sie konnte den Gang aus, der hinter der folgenden Rechtskurve anstieg und durch eine lange Treppe nach oben führte.

„Von hier aus müssten wir direkt auf der anderen Seite des Rhein herauskommen", sagte Margaret, die noch immer den Plan in ihrem Kopf sehen konnte. „Dort befindet sich ein dichter Wald, wo wir uns verstecken können."

„Wir sollen uns also in einem Wald verstecken?", rief Annabelle misstrauisch. „Das ist dein toller Plan? Und du glaubst wirklich, dass Moriarty uns zwischen ein paar Bäumen nicht finden wird?"

„Dir scheint entgangen zu sein, dass der Rhein die Grenze zwischen der Schweiz und Deutschland darstellt. Es gibt einen Grund weshalb die psychiatrische Einrichtung ausgerechnet hier in Rheinau liegt und nicht irgendwo anders in der Schweiz, denn es gäbe viele Möglichkeiten eine solche Anstalt zu errichten. An der deutschen Grenze in genau diesem Wald befindet sich ein Außenposten des britischen Geheimdienstes", sagte Margaret. „Dachtest du wirklich, dass dieser Fluchtweg einfach nur nach draußen führt? Du hast keine Ahnung, auf was wir hier alles vorbereitet sind."

Annabelle packte Margaret an der Schulter und zog sie zurück. „Du wusstest, dass so etwas passieren würde, richtig? Du hast es die ganze Zeit gewusst."

Margaret riss sich von ihr los. „Ich bin erst seit wenigen Monaten hier. Dieser Fluchtweg existiert seit über zwanzig Jahren. Ich habe nicht die leiseste Ahnung gehabt, dass ausgerechnet das passieren wird, aber anscheinend hat es stattdessen jemand anderes gewusst."

„Mycroft", wurde es Annabelle sofort klar. „Dieser verdammte Wicht. Er muss gewusst haben, dass Moriarty noch am Leben ist."

„Um so etwas zu bauen, reicht es schon aus, wenn er es nur geahnt hat. Du kennst die Holmes Brüder genauso gut wie ich und weißt daher auch, wie erschreckend pedantisch und perfektionistisch die beiden sind."

„Wollt ihr hier eigentlich Wurzeln schlagen oder was?", fragte Regina nervös und wedelte mit dem Smartphone herum, sodass der wackelnde Strahl der fahlen Taschenlampe die Aufmerksamkeit der beiden Frauen erweckte. „Kommt endlich!", schrie sie und rannte weiter.

# SOUTHGATE

Der größte Feind des herausragenden Detektivs war eindeutig der langweilige Alltag, der auch ihn nach einiger Zeit eingeholt hatte, ohne, dass ihm dies anfangs überhaupt aufgefallen war. Am Ende war es jedoch schon zu spät. Sherlock Holmes drohte, zu einem normalen Leben überzugehen.

In den vergangenen Monaten hatte er mehrere Bezüge von verschiedenen Zeitungen bestellt, damit er diese nach und nach durchstöbern konnte, um nicht vollkommen von der Außenwelt abgeschnitten zu sein während sein treuer Mitbewohner Dr. Watson seiner täglichen Arbeit als Allgemeinarzt in seiner eigenen Praxis nachging und somit untertags so gut wie nie anzutreffen war. Und auch am Abend hatte der junge Arzt meist andere Pläne als mit seinem Freund um die Häuser zu ziehen und Rätsel zu lösen. Dr. Watson schien erwachsen geworden zu sein und für Sherlock Holmes war somit gleichermaßen die Zeit stehen geblieben.

Gerade als der junge Mann bereits zum fünfzigsten Mal im Wohnzimmer auf und ab ging, um seine Gedanken zu ordnen, läutete sein Telefon, das er auf den Couchtisch an der Seite gelegt hatte. Sherlock blieb mitten im Raum stehen und starrte zu seinem Handy. Für einen Augenblick rührte er sich überhaupt nicht vom Fleck. Er hielt sogar den Atem an, so sehr verwunderte ihn das völlig unerwartete Läuten seines Telefons.

Erst nach ein paar Sekunden ging er auf den Couchtisch zu und blickte auf das blinkende Display hinab, auf dem der Name seines großen Bruders aufleuchte.

Sherlock zögerte eine ganze Weile. Ihm war keinesfalls klar, aus welchem Grund ihn sein Bruder wohl anrufen würde und bevor er es nicht wusste, wollte er auch nicht abheben. Deshalb ließ er sämtliche Fakten der Geschehnisse aus den vergangenen Tagen in seinem Kopf Revue passieren, um die Wahrheit erkennen zu können. Jedoch fürchtete er gleichzeitig, dass sein Bruder wohl doch irgendwann auflegen und ihn kein zweites Mal anrufen würde.

Deshalb nahm er schließlich den Anruf entgegen, noch bevor er sich überhaupt im Klaren war, was der Grund für dieses Gespräch sein würde.

„Brauchst du immer so lange, um ans Telefon zu gehen?", begrüßte Mycroft ihn und atmete genervt durch.

„Es freut mich auch, von dir zu hören, Bruderherz", entgegnete Sherlock stichelnd. „Was verschafft mir die Ehre deines Anrufes?"

„In diesem Augenblick, während wir uns unterhalten, startet ein Privatflugzeug aus der Schweiz, welches in wenigen Stunden in London Heathrow eintreffen wird."

„Warum erzählst du mir das? Hatten wir uns nicht geeinigt, dass wir lediglich wichtige und informativ notwendige Gespräche miteinander führen?"

„Wie ich sehe, lässt dein sonst so scharfer Verstand langsam nach, Sherlock. Wie gut, dass sie endlich zurück-kommt, denn dadurch liegt eine Menge Arbeit vor uns."

Sherlock schwieg. Er ließ das Gesagte seines Bruders nacheinander in seinem Kopf Revue passieren, wobei wenige vereinzelte Worte wie 'Schweiz' und 'Sie' zurückblieben, die ihm blitzschnell die Augen öffneten.

„Margaret kommt zurück?", rief er überaus erfreut.

Mycroft seufzte kaum hörbar, was seinen kleinen Bruder verwirrte.

„Was ist passiert?"

„Sie kennt die Wahrheit", antwortete Mycroft.

„Welche Wahrheit?" Sherlock wurde zusehends an-gespannter.

„Ich habe ihr erzählt, was damals mit Victor wirklich geschehen ist", sagte Mycroft niedergeschlagen. „Das ist auch der Grund gewesen, wieso sie fortgegangen ist."

„Meinst du etwa das blöde Lagerfeuer?", schrie Sherlock nun fahrig ins Telefon. „Mycroft, das war nicht der Grund. Victor war lange vorher schon tot."

„Was zum Teufel redest du da, Sherlock?", fragte Mycroft entsetzt. „Du hast doch selbst gesagt, dass…"

„Ich war ein Kind, okay", fuhr ihm Sherlock hastig ins Wort. „Ich habe es vergessen. Doch davor habe ich es noch verdrängt."

„Seit wann weißt du das? Wieso hast du mir das nicht erzählt?"

„Ich wollte es, wirklich." Sherlock zögerte unsicher. „Als ich Annabelle das erste Mal wiedersah fiel mir alles wieder ein und danach ging alles Schlag auf Schlag. Hätte ich gewusst, dass du Margaret davon erzählst, dann hätte ich ihr auf jeden Fall die Wahrheit gesagt."

„Langsam fange ich an dieses Wort zu hassen."

„Welches? Die Wahrheit etwa?" Sherlock schmunzelte. „Ich habe dieses Wort noch nie gemocht. Schließlich beendet es immer eine langwierige und abenteuerliche Suche nach Fakten und Beweisen." Er atmete kurz durch. „Was genau meinst du damit, dass uns eine Menge Arbeit bevorsteht?"

„Oh, Margaret ist selbstverständlich nicht alleine auf dem Rückweg nach London. Sie hat eine uns sehr bekannte und noch viel mehr verhasste Person mitgenommen."

„Welchen Grund hat sie, ausgerechnet die Hexe mitzunehmen?", fragte Sherlock bestürzt.

„Den wirst du noch früh genug erfahren. Ein Taxi bringt dich in etwa zwei Stunden nach Southgate. Dort werden wir die weitere Vorgehensweise besprechen. Sei nicht zu spät, Sherlock", sprach Mycroft streng und legte dann auf.

In weniger als zweieinhalb Stunden waren alle wie abgemacht versammelt.

Mycroft, der ohnehin schon den ganzen Tag anwesend war, Sherlock, der vor einer guten Viertelstunde von einem persönlichen Chauffeur hergebracht wurde, sowie Margaret und Annabelle, die vom Flughafen Heathrow direkt nach Southgate gefahren worden waren und zur Überraschung der

Holmes Brüder noch eine dritte, ihnen vollkommen fremde Person, mit dabei hatten.

„Guten Tag, die Herren", stellte sich die junge Dame höflich vor und reichte den Männern die Hand. „Ich bin Regina Wilson."

„Was macht sie hier?", fragte Sherlock seinen Bruder skeptisch und wich ein Stück von ihr zurück.

Dieser warf ihm jedoch nur einen unwissenden Blick, gefolgt von Schulterzucken, zu.

Zutiefst verletzt ließ Regina schließlich ihre Hand sinken, nachdem sie keiner der beiden begrüßen wollte.

„Bitte nehmen Sie es nicht persönlich", sagte Margaret schließlich zu ihr als sie das betrübte Gesicht der jungen Frau erblickte. „Wenn Sie diese beiden Männer erst besser kennengelernt haben, werden Sie verstehen, dass sie ganz und gar anders sind als normale Menschen und die gewöhnlichsten Handlungen, wie zum Beispiel einfache Begrüßungen, fast schon gezwungenermaßen nicht ausführen. Ob sie dies nicht können oder einfach nicht tun wollen, hat bisher noch keiner so recht herausgefunden. Aber die Antwort darauf möchte man eigentlich nicht mehr so genau wissen, wenn man mehr Zeit mit ihnen verbracht hat."

„Okay." Regina schluckte Margarets Worte trocken hinunter und betrachtete die beiden großen und schlanken Männer als wären sie reine Versuchsobjekte für ein neues bahnbrechendes Experiment.

„Ihr habt euch kein bisschen verändert", gab Annabelle lachend zu und sah die Brüder amüsiert an.

„Also erstens", begann Margaret und wandte sich den Männern zu, „Regina war in Rheinau zu Besuch als wir fliehen mussten und zweitens haben wir ein großes Problem. Moriarty lebt."

„Das wissen wir doch bereits", sagte Sherlock. „Wir haben das schon vor über drei Monaten festgestellt. In Zürich. Weißt du noch?" Aus seiner Stimme war deutlich zu hören, dass er ihretwegen gekränkt war.

„Ich gehe davon aus, dass Mycroft dir erzählt hat, weshalb ich in die Schweiz gegangen bin", wehrte sich Margaret. „Deshalb hast du keinen Grund, wütend auf mich zu sein; schließlich wart ihr zwei es, die mich angelogen haben. Ich hingegen habe immer die Wahrheit gesagt, sofern ich mich denn daran erinnern konnte."

„Naja, Fakt ist, dass es nicht ganz stimmt, was Mycroft dir damals erzählt hat."

„Wieso wundert mich das nicht", entgegnete Margaret und verdrehte dabei die Augen. „Das, was ihr beide am allerbesten könnt, ist Lügen zu erzählen."

„Ich habe nicht gelogen", wollte sich Mycroft hastig rechtfertigen.

„Das kannst du dir sparen", fuhr die junge Frau ihn an und wandte sich gleich darauf wieder Sherlock zu. „Moriarty ist nicht nur hinter dir her, sondern auch hinter Annabelle."

„Wieso denn das? Sie könnte doch glatt seine Verbündete sein, nach allem, was sie in den vergangenen Jahren angerichtet hat."

„Welchen Grund könnte James Moriarty haben, um ausgerechnet sie töten zu wollen?", fragte Mycroft mit herablassendem Blick.

„Annabelle ist Margarets Schwester", mischte sich Regina ungeduldig ein, da sie nicht länger mitanhören konnte, wie die Vier komplett aneinander vorbeiredeten.

„Was?", riefen die Holmes Brüder im Chor. „Das kann doch nicht wahr sein."

„Es stimmt", sagte Margaret. „Sie hat recht."

„Aber sie hat doch …", wollte Mycroft mit seiner Predigt beginnen, doch sein Gedankengang war schneller als sein Mund und so verstummte er augenblicklich.

„Das ist auch der wahre Grund, wieso mein, oder besser gesagt unser Vater tot ist. Annabelle hat ihn nicht gezwungen, meine Mutter und mich zu töten, sondern ihnen lediglich die Wahrheit zu sagen. Und das konnte er einfach nicht."

„Was ist mit Victor?", fragte Sherlock und kam näher auf Annabelle zu. „Er hat damals versucht, mich umzubringen. Erinnerst du dich?", fuhr er sie wütend an.

Annabelle wich ein paar Schritte zurück. „Das habe ich nie vergessen können", gab sie kleinlaut zu und blickte voller Reue zu Boden. „Ich habe Victor verraten, wer seine geliebte Modelleisenbahn zerstört hat. Du warst es, Sherlock, doch du wusstest nicht, dass ich dich dabei gesehen habe. Deshalb war er so schrecklich wütend auf dich."

„Ich glaube dir kein Wort", rief Mycroft unbeeindruckt, während Sherlock genau darüber nachdachte, was gerade sie gesagt hatte.

„Und weißt du noch damals als Sherlock erst knapp zwei Jahre alt war?", fragte Annabelle nun Mycroft, der dabei sofort erblasste.

„Wage es nicht, weiterzureden!", keifte er erzürnt.

„Es gab da diese Zeichentricksendung im Fernsehen vom fliegenden Jungen. Sherlock hat sie geliebt. Kannst du dich denn nicht mehr daran erinnern, Mycroft?"

„Jonah", sagte Sherlock in Erinnerungen schwelgend. „Der fliegende Jonah."

„Würdest du ihnen noch erzählen, wie du es in Wahrheit geschafft hast, mich vom Dach eines Gebäudes in den Tod springen zu lassen", bat Margaret sie schließlich. „Vielleicht sind dann endlich alle Zweifel beseitigt."

„Es lag an dem Gas, welches ich zur Betäubung im Taxi benutzt habe. Wenn man zu viel davon einatmet, kann es leicht zu Halluzinationen und starken Suizidgedanken führen. Das ist alles."

„Und du denkst, dass damit jetzt alles einfach vergeben und vergessen ist?", fragte Mycroft sie. „Was hatte es mit der Bombe am Züricher Flughafen auf sich? Oder mit der Granate in meinem eigenen Büro?"

„Dafür kann ich nichts. Wirklich", sagte Annabelle reumütig und voller Schmerz. „Ich mag zwar nicht gerade perfekt sein, aber bei diesen Dingen bin ich unschuldig."

„Ähm, ich will nur ungern stören", mischte sich Regina wieder ein, „aber ich sollte eigentlich schon lange wieder auf dem Weg nach Hause sein. Meine Eltern machen sich bestimmt schon Sorgen um mich."

„Ich fürchte, Sie müssen vorerst hierbleiben, Miss Wilson", sprach Mycroft wieder in seiner üblichen kühlen Art.

„Wieso? Ich habe mit der ganzen Sache doch nichts zu tun."

„Wir können kein Risiko eingehen", meinte Margaret. „Was ist, wenn einer von Moriartys Leuten Sie gesehen hat? Hier wird Ihnen nichts passieren."

„Und was machen wir jetzt eigentlich?", fragte Annabelle. „Ich meine natürlich, wenn ihr damit fertig seid, mir die Schuld für alles zu geben was bisher geschehen ist und noch geschehen wird."

„Ich hätte ihn damals fast geschnappt", wechselte Sherlock plötzlich das Thema, wobei er Annabelles Stichelei gar nicht wahrzunehmen schien. „Er hat mir eine Falle gestellt und fast wäre ich auch darauf reingefallen. Das hätte mich ihm natürlich nur noch nähergebracht, aber Inspector Lestrade musste sich unbedingt einmischen und Moriarty ist mir dadurch entwischt."

„Wahrscheinlich ist es nur eine Frage der Zeit, bis er herausfindet, wo wir sind. Und die Tatsache, dass wir uns nun alle zusammen an einem Ort befinden, wird ihn sicherlich noch mehr erfreuen", sagte Margaret. „Ihn in eine Falle zu locken, wird gewiss nicht einfach, also sollten wir das nicht in Erwägung ziehen. Er würde uns ohnehin schnell durchschauen."

„Sollen wir uns also aufteilen, um ihm die Suche zu erschweren?", fragte Annabelle. „Letzten Endes wird er sowieso jeden von uns finden. Was macht es das dann noch für einen Unterschied?"

„Ich werde nicht so einfach aufgeben", meinte Sherlock verbissen. „Ich habe Moriarty schon einmal besiegt und ich werde es auch ein zweites und hoffentlich ein letztes Mal schaffen."

Mit der Befürchtung, sie hätte etwas Seltsames gesehen, trat Regina näher an die mit hohen dunklen Vorhängen zugezogenen Fenster heran und schaute durch einen schmalen Spalt nach draußen ins helle Tageslicht.

„Bevor wir etwas unternehmen, müssen wir heraus-finden, was Moriarty überhaupt will", sprach Mycroft.

„Liegt das denn nicht auf der Hand?", fragte Annabelle leicht schockiert. „Schließlich hat er halb Rheinau in die Luft gejagt, um mich zu finden und zu töten."

„Aber wieso du?", dachte Sherlock laut und begann durch den Raum zu spazieren. „Moriartys größter Erzfeind bin immer noch ich. Somit läge es doch auf der Hand, wenn er mich angreifen würde. Aber das hat er nicht getan."

„Vielleicht will er zuvor nur alle anderen aus dem Weg schaffen", überlegte Margaret. „Zumindest jene, die ihm in die Quere kommen könnten. Außerdem wissen wir nicht, ob er es bei seinem Angriff auf Rheinau wirklich nur auf dich abgesehen hat", sagte sie zu Annabelle. „Vermutlich hat er gewusst, dass ich auch dort war. Ihr habt es doch schließlich auch herausgefunden."

„Somit waren die Anschläge auf den Flughafen und auf mein Büro wohl auch seine Idee. Allem Anschein nach muss er gegen uns Vier denselben Groll hegen", meinte Mycroft.

„Wir sind also in seinen Augen alle gleich schuldig", sprach Annabelle. „Aber ich wüsste nicht, was der Grund dafür sein könnte.

„Wo und wann bist du ihm das erste Mal begegnet?", fragte Margaret, mit der Hoffnung damit auf eine Spur zu kommen, die sie weiterbringen könnte.

Annabelle überlegte einen Augenblick. „Vor nicht ganz acht Jahren. Er war es, der mich damals aus Rheinau herausgeholt und mir eine neue Identität gegeben hat. Zudem wusste er genau, wer du bist und verlangte von mir im Gegenzug, dass ich mich mit dir anfreunde und dieses dumme Spiel mit euch allen betreibe. Allerdings versicherte er mir, dass keiner dabei zu Schaden kommen würde."

„Und du hast ihm natürlich geglaubt und einfach gemacht, was er von dir verlangt hat?", fragte Mycroft sie vorwurfsvoll.

„Ich hatte meine Gründe", entgegnete sie verletzt. „Ich musste es tun."

„Schon gut", sagte Margaret. „Weiter im Text." Sie sah Sherlock an. „Wann war es bei dir das erste Mal?"

„Das liegt schon eine ganze Ewigkeit zurück. Zumindest seit ich öffentlich für den Scotland Yard Fälle löse. Immer wieder kam ich mit ihm in Berührung, manchmal nur kurz und manchmal auch länger und intensiver. Aber der erste richtige Kontakt fand in der Schweiz, in Meiringen statt, wo ich hoffte, es würde auch gleichzeitig das letzte Treffen sein."

Als Margaret dann Mycroft anblickte und darauf wartete, dass er ihnen erzählen würde, was sie wissen wollte, wich er zurück.

„Diesen unangenehmen Menschen habe ich noch nie in meinem Leben persönlich getroffen, noch hatten wir sonst irgendwie Kontakt", gab er flink von sich.

„Tja, bei dir reicht auch schon der bloße Gedanke an deine Existenz, um dich abgrundtief zu hassen", sagte Annabelle grinsend.

„Bei mir war es ebenfalls in Meiringen", sagte Margaret, ohne dabei auf Annabelles Sticheleien einzugehen.

„Oh, er schien nicht sonderlich erfreut darüber zu sein, dass du ebenfalls dort warst", erinnerte sich Sherlock.

„Ich habe euch hinunterstürzen sehen", sprach die junge Frau nachdenklich. „Und ich hätte nicht gedacht, auch nur einen von euch beiden lebendig wieder zu sehen. Doch eigentlich hätte es nur logisch sein müssen, dass, wenn du überlebt hast, er auch nicht zwingend tot sein konnte."

„Was bringt uns das alles jetzt?", fragte Annabelle. „Wir wissen immer noch nicht, warum er uns tot sehen will."

„Ich fürchte, wir werden den Grund dafür schon bald erfahren", sagte Regina, die die ganze Zeit über am Fenster gestanden und die Umgebung beobachtet hatte. Nun deutete sie nach draußen auf eine abgeschiedene Landstraße, die direkt in den Innenhof des Anwesens führte.

Mehrere pechschwarze Autos rasten die Schotterstraße entlang und wirbelten dadurch eine dichte Staubwolke auf, die beinahe zur Gänze die Sicht auf den Pfad verdeckte.

Nacheinander kamen die anderen zum Fenster heran und blickten voller Schreck auf die herannahenden Fahrzeuge, die weder zum Scotland Yard noch zum britischen Geheimdienst gehören konnten.

„So viel dazu, dass ich hier in Sicherheit bin", sagte Regina ängstlich. „Ich hätte einfach zu Hause bleiben sollen."

„Noch gibt es keinen Grund zur Panik", meinte Mycroft sachlich. „Schließlich wissen wir nicht, ob diese Leute zu Moriarty gehören oder nicht."

Lautes Reifenquietschen ertönte und die zahlreichen Autos hatten das gesamte Gebäude umstellt. Aus jedem der

Gefährte stiegen vier Männer in schwarzen Uniformen aus und waren bis auf die Zähne bewaffnet. Ohne zu zögern eröffneten sie das Feuer auf das Anwesen.

„In Deckung!", schrie Sherlock, bevor er sich selbst, gefolgt von den anderen auf den Boden fallen ließ.

„Sogar ich kann sehen, dass die Typen da draußen definitiv für diesen Moriarty arbeiten müssen", rief Regina so laut sie konnte, damit die anderen sie durch den dröhnenden Lärm der Schießerei hören konnten. „Und das ist für mich sehr wohl ein Grund um in Panik zu verfallen."

„Gibt es in diesem Gebäude zufällig einen Notausgang oder ähnliches?", fragte Sherlock seinen Bruder.

Mycroft, der Qualen leidend mitansehen musste, wie nacheinander alle teuren hohen Fenstergläser zersprangen und in tausende Scherben zerbarsten, brauchte einen Moment, um einen klaren Gedanken fassen zu können.

„Es gibt ein altes Abwassersystem, das uns bis ins Zentrum von London führen kann. Allerdings ist es dort unten nicht gerade angenehm."

„Zurzeit ist mir wirklich alles andere lieber als das hier", rief Margaret ihm zu. „Zeig uns den Weg!"

Robbend machte sich Mycroft auf und versuchte mit aller Mühe nicht auf eine der vielen Scherben zu treten.

Auf einmal jedoch wurde das Feuer eingestellt und drohende Stille erfüllte das gesamte Gebäude.

„Wartet", flüsterte Sherlock ihnen allen zu.

„Mycroft Holmes!", schrie von außerhalb eine ihnen sehr bekannte Stimme. „Ich weiß, dass du dort drinnen bist. Hoffentlich haben meine Leute nicht allzu viel deiner teuren Inneneinrichtung zerstört. Das tut mir natürlich auch sehr leid, aber du musst verstehen, dass mir keine andere Wahl blieb; schließlich wolltest du einfach nicht sterben, ebenso wenig wie die anderen."

Erzürnt wollte Mycroft aufstehen und seiner Wut freien Lauf lassen, indem er James Moriarty bis aufs äußerste mit Flüchen und anderen unschönen Worten beworfen hätte, doch Margaret und Sherlock drückten ihn beide zum Boden zurück.

„Aber weißt du", sprach Moriarty weiter, „eigentlich bist du mir vollkommen egal. Wir zwei sind uns im Grunde nie in die Quere gekommen. Das einzige Problem, das ich mit dir habe, ist dein dummer kleiner Bruder. Wenn er sich also zufällig bei dir befindet, dann schick ihn doch bitte zu mir heraus. Ich verspreche dir auch, dass meine Leute ihm kein Haar krümmen werden."

„Das glaubst du ihm doch nicht, oder?", fragte Annabelle, die erkannte, dass Mycroft tatsächlich darüber nachdachte, seinen Bruder in die Hände dieses Verrückten zu geben. „Er spielt nur mit dir."

„Das möchte ich sehen", sagte der Mann, wobei er sich schon fast auf seine Knie aufgestellt hatte.

Wie ein Blitz sprang Margaret auf ihn zu und drückte ihn wieder zu Boden. Sie wollte ihn wütend anschreien und ihm an den Kopf werfen, was für ein Idiot er doch sei, aber als sie ihm so nah war und ihm direkt in die Augen blicken konnte, vergaß sie all ihre Wut.

Derweil kroch Sherlock an das andere Ende des Raumes, wo er einen Regenschirm und einen Hut vom Boden aufsammelte. Den Hut steckte er auf den Schirm und krabbelte damit näher an das Fenster heran, wo er das Gebilde langsam nach oben hielt.

Sofort wurde von außerhalb wieder das Feuer eröffnet und es dauerte nur wenige Sekunden, bis von dem Schirm und dem Hut nicht mehr viel übriggeblieben war.

„Somit wäre das auch geklärt", sagte Sherlock und kehrte zu den anderen zurück.

„Wir sollten jetzt keine Zeit mehr verlieren", meinte Annabelle. „Lasst uns endlich von hier verschwinden, und zwar am besten noch bevor Moriarty überhaupt merkt, dass wir weg sind."

Noch immer wurde auf das gesamte Gebäude geschossen, wodurch nun auch noch die Kronleuchter und die anderen Lampen und Bilder an den Decken und Wänden zerstört wurden und deren Trümmer zu Boden fielen.

Augenblicklich fühlte sich Margaret in die Vergangenheit zurückversetzt und glaubte für einen kurzen Moment, wieder in dem alten Kanal unter dem Flughafen zu sein. Die Ähnlichkeit an damals war so erschreckend und lähmte sie, sodass sie weit zurückfiel und die anderen schließlich aus den Augen verlor.

Der Staub vom Putz, der durch die pausenlosen Schüsse große Löcher in den Wänden hinterließ, nahm ihr die Sicht und auch die Luft zum Atmen und ehe sie sich versah, war sie vollkommen alleine und wusste nicht, wohin sie sich nun wenden musste.

An der Tür begannen mehrere Männer dagegen zu hämmern und als diese immer noch nicht aufgehen wollte, durchschossen sie die Angeln, sodass die gigantischen Doppelflügeltüren aus dunkler massiver Eiche mit einem lauten Krach zu Boden fielen. Gefolgt darauf stürmten Moriartys Leute nacheinander in das große Gebäude.

In entsetzlicher Panik richtete sich Margaret auf um schneller voranzukommen und flitzte durch irgendeinen Gang, der ihr gerade am nächsten war und rannte über die Treppe nebenan in den Keller hinunter. Von dort aus musste sie sich im Halbdunkel weiter durchkämpfen, da sämtliche Lichter ausgeschaltet waren und nur ein fahler Schimmer Tageslicht durch die zerstörten Fenster von oben herabschien und zumindest für ein bisschen Helligkeit sorgte.

*Verdammt, wo sind sie?*

*Merken sie denn nicht, dass ich nicht bei ihnen bin?*

*Das ist so typisch.*

*Die lassen mich einfach hier zum Sterben zurück.*

*Von den anderen hätte ich es nicht unbedingt anders erwartet, aber Mycroft...*

*Ist das seine Bestrafung für mein Verschwinden?*

*Wie kann man bloß so kindisch sein.*

Ein kräftiger Ruck, gefolgt von einer mit Staub bedeckten Hand, die sich um ihren Mund schloss und sie rückwärts wegzog, riss sie augenblicklich aus ihren Gedanken.

Sie konnte nicht sehen, wer derjenige war, der sie wegzerrte, und deshalb wehrte sie sich dementsprechend.

Erst als der Fremde sie in einem angrenzenden Raum durch eine Falltür über eine weitere Treppe hinunter in die Tiefe brachte, ließ er sie schließlich los und fing sich sofort eine Ohrfeige von der Geretteten ein.

„Ihr habt mich zurückgelassen", keifte sie den Mann an. Obwohl sie ihn noch immer nicht sehen konnte, hatte sie den

Duft seines Aftershaves erkannt und war sich somit bewusst, dass niemand anderes als Mycroft Holmes vor ihr stand. „Du…" Ihre Stimme brach unter ihrer Angst zusammen und veränderte sich zu einem leisen Winseln. „Du hast mich zurückgelassen."

Ohne etwas darauf zu sagen, kam er einen Schritt näher auf sie zu und nahm sie in den Arm.

„Was dauert da hinten denn so lange?", rief Annabelle am anderen Ende des Gangs zu ihnen zurück. „Jetzt kommt doch endlich!"

Mycroft nahm Margaret an der Hand und rannte mit ihr zu den anderen, die schon eine ganze Weile auf sie warteten.

*Er ist meinetwegen zurückgekehrt?*

Gerne hätte sie den Mann nun angesehen, um den Ausdruck in seinem Gesicht zu erblicken, doch die düstere Finsternis unter der Erde ließ nicht genug Licht zu, um etwas erkennen zu können.

„Also, in welche Richtung müssen wir gehen?", fragte Annabelle nervös.

„Immer nach Süden", meinte Mycroft.

„Für wie lange?", wollte Regina wissen.

„Ungefähr drei Stunden."

„Was?", schrie Annabelle entsetzt. „Wir sollen hier unten drei Stunden durch die Dunkelheit laufen?"

„Das Zentrum von London liegt zu Fuß etwa solange entfernt. Wenn wir uns beeilen, sind wir natürlich schneller da", sprach Mycroft ruhig, der dabei Margarets Hand für keinen Augenblick mehr losließ.

„Gibt es denn keinen anderen Weg?", fragte Margaret, die voller Furcht in den pechschwarzen Kanal vor sich starrte und spüren konnte, wie sich ihre Kehle langsam zuschnürte.

„Für den Anfang nicht. Noch befinden wir uns direkt unter dem Anwesen. Je länger wir hier unten vorankommen, desto größer ist die Wahrscheinlichkeit, dass sie uns nicht finden", meinte Mycroft.

„Und was ist, wenn sie uns folgen? In Rheinau war es auch nicht anders", warf Regina ein.

„Es wird auf jeden Fall eine Weile dauern, bis sie den Weg hier herunter finden. Wenn wir schnell sind, können wir sie abhängen."

„Ich weiß nicht, ob ich das kann", wollte Margaret sagen, wobei allein bei dem Gedanken daran, erneut in einem Tunnel tief unter der Erde herumlaufen zu müssen, ihr ganzer Körper verkrampfte; so auch ihre Hand, die Mycroft noch immer festhielt.

Er sagte nichts zu ihr. Alles, was Margaret spürte war wie sich sein Griff um ihre Hand verstärkte als würde er ihre Furcht deutlich wahrnehmen können.

„Schon wieder einer dieser langweiligen Tage", ging es DI William Doyle durch den Kopf als er nach der Mittagspause in den sich ewig hinziehenden Nachmittagsdienst ging. Seit mehreren Monaten schon war nichts aufregendes mehr geschehen. Er hatte glatt das Gefühl bekommen, dass mit dem Verschwinden von Margaret Trevor

– er wusste nämlich nicht, wohin sie gegangen war – sämtliche Abenteuer mit ihr verschwunden waren.

Noch mit seinem Donut in der Hand und der Hälfte davon bereits im Mund stürmte sein Kollege DI Lestrade in Doyles Büro.

„Das musst du dir ansehen", rief er etwas unverständlich und schluckte den einen großen Bissen runter.

Ohne zu zögern folgte Doyle ihm nach draußen in den Flur, wo ein großer Fernseher an der Wand befestigt war, der stets die aktuellsten Nachrichten aus aller Welt übertrug.

Eine blondierte Nachrichtensprecherin Mitte vierzig las von einem Blatt Papier die neuesten Meldungen herunter, während im Hintergrund zahlreiche Bilder von einem beinahe komplett zerstörten Gebäude zu sehen waren.

„Das ist doch…", brachte Doyle schockiert heraus.

„Southgate", antwortete Lestrade für ihn, der nun auch noch den letzten Rest seines Donuts endlich verschlungen hatte.

„Warum wurden wir nicht darüber informiert?"

„Weil das außerhalb unserer Zuständigkeit liegt", meinte Lestrade. „Southgate ist Millers Revier und die bittet uns sonst auch nicht um Hilfe."

„Aber das…" Doyle zeigte auf den Bildschirm. „Das ist das Anwesen von Mycroft Holmes. Was sagen wir denn dem Premierminister?"

Lestrade erstarrte beinahe bei dem Gedanken, dass der Premierminister davon erfahren könnte, was ohnehin nur noch eine Frage von Minuten war.

Auf die Sekunde genau läutete nun Lestrades Diensthandy, das auf dem Schreibtisch in seinem Büro, nur wenige Schritte von ihnen entfernt lag. Gefolgt von Doyle ging er in den Raum hinein und hob das Telefon vom Tisch auf, wobei er auf dem Display die Nummer des Anrufers sehen konnte.

„DI Miller?", nahm Lestrade das Gespräch alles andere als erfreut entgegen. „Ja, wir sind auf dem Revier. Doyle?" Er warf seinem Kollegen einen fordernden Blick zu. „Ja, auch er ist gerade hier. Was wollen Sie?" Er lauschte angespannt. „Ich denke nicht, dass das geht, schließlich liegt das nicht in unserem Zuständigkeitsbereich." Wieder horchte er einen Moment lang und schwieg. „Na gut, das ändert die Lage natürlich. Wir machen uns sofort auf den Weg", sagte er noch, ehe er auflegte.

„Es muss sehr schlimm sein, wenn Miller uns um Hilfe bittet", meinte Doyle, der nun ganz blass um die Nase war.

„Der Premierminister verlangt, dass wir Miller unterstützen", gab Lestrade von sich, der noch eine Weile brauchte, bis er sich wieder gefangen hatte. „Wir sollen sofort nach Southgate kommen. Und zwar alle."

## GETRENNT

Seit über einer Stunde marschierten die Fünf durch die Tunnel der Kanalisation tief unter der Erde, ohne, dass irgendjemand von außerhalb davon Wind bekam. Sie waren auch schon recht weit gekommen, was sie jedoch in der Dunkelheit der Kloake nicht erkennen konnten.

„Wie ist es passiert?", fragte Margaret schließlich, um sich vom fürchterlichen Gefühl der Bedrängnis dieser Tunnel abzulenken.

Noch immer hielt Mycroft sie an der Hand und er dachte auch nicht daran, sie wieder loszulassen. Er warf einen kurzen Blick auf sie, erkannte aber im fahlen Licht der wenigen Taschenlampen auf den Handys von Sherlock und Regina nicht gerade viel von ihrem Gesichtsausdruck.

„Das weiß ich nicht", antwortete der Mann nach einer Weile. „Sherlock war bei ihm. Er allein weiß, was damals passiert ist."

„Was hat es mit dem Lagerfeuer auf sich?", bohrte Margaret nach.

„Davon habe ich nie etwas gesagt", entgegnete Mycroft unsicher.

„Aber Annabelle. Sie hat es erwähnt. Also, was meinte sie damit?"

Augenblicklich blieb Mycroft stehen und hielt damit auch Margaret an. Da sich die beiden jedoch am Ende der Gruppe befanden, fiel es den anderen nicht auf.

„Mycroft?", fragte Margaret und blickte ihn in der nun kompletten Finsternis an, obwohl sie ohnehin nicht wirklich etwas erkennen konnte.

„Wieso weiß sie das?", fragte er sich selbst in Gedanken und begann zu überlegen. „Nur Sherlock wusste von dem Lagerfeuer."

„Würdest du mich bitte aufklären."

Mit einem kräftigen Ruck ging Mycroft wieder weiter und zerrte die junge Frau mit sich. „Das soll dir Sherlock erklären. Ich kenne nur einen Teil der Wahrheit."

„Aber…"

„Genug davon!", ermahnte er sie streng und sein Griff um ihre Hand versteifte sich, während er das Tempo rasch beschleunigte, um die anderen wieder einzuholen.

Doch seltsamerweise fehlte von ihnen jede Spur.

„Wo sind sie hin?", fragte Margaret unsicher, die es sofort mit der Angst zutun bekam. „Wieso musstest du auch stehen bleiben?", fuhr sie den Mann harsch an, um ihre Panik zu verstecken.

„In der kurzen Zeit können sie niemals so weit gekommen sein, dass wir sie aus den Augen verloren haben", sagte Mycroft. „Das ergibt einfach keinen Sinn."

Margaret verdrehte genervt die Augen, was er zu seinem eigenen Glück nicht sehen konnte. Sie versuchte zu lauschen, ob sie irgendwelche Geräusche hören konnte. Doch außer dem regelmäßigen Sprudeln des Abwassers vernahm sie nichts.

„Sherlock?", schrie Margaret plötzlich lauthals. „Wo seid Ihr?"

Wie vom Blitz getroffen hielt Mycroft ihr die Hand vor den Mund. „Bist du verrückt geworden?", rief er in einem gedämpften, aber sehr wütenden Tonfall. „Willst du etwa, dass Moriarty uns findet?"

Margaret riss sich mit aller Mühe seine Hand weg. „Wäre er hier unten, wüssten wir das längst", konterte sie ebenfalls wütend. Danach ging sie ein paar Schritte nach vorne und drehte dann wieder zu ihm um. „Das ist alles nur deine Schuld."

„Was?"

„Hätte ich dich damals nicht getroffen, dann wäre das alles nicht passiert. Shepard, Montaigne, Moran. Erinnerst du dich?", keifte sie Mycroft an und trat näher auf ihn zu. „Du musstest ja ausgerechnet mich in die Sache miteinbeziehen, weil du dich nicht an deinen eigenen Bruder wenden wolltest. Das hast du jetzt davon." Sie schnaubte fahrig. „Deinetwegen bin ich fast gestorben."

„Margaret", war alles, was der Mann herausbrachte. Ihm war plötzlich, als würde ihm jemand den Boden unter den Füßen wegziehen.

„Hätte ich dich doch nur nie getroffen", meinte sie zutiefst verletzt, drehte in einem Satz um und entfernte sich von ihm.

„Dann würdest du immer noch SIE sein", sprach der Mann nun mit neuer Kraft. „Du würdest immer noch eine reine Lüge leben."

Margaret blieb mit dem Rücken zu ihm stehen.

„Und du hättest all deine Erinnerungen nie wieder zurückerlangt. Auch Victor hättest du für immer vergessen."

Nun reichte es ihr. Wutentbrannt stapfte Margaret zu Mycroft zurück und schubste ihn mit den Händen zurück. „Hör auf!", schrie sie ihn an. „Du hast nicht das Recht über Victor zu sprechen. Er ist tot! Für immer!" Ihre Stimme hallte mehrmals dröhnend an den Wänden wider. „Nicht du hast deinen Bruder verloren, sondern ich. Ich habe Victor verloren."

„Ich habe dich verloren", sagte Mycroft nun ganz ruhig und rührte sich nicht vom Fleck.

Margaret verstummte und blickte ihn im Halbdunkel an. Ihr fehlten auf einmal die Worte und so blieb sie schweigend vor ihm stehen und wusste nicht, was sie sagen sollte.

„Da vorne sind sie!", rief ein Mann mit einer kratzigen tiefen Stimme. „Schnell!"

Ohne zu zögern packte Mycroft Margaret an der Hand und rannte mit ihr so schnell er konnte durch die Finsternis des Kanalsystems, in der Hoffnung, irgendwo einen sicheren Ausweg zu finden.

„Kommt schon!", schrie ein anderer und folgte ihnen mit mehreren Männern, die ihnen bereits dicht auf den Fersen waren.

*Was habe ich getan?*

*Das ist meine Schuld! Allein meine Schuld!*

*Wir werden hier drinnen sterben.*

Margaret spürte, wie sie das Tempo von Mycroft verlangsamte; schließlich konnte sie immer noch nicht wieder richtig gehen, und laufen war für sie noch um einiges schwieriger. Außerdem war der Mann weitaus größer wie sie und hatte fast doppelt so lange Beine.

*Ohne mich ist er viel schneller.*

Noch bevor sie überhaupt darüber nachdenken konnte, wie sie zumindest Mycroft retten konnte, stolperte sie über irgendetwas Hartes und landete mit einem Aufschrei auf dem Boden.

Vor Schreck ließ Mycroft sie los, stoppte aber sofort und beugte sich zu ihr runter.

„Steh auf!", befahl er ihr streng.

„Lass mich zurück!", sagte sie und riss sich von seinem Griff los. „Zusammen schaffen wir es nicht."

„Ich lasse dich nicht zurück", meinte er, hob die junge Frau mit einem einzigen kräftigen Ruck vom Boden hoch und rannte mit ihr an seiner Seite weiter.

„Ich bin zu langsam", keuchte Margaret, die nur schwer mit ihm mithalten konnte.

Aber Mycroft ignorierte sie und hielt sie nur noch fester am Handgelenk fest.

*Ohne ihn wäre ich schon lange tot.*

Von einem entsetzlich schlechten Gewissen geplagt humpelte Margaret so schnell sie konnte neben ihm her und versuchte ihn nicht allzu sehr zu verlangsamen.

Auf einmal bog Mycroft scharf nach rechts und zog die junge Frau mit sich. Von dort aus zerrte er sie erneut um die Ecke und tastete sich zu einer eisernen Leiter heran, die in den kalten Beton hineingeschlagen worden war. Ohne ein Wort zu verlieren kletterte er daran hoch und versuchte, den Kanaldeckel über sich zu öffnen.

*Das schafft er niemals. Ohne ein spezielles Werkzeug gehen diese Dinger gar nicht auf.*

Doch Margaret irrte sich.

Mit einem leisen hörbaren Knacksen öffnete Mycroft den massiven Deckel und schob ihn weit genug auf die Seite, sodass er hindurchklettern konnte.

Von oben herab strömte fahles Licht, welches die Kanalisation nur wenig beleuchtete. Es reichte allerdings aus, um Margaret die Stufen aus Eisen zu zeigen.

„Schnell!", rief Mycroft gehetzt zu ihr hinunter.

Sofort eilte sie auf die Leiter zu und kletterte mit aller Mühe hoch. Doch bereits bei der Hälfte spürte sie einen heftigen Schmerz in ihrem linken Bein und stockte.

Mycroft, der augenblicklich bemerkte, dass etwas nicht stimmte, beugte sich vornüber durch das Loch hinunter und packte sie am Kragen. Mit einer schier grenzenlosen Kraft zog er die junge Frau herauf und schob danach den Kanaldeckel wieder auf die Öffnung.

Danach ließ er sich schweratmend zurückfallen und blickte kurz prüfend zu Margaret, ehe er erleichtert in den Himmel blickte und erschöpft die Augen schloss.

„Wo zum Teufel sind Mycroft und Margaret?", fragte Sherlock und hielt die rapide geschrumpfte Truppe auf.

„Eben waren sie noch hinter mir", meinte Regina, die nunmehr als Letzte unterwegs gewesen war.

„Wir können nicht umkehren", sagte Annabelle harsch. „Das wäre unser Todesurteil."

„Hat dieser Moriarty sie etwa geschnappt?", fragte Regina besorgt.

„Vermutlich", antwortete Annabelle gefühllos. „Kommt jetzt! Es ist nicht mehr weit bis wir am Ziel sind." Sie ging wieder los und auch Regina folgte ihr.

Doch Sherlock blieb wie versteinert stehen.

„Das ist alles meine Schuld", murmelte der junge Mann, drehte in einem Satz um und verschwand in die Dunkelheit.

„Sherlock!", schrie Annabelle ihm schockiert hinterher. „Komm zurück!"

Doch er war fort.

„Was machen wir jetzt?", fragte Regina unsicher.

„Wir gehen weiter. Was auch immer Sherlock Holmes vorhat, ist bestimmt nicht die allerbeste und ungefährlichste Idee. Also werden wir exakt das tun, was wir von Anfang an tun wollten." Annabelle setzte sich wieder in Bewegung.

„Sie mögen ihn nicht wirklich, oder?"

Annabelle lachte. „Wer tut das schon? Sherlock Holmes ist ein eingebildeter, egoistischer Soziopath, der nie gelernt hat, normale menschliche Züge zu entwickeln."

„Aber er ist überdurchschnittlich intelligent", verteidigte Regina ihn.

„Das bin ich auch. Und trotzdem habe ich mehr als mein halbes Leben in einer Irrenanstalt verbracht, obwohl ich im Grunde nichts Falsches getan habe."

„Seit wann wussten Sie es?"

„Was?", fragte Annabelle. „Dass ich unschuldig bin, oder, dass meine Mutter eine Affäre mit einem verheirateten Mann hatte?" Sie seufzte, wurde aber nicht langsamer. „Ich habe es immer schon gewusst. Als ich noch ganz klein war, habe ich die beiden erwischt. Sie haben mir verboten, mit jemandem darüber zu reden. Doch das war mir damals egal. Ich hatte ohnehin keine Freunde, denen ich es hätte erzählen können."

„Sind Sie nicht bei der Familie Holmes aufgewachsen?", wollte Regina in ihrer puren Neugierde wissen.

„Ich bin erst später zu ihnen gekommen. Davor hat meine Mutter für den alten Mortimer gearbeitet. Als ich zu ihnen kam, war ich knapp fünf Jahre alt", erinnerte sich Annabelle. „Aber Mycroft und Sherlock Holmes konnte ich damals nicht wirklich als meine Freunde bezeichnen; auch heute noch nicht." Sie beschleunigte ihren Schritt. „Doch die anderen beiden waren nicht so wie sie. Margaret und Victor. Sie waren sogar richtig nett zu mir; zumindest, wenn sie alleine mit mir waren. *Aber Geschwister müssen doch nett zu einander sein*, dachte ich. Dass sie es nicht wussten, war mir nicht klar; nicht zu anfangs. Erst später, als sich meine Mutter und mein Vater stritten und mich dadurch ständig nachts aufweckten, verstand ich, weshalb ich von allen so anders behandelt worden bin." Sie schwieg kurz und blickte zu Regina zurück, als befürchtete sie, dass auch sie auf einmal nicht mehr da sein würde. „Keiner wusste es. Ich war ein Nichts. Immer haben sie mich nur *die Hexe* genannt und es war ihnen allen vollkommen egal, wie sehr sie mich damit verletzt haben."

„Was ist mit Victor passiert?", fragte Regina nun, die spürte, dass sie bei Annabelle einen gigantischen Schritt vorangekommen war.

„Da war dieses Lagerfeuer", begann Annabelle in ihre Erinnerungen versunken. „Es war Sherlocks Idee. Da es zu Regnen begonnen hatte, zündeten sie das Feuer nahe an der alten Hütte an, um durch das kleine vorstehende Dach von der Nässe geschützt zu sein. Danach haben sie es ausgelöscht und sind in die Hütte gegangen. Die ganze Zeit über bin ich im Regen gehockt, nicht weit von ihnen entfernt. Hätten sie mich gesehen, hätten sie mich sofort wieder gejagt oder ihre dummen Superhelden-Spiele mit mir betrieben." Auf einmal blieb Annabelle stehen und hielt somit auch Regina auf. Für eine Sekunde war alles vollkommen still um sie herum. „Sie haben sich gestritten, Sherlock und Victor, und zwar so sehr, dass Sherlock wutentbrannt aus der Hütte gestürmt ist und davonlaufen wollte. Aber er ist über ein Holzscheit, das vom Lagerfeuer übriggeblieben war, gestolpert und in den nassen Matsch daneben gestürzt. Das hat ihn so sehr in Rage versetzt, dass er wie wild geworden in der Asche und der noch warmen Glut des Lagerfeuers herumzutrampeln begann. Irgendwann ist er aber dann doch einfach weggerannt. Ich bin noch eine Weile dageblieben, weil ich es mir am Fuße eines Baumes gemütlich gemacht habe. Allerdings muss ich eingeschlafen sein, denn als ich wieder zu mir kam, brannte die kleine Hütte lichterloh. Ein Schrei hat mich aufgeweckt. Vermutlich war es Victor."

„Das ist schrecklich", brachte Regina nur mühsam raus. „Wieso haben Sie nie jemandem die Wahrheit gesagt?"

„Damals dachte ich, dass, wenn ich die Schuld auf mich nehme, Sherlock und Mycroft vielleicht netter zu mir sein würden. Schließlich war es doch Sherlocks Schuld", antwortete Annabelle zerbrochen. „Doch natürlich erreichte ich das genaue Gegenteil damit. Und danach hat mir keiner mehr geglaubt."

„Wieso wurde Victor in dem Brunnen gefunden? Haben Sie ihn dorthin gebracht?"

„Nein." Annabelle schüttelte den Kopf. „Das letzte, was ich sehen konnte, war etwas Feuriges, das in diese Richtung gerannt ist, gefolgt von einem gequälten Schrei."

„Er ist selbst dort hineingesprungen", stellte Regina erschrocken fest. Ein eiskalter Schauer lief ihr bei der Vorstellung dieses schrecklichen Szenarios über den Rücken.

„Wir müssen weiter gehen", sagte Annabelle nun kühl und marschierte wieder los.

„Es tut mir leid, was Ihnen widerfahren ist", meinte Regina mitfühlend und folgte der Frau.

„Schön für dich", entgegnete Annabelle nur. „Das bringt mir nur leider auch nichts. Was geschehen ist, ist geschehen." Sie atmete scharf durch. „Woher wusstest du es eigentlich? Das mit meinen Eltern meine ich."

„Ihre Mutter war einst eine Patientin meines Vaters."

„Du bist die Tochter von Dr. Wilson?", fragte Annabelle erstaunt und starrte Regina an. „Ich wusste gar nicht, dass er Kinder hat."

„Sie kennen meinen Vater?"

„Ja, er ist früher immer einmal in der Woche zu Besuch gekommen. Manchmal sogar zweimal, wenn es meiner Mutter wieder schlechter gegangen war. Er war einer der wenigen Personen, die wirklich nett zu mir gewesen sind."

„Erzählen Sie mir von Moriarty", bat Regina behutsam. Sie wollte nicht zu forsch sein, dennoch musste sie einfach alles über diese Frau erfahren, denn nach allem, was sie bisher erfahren hatte können, hatte sie einfach nur mehr Mitleid mit ihr. Und sie wollte ihr helfen.

„Er hat mich damals in Rheinau besucht. Einfach so. Ich wusste nicht mal, wer er wirklich war. Er meinte, er wäre ein guter Freund von Sherlock Holmes. Dass er gelogen hatte, wurde mir erst später klar, aber da war es mir auch noch egal. Ich wollte einfach nur aus der Anstalt raus. Und er hat mir ein komplett neues Leben gegeben."

„Elizabeth Markle", erinnerte Regina sich, die selbstverständlich sämtliche Zeitungsartikel über die vergangenen Vorfälle gelesen hatte und somit ihren neu erfundenen Namen sehr gut kannte.

„Ja." Annabelle nickte. „Moriarty wollte am Anfang nur, dass ich mich mit Alexandra Green anfreunde. Ich habe nicht mal gewusst, dass sie in Wirklichkeit Margaret war. Das habe ich erst erfahren, als ich Hinweise dafür in ihrer Wohnung gefunden habe. Daraufhin habe ich Moriarty auf diesen Umstand aufmerksam gemacht. Doch irgendwie schien ihn das sogar zu freuen. Ich wollte ihm aber nicht mehr helfen. Margaret habe ich nie vergessen. Schließlich ist sie meine Schwester; egal, ob sie es gewusst hat oder nicht. Moriarty hat mich bedroht. Er meinte, ich müsse tun, was er verlangt, sonst tötet er sie. Ich wusste nicht, was ich tun sollte. Also spielte ich sein dummes Spiel weiter mit. Ich saß in der Klemme."

„Das sollten Sie Ihrer Schwester erzählen."

„Pah, das glaubt sie mir sowieso nicht. Margaret wird mir nie wieder etwas glauben."

„Da wäre ich mir nicht so sicher. Schließlich glaubte sie auch, dass Sie unschuldig sind und hat Sie aus Rheinau rausgeholt", meinte Regina.

Nachdenklich starrte Annabelle in den schummrig beleuchteten Tunnel vor sich und überlegte, ob die Tochter von Dr. Wilson tatsächlich recht haben könnte.

Wie durch Geisterhand sah sie vor sich ein kleines Mädchen herumlaufen, voller Schmutz und Schlamm und durchnässt vom ständigen Regen.

*'Ihr habt ihn mir weggenommen. Ihr seid schuld daran, dass er fort ist'*, hörte sie das Kind schreien und musste nicht lange nachdenken, denn diese Stimme hatte sie sofort erkannt. Es war Margaret gewesen, die damals als kleines Mädchen die Holmes Brüder beschuldigt hatte, ihr ihren großen Bruder genommen zu haben.

Die Erinnerung daran schmerzte sehr und Annabelle brauchte einen Augenblick, um wieder klar denken zu können.

„Von hier aus müssen wir nach links", sagte sie dann kurz angebunden und bog gleichzeitig um die Ecke.

Als so ziemlich das ganze Aufgebot an Truppen, das der Scotland Yard zu bieten hatte, in Southgate eintraf, bot sich ihnen in natura nicht unbedingt ein schöneres Bild. Sämtliche Fenster waren eingeschlagen, die große Flügeltür eingetreten und die robusten Mauern so zerschossen, dass an mehreren Stellen tiefe Löcher herausragten als hätte eine heftige Schlacht gewütet.

Von den Schützen selbst jedoch fehlte jede Spur.

Lestrade und Doyle blieben ratlos vor dem Massaker stehen, während ihre Leute die Umgebung absuchten.

„Wer war das bloß?", fragte Doyle zerstreut. „Wieso tut man so etwas überhaupt."

Noch bevor Lestrade etwas darauf sagen konnte, kam Detective Inspector Ester Miller vom Inneren des Gebäudes mit ein paar Fetzen Papier, die sich in einer durchsichtigen Plastiktüte befanden, zu ihnen heran und blieb nur wenige Schritte vor den beiden Männern stehen. Mit der freien Hand fuhr sie sich durch ihr langes, dunkelbraunes, gelocktes Haar, um ein paar Strähnen, die ihr der Wind ins Gesicht geblasen hatte, zu entfernen. Mit ihren grellgrünen Augen blickte sie die beiden abwechselnd an und hob dabei die durchsichtige Tüte hoch.

Lestrade packte die Plastiktüte und betrachtete die Papierstücke darin etwas genauer. „Das sind Bordkarten", stellte er ohne weiteres fest. „Von einem privaten Flughafen in Altenburg, Deutschland." Er blickte Miller verwirrt an. „Was soll uns das sagen?"

Miller verdrehte genervt die Augen. „Altenburg liegt direkt an der Grenze zwischen Deutschland und der Schweiz. Auf der anderen Seite der Grenze befindet sich zufälligerweise das Kloster Rheinau." Sie nahm die Tüte wieder an sich und verschränkte die Arme vor ihrem Körper. „Gibt es etwas, das Sie beide mir vielleicht sagen sollten?"

„Margaret ist wieder hier", rutschte es Doyle voller Freude heraus. Doch Millers harscher Blick ließ ihn erschrocken zusammenzucken.

„Margaret Trevor?", fragte sie mit einem wütenden Unterton. „Und wen hat sie Ihrer Meinung nach aus Rheinau mitgenommen? Es sind nämlich insgesamt drei verschiedene Tickets, und zwar One-Way."

„Vermutlich haben Mycroft Holmes und sein Bruder sie abgeholt", überlegte Lestrade.

„Natürlich", meinte Miller misstrauisch. „Bevor oder nachdem sie das gesamte Kloster in die Luft gesprengt haben?" Sie trat näher zu den beiden Männern heran. „Was genau ist das überhaupt für ein Ort. Erzählen Sie mir nicht, dass sich Margaret Trevor drei Monate lang in einem einfachen Kloster aufgehalten hat, in dem sonst nur Mönche leben. Also, was geht da vor sich?"

„Das wissen wir nicht", antwortete Doyle flink. Obwohl er zwar eine Vermutung hatte, wusste er wirklich nicht, was das für ein Ort war.

„Hören Sie", begann Miller und steckte die Plastiktüte in ihre Jackentasche, „Ich bin hier, um Ihnen zu helfen. Wenn Sie also irgendetwas wissen, dann wäre ich überaus dankbar, wenn Sie es mir auch sagen würden. Es nützt niemandem, wenn Sie mir etwas verschweigen."

„Wir verschweigen Ihnen nichts, Miller", rechtfertigte DI Lestrade seinen Kollegen und sich.

„Wirklich?", fragte sie. „Und wann wollten Sie mir erzählen, dass James Moriarty am Leben ist?"

Die beiden Männer schluckten nervös.

„Boss?", rief eine junge Beamtin und rannte gehetzt zu den Drei aus dem Gebäude heraus. „Wir haben sie gefunden", keuchte sie und blieb schwer atmend vor ihnen stehen. Die Tatsache, dass eine so junge, sportlich wirkende Frau nach einem so kurzen Sprint bereits am Ende ihrer Kräfte war, wirkte äußerst seltsam.

„Wo?", fragte Miller nur.

„Also wir haben sie natürlich nicht wirklich gefunden. Leider. Aber wir wissen zumindest wo sie alle hin verschwunden sind." Sie machte eine kurze Verschnaufpause. „Im Keller des Anwesens führt ein Geheimgang direkt zum Netzwerk der städtischen Kanalisation. Die Spurensicherung hat dort unten mehrere Fingerabdrücke entdeckt, die darauf hindeuten, dass einige Personen diesen Geheimgang vor kurzem benutzt haben."

„Gehen Sie mit Ihrem Team rein!", befahl Miller. „Falls Sie nach einer Stunde noch nichts finden, kehren Sie wieder um!"

Die junge Beamtin nickte und eilte wieder in das beinahe komplett zerstörte Gebäude hinein.

„Also." Miller wandte sich wieder den beiden Männern zu. „Was ist nun mit Moriarty?"

„Er fällt nicht in Ihren Zuständigkeitsbereich", sagte Lestrade nun etwas kühl. „Somit bestand auch keine Notwendigkeit, Sie darüber zu unterrichten."

„James Moriarty ist mitunter der gefährlichste Mann ganz Englands, wenn nicht sogar der ganzen Welt", schnaubte Miller erzürnt, „und Sie denken ernsthaft, nur weil er nicht in meinen Bezirken geraubt, gefoltert und gemordet hat, dass es mich nicht zu interessieren hat, wenn er gar nicht tot ist? Aber sonst geht es Ihnen noch gut, oder?"

„Sie hatten doch ohnehin schon so viel um die Ohren in letzter Zeit. Wir wollten Sie nicht unnötig verängstigen", rechtfertigte Doyle sich.

Die Frau trat ganz nahe an ihn heran und starrte ihn mit ihren grünen Augen an als würde sie ihn glatt damit durchbohren wollen. „Sehe ich für Sie etwa verängstigt aus?"

„Nein." Doyle räusperte sich verlegen und wich von ihrem furchteinflößenden Anblick zurück.

## <u>GEFANGEN</u>

Als der junge Mann sozusagen geradewegs in sein eigenes Verderben rannte, dachte er an so manches. Dass in seinem Kopf nun ausgerechnet das Bild von Annabelle Sacker auftauchte, wunderte den Detektiven allerdings ein wenig. Schließlich hatte sie in seinem bisherigen Leben noch nie wirklich eine wichtige Rolle gespielt. Oder etwa doch?

Er blieb stehen und lauschte.

Von nicht mir allzu weit entfernt vernahm er das Trappeln von mehreren Schuhen auf dem harten Beton, die dem Klang nach immer näherkamen.

„Mycroft? Margaret?", schrie er in die drohende pechschwarze Dunkelheit hinein, bekam jedoch keine Antwort.

Erst im allerletzten Moment wurde ihm klar, dass er das Falsche getan hatte.

Doch nun war es zu spät.

Mehrere Hände griffen aus der Finsternis nach ihm und drückten den wehrlosen Mann in den feuchten Boden.

Ächzend setzte sich Margaret auf und betrachtete die Umgebung. An allen Ecken befanden sich lange Häuserreihen mit gleichfarbigen roten Dächern und stets gleich vielen Bäumen vor den Eingangstüren.

*Wilton Community Church*, las sie auf einem Schild nahe vor einem imposanten Gebäude.

„Wo sind wir?"

„Im Stadtteil East Finchley", antwortete Mycroft, der gerade aufstand und versuchte sich den ganzen Schmutz und Staub von seinem teuren Jackett abzustreifen. „Zu Fuß sind es noch knapp zweieinhalb Stunden bis nach London."

„Das schaffe ich nicht", sagte die junge Frau und blickte auf ihr noch immer schmerzendes Bein, wobei sie im selben Augenblick überlegte, wo sie eigentlich ihren Gehstock liegen gelassen hatte.

*Vermutlich irgendwo in Southgate unter all den vielen Trümmern.*

„Das habe ich befürchtet", sagte der Mann distanziert und deutete auf das Ende der Straße zur Kreuzung der Wilton Road und der Coppets Road, wo ein schwarzer SUV mit verdunkelten Scheiben am Straßenrand stand, „deshalb erlaubte ich mir als du dich ausgeruht hast, Unterstützung zu rufen."

Wie durch ein unsichtbares Zeichen ging die Beifahrertür des Wagens auf und niemand anderes als Jack Ryder sprang heraus, der eiligen Schrittes auf die beiden zumarschierte.

Erst als er nähergekommen war, konnte Margaret die zahlreichen Schrammen und blauen Flecken in seinem Gesicht und an seinen Händen sehen, die noch immer unverkennbar zu sehen waren.

*Die Granate.*

Ein eiskalter Schauer durchfuhr ihren Körper und ließ sie für einen Augenblick erstarren. Doch bereits in der nächsten Sekunde hatte Ryder sie ohne weiteres hochgehoben und war mit ihr auf dem Weg zum Wagen unterwegs an der Seite von Mycroft Holmes, der auf einmal wieder so kühl wirkte, wie er es früher immer gewesen war.

*Habe ich etwas Falsches gesagt?*

Margaret musterte Mycroft ganz genau und bemerkte sofort, dass er vollkommen distanziert von ihr ging und sie keines Blickes mehr würdigte.

*Es tut mir leid.*

*Nein! Das sage ich ihm nicht.*

*Es tut mir nicht leid. Schließlich hat er mich ständig belogen.*

*Wenn er beleidigt sein will, weil ich ihn dort unten angeschrien habe, dann soll er ruhig schmollen.*

Ein zartes Lächeln zauberte sich auf ihre Lippen als sie sich an etwas erinnerte, das schon einige Monate in der Vergangenheit lag.

*Ich habe ihn geschlagen.*

*Natürlich dachte ich, dass es Thomas Montaigne gewesen war, dennoch aber hat es sich gut angefühlt.*

Ihr kurzer Moment der Freude endete jedoch jäh.

*Die anderen!*

*Annabelle. Sherlock. Regina.*

*Verdammt!*

*Wo sind sie?*

„Was geschieht mit den anderen?", fragte Margaret, noch ehe sie in das Fahrzeug eingestiegen waren.

Mycroft nahm ihr gegenüber Platz und vertiefte sich in sein Smartphone als müsse er dringende Arbeit erledigen.

„Sie werden in zwei Stunden in London sein", gab der Mann kaltherzig zur Antwort.

Margaret war schockiert über sein Verhalten, denn er war genau so, wie sie ihn von früher gekannt hatte als sie noch Alexandra Green gewesen war.

*Der Eismann.*

Das Auto setzte sich schleunig in Bewegung und fuhr über mehrere Seitenstraßen in Richtung Süden.

Allem Anschein nach war alles, was sie seither mit ihm gemeinsam erlebt hatte, verschwunden. Oder es war ihm auch einfach nur vollkommen egal.

*Nein!*

*Ich weiß, was er auf dem Dach des Gebäudes zu mir ge-sagt hat.*

*Das werde ich nie vergessen.*

„Willst du wirklich einfach hier sitzen und warten, bis die anderen vielleicht heil in London ankommen werden?", fragte sie und sah Mycroft mit einem durchbohrenden Blick an.

Doch er schaute nicht einmal zu ihr hoch.

„Was ist mit Sherlock? Deinem eigenen kleinen Bruder? Kümmert es dich denn kein bisschen, dass er immer noch in großer Gefahr schwebt?"

Zwar zuckte Mycroft ein wenig zusammen, als sie den Namen seines Bruders aussprach, dennoch rührte er sich immer noch nicht und blickte starr auf den Bildschirm.

„Na gut", sagte die Frau erzürnt. „Wenn das so ist, dann will ich, dass du sofort den Wagen anhalten lässt."

Nun starrte er sie an. „Das kann ich nicht tun", sprach er kühl.

„Und ich kann nicht zulassen, dass dein Bruder, meine Schwester und eine ganz und gar unschuldige Person noch immer in der Kanalisation herumirren, während wir hier in Sicherheit herumkutschiert werden. Also, halt sofort den verdammten Wagen an!", schrie sie.

Mycroft hob seine Hand und das Fahrzeug blieb unverzüglich stehen.

„Das ist ein Fehler", sagte Mycroft so ruhig wie möglich.

„Nein", meinte sie, „es ist ein Fehler, jetzt einfach wegzufahren, während die anderen noch da unten sind."

Ohne ein Wort zu verlieren drehte Mycroft sein Handy um, sodass Margaret das Display sehen konnte.

Wie versteinert blickte sie auf das Foto, welches der Mann den Daten zufolge nur wenige Minuten zuvor bekommen hatte.

*Sherlock.*

*Wie schrecklich.*

Auf dem Bild kauerte der kleine Bruder von Mycroft Holmes auf dem Boden der Kanalisation, gefesselt, zusammengeschlagen und mit mehreren Platzwunden und Prellungen. Darunter standen ein paar Worte geschrieben: *Abbey House. In Vier Stunden. Bring auch die Hexe mit.*

Am Liebsten hätte Margaret den Mann, der ihr gegenübersaß, einen kräftigen Schlag verpasst, dafür, dass er ihr nicht sofort etwas gesagt hatte. Aber als sie erkannte, wie zutiefst verletzt und verängstigt er war, war all die Wut auf ihn wie weggeblasen.

Sie wechselte mit einem schmerzverzerrten Blick den Sitzplatz, sodass sie nunmehr neben Mycroft saß und berührte ihn mit beiden Händen am Arm.

„Wir werden ihn da rausholen", sagte sie ihm. „Ich lasse nicht zu, dass auch du deinen Bruder verlierst."

Nun blickte Mycroft sie an. Er schaute ihr direkt in die Augen und das entsetzliche Leid, das er spürte, fühlte sie dadurch mit ihm.

„Fahren Sie weiter! Sofort", befahl Margaret dem Fahrer streng, der, ohne auch nur eine Sekunde zu seinem Vorgesetzten zu blicken, tat, was sie von ihm verlangte.

„Du hattest recht", sprach Mycroft dann mit gebrochener Stimme und blickte auf den Boden. „Es ist meine Schuld. Alles."

„Nein, ist es nicht", konterte Margaret, berührte ihn sanft an der Wange und drehte seinen Kopf so, dass er sie anblickte. „Es war Moriartys Schuld. Von Anfang an."

„Das kannst du nicht wissen."

„Stimmt. Aber eines weiß ich ganz genau." Sie schenkte ihm ein gütiges Lächeln. „Du, Mycroft Holmes, bist ein guter Mensch."

Sie spürte sofort, dass sie ihn mit diesen Worten zumindest ein wenig hatte aufheitern können und war für den Anfang zufrieden. Margaret schmiegte sich an seinen Oberköper und genoss die Nähe zu dem Mann, in der

Hoffnung, ihm damit etwas Kraft und Mut schenken zu können.

Mycroft erwiderte ihre Nähe wortlos. Jedoch legte er seinen Arm um ihren Körper und schloss für einen Augenblick seine Augen.

„Ich habe dich nicht angelogen", begann er dann ganz plötzlich.

Margaret blickte zu ihm hoch, sagte aber nichts darauf.

„Sherlock hat es mir so erzählt. Erst danach gab er zu, dass dies nicht die Wahrheit gewesen ist."

„Wieso hat Annabelle damals gesagt, dass sie schuld an Victors Tod war?"

„Früher habe ich es nicht erkannt, aber jetzt ist es mir klarer denn je geworden", meinte Mycroft. „Sie hoffte, uns als ihre Freunde zu gewinnen, Sherlock und mich." Er sank seinen Kopf voller Wehmut. „Wir waren schrecklich zu ihr."

„Ich war kaum freundlicher", gab Margaret dann schuldbewusst zu. „Bereits ihr Anblick hat mir damals schon Angst eingejagt, obwohl sie uns im Grunde nichts getan hat." Sie machte eine kurze Pause und blickte zu Mycroft hoch, der sie keine Sekunde mehr aus den Augen gelassen hatte. „Was ist damals wirklich mit Victor passiert?"

„Wenn ich es wüsste, würde ich dir die Wahrheit sagen."

„Ach", stöhnte Margaret leicht genervt. „Da ist dieses dumme Wort schon wieder. Wahrheit. Wie ich es hasse."

„Es gibt nur eine Wahrheit, die für mich wirklich zählt", meinte Mycroft und sah Margaret kurz schweigend an. „Erinnerst du dich daran, was ich dir auf dem Dach dieses Gebäudes erzählt habe?"

„Ja." Die junge Frau nickte lächelnd. „Das werde ich nie wieder vergessen. Ich verspreche es dir."

Mycroft gab ihr einen Kuss auf die Stirn, ohne darüber nachzudenken, dass der Fahrer des Wagens und auch Jack Ryder dies alles mitansehen konnten. Er blickte erneut zu Margaret hinunter. „Es ist alles wahr, was ich gesagt habe, auch jene Worte, die ich in der Kanalisation von mir gegeben habe." Er atmete kurz ein. „Ich habe dich damals verloren, Margaret, und es war der schlimmste Tag in meinem Leben. Doch dieser eine Tag hat mich geprägt und zu dem Menschen gemacht, der ich heute bin. Und nun", er lächelte sanft, „nun halte ich dich in meinen Armen und ich kann es noch immer kaum glauben."

Den kreisrunden Kanaldeckel aus massivem Eisen und Beton mit Asphalt gemischt zu öffnen bedurfte einer immensen Kraft, die Annabelle und Regina nur gemeinsam aufbringen konnten. Stöhnend und ächzend krochen die beiden Frauen an die Oberfläche und genossen das helle Schimmern der untergehenden Sonne als hätten sie seit Jahrzehnten kein Tageslicht mehr gesehen.

„Wie spät ist es?", fragte Annabelle, die sich sofort wieder in Richtung Süden in Bewegung setzte.

Regina tat sich schwer mit ihrem hastigen Tempo Schritt zu halten. „Viertel nach Fünf", antwortete sie nach einem Blick auf ihre verschmutzte Armbanduhr.

„Hast du Kleingeld dabei?" Annabelle blieb vor einer Kreuzung stehen und zeigte auf eine rote Telefonzelle auf der anderen Straßenseite.

„Ein bisschen vielleicht", sagte Regina, die in all ihren kleinen Taschen herumwühlte und eine Hand voll Münzen hervorkramte.

„Das sollte hoffentlich reichen." Annabelle riss ihr alles aus der Hand und flitzte auf die Telefonzelle zu. Sie sprang hinein und wählte eine mehrstellte, Regina völlig unbekannte Telefonnummer.

Die junge Psychologiestudentin blieb derweil am Straßenrand direkt neben der Telefonzelle stehen und blickte sich ängstlich zu allen Seiten hin um, ehe sie erkannte, dass sie sich gerade direkt im Zentrum von London befinden musste.

„Wow", dachte sie verblüfft. „Die Stadt ist wunderschön." Mit immer größer werdenden Augen betrachtete sie die Doppeldeckerbusse, die schwarzen Cabs, die vielen verschiedenen Sehenswürdigkeiten, die sie von ihrem Standort aus erblicken konnte und die zahlreichen Menschen, die eilig an ihr vorbeiflitzten.

Erleichtert durchatmend kam Annabelle aus der Telefonzelle heraus. „Sie sind gleich da."

„Wer?"

In derselben Sekunde schnitt ein schwarzer SUV, der für einen kurzen Moment das Licht der untergehenden Sonne reflektierte, die Kreuzung und hielt nur einen knappen Meter vor den jungen Frauen an.

Vom Beifahrersitz sprang ein stattlicher und gutaussehender Mann Anfang Vierzig mit grau meliertem dunkelbraunem Haar und mehreren Schrammen im Gesicht in einen schwarzen Anzug gehüllt heraus und öffnete wortlos die hintere Tür.

„Na steig schon ein!", befahl Annabelle der perplexen jungen Frau und lachte, als diese wie angewurzelt stehen blieb.

Nacheinander setzten sich die Zwei in das Fahrzeug und Regina staunte nicht schlecht, als sie Margaret und Mycroft nebeneinander auf dem großzügigen Rücksitz sitzen sah.

„Wo wart ihr?", fragte Annabelle sofort.

„Sagen wir einfach, wir haben eine Abkürzung genommen", antwortete Margaret.

„Und wo ist Sherlock?" Annabelles Blick wanderte besorgt zu Mycroft.

Sein verletzter Gesichtsausdruck sprach Bände.

„Wir haben noch gut zwei Stunden", übernahm Margaret für ihn. „Wir müssen nach Abbey House. Und du musst mitkommen." Ihr versteinerter Blick blieb nun bei Annabelle hängen.

Regina räusperte sich. „Was ist mit mir?"

Für einen kurzen Augenblick schauten Mycroft, Margaret und Annabelle sich beratend an als würden sie allein mit ihren Blicken miteinander kommunizieren.

„Wir bringen Sie zum Scotland Yard", sagte Margaret dann. „Das liegt ohnehin auf dem Weg. Dort wird man eine Rückfahrgelegenheit nach Amerika für Sie besorgen."

„Was? Jetzt, nach allem, was bisher passiert ist, soll ich einfach nach Hause fahren?", fragte Regina verletzt.

„Das, was nun folgt, ist viel zu gefährlich", meinte Margaret fürsorglich. In diesem Moment klang sie sogar irgendwie mütterlich. „Ich möchte nicht, dass Sie unnötiger Gefahr ausgesetzt werden. Es hätte ohnehin niemals so weit kommen dürfen."

„Aber…" Die junge Studentin wusste nicht, was sie darauf sagen sollte. Sie wollte nicht nach Hause; nicht in der Mitte des ganzen Geschehens, von dem sie unweigerlich ein Teil geworden war.

„Inspector Doyle wird sich persönlich um Sie kümmern", sagte Margaret schroff und versuchte den mitleidigen Blick der jungen Frau auszublenden. „Glauben Sie mir, es ist das Beste für Sie."

„Wie Sie meinen", murmelte Regina trotzig und starrte aus dem Fenster raus.

In dieser Sekunde erinnerte sie Margaret nur noch mehr an sie selbst und es versetzte ihr einen Stich ins Herz, sie von sich wegzuschicken. Dennoch war ihr bewusst, dass es die einzig richtige Entscheidung war.

„Es gibt da etwas, das du wissen solltest", sagte Annabelle nun und schaute Margaret dabei direkt an. „Es geht um Victor."

„Das Lagerfeuer", dachte Margaret laut.

Annabelle nickte. „Ich war dort", begann sie. „Willst du wirklich die Wahrheit hören? Sie ist anders, als du es vielleicht erwartet hast."

„Sag, was du weißt!", befahl Margaret ernst. „Bitte", fügte sie etwas sanfter hinzu.

# MORIARTY

Nachdem sie Regina Wilson protestierend und gegen ihren Willen am Hauptquartier des Scotland Yard abgesetzt hatten, wo Doyle und Lestrade erst vor kurzem zurückgekehrt waren, machen sie sich ohne weitere Umwege auf den direkten Weg zum ehemaligen Anwesen der Familie Holmes. Nach Abbey House.

Das Gebäude selbst war in seinen glanzvollen Zeiten wirklich ein ansehnliches Anwesen gewesen, das einem Schloss ähnelte. Nun jedoch, nach so vielen Jahren des Verfalls, wirkte es nur mehr wie ein Geisterschloss, voll von Untoten und Dämonen, die nur darauf warteten, einen der Lebenden mit sich in die Hölle reißen zu können.

Als Mycroft, Annabelle und Margaret, gefolgt von Jack Ryder, der ihnen keine Sekunde lang von der Seite wich, das alte Grundstück betraten, sahen sie bereits von weitem einen alten silbernen VW Käfer vor der Einfahrt stehen, der an allen Ecken und Kanten rostete und am Heck zahlreiche Dellen und Kratzer aufwies. Nebenbei im hohen Gras standen noch zwei schwarze Geländewagen, die den Dodge einparkten.

*Typisch.*

*Das Fahrzeug vieler Serienmörder.*

*Das kann kein Zufall sein.*

Mycroft war der Erste, der das Gebäude betrat und durch die quietschende Vordertür eintrat, gefolgt von Margaret und Annabelle, während Ryder das Schlusslicht bildete.

Der Geheimagent zog blitzschnell seine Waffe und war für jeden möglichen Angriff in Windeseile gewappnet.

Der weite Flur war mit einer zentimeterhohen Staubschicht bedeckt, die den Blick auf die vielen teuren Designermöbel versperrte als würde sich eine undurchsichtige Plane darüber befinden.

Obwohl sie allesamt, mit Ausnahme von Ryder, das Gebäude seit mehreren Jahrzehnten nicht mehr betreten hatten, war es, als würden sie in die Vergangenheit wandern, während sie die alten, ihnen sehr gut bekannten Räume betraten. Sie stiegen nacheinander über die knarrende Treppe in den obersten Stock hinauf, wo sie an den verschiedenen Zimmern vorbeikamen.

Vor Sherlocks Kinderzimmer, welches der zweite Raum auf der rechten Seite war, blieben sie allesamt stehen.

Mycroft berührte den Türgriff und wollte ihn herunterdrücken. Doch irgendetwas tief in ihm hinderte ihn daran, sodass er einen Augenblick wie gelähmt vor der geschlossenen Tür stehen blieb.

Erst als Margaret zu ihm herantrat und seine Hand berührte, die den Türknauf fest umschlungen hielt, öffnete er die Tür.

Der Raum selbst war vollkommen leer; bis auf die üblichen Möbel eines Kinderzimmers und Sherlocks Habseligkeiten natürlich.

Wie in Trance trat Margaret dennoch ein und ging geradewegs auf die Wand neben dem kleinen verstaubten, aber sonst ordentlich aufgeräumten Schreibtisch zu. Dort blieb sie vor einem gezeichneten Bild stehen, welches mit einfachem Klebeband an die blanke Wand geheftet worden war.

Zwei Kinder befanden sich darauf, die den Superhelden Iron Man und Thor ähnlich sahen. Unter ihren Zeichnungen standen deren Namen mit Großbuchstaben in roter Farbe geschrieben: *Sherlock* und *Victor.*

Die Zeichnung wirkte wie ein Portal in die Vergangenheit für die junge Frau, die ihren Blick nicht mehr davon abwenden konnte.

Vor sich konnte sie die beiden Jungs im kniehohen Gras spielen sehen, mit ihren selbstgebastelten Gewändern, Umhängen und dem Spielzeughammer.

Mycrofts Hand auf ihrer Schulter brachte sie in die Gegenwart zurück und verdrängte die lang vergangene Erinnerung aus ihrem Blickfeld. Sie schaute zu ihm hoch, brachte aber kein Wort aus ihrem Mund heraus. Dennoch wollte sie dieses Bild nicht in der Ruine zurücklassen.

Vorsichtig löste Margaret das verstaubte Klebeband von der Wand, wodurch ein Teil des Putzes herunterbröckelte, nahm das Bild in beide Hände, faltete es zusammen und steckte es ein. Erst dann folgte sie den anderen, die bereits den Flur weiter nach hinten gegangen waren und nun vor Mycrofts Kinderzimmer stehengeblieben waren.

„Ich will nicht nach Hause", sträubte sich die junge Psychologiestudentin, während Inspector Doyle mit aller Mühe versuchte den nächstbesten Flug von Heathrow weg für sie übers Internet zu finden.

„Sie können hier nichts mehr ausrichten", sagte er nur beiläufig als er ein paar Zahlen und Daten in den Computer vor sich eintippte.

„Sie wissen doch gar nicht, was hier vor sich geht."

„Sie auch nicht", sagte er forsch und blickte die junge Frau direkt an, was sie vollkommen erstarren ließ.

„Die werden sich gegenseitig umbringen", jammerte Regina, nachdem sie sich wieder gefasst hatte. Die Anwesenheit des hübschen jungen Inspectors schien sie ungewollt durcheinander zu bringen.

„Wovon reden Sie?" Doyle schaute erneut zu ihr hoch.

„Haben die Ihnen nichts gesagt?" Regina rümpfte verärgert die Nase. „Dieser Moriarty hat Sherlock Holmes entführt."

„Wo sind sie?"

„An einem Ort namens Abbey House."

Sofort fiel ihr auf, wie der junge Mann auffallend nervös wurde.

„Wer ist dieser James Moriarty überhaupt?", fragte sie.

„Das wollen Sie nicht wissen."

„Doch. Schließlich frage ich Sie auch."

Doyle seufzte und wandte sich von seinem Computer ab, um die junge Frau näher zu betrachten. Irgendwie erinnerte sie ihn an Margaret Trevor. Sie war ebenso verbissen wie sie und hatte denselben Dickschädel. Und sie war bildschön.

„James Moriarty ist einer der gefährlichsten Verbrecher der ganzen Welt. Er hat in den verschiedensten Machenschaften seine Finger im Spiel. Illegaler Drogenverkauf und Konsum, Prostitution, Bankraub und auch Mord. Das alles sind nur wenige seiner Spezialgebiete."

„Wieso versuchen Sie dann nicht, ihn aufzuhalten, wenn Sie doch jetzt wissen, wo er sich befindet?"

„Ich bekomme meine Anweisungen von ganz oben."

„Ganz oben?" Regina verdrehte genervt die Augen. „Damit meinen Sie wohl Mycroft Holmes, nicht wahr?"

William Doyle betrachtete die junge Frau ganz genau. Sie hatte die Holmes Brüder anscheinend schon recht gut kennengelernt, und Margaret Trevor wohl auch, denn sie wurde ihr zusehends ähnlicher.

„Wollen Sie wirklich hier sitzen und abwarten, bis es zu spät ist? Es sind britische Staatsbürger in Gefahr. Bedeutet Ihnen das denn überhaupt nichts?", versuchte Regina ihn zu überreden.

„Sie verstehen das nicht."

„Oh doch, ich verstehe das sehr gut. Sie alle haben Angst vor Mycroft Holmes, der britischen Regierung in Person. Doch was ist, wenn er heute stirbt? Was ist, wenn James Moriarty sie alle tötet? Was dann?"

„Margaret", rief der junge Mann besorgt in seinen Gedanken und bekam es mit der Angst zu tun. Er verkrampfte innerlich und wehrte sich mit aller Mühe gegen seine Emotionen.

339

Seine Hand zitterte als er den kühlen Türgriff mit seinen Fingern berührte. Mycrofts Blick war starr auf die dunkelgrüne Tür gerichtet, auf der, entgegen der anderen Zimmertüren, überhaupt nichts darauf geschrieben stand. Es kostete ihn eine Menge an Kraft, die Tür schließlich zu öffnen, welche mit einem unheimlichen Knarren aufsprang.

Doch auch dieser Raum war menschenleer. Und obwohl Sherlocks Kinderzimmer bereits recht spärlich eingerichtet war, befand sich in diesem Raum nichts Persönliches aus Mycrofts Kindheit. Der Raum selbst wirkte kalt und herzlos und glich eher einer Gefängniszelle als dem Zimmer eines Kindes.

Noch bevor er die Tür voller Erleichterung wieder schloss, bemerkte Margaret jedoch an der oberen Bettkante ein eingeritztes, etwas schiefes Herz mit den Initialen *M + M*. Sie musste nicht wirklich überlegen, um zu erkennen, wer damit gemeint gewesen war. Mit aller Mühe versuchte sie ein Lächeln, das sich unweigerlich auf ihrem Gesicht ausbreitete, zu verstecken.

„Der Keller", sagte Annabelle dann, die aus den Blicken der anderen ablesen konnte, dass auch sie sich fragten, wo Moriarty und Sherlock sonst noch sein konnten.

*Oh nein.*

Beim Gedanken an dieses dunkle, unheimliche Gemäuer tief unter der Erde, schnappte Margaret hörbar nach Luft. Schon immer hatte sie sich vor dem Keller des Anwesens gefürchtet und den Weg dort hinunter gemieden. Noch dazu hatten Mycroft und Sherlock ihr damals stets irgendwelche Gruselgeschichten von sechsbeinigen und dreiäugigen Monstern erzählt, die sich dort unten aufhalten und nur darauf

340

warten würden, dass sie zu ihnen kommen würde. Und obwohl sie aus dem Alter heraus war, wo man sich vor solchen imaginären Monstern fürchtete, bereitete ihr der bloße Gedanke an den unheimlichen Keller noch immer schreckliche Angst.

*Komm schon.*

*Du hast weitaus schlimmeres erlebt.*

*Der alte Kanal am Züricher Flughafen ist viel entsetzlicher als das hier.*

*Du schaffst das.*

Sie atmete tief durch und versuchte sich selbst zu beruhigen, ehe sie hinter Mycroft und gefolgt von Annabelle und Jack Ryder in die ungewisse Dunkelheit hinunterschritt.

Zum Glück fand Mycroft recht schnell den Lichtschalter, der sich jedoch erst ganz unten am Ende der Stiege im Keller selbst befand.

Als sich das finstere Gewölbe erhellte bot sich ihnen ein Anblick, der sie allesamt ruckartig zum Erstarren brachte.

In der Mitte des Raumes saß Sherlock Holmes auf einem Stuhl mit den Händen auf den Rücken gefesselt. Neben ihm stand mit einer Pistole in der Hand, die er auf den jungen Mann richtete, James Moriarty höchst persönlich. Und obwohl er seit mehreren Jahren untergetaucht war, hatte er sich kaum verändert. Mit Ausnahme seines leicht grauen Haaransatzes an seinem sonst so dunklen buschigen Haar. An beiden Seiten neben ihm standen zwei bewaffnete Männer, die wie durchtrainierte Kampfmaschinen aussahen und so breit wie auch hoch zu sein schienen.

„Na endlich", sagte Moriarty und deutete tadelnd auf seine Armbanduhr. „Das hat aber wirklich gedauert, bis ihr mich gefunden habt."

Dass Ryder unverzüglich seine Waffe auf ihn richte, kümmerte ihn überhaupt nicht.

„Also?" Moriarty grinste verstohlen. „Wie ich sehe, hast du endlich dein Gedächtnis wiedererlangt." Dabei sah er Margaret direkt an. „Um ehrlich zu sein, dachte ich nicht, dass das je wieder geschehen wird; schließlich war der Unfall damals dementsprechend heftig. Schade nur, dass du ihn überlebt hast."

Wie zu Eis erstarrt blickte Margaret den Mann an, ohne sich bewegen oder etwas sagen zu können. Sie hatte sein furchterregendes Antlitz schon beinahe vergessen, doch nun blickte sie in dieselben dämonischen Augen wie damals als sie dachte, ihn nie mehr wieder sehen zu müssen.

„Ich soll dir übrigens schöne Grüße von deiner lieben Mutter ausrichten", fügte Moriarty noch grinsend hinzu.

Die Erwähnung ihrer Mutter reichte völlig aus, um sie aus ihrer Schockstarre zu befreien. Wie vom Blitz getroffen zischte sie an der Seite von Mycroft vorbei, den noch immer brennenden Schmerz in ihrem linken Bein verdrängend, und wollte geradewegs auf Moriarty zuspringen.

Doch er schien genau diese Reaktion von ihr erwartet zu haben und war ihr diesbezüglich bereits einen Schritt voraus. Noch ehe die junge Frau nahe genug an ihn herangekommen war, richtete er seine Pistole direkt auf sie, was sie un-weigerlich zum Stehenbleiben zwang.

„Nicht so schnell, meine Liebe", sagte er amüsiert über ihre unbändige Wut.

„Du hast sie umgebracht", brachte Margaret kochend vor Wut heraus. „Du warst es."

Im selben Moment traten drei Männer aus dem Schatten hinter James Moriarty hervor und blieben nur wenige Schritte vor ihnen stehen. Alle drei waren von der Statur und der Größe nach ähnlich und hatten exakt denselben Gesichtsausdruck als sie Margaret Trevor erblickten.

„Er hatte ein bisschen Hilfe von uns", gab einer von ihnen zu. Es war ohne Zweifel Julius Moran, der in der Mitte der anderen stand.

„Wieso?", fragte Margaret dann, die nur mit Mühe die schmerzliche Erinnerung an ihre Mutter verdrängen konnte. „Was hat sie euch getan?"

„Eigentlich nichts", gab nun Sebastian Moran von sich. „Sie war nie das Problem, sondern DU."

Margaret wich zurück.

*Ich?*

*Oh...*

„Wie ich sehe, fällt dir unser kleines Treffen im Wald wieder ein", stellte Sebastian Moran fest und schüttelte dann lachend den Kopf. „Aber das war nicht der Grund. Der Grund dafür steht direkt hinter dir."

Ohne zu zögern drehte sich Margaret um und hatte nun Annabelle in ihrem Blickfeld, die sie mit einem vor Angst gebleichten Gesicht anstarrte als würde ein Geist vor ihr stehen.

„Annabelle Sacker ist nicht nur deine Schwester", sagte nun David Moran zu ihr, „sondern auch meine." Er machte eine kurze Pause um den Effekt seiner Worte zu verstärken. „DAS ist die ganze Wahrheit."

Nun drehte sich Margaret wieder zu ihnen um. „Was habe ich damit zu tun?", fragte sie nun wütend.

„Naja", sagte Julius grinsend, „du bist ihre letzte noch lebende Verwandte und wir haben geschworen, sie alle nacheinander auszulöschen, selbstverständlich mit Ausnahme von David."

„Wieso?", rief nun Annabelle und trat hervor, bis sie neben Margaret stehen blieb.

„Deine dumme Mutter hat mich verraten", antwortete Moriarty. „Bevor sie als Hausmädchen bei der ach so netten Familie Holmes angefangen hatte zu arbeiten, war sie für mich tätig gewesen. Allerdings war sie in ihren Aufgabenbereichen nicht sonderlich gut, schließlich hatte sie nach kürzester Zeit zwei Kinder von zwei verschiedenen Männern bekommen."

„Was wollen Sie?", fragte Mycroft nun, der die ganze Zeit über kein Wort über seine Lippen gebracht hatte, da er immer wieder besorgt zu seinem kleinen Bruder gesehen hatte. „Ich habe Geld. Ich gebe Ihnen so viel wie Sie haben wollen, nur lassen Sie meinen Bruder gehen."

Moriarty lachte. „Dein Geld will ich nicht. Was ich will ist Rache und die kann man mit nichts auf der Welt einfach so begleichen." Er trat einen Schritt auf Mycroft zu. „Blut um Blut." Dabei richtete er die Waffe wieder auf Sherlock und drückte den Lauf gegen seine Schläfe.

Mycroft erstarrte augenblicklich, konnte in dieser äußerst unangenehmen Situation aber überhaupt nichts tun. Wie ein kleines Kind stand er ratlos und hoffnungslos da und wusste nicht, wie er seinen Bruder retten konnte.

„Sherlock hat dir nichts getan", mischte sich Annabelle nun ein. „Lass ihn gehen und nimm mich an seiner Stelle."

Überrascht blickte Moriarty sie an.

Ebenso verwirrt sahen Mycroft und Sherlock sie an. Nie im Leben hatten sie gedacht, dass ausgerechnet die Hexe ihr Leben für einen von ihnen aufs Spiel setzen würden. Doch schon immer hatten die meisten sich in ihr geirrt.

In diesem Moment erinnerte sich Sherlock an die letzten Sekunden in der Kanalisation, wo er ausgerechnet an diese Frau hatte denken müssen.

„Das ergibt alles keinen Sinn", dachte er und blickte sie wie versteinert an, in der Hoffnung, irgendetwas aus ihrer Körperhaltung lesen zu können. „Nichts. Da ist nichts." Sherlock schien ein Licht aufzugehen. „Sie ist ... wie wir."

„Das ist zwar ein großzügiges Angebot", sagte Moriarty dann, „dem ich allerdings in keiner Weise nähertreten kann. Und außerdem entspricht es nicht der Wahrheit, dass Sherlock Holmes mir NICHTS getan hat. Im Gegenteil!" Er schnaubte wütend und verkrampfte dabei. „Dieser dumme Wicht hat sich ständig in all meine Pläne eingemischt und sämtliche meiner tollen Vorhaben sabotiert. Überall, wo ich zuschlagen wollte, wartete er bereits auf mich. Es war ... SCHRECKLICH!", schrie er und fuchtelte wild mit der Pistole herum, die er immer noch auf Sherlocks Kopf gerichtet hatte. „Aber es war auch irgendwie angenehm und abwechslungsreich", sprach er ruhig, beinahe auf eine seltsame Art und Weise geschwächt. „Zuvor war ständig alles so langweilig und eintönig. Erst dieser Mann", dabei deutete er mit der Pistole auf Sherlock, „hat mein ganzes Werk, all mein Schaffen, zu etwas Besonderem gemacht. Obwohl ich

Sherlock Holmes abgrundtief hasse, brauche ich ihn auch, um existieren zu können. Wir sind wie Tag und Nacht, Feuer und Wasser, Luft und Erde."

„Schwachsinn", mischte sich Margaret nun wütend ein.

„Oh, bist du etwa beleidigt oder gar neidisch?", fragte Moriarty sie amüsiert. „Tut mir leid, meine Liebe, aber die Chemie zwischen uns beiden hat einfach nie gestimmt. Ich musste mich für Sherlock entscheiden. Es ging nicht anders."

„Gib uns Bescheid, wenn du mit deinem lächerlichen Vortrag fertig bist", konterte die junge Frau nur. Ein Außenstehender hätte in diesem Moment wohl gedacht, dass sie nun tatsächlich ihren Verstand verloren hätte, doch Mycroft, Sherlock und auch Annabelle erkannten sofort, dass Margaret mit ihrem sonderbaren Verhalten einen ausgeklügelten Plan verfolgte.

*So ausgeklügelt war es gar nicht.*

*Ich will ihn nur provozieren.*

*Je intelligenter die Menschen sind, desto leichter lassen sie sich verärgern.*

„Was hast du gesagt?", fragte der Mann in der Hoffnung, er hätte sich lediglich verhört, schließlich hielt er die ganze Zeit über eine geladene Waffe auf niemand anderen als Sherlock Holmes.

„Du hast mich schon verstanden", sagte die junge Frau furchtlos. „Es kümmert mich nicht, was Sherlock dir bedeutet, denn das ist völliger Blödsinn. Alles, was du bisher je erreicht hast, war Kinderkram, dummer Unsinn, nichts Besonderes. Allein dein blödes Auto sollte dir die Wahrheit über deine Lächerlichkeit zeigen. Du denkst, du hast eine einzigartige Verbindung mit ihm?" Dabei deutete sie mit

346

ihrer Hand auf Sherlock, ohne ihn dabei anzusehen. „Wenn das so ist, dann bist du nicht viel klüger als ein Kleinkind."

Zutiefst verärgert starrte Moriarty sie an und schien alles andere auszublenden, um genügend Platz für seine Wut zu haben. Doch nach nur wenigen Sekunden begann er lauthals zu lachen.

„Lächerlich", gab er von sich. „Ich hatte mir mehr von dir erwartet. Nach allem, was ich von dir gehört habe, Margaret Trevor, enttäuschst du mich." Er betrachtete sie eine ganze Weile lang vollkommen schweigend. „Anstatt deinem Bruder hätte ich damals doch dich töten lassen sollen."

Wie unter Strom stehend erstarrte Margaret auf einmal. „Was?", war alles, was ihr in diesem Augenblick über die Lippen kam.

„Glaubst du etwa ernsthaft, nach all dem vielen Regen hätte sich dieses blöde Lagerfeuer trotzdem selbst entzündet? Natürlich nicht. Ich musste leider ein wenig nachhelfen."

Unsicher trat Margaret mit weichen Knien zurück. „Wieso?", fragte sie entsetzt. „Wieso Victor? Was hat er dir getan?"

„Eigentlich nichts", antwortete Moriarty flink. „Aber er war DEIN Bruder. Und das allein reichte mir schon aus. Irgendwie musste ich dich doch quälen, oder etwa nicht?"

„Ich verstehe das nicht."

Nun sank Moriarty die Waffe und ging einen Schritt auf Margaret zu. „Ebenso wie Sherlock warst auch du mir die ganze Zeit schon ein Dorn im Auge. Wenn sich er mir nicht in den Weg gestellt hat, dann warst stattdessen du zur Stelle; manchmal sogar noch früher als er. Jeder braucht doch einen Erzfeind, oder nicht? Und ich Glückspilz habe sogar zwei.

Dass ich dich in dieser phantastischen Position weniger schätze als Sherlock Holmes stimmt nicht ganz. Irgendwie habe ich dich gar vermisst; zumindest Alexandra Green."

„Du sagtest, du willst Rache", mischte sich Annabelle nun ein. „Was genau verstehst du darunter? Was hast du vor?"

„Oh, sehr vieles, aber ich sollte wohl klein anfangen", antwortete der Mann grinsend und richtete seinen Blick auf sie. Für einen kurzen Moment rührte er sich nicht als würde er voller Zögern den nächsten Schritt abwarten. Dann, vollkommen unerwartet für die anderen, zielte er mit der Waffe auf Annabelle und drückte ab.

Mit einem ohrenbetäubenden Knall verhallte der Schuss in dem alten Gewölbe. Und Annabelle zuckte vor Schmerz zusammen, schrie auf und fiel rücklings zu Boden.

Jammernd und schockiert rannte Margaret zu Annabelle zurück, beugte sich zu ihr hinab und begutachtete die Wunde.

Annabelle wurde am Bauch getroffen. Das Blut quoll so stark aus der tiefen Wunde als wäre ein Damm gebrochen.

„Halte durch!", befahl Margaret ihr und versuchte mit beiden Händen gegen die Schusswunde zu drücken, um die Blutung irgendwie stillen zu können. „Was zum Teufel sollte das?", schrie sie Moriarty dann an und schenkte ihm einen zutiefst entsetzten und wütenden Blick.

„Das war erst der Anfang", antwortete dieser amüsiert und richtete seine Waffe wieder auf Sherlock.

„Nein!", rief Mycroft panisch, der befürchtete, Moriarty würde jeden Augenblick abdrücken.

Jack Ryder umklammerte seine geladene Waffe während er durch die Runde schaute. Die ganze Zeit über hatte er den Staatsfeind Nummer 1, James Moriarty höchstpersönlich, im

Visier, um ihn davor abzuhalten, Sherlock Holmes ein Loch in den Kopf zu schießen. Allerdings war ihm bewusst, dass er, wenn er Moriarty tötete, von dessen Bodyguards überwältigt werden würde, ehe er bis Drei zählen könnte.

„Ich muss etwas tun", dachte er und hatte dabei ständig vor Augen, wie schrecklich sein Boss allein wegen Margaret Trevor gelitten hatte. Er wollte es sich gar nicht ausmalen, wie schlimm es dann erst bei seinem eigenen Bruder sein würde. „So weit darf es nicht kommen. Unter keinen Umständen. Aber was kann ich tun?"

Und Sherlock, Mycroft, sowie auch Margaret schienen gerade über dieselbe Frage nachzudenken. Alle wussten sie nicht, was sie nun tun konnten, um James Moriarty das Handwerk zu legen.

„Wenn Sie nichts unternehmen wollen, dann werde ich was machen", sagte Regina Wilson genervt von DI Doyles Untätigkeit. Sie kramte in ihrer Hosentasche herum und holte ihr Handy heraus. Wie besessen tippte sie darauf herum, in der Hoffnung irgendwie die Adresse von Abbey House herausfinden zu können.

„Was tun Sie da?", fragte Doyle beinahe erschrocken und blickte zwischen dem Chaos seines Schreibtisches zu ihr hoch.

„Ich suche den Standort von Abbey House. Das kann doch nicht so schwierig sein."

„Das wird Ihnen nichts nützen", konterte der junge Mann. „Schließlich weiß ich schon ziemlich lange, wo genau sich das Anwesen der Familie Holmes befindet."

„Wieso fahren Sie dann nicht dorthin?", fragte Regina verwirrt und wütend zugleich.

„Weil es nichts bringt. Dort laufen wir direkt ins offene Messer. James Moriarty ist kein gewöhnlicher Verbrecher. Er ist ebenso clever wie die Holmes Brüder."

„Aber was wollen Sie stattdessen tun?"

„Das, was Margaret Trevor mir aufgetragen hat."

„Und was soll das sein?"

„Das werden Sie noch früh genug erfahren."

## ALLES NACH PLAN

Sie wandte sich nicht eine einzige Sekunde von Annabelle ab. Margaret drückte mit beiden Händen gegen die noch immer stark blutende Wunde und betrachtete ihre Schwester besorgt.

*Sie wird sterben.*

*Verdammt.*

*So war das nicht geplant.*

*Ich muss sie retten.*

„Es tut mir leid", sagte Annabelle auf einmal zu ihr und blickte sie schmerzerfüllt und hoffnungslos an. „Ich habe dich beinahe umgebracht."

„Entschuldige dich nicht", sprach Margaret, „Das ist ein Zeichen von Schwäche und die Annabelle, die ich kenne, ist alles andere als schwach. Halte durch. Bitte."

„Wieso?", keuchte die verwundete Frau angestrengt. „Wieso hasst du mich nicht?"

„Früher dachte ich, ich würde dich hassen. Doch in Wahrheit hatte ich nur Angst. Angst, weil du so anders und ungewöhnlich warst. Nun aber kenne ich dich und ich weiß wie du wirklich bist."

„Aber ich hasse mich doch selbst. Ich bin ein schlechter Mensch, eine Verbrecherin, eine Mörderin. Deine Freundschaft habe ich nicht verdient."

„Sag' so etwas nicht", ermahnte Margaret sie schweren Herzens. „Du bist kein schlechter Mensch. Das Leben hat dich nur sehr schlecht behandelt." Sie seufzte. „Ich hätte damals netter zu dir sein sollen, dann wäre es vielleicht nicht so weit gekommen."

„Möglicherweise", mischte sich Moriarty grinsend ein. „Aber ich würde nicht darauf vertrauen. Annabelle Sacker ist eine geborene Psychopathin. Das hat sie von ihrer lieben Mutter."

„Hör nicht auf ihn", sprach Margaret zu Annabelle. „Er will dich nur verletzen."

„Wie rührend", gab Moriarty von sich. „Da wird einem ja fast übel. Zum Glück habt ihr beide euch nicht immer so gut verstanden. Sonst wäre alles einfach nur langweilig gewesen. So macht das ganze Spiel jedoch sehr viel mehr Spaß."

*Spiel?*

*Ich habe etwas übersehen.*

*Aber was?*

Unsicher schaute Margaret zu Mycroft hoch, der allem Anschein nach exakt dieselbe Befürchtung hatte wie sie. Perplex blickte er zu seinem geknebelten und gefesselten Bruder, dessen Augen nun weit aufgerissen waren.

*Was zum Teufel entgeht uns?*

*Hoffentlich treffen die anderen rechtzeitig ein.*

Detective Inspector Ester Miller hatte in ihren über zwanzig Jahren beim Scotland Yard schon so einige Kuriositäten gesehen, doch jedes Mal hatte es ihr Gänsehaut bereitet, wenn sie mit einem der Holmes Brüder zu tun hatte. Obwohl Sherlock Holmes ein eigenartiger, mit soziopathischen Tendenzen gespickter Verrückter für sie war, schien ihr dessen älterer Bruder Mycroft dennoch um Welten gefährlicher zu sein. Ihr war sein Einfluss in den zahlreichen politischen und sonstigen Machenschaften ganz Großbritanniens keinesfalls entgangen. Es wirkte glatt so, als würde sie sich vor ihm fürchten.

„Die Holmes Brüder sind unberechenbar", dachte sie während sie in ihrem Dienstwagen hinter dem Steuer saß und gefolgt von ihrem Team auf dem Weg zum vereinbarten Treffpunkt unterwegs war. „Aber Margaret Trevor ist auch nicht ohne."

Mit einem unguten Gefühl erinnerte sie sich an den Tag, wo man sie um Hilfe gebeten hatte, um Annabelle Sacker festzunehmen. Als sie damals am Tatort eingetroffen war, war Margaret Trevor bereits vom Dach gestürzt. Es war das erste, was sie an diesem frühen Morgen erblickt hatte.

„Das arme Ding", hatte sie damals gedacht. „Wieso tut ein junger Mensch bloß so etwas? Sie hat doch noch ihr ganzes Leben vor sich. Wieso musste sie dort runterspringen."

Ein eiskalter Schauer lief ihr über den Rücken als sie sich zurückerinnerte, wobei sie beinahe die Kontrolle über ihr Fahrzeug verloren hätte.

„Miller?", rief Inspector Lestrade durch das Funkgerät, welches auf dem Beifahrersitz lag. „Hören Sie mich? Es ist so weit."

Die Frau packte das Funkgerät und antwortete: „Ich bin in einer Minute da. Warten Sie auf mich."

„Die Zeit drängt", meinte Lestrade, der deutlich gehetzt und etwas panisch klang.

In dieser Sekunde bog Miller um die Ecke und fuhr in eine kleine Seitenstraße ein. Von weitem konnte sie schon die alte halb zerfallene, von der Natur zerschundene und verwachsene Ruine erblicken, die in der Nähe des Waldes an einem offenen Feld stand.

Als die Sonne hinter dem Horizont verschwunden war und sich die Dunkelheit, gefolgt von einem düsteren Schleier langsam über die Landschaft legte, wirkte das Anwesen wie ein unheimliches Geisterhaus.

„Ich hoffe nur, Doyle hält sich an den Plan", ging es ihr in diesem Moment durch den Kopf. „Immerhin ist es kein Geheimnis, dass er etwas für das Mädchen empfindet."

Nun erblickte sie auch schon DI Lestrade mit seinem 20 Kopf starken Team, der inmitten seiner Männer ungeduldig auf dem Boden herumtrappelte.

Noch während Miller ausstieg, zog sie sich eine kugelsichere Weste über, die alle anderen bereits trugen, und ging dann auf Lestrade zu.

„Wie ist die Lage?", fragte sie.

„Schlecht", antwortete Lestrade bleich. „Wir haben einen Schuss gehört. Es ist nicht auszuschließen, dass einer von ihnen verletzt oder sogar bereits tot ist."

„Übertreiben Sie nicht", gab Miller mit einem Augenrollen von sich. „Ein einzelner Schuss kann alles Mögliche bedeuten. Gehen Sie doch nicht immer gleich vom Schlimmsten aus."

„In jeder Angelegenheit, was auch immer es ist, in die Sherlock Holmes involviert ist, muss ich unweigerlich vom Schlimmsten ausgehen. Hätten Sie mehr mit ihm zu tun, wüssten Sie das."

„Schon gut", meinte Miller nun genervt. „Wir sollten loslegen."

Wie auf heißen Kohlen hockte Regina Wilson immer noch in Inspector Doyles Büro herum, während der junge Mann am Schreibtisch vor seinem PC saß und all seine Anspannung zu verstrecken versuchte, was ihm nicht sonderlich gut gelang.

„Wieso tun Sie nichts?", fragte Regina ihn, nachdem sie ihn lange genug beobachtet hatte und somit wusste, dass er entgegen seinem Willen in seinem Büro zurückgeblieben war. „Ich sehe doch, dass Sie sich deshalb unwohl fühlen. Also?"

„Ich halte mich lediglich an den Plan", antwortete Doyle, ohne sie dabei anzuschauen.

„Und was ist dieser Plan?"

„Das hat Sie nicht zu interessieren", konterte er forsch.

„Oh doch", sagte sie nun wütend und sprang auf, „hat es schon!"

Wie von Sinnen blickte er die junge Frau an, konnte aber nichts auf ihr erzürntes Verhalten erwidern.

„Sie müssen etwas unternehmen! Und zwar auf der Stelle!", schrie Regina den Mann fahrig an.

Doyle blickte auf seine Armbanduhr, ehe er sagte: „In dieser Sekunde beginnt der zweite Teil des Plans. Sie können also beruhigt sein."

„Der zweite Teil? Was meinen Sie damit? Sagen Sie mir verdammt noch mal, was das bedeuten soll!", rief sie.

„Denken Sie wirklich, wir würden einfach so zulassen, dass Margaret Trevor und Mycroft Holmes James Moriarty ohne Verstärkung aufsuchen? Lestrade und Miller sind bereits Vorort und bereiten sich auf ihre Aufgabe vor."

„Ein Ablenkungsmanöver", dachte Regina nun laut und um Welten ruhiger. „Sie haben die anderen lediglich vorgeschickt, um Moriarty zu täuschen. Aber was ist, wenn er etwas derartiges erwartet? Was ist, wenn er darauf vorbereitet ist?"

„Auch das haben wir einkalkuliert", antwortete Doyle. „Noch bevor Moriarty Abbey House überhaupt betreten hat, war ein Teil von Lestrades Einheit bereits da. Sie haben alles vorbereitet, damit nichts schief gehen kann."

„Woher wussten Sie, dass Moriarty ausgerechnet dort sein würde?", fragte sie verblüfft.

„Ich wusste es nicht, aber Margaret."

„Wieso Abbey House?"

„Dort hat damals alles angefangen."

„Victor", erinnerte sich Regina.

„Bereit?", fragte Lestrade durch sein Funkgerät.

DI Miller stand mit gezogener Waffe inmitten ihrer Beamten vor der Eingangstür des alten verlassenen Gebäudes. Nun kam der schwierigste Teil des Plans. Das wusste sie.

Aufgrund ihrer Spezialausbildung beim MI5 vor knapp 20 Jahren hatte sie Nerven wie Drahtseile. Dennoch aber bereitete ihr etwas Kopfzerbrechen und es wollte ihr einfach nicht auffallen, was der Grund dafür war.

„Bereit", antwortete sie, nickte ihrem Team zu und stürmte mitsamt der zwanzigköpfigen Einheit das Anwesen, während sich zur selben Zeit auf der gegenüberliegenden Seite an der Hintertür Inspector Lestrade mit seinen Männern blitzartig Eintritt verschaffte.

Wie erwartet waren es nicht viele Gegner, die sich ihnen in den Weg stellten, denn Lestrades Leute hatten vor Moriartys Eintreffen bereits einen Großteil von ihnen aus dem Weg schaffen können. Somit war es ein leichtes Spiel in das Innere des baufälligen Hauses einzudringen, ohne dabei viel Lärm zu machen.

„Margaret Trevor hatte recht", dachte Miller beeindruckt. „Alles verläuft nach Plan. Wunderbar." Sie machte sich, gefolgt von den anderen, auf den Weg in den Keller. „Hoffentlich sind wir nicht zu spät."

Wie angewurzelt stand Mycroft vor Moriarty, der seine Waffe noch immer auf den Gefesselten richtete, während Margaret neben ihrer schwer verwundeten Schwester auf dem Boden kauerte. David Moran, sein Vater und dessen Bruder standen in Reih und Glied hinter Moriarty, alle drei mit einer Pistole in der Hand, und warteten auf neue Befehle ihres Vorgesetzen.

Keiner rührte sich.

Einzig und allein Jack Ryder stand nahe genug an der Treppe, die nach oben führte, um hören zu können, dass jemand das Gebäude betreten hatte.

„Sie sind endlich da", dachte er erleichtert, wich jedoch keinen Millimeter vom Fleck. Stattdessen ließ er seinen Blick durch den Raum schweifen und erkannte in Windeseile, dass er nur knapp drei Schritte vom Lichtschalter entfernt war. „Das richtige Timing ist wichtig", ermahnte er sich und schaute wieder zu Moriarty nach vorne. „Ich muss es versuchen. Doch jetzt noch nicht. Aber schon bald. Sehr bald."

Er wusste, dass diese drei Schritte ein langer Weg sein konnten, wenn jemand das Feuer auf ihn eröffnen würde.

Margaret blickte zu ihm zurück.

*Es ist so weit.*

*Hoffentlich klappt alles so, wie es geplant war.*

Ryder erwiderte ihren Blick. Er wusste sofort, was er zu tun hatte.

Margaret sprang blitzschnell hoch und rannte auf Moriarty zu. Gleichzeitig beugte sich Mycroft zu Annabelle hinab und versuchte an Margarets Stelle die Blutung mit seinen Händen zu stoppen. Im selben Augenblick wandte sich Ryder zur Seite und nahm Anlauf in Richtung Lichtschalter.

Noch ehe Moriarty reagieren konnte, wurde er bereits rücklings zu Boden geschleudert und hatte dabei seine Waffe verloren. Margaret jedoch ergriff die Pistole in Windeseile, hockte sich auf den Mann und richtete den Lauf direkt in sein Gesicht. Sie spürte, wie David Moran, sein Vater und sein Onkel voller Panik mit ihren Schusswaffen allesamt auf sie zielten und ihren Hinterkopf im Visier hatten.

Doch bevor einer der Drei reagieren konnte wurde es dunkel. Ryder hatte den Lichtschalter rechtzeitig erreicht.

Ein Schuss fiel.

Margaret schrie laut auf.

Es krachte mehrmals als würde jemand mit voller Wucht gegen einen Kasten rennen. Danach folgte Stille.

Das Licht ging wieder an. Ryder schaute durch den Raum.

Jemand fehlte.

Gleichzeitig flitzten von oben über die Treppe mehrere bewaffnete Polizisten herunter, allen voran DI Miller, die, als sie sah, was geschehen war, ruckartig stehen blieb und dadurch ihr herabeilendes Team auf den Stufen zum völligen Stillstand brachte.

„Ich bin zu spät", ging es ihr durch den Kopf als sie das viele Blut auf dem Boden entdeckte.

Sherlock wackelte auf dem Stuhl herum und versuchte etwas zu schreien, doch das Klebeband über seinem Mund verhinderte, dass man ihn verstehen konnte. Allerdings deutete er mit seinem Blick ständig zur Hintertür.

Nun verstand auch Inspector Miller, was er sagen wollte.

„Moriarty ist geflohen", las sie aus seinem kaum verständlichen Stammeln und seiner Reaktion.

„Verdammt", rutschte es ihr über die Lippen. Sie versteifte voller Anspannung. „Zum Hinterausgang! Los!", befahl sie ihrem Team und eilte dann selbst zu Sherlock Holmes, um ihn von seinen Fesseln zu befreien.

Zwei Beamte blieben da, während alle anderen quer durch den Keller rannten und durch die kaum sichtbare Hintertür am anderen Ende des Raumes hinaus verschwanden. Die zwei Zurückgebliebenen jedoch hielten ihre Waffen schussbereit auf David, Julius und Sebastian Moran, die völlig verdutzt vor Margaret standen.

Die junge Frau richtete sich auf. Moriarty hatte sich gegen sie gewehrt und war schlussendlich doch entkommen.

*Ich war zu langsam.*

*Und zu schwach.*

*Ich habe versagt.*

Als sie zu Annabelle und Mycroft zurückkehrte, war der Schmerz in ihrem Bein wieder da, diesmal sogar noch viel heftiger als zuvor. Das Adrenalin und die Angst hatten das entsetzliche Stechen in ihrem Fuß die ganze Zeit über betäubt. Doch nun war alles wieder da.

Als würde ein Film vor ihren Augen ablaufen sah sie auf einmal den Moment vor ihren Augen, wo sie auf dem Dach des Gebäudes gestanden hatte und in den Tod springen wollte. Das schreckliche Leiden wie ein stark loderndes Feuer, welches sie damals in ihrer Brust verspürt hatte, konnte sie nun erneut fühlen. Ihre Erinnerungen paralysierten sie beinahe.

„Moriarty", war das erste, das Sherlock herausbrachte, ehe Miller ihn endlich befreit hatte. Er sprang vom Stuhl auf. „Wir müssen ihm nach."

„Lestrade regelt das", entgegnete Miller ihm und drehte sich dann zu Margaret und den anderen zu. „Er ist in Position. Alles verläuft nach Plan."

*Nach Plan?*

*Es war nicht Teil meines Planes, dass ich versage.*

Mehr denn je verspürte sie nun einen tiefen Hass gegen sich selbst. Sie war von ihrer eigenen Leistung enttäuscht.

*Es hätte niemand verletzt werden sollen.*

Während sie zu Annabelle blickte, verstärkten sich ihre bitteren Schuldgefühle nur noch mehr.

*Das ist alles meine Schuld.*

*Ich muss etwas tun.*

Ohne ein Wort zu verlieren, drehte Margaret in einem Satz um und rannte so schnell ihre angeschlagenen Beine sie tragen konnten zur Hintertür.

„Margaret!", schrie Mycroft ihr nach, der in Windeseile erkannt hatte, was sie tun wollte. Aber er konnte nicht einfach aufstehen und ihr folgen. Er musste bei Annabelle bleiben. Er musste die Blutung stoppen, sonst würde sie sterben.

Sherlock jedoch musste nichts dergleichen tun; außer eines: James Moriarty selbst zur Strecke bringen.

Er zögerte keine Sekunde und erwiderte die schockierte Reaktion seines Bruders indem er Margaret flink folgte.

Inspector Miller, die nur eine einzige Sekunde damit verschwendet hatte, den beiden verwirrt hinterher zu starren, wandte sich nun zu Annabelle und Mycroft um. Sie griff nach ihrem Funkgerät und sagte: „Wir brauchen hier schnellstmöglich einen Krankenwagen!"

## <u>LIEBE GRÜSSE</u>

Ganz egal wie eilig Margaret und Sherlock auch rennen mochten, sie kamen James Moriarty nicht mal annähernd schnell genug nach. Dennoch erblickten sie ihn einige hundert Meter vom Anwesen entfernt.

*Wo ist Lestrade?*

*Und wo sind Millers restliche Leute hin?*

*Etwas stimmt hier nicht.*

Außer Sherlock, Margaret und Moriarty in weiter Ferne befand sich offensichtlich niemand sonst außerhalb des Gebäudes auf dem offenen von dichten Bäumen umwachsenen Gelände.

Moriarty bog um die Ecke und verschwand im Dickicht des Waldes.

*Verdammt.*

*Dort drinnen finden wir ihn nie wieder.*

In diesem Moment überholte Sherlock die junge Frau und flitzte an ihr vorbei. Aufgrund seiner recht erhabenen Körpergröße hatte er auch dementsprechend längere Beine, die er in den vergangenen Jahren sogar regelmäßig trainiert hatte – schließlich hatte er so manch anstrengende Hetzjagd bereits hinter sich.

Margaret schaffte es kaum mit ihm mitzuhalten. Noch ehe nun beide Männer aus ihrem Blickfeld verschwunden waren, stolperte sie über eine lange Wurzel, die über den Boden auf dem ausgetrampelten Weg an die Oberfläche heraufgewachsen war.

Sherlock hatte nicht mitbekommen, dass sie gestürzt war, was ihn mit allergrößter Wahrscheinlichkeit wohl nicht zum Stehenbleiben gezwungen hätte. Er rannte einfach weiter und schien mit jedem Schritt an Tempo zuzulegen.

Ächzend richtete sich Margaret wieder auf und schaute sich zu allen Seiten hin um.

Hinter dem Gebäude von der anderen Seite kamen mehrere dunkle Gestalten zu ihr herangeeilt. Da es bereits dämmerte, konnte Margaret nicht sofort sehen, wer diese Personen waren. Doch als sie allesamt vor ihr stehenblieben, erkannte sie zumindest einen von ihnen.

„Lestrade? Wo waren Sie?"

Der Mann schnaufte ausgelaugt. „Es war ein Hinterhalt. Moriarty wusste, dass wir hier sind."

Margaret wurde kreidebleich.

„Sherlock", war alles, was sie herausbrachte, wobei sie in die Richtung schaute, in die der junge Detektiv vorhin verschwunden war.

Inspector Lestrade schien sofort zu verstehen, was sie ihm zu sagen versuchte. „Los! Weiter!", trieb er seine Männer an, die schnurstracks an ihm vorbeizischten und die Verfolgung aufnahmen.

Ohne zu zögern eilte Margaret ihnen hinterher, nun jedoch nur noch halb so schnell. Der Sturz über die Wurzel hatte den ohnehin schon stechenden Schmerz in ihrem Bein abermals verstärkt, sodass sie nun nur mehr schleppend vorankam.

Inspector Lestrade, der dicht hinter ihr war, packte wortlos und ohne Vorwarnung ihren Arm, legte ihn über seine Schulter und versuchte, sie den restlichen Weg so gut es ging zu stützen.

Nach einem Moment der Stille ertönte ein dumpfes Geräusch, was in den ohrenbetäubenden Lärm eines tiefen, dröhnenden Summens überging.

„Was ist das?", fragte Margaret nervös.

„Keine Ahnung", antwortete Lestrade und beschleunigte seinen Schritt.

„Das hört sich wie die Rotorblätter eines Helikopters an", dachte die junge Frau laut. „Aber inmitten eines dichten Waldes kann doch kein Helikopter landen."

„Ich denke nicht, dass er gerade landet", sagte Lestrade, der von seinem Standpunkt aus um einiges weiter nach vorne schauen konnte – schließlich war er knapp zwei Köpfe größer als die junge Frau. Und somit erblickte er früher, was sich vor ihnen verbarg.

Nach wenigen Metern konnte dann auch Margaret schließlich sehen, was sich dort abspielte.

Zwischen den Bäumen in einer wirklich minimalistischen Lichtung stand ein pechschwarzer Helikopter, der dem schrecklichen Klang nach zu urteilen bereits gestartet wurde, denn das Drehen der Rotorblätter war in der nahenden Dunkelheit kaum zu erkennen. Vorne am Steuer saß eine schwarz gekleidete Gestalt, dessen Gesicht vollkommen verhüllt war, sodass man auch mit genug Licht nicht hätte sehen können, wer dort hockte. Dahinter befand sich noch jemand. Es war eine schmalere und kleinere, ebenfalls maskierte Person. Doch bei ihr konnte Margaret aufgrund der Statur und der Haltung zumindest feststellen, dass es sich dabei definitiv um eine Frau handeln musste. Mehr sah sie jedoch auch nicht, da sie in diesem Augenblick noch viel zu weit entfernt war.

Moriarty blieb vor dem Helikopter mit dem Rücken zu seinen Verfolgern stehen und rührte sich für einen Moment nicht.

Sherlock war ihm mittlerweile beträchtlich nähergekommen. In dieser einen Sekunde stoppte er jedoch ebenfalls und wog kurz sämtliche Möglichkeiten ab, die er nun noch hatte.

Auch, wenn er schneller denn je gerannt wäre, hätte er seinen Widersacher nie im Leben rechtzeitig erreicht, noch bevor dieser in den Helikopter gestiegen wäre. Somit waren Sherlocks Möglichkeiten eher gering einzuschätzen.

Als Margaret und Lestrade mit den verbliebenen Beamten des Scotland Yard nahe genug hinter dem Detektiv stehen blieben, drehte sich Moriarty schließlich zu ihnen um. Ein breites Grinsen zierte sein blasses, in Schweiß getränktes Gesicht.

„Dachtet ihr tatsächlich, ich würde einfach so in eure Falle tappen?", fragte er mit lauter Stimme und übertönte das immense Geräusch der sich drehenden Rotorblätter mit Leichtigkeit. „Ich bin euch die ganze Zeit schon einen Schritt voraus gewesen." Er lachte. „Das Können des großen Sherlock Holmes hat beträchtlich nachgelassen. Ich bin ausgesprochen enttäuscht."

*Er war uns einen Schritt voraus?*

*Wie kann das sein?*

Blitzartig erstarrte Margaret vor Schock.

*Er hatte einen Komplizen.*

*Es gibt einen Maulwurf.*

*Aber wo?*

*Beim Scotland Yard?*

Ohne, dass Inspector Lestrade ein Wort sagte, gab er seinen Männern einen Wink, wodurch sie allesamt ihre Waffen auf James Moriarty richteten und sich bereit machten, ihn zu erschießen.

Doch dies ließ den Mann augenscheinlich kalt. Im Gegenteil. Es amüsierte ihn sogar.

„Wer ist es?", fragte Sherlock nun, der allem Anschein nach denselben Gedankengang wie Margaret gehabt hatte.

„Das werdet ihr noch früh genug erfahren", konterte Moriarty, drehte sich wieder rum und ging näher auf den Helikopter zu.

„Keine Bewegung!", röhrte Inspector Lestrade mit aller Kraft, doch seine Stimme ging bei all dem Lärm kläglich unter.

Sherlock Holmes hatte die ganze Zeit auf diesen einen Moment gewartet. Sein Erzfeind hatte ihm endlich wieder den Rücken zugedreht und er befand sich auch noch in seiner Reichweite, denn, was niemand sonst mitbekommen hatte, war, dass er in diesen wenigen Sekunden einen Millimeter nach dem anderen langsam und unbemerkt immer näher zu Moriarty herangeschlichen war.

Der junge Mann überlegte nicht lange und sprintete nach vorne. Mit einem einzigen Schwung warf er seinen

Kontrahenten zu Boden und verhinderte dadurch, dass dieser in den Helikopter einsteigen konnte.

Wutentbrannt sprang Moriarty wieder auf und schlug mit der geballten Faust auf seinen Angreifer ein, sodass Lestrades Männer ohne dessen Anweisung das Feuer auf ihn eröffneten.

„Aufhören!", schrien der Inspector und Margaret panisch im Chor. „Nicht schießen!"

Doch es war bereits zu spät. Mindestens eine der zahlreichen Kugeln hatte das falsche Ziel nicht weit genug verfehlt.

Von nur noch wenigen Metern Entfernung sahen Margaret und Inspector Lestrade, wie die beiden raufenden Männer augenblicklich zusammenklappten.

„Sherlock!"

Gehetzt eilte Margaret zu ihnen, während Lestrade wie angewurzelt stehen blieb und nicht wusste, was er nun tun oder sagen sollte.

All das viele Blut machte es der Frau unmöglich, die eigentliche Schusswunde in seiner Brust zu finden, deshalb presste sie mit beiden Händen so gut sie konnte gegen die Rippen des jungen Mannes. Sein schmerzverzerrter Blick und sein entsetzlicher Aufschrei zeigten ihr, dass sie zumindest nahe genug an der Verletzung dran war.

*Das muss reichen.*

*Bitte.*

*Es muss reichen.*

„Moriarty", keuchte der junge Detektiv kaum hörbar und versuchte aufzustehen, doch Margaret drückte ihn auf den Boden zurück.

„Bleib liegen!", befahl sie streng. „Du darfst dich jetzt nicht bewegen."

Ohne, dass er ein weiteres Wort über seine Lippen brachte, hob er vor Schmerzen zitternd seine blutverschmierte Hand und zeigte mit dem Finger an Margaret vorbei.

Als sie zurückblickte erkannte sie, wie James Moriarty blutüberströmt und voller Schmutz und Erde mit Mühe in den Helikopter kletterte, ehe dieser dann abhob und mit ihm in die Höhe aufstieg. Alles, was Margaret in dieser Sekunde tun konnte, war den Inspector des Scotland Yard hilfesuchend anzusehen.

Erneut wurde das Feuer eröffnet, doch dieses Mal auf den Hubschrauber, der nur wenige Meter über Sherlock und Margaret in der Luft schwebte, bevor er schlagartig die Richtung wechselte und zwischen den Baumwipfeln in der Dunkelheit der hereinbrechenden Nacht verloren ging.

Doch dies hielt Lestrades Einheit nicht davon ab, hinterherzulaufen und die Verfolgung aufzunehmen. Allesamt flitzten die Männer an Margaret und Sherlock vorbei und verschwanden in der herannahenden Finsternis zwischen den Bäumen und mit ihnen auch der entsetzliche Lärm des Helikopters.

Ächzend kam der Inspector zu Sherlock und Margaret heran und blickte sprachlos auf die beiden hinunter. Was er in diesem Augenblick gerade dachte, schien seine schlimmsten Alpträume wohl um einiges zu übertreffen.

„Ein Krankenwagen ist bereits unterwegs", brachte er heraus und wischte sich den Angstschweiß von der Stirn. Die

Rettung hatte er umgehend alarmiert, noch ehe seine Leute die Verfolgung des Helikopters aufgenommen hatten.

Gefolgt von Inspector Miller, Jack Ryder und einer Gruppe bewaffneter Beamten eilte Mycroft zu ihnen in den dichten Wald heran. Mit einem weißen Stofftuch versuchte er angespannt sich das Blut von seinen Fingern abzuwischen. Als er jedoch seinen Bruder auf dem Boden liegen sah, erstarrte der Mann schier zu Eis und erblasste augenblicklich.

„Was … Was ist passiert?", war alles, was ihm über die Lippen kam.

Noch bevor ihm Lestrade antworten konnte, fuhr Margaret ihm schnell ins Wort. „Moriarty ist weg", sagte sie forsch und blickte dabei kurz zu Mycroft hoch.

„Ich sagte doch, dass der Lärm von einem Helikopter stammt", meinte der Mann darauf und schaute tadelnd zu Miller, welche ihm anscheinend nicht geglaubt hatte.

„Wo ist Annabelle?", fragte Margaret als sie das nun mit Blut übersäte Tuch in Mycrofts Händen erblickte, welches er festhielt, als wäre es mit einer giftigen Substanz benetzt worden.

„Auf dem Weg ins St. Barth's", antwortete Inspector Miller und räusperte sich. „Ihr Zustand ist äußerst kritisch. Sie hat sehr viel Blut verloren."

Wie versteinert blickte Mycroft auf seinen mit Blut verschmierten und vor Schmerzen schwitzenden Bruder hinab, ohne sich vom Fleck rühren zu können.

„Was machen wir jetzt?", fragte Lestrade und starrte Margaret verzweifelt an.

Ihr Blick wanderte wieder zu Sherlock. Sie wusste selbst nicht, was sie nun tun sollten.

*Ich habe versagt.*

*Wer zum Teufel ist der Maulwurf?*

*Ist er gerade unter uns? Oder etwa sie?*

*Wer ist es?*

Prüfend schaute sie durch die Runde während sie verkrampft beide Hände gegen Sherlocks stark blutende Wunde stemmte. Sie sah zu Inspector Miller, die ihr persönlich eher fremd war; zumindest im Gegensatz zu den anderen.

*Ist es womöglich sie?*

*Ich kenne sie kaum.*

*Und doch scheint es, als würden die anderen ihr vertrauen.*

Dann schaute sie zu Jack Ryder, der schwer atmend zwischen ihr und Mycroft Holmes stand.

*Nein, er ist es bestimmt nicht.*

*Ryder ist Mycroft treu ergeben.*

*Er würde ohne zu zögern für ihn sterben.*

*Aber wer ist es dann?*

Margaret erblickte neben DI Lestrade, den sie ebenfalls ohne Zweifel ausschließen konnte, nur ein paar namenlose Beamten, die zu Millers Einheit gehörten. Alle waren ihr zwar vollkommen unbekannt, machten aber nicht den Eindruck, dass sie etwas zu verbergen hätten.

*Nein, das sind alles loyale Männer.*

*Von denen würde niemand gegen das Gesetz verstoßen.*

*Wer bleibt dann noch übrig?*

*Annabelle?*

*Nein.*

*Was ist mit denen, die gerade nicht hier sind.*

*Doyle etwa?*

Allein der bloße Gedanke daran, dass der liebevolle Inspector William Doyle, der schon seit einer gefühlten Ewigkeit in sie vernarrt gewesen war, in Wahrheit für Moriarty als Spitzel arbeiten würde, ließ Margaret zu Eis erstarren.

*Nein. So etwas würde er nie tun.*

*Nicht Doyle.*

*Und wer ist es dann?*

*Es muss einfach jemand beim Scotland Yard sein.*

„Es gibt einen Maulwurf", sagte sie zu den anderen, ohne vorher überhaupt über die Konsequenzen ihrer Worte nachzudenken; schließlich war sie sich nicht zu hundert Prozent sicher, dass dieser Maulwurf nicht gerade unter ihnen war.

„Was?", fragte Lestrade als hätte er sich gerade verhört. Dann jedoch dachte er genauer darüber nach. „Das würde zumindest erklären, wieso Moriarty von unserem Plan Bescheid wusste."

„Unser Plan?", fragte Margaret ihn stirnrunzelnd. „Es war mein Plan. MEINER. Und er ist fehlgeschlagen."

„Das war nicht Ihre Schuld", versuchte nun Miller sie aufzumuntern.

„Oh, doch", entgegnete Margaret nun schuldbewusst und wütend auf sich selbst. „Ich hätte es wissen müssen. Ich hätte ahnen müssen, dass es ein Leck gibt. Wieso bin ich nicht schon eher darauf gekommen? Verdammt. Was habe ich bloß die ganze Zeit übersehen?"

„Das, was wir alle übersehen haben", sagte Mycroft und schaute zu ihr hinunter. Doch Margaret erwiderte seinen Blick nicht und betrachte Sherlock mit wachsender Besorgnis. „Es ist nicht deine Schuld."

„Gut", gab die junge Frau von sich, „dann ist es eben deine Schuld."

Mycroft durchfuhren ihre Worte wie ein heftiger Blitz.

Margaret sprach weiter und schaute nun wieder zu ihm hoch: „Schließlich hast du mich das alles hier machen lassen."

„Glaubst du etwa, dass ich eine Wahl hatte?", fragte der Mann zutiefst verletzt. „Ich musste doch meinen Bruder retten. Wir haben doch schlussendlich alle nur das getan, was in unserer Macht stand."

Margaret stöhnte genervt. Sie wollte Mycroft gerade wüst beschimpfen, als ein entsetzlicher Krach, gefolgt von einem dämmernden Aufprall, der die Erde zum Beben brachte, erklang und alle vor Furcht erstarren ließ.

„Was zur Hölle...?", fragte Miller und blickte mitsamt den anderen in die Richtung, von wo der ohrenbetäubende Lärm gekommen war, nämlich direkt aus dem dichten Wald heraus.

Für einen kurzen Moment herrschte eine unheimliche Stille, die sich keiner mit einem Wort zu durchbrechen traute. Dann jedoch wurde es für eine einzige Sekunde taghell und eine bebende Explosion ertönte in der Ferne.

Alle schwiegen. Alle dachten dasselbe.

*Der Helikopter ist abgestürzt.*

*Moriarty ist tot.*

Doch Margaret, Mycroft und vor allem Sherlock wussten es besser, denn in den vergangenen Jahren war James Moriarty bereits mehrmals ums Leben gekommen und hatte dabei immer wieder unversehrt überlebt.

Lestrade und Miller rannten gemeinsam mit dem Rest ihrer Einheit auf den Ursprung der Explosion zu und waren augenblicklich in der Dunkelheit zwischen den Bäumen verschwunden.

„Sie werden ihn nicht finden", keuchte Sherlock kaum hörbar und ließ seinen Kopf zurück auf den Boden fallen. „Er … wird entkommen sein. Er hat das alles von Anfang an geplant."

„Sherlock", sagte Margaret und betrachte den von Schmerz geplagten Mann, „das wissen wir. Keiner kann doch ernsthaft glauben, dass die wenigen Männer des Scotland Yard mit ihren Waffen es tatsächlich geschafft haben, den Helikopter herunterzuschießen. Das ist ohnehin unmöglich, ganz besonders, wenn sich der Helikopter schon zu weit entfernt hat. Sie wären nie im Leben nahe genug an ihn herangekommen."

Exakt wie erwartet hatte die Gerichtsmedizin festgestellt, dass einer der drei Insassen des völlig ausgebrannten Helikopters, welcher aus bisher ungeklärter Ursache abgestürzt war – so berichteten es zumindest die Medien – ohne jeden Zweifel James Moriarty war. Die anderen beiden hatten allerdings nicht identifiziert werden können.

*Was für ein Zufall.*

Erzürnt ließ Margaret die Zeitung auf den Schoß sinken und blickte kurz auf, um tief Luft zu holen. Sie befand sich, wie so oft in den vergangenen Monaten, in einem Krankenzimmer im St. Bartholomews und betrachtete die noch schlafende Patientin, welche reglos und beinahe friedlich wirkend im Bett neben ihr lag.

Wie vom Blitz getroffen flitzte Regina Wilson quer durch das ganze Krankenhaus, ehe sie das Zimmer, in welchem Sherlock Holmes lag, endlich erreicht hatte. Als sie schließlich eintrat, blieb sie wie angewurzelt stehen.

Anders als erwartet saß nämlich Mycroft Holmes höchstpersönlich neben dem Bett seines Bruders und blickte ihn verzweifelt und von Schuldgefühlen geplagt an.

„Wo ist Margaret?", fragte Regina schwer atmend, nachdem Mycroft durch ihr ruckartiges Hereinplatzen aufgescheucht zu ihr rüber sah.

„Bei ihrer Schwester natürlich", antwortete der Mann kühl und schenkte ihr keine weitere Beachtung. Für ihn war in diesem Moment nur sein kleiner Bruder wichtig, der die vergangenen Stunden ums Überleben gekämpft hatte.

Um nichts in der Welt wollte Mycroft Sherlock verlieren und er hätte alles getan, um ihm irgendwie zu helfen; und zwar wirklich alles – vielleicht sogar noch mehr, als er für Margaret getan hätte.

„Inspector Doyle hat heute etwas mit der Post bekommen", rief Regina, noch während sie das Krankenzimmer betrat, indem sich Annabelle Sacker und Margaret Trevor befanden, sodass nur ein Teil ihrer Worte zu verstehen waren.

„Was hat wer bekommen?", fragte Margaret ein wenig erschrocken und blickte die aufgewühlte junge Frau verwirrt an.

Regina trat eilends näher und überreichte ihr ein weißes Briefkuvert, worauf der Name Margaret Trevor mit verschmierter blauer Tinte geschrieben stand.

„Das war bei Inspector Doyles persönlicher Post dabei", sagte Regina laut nach Luft ringend.

„Seine persönliche Post? Also bei ihm zu Hause?"

Regina nickte energisch. „Ja. Ist das nicht unheimlich?"

„Wenn man den Absender kennt, dann eigentlich nicht", sagte Margaret und betrachtete das Kuvert in ihren Händen sorgfältig.

Noch ehe sie es jedoch öffnen konnte, klopfte es andächtig an der Tür. Nach einem kurzen Augenblick trat Mycroft herein, dessen Neugierde durch Reginas seltsames Verhalten geweckt worden war. Er kam vorsichtig näher zu ihnen heran, sagte aber kein Wort dabei.

Margaret hob das Kuvert hoch, damit auch er die Anschrift darauf sehen konnte. „Das hat Doyle mit der Post nach Hause bekommen."

„Moriarty lebt also noch", sagte Mycroft und schluckte nervös. „Wie erwartet."

„Und er weiß, wo Doyle wohnt", fügte Margaret hinzu.

„Wollen Sie denn den Brief nicht öffnen?", fragte Regina, als sie bemerkte, dass Margaret das Kuvert auf ihren Schoß gelegt hatte und auch weiterhin keinerlei Anstalten machte, den Inhalt kennenlernen zu wollen.

„Unnötig", sagte sie. „Ich weiß, was darin geschrieben steht."

„Und was?", fragte Regina schier vor Neugierde platzend.

„Es hat erst begonnen", antwortete Mycroft.

Margaret reichte ihr das noch ungeöffnete Kuvert und blickte die junge Frau an, ohne dabei ein Wort zu sagen.

Regina blickte auf den Umschlag und runzelte verwirrt die Stirn. „Ich verstehe das nicht."

„Das ist auch besser so", sagte Margaret. „Was machen Sie überhaupt noch hier? Sie sollten schon längst wieder auf dem Weg nach Hause sein. Ihre Eltern müssen sich große Sorgen um Sie machen."

„Ich bin alt genug, um allein auf mich aufzupassen. Und außerdem werde ich nach allem, was passiert ist, nicht einfach so abhauen", meinte Regina sicher. „Ich bleibe hier um Ihnen zu helfen."

„Sie können uns nicht helfen, Miss Wilson", sprach Mycroft mit kühler Stimme und einem eisigen Blick. „Das hier ist etwas Persönliches. Dabei können Sie niemandem eine Hilfe sein."

„Ihretwegen bin ich beinahe gestorben", rief Regina nun aufgewühlt, „und Sie erwarten nun allen Ernstes, dass ich das, was geschehen ist, einfach so vergesse und in mein altes Leben zurückkehre? Wer sagt Ihnen denn, dass ich nicht ebenso wie Sie bereits in die Sache verwickelt ist; was auch immer diese Sache überhaupt ist."

„Sie könnten dabei sterben", sprach Margaret ihr ins Gewissen. „Sehen Sie sich Annabelle hier an. Sie wird die Nacht wahrscheinlich nicht überleben. Wollen Sie so enden wie sie?"

„Nein", brachte Regina stockend heraus und schluckte vor Furcht als sie die blasse Patientin ansah, welche allen Anzeichen nach dem Tode näher als dem Leben war. „Aber was ist, wenn mich dieser Moriarty als Lockvogel benutzt? Wenn er weiß, wo Inspector Doyle wohnt, dann hat er bestimmt schon herausgefunden, wo ich zu Hause bin."

„Denken Sie, es kümmert mich, ob Sie leben oder sterben?", fragte Mycroft unbeeindruckt.

Regina starrte ihn schockiert an.

*Tja, so ist er nun mal.*

*Das sollte sie mittlerweile doch wissen.*

Margaret grinste amüsiert. „Nehmen Sie seine Worte nicht ernst. Dieser Mann hat kein Herz, ich aber schon und leider haben Sie recht. Allerdings kann ich nicht zulassen, dass Sie sich unnötig in Gefahr bringen."

„Ich werde vorsichtig sein. Das verspreche ich."

„Das wird Ihnen nicht viel nützen", sagte Margaret ungerührt. „Solange Sie nicht wissen, womit wir es zu tun haben, können Sie nicht vorsichtig genug sein. Ich schlage also vor, dass Sie Ihre zukünftigen Tage hier in London damit verbringen, alles über James Moriarty herauszufinden. Erst dann, wenn man den Feind besser als sich selbst kennt, kann man versuchen, es mit ihm aufzunehmen. Gehen Sie zu Lestrade. Er soll Ihnen alle Fallakten über Moriarty geben."

Noch immer runzelte Regina ihre Stirn. Doch Margarets ernster Blick bewegte sie dazu, den Raum schließlich zu verlassen. Mit dem verschlossenen Briefkuvert in der Hand trabte sie nachdenklich nach draußen.

Und erst als die Zimmertür hinter ihr wieder ins Schloss gefallen war, öffnete sie den Umschlag. Sie zog ein kleines weißes Stück Papier heraus, das von einem kleinen linierten Block abgerissen worden zu sein schien und danach mehrmals zusammengefaltet worden war. Mit einem mulmigen Gefühl in der Magengegend faltete sie das leicht zerknitterte Blatt auf, um den Inhalt lesen zu können.

Regina erstarrte zu Eis und schaute wie gebannt auf die mit blauer Tinte geschmierten Zeilen auf dem weißen Stück Papier in ihren Händen.

„Es hat erst begonnen", las sie mit zittrigen Knien die Worte, welche Mycroft Holmes mit exakter Präzision vorausgesagt hatte. „Liebe Grüße aus der Hölle. J.M."